De dertiende zaak

Van dezelfde auteur

Dans met een engel
Roep uit de verte
Een vreemd gezicht
Tot in eeuwigheid
De hemel is een plek op aarde
Een zeil van steen
Kamer nr. 10
Een vlucht vooruit
Nog niet dood
De laatste winter
Witte ruis
Marconi Park

Åke Edwardson

De dertiende zaak

Vertaald uit het Zweeds
door Neeltje Wiersma

A.W. Bruna Uitgevers

Oorspronkelijke titel
Det trettonde fallet

First published by Albert Bonniers Förlag, Stockholm, Sweden
Published in the Dutch language by arrangement with Bonnier Rights, Stockholm, Sweden
Vertaling
Neeltje Wiersma
Omslagbeeld
© Shutterstock/Alpha Cityscaper
Omslagontwerp
Villa Grafica

ISBN 978 94 005 1661 8
NUR 305

Voor Lilly en Alfred

1

Winter had nog een snelle kop koffie gedronken op het vliegveld van Málaga, dat in de vijfentwintig jaar dat hij er was opgestegen en geland groter was geworden. Toen was het een barak geweest met aan elkaar vastgeketende bagagekarretjes die alleen pesetamunten lustten, die maar weinig aankomende passagiers bij zich hadden. Nu vormden de gebouwen een soort eigen stad, een moderne hel.

Angela was weggereden terwijl hij had staan zwaaien naar Elsa en Lilly, die gezwaaid en gezwaaid hadden tot hun handjes en gezichtjes in de hittenevel waren verdwenen. Ze wilden niet dat hij weer wegging. Het was onmogelijk aan kinderen uit te leggen: mama woont in Spanje en papa woont in Göteborg. Na twee jaar met het hele gezin in hetzelfde huis in Marbella te hebben gewoond, verhuisde hun vader weer terug omdat hij op moordenaars wilde blijven jagen terwijl hij had gedacht dat hij daar klaar mee was. Hoe leg je dit uit? Nog één moordenaar en dan kom ik bij jullie terug. Misschien. De beste oplossing zou natuurlijk zijn dat Angela zich liet uitkopen bij de kliniek aan de Avenida Severo Ochoa en naar huis kwam. De beste oplossing voor hem.

Ze stegen op en het vliegtuig maakte zijn gebruikelijke rondje boven de stad en de kust. Het had overal aan de Middellandse Zee kunnen zijn: witte huizen in wit licht, een bergmassief dat schaduwen wierp over de ongezellige buitenwijken. Gisteravond had hij met Angela en de kinderen op een terras aan zee gezeten. Er was niet veel gezegd, er was niets besloten.

Hij had graag een paar whisky's besteld zodra ze boven de hoge wolken waren geklommen, maar zijn auto wachtte bij Landvetter. Om hem heen dronken de andere passagiers alsof het de laatste dag op aarde was.

Het stel in de stoelen aan de andere kant van het gangpad dronk niet. Ze keken recht voor zich uit, zeiden niets. Hij herkende ze van de vertrekhal, ze hadden toen ook schuin tegenover hem gezeten, zwijgend, recht voor zich uit kijkend. Zij was in de veertig, misschien jonger, de man leek ouder maar niet veel. Ze waren nog jong, jonger dan Winter ooit weer zou worden. Hij had ze een paar Zweedse woorden horen zeggen.

Nu sloot hij zijn ogen, probeerde te denken aan een perfecte wereld, een wereld zonder bedreigingen, het perfecte leven.

Het zwijgzame stel wachtte op de koffers bij de bagageband, Winter stond een paar stappen bij hen vandaan. Zij was langer dan haar partner, als hij al haar partner was. Haar haar was kort, blond. Haar profiel scherp, als een pentekening. Ze had een aantrekkelijk gezicht, maar de lijnen wezen naar beneden, alsof verdriet ze omlaagtrok. Winter had in zijn werk veel verdriet gezien. Had ermee geleefd in zijn privéleven. Nu boog de vrouw zich over de band, tilde een zwarte Samsonite op en begon in de richting van de uitgang te lopen. De man bleef staan en keek haar niet na. Winter pakte kort na haar zijn koffer van de band.

Aan de andere kant van de verlaten douanepost bleef de vrouw staan en draaide zich om. Winter passeerde haar, stak de hal over naar Pressbyrån en kocht een flesje mineraalwater. Hij had aan boord te weinig gedronken, vier minuten geslapen en de pijn in zijn onderrug verdrongen.

Buiten voor de aankomsthal zag hij het stel voor hem lopen, op weg naar het parkeerdek, net als hij. Ze stonden op hetzelfde niveau geparkeerd, hij zag ze in een BMW stappen, de vrouw nam plaats achter het stuur en reed achteruit terwijl Winter achteruitreed, ze reden voor hem uit naar de slagboom en vlak voor hem door de slagboom naar buiten de late dag in. De zon als vuur op de takken *una ultima vez*.

Hij reed achter hen aan over het luchthaventerrein en de snelweg op, met dezelfde hoge snelheid als de BMW. Die reed twintig meter voor hem en hij remde af.

Ze passeerden Landvetter en stonden op het punt om Mölnlycke te passeren toen de auto voor hem de vangrail schampte, eroverheen schoot en tegen de rotswand tot stilstand kwam.

2

De twee ambulances hadden de plek verlaten, blauwe zwaailichten in de schemering. Eén voertuig voor de dood en één voor het leven: het hart van de vrouw klopte nog steeds en alleen God wist waarom.

Winter bleef nog even. Hij was de belangrijkste getuige. Het was een enorme klap geweest, bijna onverklaarbaar in zijn wreedheid. Misschien had er iets op de rijbaan gelegen, iets glads, iets dodelijks, de toekomst zou het misschien uitwijzen. Maar hij wist diep in zijn hart dat daar niets had gelegen, niets meer dan een zwart en droog wegdek. De vrouw in de auto voor hem had een besluit genomen en een ruk gegeven aan het stuur en de auto tegen de rotswand gereden. Dat heette zelfmoord. Dat viel buiten zijn taken. Tegelijkertijd had ze met haar actie de andere passagier gedood. Dat kon moord worden genoemd. Dan lag er wel een taak voor hem. Maar het was vooral een technische kwestie. Het was niet de bedoeling geweest dat ze het zou overleven. Waarschijnlijk zou ze dat ook niet lang doen, haar hart klopte, maar ze was weg van deze wereld, in een coma waaraan een einde zou komen.

Daar hadden ze gestaan en gelopen en gezeten, in Málaga, in het vliegtuig, op Landvetter. Een onopvallend koppel. Nu hadden ze chaos veroorzaakt langs rijksweg 40 van Kallebäck naar Härryda en verder. Hij was er middenin beland en het ging niet meer uit zijn hoofd toen hij eindelijk vertrok en de stad doorkruiste naar de Vasaplatsen en zijn eenzame appartement. Hij parkeerde zijn Mercedes onder de grond en nam de lift naar boven. Daar lagen post en kranten achter de deur, de oogst van twee weken. Hij stapte over de stapel heen, trok zijn schoenen uit, zoals je doet in Zweden, liep naar de keuken en schonk twee vingers

Glenfarclas in, nam de whisky mee naar de woonkamer, opende de deuren naar het Franse balkon, ging in een gemakkelijke stoel zitten, nam een slok en belde Angela.

'Ben thuis,' zei hij.

'Is alles goed gegaan?'

'Ja, voor mij in elk geval wel.'

'Wat bedoel je daarmee?'

Hij vertelde.

'O, mijn god.'

'Het leek... opzettelijk. Het was een beslissing.'

Ze zei niets. Hij hoorde de stilte de hele afstand van Plaza de la Iglesia in Marbella tot de Vasaplatsen in Göteborg overbruggen.

'Angela?'

'Ik heb nagedacht,' zei ze. 'Sinds je bent vertrokken.'

'Ja?'

'Dit gescheiden leven werkt niet meer.'

'Nee.'

'Deze zomer verhuis ik met de kinderen terug naar huis. Op één voorwaarde.'

'Zeg het maar,' zei hij.

'Dat we eindelijk dat verdomde huis gaan bouwen. Ik wil aan zee wonen.'

De ochtend was vochtig en koud toen hij naar het politiebureau fietste. Het was het vertrouwde Göteborgse weer. Vuilniswagens reden over de Avenyn als in een plechtige stoet. De Avenyn was de smoezelige paradestraat van de stad en trok daarom overdag toeristen en 's nachts criminelen aan. Hij moest denken aan het liedje 'Het leven is een feest'. 'Hou me vast als het mensen en dieren zijn.' Hij fietste verder over Heden, sommige collega's waren al een voetbalwedstrijd aan het spelen, zijn eigen afdeling was voor het leven geschorst van de competitie: te veel rechercheur-gerelateerde frustratie daar op het veld, te veel echte emoties. De spreekwoordelijke laatste druppel was geweest toen Winter in de allerlaatste wedstrijd de rode kaart had verscheurd die de scheidsrechter voor hem omhoog had gehouden. 'De scheids oordeelt zoals hij wil, maar in zijn hoofd staat het stil!' had hij geschreeuwd toen hij door Bertil Ringmar en Fredrik Halders van het veld werd getrokken.

Hij zette zijn fiets voor de ingang met een ketting op slot. Er werden hier meer fietsen gestolen dan waar dan ook in de stad. Het was een sport geworden, net zoiets als het in brand steken van de grote kerstbok in Gävle. Op een nacht in de herfst was er een vrachtwagen uit het bos komen rijden en had hele rekken met daaraan vastgeketende politiefietsen ingeladen. Het was een grap geworden die maar niet wilde verdwijnen. De politie had nu een beveiligingsbedrijf ingehuurd. Dat was ook grappig.

In de lift naar de kamers van de onderzoekseenheid zag hij de beelden van de crash voor zich. De vangrail die als papier-maché was opengesneden en extra vaart gaf aan de botsing tegen de rotswand. De auto die in slow motion door de lucht vloog. Het verschrikkelijke geknars van ijzer toen de auto weer op de grond landde.

Winter liep zijn kamer in met de beelden nog steeds in zijn hoofd, belde het Sahlgrenska-ziekenhuis en stelde wat vragen, waarna hij uiteindelijk werd doorverbonden met iemand die antwoord kon geven.

De vrouw leefde nog, lag in coma. De man was morsdood. Winter schreef hun naam, leeftijd en adres op. Er was niets wat hij herkende.

Hij hoorde voetstappen achter zich.

'Welkom thuis, Erik.'

Winter draaide zich om. Daar stond hoofdinspecteur Bertil Ringmar, ouder dan Winter, zijn pensioen was in zicht. Een mentor, de enige die Winter had gehad en nodig had gehad. Een gescheiden man met twee volwassen kinderen in de grote wereld. Winters grote broer, zijn vader bijna.

'Dank je, Bertil.'

'Hoe was het met je gezin?'

'Goed.'

'Mooi. Het gezin is het belangrijkste wat er is. En daarmee is het verhoor afgelopen.'

'Fijn.'

Winter zat nog steeds met de telefoon in zijn hand. Hij legde de hoorn neer en pakte het notitieblokje waarop hij iets opgeschreven had.

'Ernstig ongeluk gisteravond net na zeven uur op rijksweg 40,' zei hij.

'Ik hoorde het vanmorgen, ja,' zei Ringmar.

'Ik was daar.'

'Wat?'

'Ik reed achter de auto die verongelukte. Al vanaf het vliegveld. Ze zaten ook in het vliegtuig.'

'De slachtoffers?'

'Ja. Twee. Een man is omgekomen bij het ongeluk. Een vrouw ligt in coma. Zij zat achter het stuur.'

'In het vliegtuig uit Málaga?'

'Ik zag het koppel al op het vliegveld.'

'Herkende je ze van de zonnekust?'

'Nee, nee. Maar ik heb de namen.' Hij keek op zijn notitieblokje. Sara Brendner en Richard Malm. Veertig en drieënveertig jaar oud.'

'Nog jong.'

'Een adres in Fredriksdal. Een villa, geloof ik. Samenwonend, niet getrouwd.'

'Ik begrijp het als je erover wilt praten, Erik. Maar het is geen zaak voor ons, toch?'

Winter antwoordde niet. Hij dacht aan zelfmoord, moord, ongeluk, slipongeluk, asfalt zo zwart als de nacht.

'Kinderen?' vroeg Ringmar.

'Niet dat ik kon zien.'

'Kind...' herhaalde Ringmar. 'Hoe zei je dat haar naam was?'

'Sara. Sara Brendner.'

Ringmar mompelde iets wat Winter niet verstond.

'Wat zei je?'

'Brendner...' zei Ringmar na een tijdje, 'die naam komt me bekend voor.'

'Sara Brendner?'

'Ja... Sara Brendner... de naam zegt me iets...' Ringmar stond op, begon heen en weer te lopen in Winters kamer. Zoveel meters waren het niet. Op de vloer stond Winters Panasonic. Die stond er al sinds eind jaren negentig, toen iedereen nog jong was in deze wereld. Ringmar bleef staan, keek naar Winter. 'Ze was een kind,' zei hij. 'Zij was het kind. Zij was het!'

Het tienjarige kind was alleen op de bovenverdieping van het huis in Hinsholmen. Haar vader was beneden. Het meisje was een boek aan het lezen. Buiten was het donker. Er was deze winter helemaal geen sneeuw gevallen, er viel sowieso niet veel sneeuw in Göteborg. Dat had ze tegen haar vader gezegd toen ze hadden gegeten. Ze kon het niet vergeten. Wat ze zich ook herinnerde, was dat hij had gelachen. Ze wist niet waarom ze uitgerekend dat had gezegd. Ze vertelde dat ze de deurbel had gehoord, maar dat ze was blijven lezen omdat het zo'n goed boek was. Er werd nog een keer aangebeld en ze had gehoord dat er beneden gepraat werd, dus moest haar vader hebben opengedaan. Ze hoorde iemand praten. Er werd weinig gezegd. Ze hoorde maar één woord en dat was 'nee!'. Meerdere keren, en luid, 'NEE! NEE!' Toen knalde er iets, het knalde hard, heel hard. Als vuurwerk beneden in de hal. Ze liet het boek op het bed vallen en rende haar kamer uit de trap af, 'PAPA, PAPA' roepend. Ze zag hem op de grond liggen toen ze halverwege de trap was, ze rende helemaal naar beneden. Hij lag in de hal. De voordeur stond open. Er bewoog iets buiten toen ze van de trap naar haar vader rende. Als een schaduw langs de deur.

'Een verschrikkelijk verhoor,' zei Ringmar bij de koffie in de koffiekamer. 'Dat waren Lassanders woorden. Hij heeft met het meisje gesproken. Verschillende keren. Daar was hij goed in, maar kinderen zijn het moeilijkst.'

Winter knikte. Hij had zelf ook zulke gesprekken gevoerd. De moeilijkste. Daar waren veel redenen voor.

'Dertig jaar geleden,' zei Ringmar. 'Bengt Lassander is er niet meer. Je hebt hem nooit echt ontmoet. Je kwam toen waarschijnlijk vers van de politieacademie en werkte nog bij de ordepolitie op straat.

Winter knikte. Hij was nieuw geweest. Hij was daar die avond geweest, voor het huis, in een politiewagen.

'Cold case,' zei Ringmar. 'We hebben nooit kunnen achterhalen wie de moordenaar van Lars Brendner was. Noch waarom het is gebeurd. Of er een motief was. Het kon een gek zijn geweest. Een van die junks die overal aanbelden, overal op schoten.'

'Wat had ze gezien van de moord? Of gehoord?'

'Niet veel. Ze had stemmen gehoord, schoten, was de trap afgerend en heeft misschien iemand zien weglopen, de deur stond open, het was donker. Ze had een schaduw gezien. Dat was alles.'

'Eén schot?'

'Twee, recht in de borst, van dichtbij. Negen millimeter, waarschijnlijk Parabellum-munitie. Een regelrechte liquidatie, misschien door een professional en dus geen ontspoorde gek. We hebben het pistool natuurlijk niet gevonden.'

'Nog niet,' zei Winter.

'Ik begrijp dat je geïnteresseerd bent,' zei Ringmar. 'Maar voor het heropenen van deze zaak is meer nodig dan een rotswand.'

'Als het een prof is geweest, dan was het een opdracht,' zei Winter.

'We hebben zo veel mogelijk onderzocht. Ik heb er zelf aan gewerkt. Ik was jong, jonger dan jij ooit bent geweest zelfs. Maar Lars Brendner leek geen echte vijanden te hebben. En zijn vrouw was net zo geschokt als iedereen, of ze moet een eersteklas actrice zijn geweest.'

'Leeft ze nog?'

'Dat weet ik eigenlijk niet,' zei Ringmar.

Sara Brendners gezicht zag er vredig uit, alsof ze door het diffuus axonaal letsel eindelijk tot rust was gekomen, een toestand die vaak voorkomt bij ernstigere soorten trauma. Vanuit Winters perspectief aan de andere kant van de glazen wand zag ze eruit als iemand die sliep, als iemand die leefde. Veel patiënten met ernstig hoofdletsel vertonen geen kneuzingen of bloedingen op

CT-scans, maar kunnen toch diep en blijvend bewusteloos zijn.

Ze was naar de intensive care gebracht. De eerste CT-scan op de spoedeisende hulp had alleen kleine, verspreide bloedingen laten zien, maar leverde geen prognose op.

Daarna de computergestuurde CT-scan. Intubatie. Tracheacanule in de hals. Haar bewustzijn was gemeten op de bewustzijnsschaal, waarop bewustzijn eindigt bij nummer drie en nummer acht coma betekent. Sara Brendner was een zeven.

3

Winter stond bij het hek en keek naar de villa die in de jaren veertig was gebouwd met geld dat in die tijd meer waard was geweest. Geen pompeus bouwwerk, maar met meer klasse en stijl dan de meeste mensen zich toen konden veroorloven.

Het had niet geholpen. Lars Brendner was daarbinnen doodgeschoten, de zoon des huizes toen het huis nog niet oud was, hij was er geboren en hij was er gedood, het was een maand onbewoond geweest en toen was zijn vrouw er weer ingetrokken, met het meisje, Sara. Hoe moest dat in godsnaam gevoeld hebben, vooral voor Sara, maar ook voor de vrouw, Ulla.

Winter liep het grindpad op, kwam geen schaduw tegen die vluchtte, die altijd vluchtte in een paar bevroren seconden van de tijd. Schaduwen blijven niet in het verleden hangen, ze bewegen alle kanten op maar altijd vooruit. Wat een doorbraak zou het zijn als je de overblijfselen van een schaduw zou kunnen opsporen. Alsof je resten van dromen samenvoegde tot één verhaal, als een soort puzzel. Dat was nog nooit gedaan.

De vrouw die de deur opendeed was de zeventig ruim gepasseerd. Ulla Brendner. Ze stond in de halfschaduw, al dertig jaar misschien, langer misschien. Winter had gebeld en zichzelf voorgesteld en zij leek niet eens verrast, alsof ze dit gesprek had verwacht, alsof ze de afgelopen dertig jaar bij de telefoon had staan wachten op de schaduwen uit het verleden. Ze komen altijd. Je kunt je niet verstoppen. Is dat onzin? Nee.

Ze had koffie aangeboden, hij had het aangenomen. Ze zaten in een woonkamer die van een gelukkiger huis leek. Er hing een vage geur van iets wat hij niet herkende. Misschien kwam hij er later op.

Ulla Brendner had haar ogen gericht op een punt links achter Winters hoofd. Hij draaide zich niet om. Er was daar niets. Zij gedroeg zich zoals zoveel andere slachtoffers die hij in zijn werk had ontmoet. Niemand wilde de angst in de ogen zien. Hij was ontzetting en afgrond, dat was wat hij te bieden had, niemand juichte wanneer hij aanklopte. Hij reikte naar voren en pakte het dunne kopje. Dit is mijn nalatenschap. Dit is de schaduw die ik achterlaat.

'Ik begrijp het niet,' zei ze. 'Ik begrijp er niets van.'

'Nee.'

'Hoe kun je dat begrijpen?' zei ze.

Hij gaf geen antwoord, het was geen vraag. Begrip was iets wat hij probeerde los te laten na zijn eerste dag als rechercheur. Het was geen plotseling cynisme. Er waren gewoon geen antwoorden op de 'waarom'-vraag. Hij bleef er wel naar zoeken, dat was nodig als hij menselijk wilde blijven. Angela's ouders waren uit Oost-Duitsland gevlucht, het enige antwoord daarop was geweest 'daarom'.

'Ik ga vanavond weer naar haar toe,' zei ze.

'Dat is goed,' zei hij.

'Ze zal ontwaken.'

Winter knikte.

'Ik weet het heel zeker,' zei ze. 'Het kan me niet schelen wat de dokters zeggen.'

'Wat zeggen die dan?'

'Niets. Ze zeggen niets.'

'Het is waarschijnlijk nog te vroeg,' zei hij.

'Te vroeg voor wat?' vroeg ze en ze keek hem aan.

'Om... te zien hoe het gaat. Om er echt zeker van te zijn dat alles de goede kant op gaat.'

Haar blik was weer terug bij het niets achter hem.

'Alles komt goed,' zei ze.

'Wat denkt u dat er gebeurd is?'

'Sara had pech,' antwoordde ze. 'Er moet iets op de weg hebben gelegen. Zij en Richard hadden pech.'

'Wanneer hebt u Sara voor het laatst gesproken?'

Ulla Brendner antwoordde niet. Het was alsof haar blik naar binnen was gericht, naar iets waar hij nooit bij zou kunnen komen, welke verdomde ondervragingstechniek hij ook gebruikte.

'Waarom maakten zij en Richard een reis naar Spanje?'

Ook daar gaf ze geen antwoord op.

'Naar Almuñécar,' zei Winter, 'naar uw zwager.' Nu keek ze hem weer aan.

'Gunnar,' zei ze. 'Hebt u met hem gesproken?'

'Nog niet. U wel?'

Ze reageerde niet. Vertraagde shock. Tekenen van geheugenverlies. Verdriet. Of alles bij elkaar wat haar deze dag is overkomen. Het kon ook een poging zijn om geheimen te verbergen. Iedereen draagt geheimen met zich mee. De eerste zin van de handleiding ondervragingstechnieken. Winter had die gelezen toen hij nog maar een groentje bij de politie was. Dat was in de tijd van voor alles: mobiele telefoons, hybride auto's, computers, internet, DNA-bewijs. Hij reed te paard naar plaatsen delict met een piekhelm en een cape. De misdrijven vonden altijd plaats in de haven, al het gespuis kwam van zee en bleef rondhangen bij de pakhuizen in Skeppsbron. Nu kwam het gespuis over de Öresundbrug en door de lucht. Vroeger was alles beter. Vroeger was hij jong. Vroeger was de kleine Sara geen getuige geworden van de dood van haar vader. Vroeger was Göteborg een paradijs, lekker naar het café waar je kameraden zitten, met een biertje wat ouwehoeren, sterke verhalen vertellen. Nu waren die vrienden er niet meer. Alleen Bertil Ringmar was er nog, en binnenkort alleen hijzelf, Erik Winter, ooit jong en veelbelovend en nu alleen nog maar veelbelovend.

'Niemand weet wie het heeft gedaan,' zei Ulla Brendner in de stilte.

'Sorry?'

'Niemand weet wie mijn Lars heeft vermoord. Waarom weten jullie dat niet?' Ze keek hem weer aan. 'Hoe kan iemand ermee wegkomen? Waarom hebben jullie de dader niet gepakt? Is dat niet wat jullie moeten doen? Is dat niet jullie werk?'

'Daarom zit ik hier,' zei hij. 'We blijven eraan werken.'

‘U bent zo jong,’ zei ze. ‘Liever gezegd, u was veel te jong toen het gebeurde.’

‘Ik zal het nu goedmaken,’ zei hij.

Sara’s kamer hoorde bij het verleden. Op de muren was de tijd stil blijven staan: een paar posters van boybands die tienermeisjes in de jaren negentig leuk vonden: New Kids on the Block, Take That, Backstreet Boys, Westlife. De jongens hingen nog steeds boven het bed en het kleine bureau, met hun gladde en nietszeggende gezichten, alsof het meisje dat hier woonde het leven niet meer had aangekund toen haar volwassen leven begon. Hoe lang had Sara hier nog gewoond? Hij wist het niet, er was veel wat hij niet van haar wist. Als hij meer te weten kwam, kon hij misschien iets leren over het heden.

Hij liep de kamer uit, de gang door, bleef staan op de overloop: hier had Sara gestaan, had ze haar vader zien liggen op de vloer beneden in de hal. Misschien het bloed gezien. Misschien de schaduw gezien die door de deuropening naar buiten zweefde, de verre toekomst in die nu hier was, meedogenlozer dan ooit.

Sara

Vandaag is het zaterdag. Ik heb snoep van papa gekregen. Mama wil niet dat ik snoep eet, zelfs niet op zaterdag. Papa en mama hadden er ruzie over. Mama had het over mijn tanden, maar ik heb geen gaatjes. Ik poets mijn tanden elke ochtend en elke avond en een keer extra op zaterdag wanneer ik snoep heb gegeten. Missan had gisteren kiespijn toen haar snoep op was. Missan at het snoep dat ik haar gaf. We zaten op de deken die ik op de vloer in mijn kamer had gelegd. Missan lag op haar buik en ik had haar daar neergelegd. Ze vindt het heerlijk als ik haar in de lucht gooi. Ik heb haar een keer uit het raam gegooid! Dat was niet mijn bedoeling. Ze belandde in de struik onder het raam. Ik kon haar zien. Ik sloop naar beneden, ging de struik in en haalde haar eruit. De struik was niet erg hoog. Ik had een schrammetje, maar papa en mama zagen het niet. Niemand zag me. Nu schrijf ik niet meer vandaag.

4

In het neurotraumacentrum hadden ze verder onderzoek gedaan. MRI. MIT. Sara is in een nieuwe wereld van afkortingen terechtgekomen, dacht hij na het korte gesprek op de afdeling met neuroloog Pelle en anesthesist Pernilla. De namen leken rechtstreeks uit de entertainmentindustrie te komen, Pelle & Pernilla. Maar het ging hier om zorg, hopelijk revalidatie op een revalidatieafdeling waar patiënten met hersenletsel en neurologische symptomen terechtkwamen als ze niet binnen korte tijd overleden. Zijn Sara was niet gestorven. Ze was nu zijn meisje. Niet lang nadat ze was overgebracht naar de revalidatieafdeling ademde ze zelfstandig aan de beademingsapparatuur. Het was beter dan niets, veel beter dan niets, *nada*.

Wat was er in Spanje gebeurd? Winter reed de hele weg vanaf het ziekenhuis met het beeld van Sara en Richard in zijn hoofd: in Málaga op de luchthaven, in het vliegtuig, op Landvetter. Hij stopte voor een rood licht bij de TU Chalmers. Een stroom studenten stak de weg over naar de tramhalte. De onvoltooide gezichten, de gewichtloze toestand. Zul je je bijdrage leveren, kleine vriend? Ga je de wereld redden? Voor mij is het te laat. Wat is er gebeurd in Almuñécar? Als daar iets gebeurd is. Hij was er nooit geweest, de stad lag aan de verkeerde kant van Málaga. Zijn kust heette de Costa del Sol. De oostelijke stranden heetten Costa Tropical, op de heuvels erboven lagen uitgestrekte mango- en papajavelden. De beste mango ter wereld heet Alphonso en komt uit de buurt van Bombay, maar dat weet waarschijnlijk iedereen. Het seizoen is kort, van begin mei tot de moesson die eind juni vanuit het zuiden komt.

De telefoon ging toen hij langs het oude Vasa-ziekenhuis aan de Kapellplatsen reed. Een buitenlands nummer op het display van het dashboard. Hij herkende de landcode.

'Met Winter.'

'Gunnar Brendner. U was naar me op zoek.'

'Ja. Bedankt voor het bellen.'

'Vreselijk dat met Sara,' zei Brendner. 'En Richard. Mijn god. Wat een afschuwelijke tragedie. Vlak nadat ze hier zijn geweest. Verschrikkelijk.'

'Hoe lang zijn ze bij u geweest?'

'Een paar dagen. Drie dagen.'

'Was er een speciale reden voor het bezoek?'

'Eh... ik begrijp niet...'

'Was er iets waar Sara het met u over wilde hebben?'

'Nee...'

Die man aarzelde. Misschien probeerde hij gewoon na te denken. Winter reed nu langs de Götaplatsen. De zeegod stond zoals gewoonlijk een hoge borst op te zetten, Carl Milles' Poseidon met één been in het heden en het andere in het begin van de tijd, een modernistische ineenstorting. Er kwamen mensen uit het Stadsteater, vooral oudere mensen, een lunchvoorstelling. Het waren de oudste en de jongste volwassenen die cultuur consumeerden, iedereen tussen de vijfentwintig en zestig had geen tijd voor die onzin.

'Waarom kwamen ze op bezoek?' herhaalde Winter.

'Geen... speciale reden.'

'U aarzelt,' zei Winter.

Gunnar Brendner reageerde niet. Winter hoorde geruis. Het kon de verbinding zijn of de Middellandse Zee of zijn tinnitus. Het konden in de wind ruisende palmbomen zijn. Er stonden ongetwijfeld palmbomen bij Brendners huis in Almuñécar. Voordat het allemaal voorbij was, zou Winter daar staan. Of wanneer het allemaal al voorbij was. Wat zou hij dan weten? Wat zou hij vinden? De afgrond? Die was overal. Daar hoefde je niet voor naar het zuiden te gaan. Hij passeerde Heden. Een vlakke afgrond, een woestijn voor gedegradeerde recreantenteams, een eeuwige plaats delict. Volgens de statistieken werden op de parkeerplaats van Heden de meeste auto's van Noord-Europa gestolen.

'Hoe vaak komt Sara op bezoek?' vroeg hij.

'Niet zo vaak.'

'Eén keer per jaar?'

'Niet... echt.'

'Wanneer was de laatste keer?'

'Eh... dat weet ik niet meer.'

Echt niet, dacht Winter. We hebben het er later nog wel over. Oom Gunnar heeft ons veel te vertellen.

'Hoe lang hebt u dat huis daar al?'

'Lang... alweer heel wat jaren.'

'Dertig jaar?'

'Zoiets.'

'U kocht het vlak na de moord op uw broer?'

'Ja... het klinkt misschien vreemd als je het zo stelt... maar ik liep al langer met het idee rond. Een plekje in de zon kopen.'

'Jullie hebben het bedrijf verkocht.'

'Ja... Ulla en ik. Toen Lars... stierf.'

'Is Ulla ooit bij u op bezoek geweest?'

'Nee, nooit.'

'Ik heb een appartement in Marbella,' zei Winter. 'Het is niet ver van de Costa Tropical. Misschien kom ik u een keertje opzoeken.'

In de gang kwam hij Bertil Ringmar tegen, die op weg was naar buiten.

'Heb je haast, Bertil?'

'We hebben een moord in Linné,' zei Ringmar. 'Kom maar mee.'

Ze reden de Allén op. Het was gaan regenen. De stad werd grijs, kromp ineen. Zo was ze meestal. Het is moeilijk om je rug te rechten in Göteborg. Of misschien is het gewoon omdat ik alleen ben. Alleen in Göteborg. Alleen in Berlijn. Niet lang meer. Eens kijken wat Angela vanavond zegt. Ik moet naar mijn eigen stuk grond bij het strand. Een huis in het zand tekenen.

'Jonge man in de Alfhemsgatan,' zei Ringmar. 'Hij lag in de gang.'

'Hoe weten we dit?'

'De postbode. De deur stond open.'

'Lopen postbodes nog altijd trappen op?'

'Blijkbaar. Eerste verdieping.'

'Wanneer kwam de melding binnen?'

'Ongeveer twee uur geleden.'

Ringmar sloeg vanaf de Linnégatan de Nordenskiöldsgatan in, waarna hij de eerste straat links nam, de Alfhemsgatan in, de kortste straat van de stad.

Hij parkeerde voor wat ooit Slobo Gym was geweest, een unieke naam voor een sportschool. Een klassieke plek, waar Winter zelf naartoe was gegaan als jonge politieagent. Nu was Slobo vervangen door TM – Transcendental Meditation. Misschien zat er een betekenis achter: een stap verder op het levenspad. Het uiterlijke werd vervangen door het innerlijke. Een grote foto van David Lynch stond voor een van de ramen, Lynch zong de lof van meditatie. Een man met een harmonieuze en geheelde geest, te oordelen naar zijn films en tv-series.

Het trappenhuis was afgezet. De technici voerden hun stille ballet op, een dodendans in witte kleding. Ze loodsten Winter en Ringmar naar binnen, gaven aan waar ze mochten lopen en staan. Winter zag daarbinnen een hoofd, een lichaam in een merkwaardige houding. Bloed op de vloer, als een laatste rorschachtest over de houten vloer gestroomd. Geen zorgen meer, alleen maar diepe slaap. Geen mijmeringen en verkenningen meer over wat het leven is, het innerlijke noch het uiterlijke. *Terminada para siempre.*

'Schotwond in het hoofd,' zei patholoog-anatoom Rita Flygt. Ze zat geknield naast het slachtoffer en keek op naar de twee hoofdinspecteurs.

'Eén schot?' vroeg Winter.

'Daar lijkt het wel op. Daar is de uitgangswond.' Ze wees. 'Zwaar kaliber. Negen millimeter.'

Winter knikte.

Laten we eens kijken wat we op het lichaam kunnen vinden,' zei Flygt.

'Wanneer is het gebeurd?'

'Vanmorgen vroeg, denk ik. Ik kom daar nog op terug.'

Winter knikte opnieuw. Schot in het hoofd, van voren. Het slachtoffer had de deur, met spionnetje, geopend. Een kennis, misschien meer dan dat, die aanbelde. Welkom, kom verder. Het was eerder gebeurd, dertig jaar eerder, in een ander deel van de stad, maar dat kon geen verband met elkaar hebben. Aan de andere kant: toeval bestaat niet. Alles is met elkaar verbonden. Vraag maar aan David Lynch, zijn werk is logisch en zo helder als glas.

'Wie is deze man?' zei Winter.

'Op de deur staat Jonas Borgman,' zei Ringmar.

'Een jonge man.'

'Ja, onder de dertig. Vijfentwintig.'

'Het is niet eerlijk,' zei Winter.

'Nee.'

'Dan moeten we onderzoeken wat voor duister verleden Jonas heeft.'

'Geen voor zover ik kan zien,' zei Ringmar.

'Een onschuldige,' zei Winter.

'Dat is ongewoon,' zei Ringmar.

'Dat is onmogelijk,' zei Winter.

Brendner Copy. Dat was de naam van het familiebedrijf. De eigenaren waren Lars, Gunnar en Ulla. Verkocht na de moord. Broer Gunnar kon zijn droom leven in Spanje en echtgenote Ulla kon na het onderzoek van de plaats delict terug naar de villa. Sara kreeg haar oude meisjeskamer weer fulltime terug. Ze moet daar met gemengde gevoelens hebben gewoond. Niemand die haar vroeg wat zij wilde. Niemand vraagt dat ooit aan kinderen. Als het daarom gaat is er niets gebeurd sinds het stenen tijdperk en toen ook niet. De studie psychologie is op dat gebied vreemd genoeg nog steeds hetzelfde als dertienduizend jaar geleden. Jonas Borgman studeerde psychologie. Had psychologie gestudeerd. Bijna klaar met de studie, zou nooit klaar zijn. Iemand had het niet goed met hem voor.

'Een drugsdeal,' zei inspecteur Fredrik Halders.

Hij wendde zich tot zijn collega en levenspartner Aneta Djanali, inspecteur. Ze had al hoofdinspecteur moeten zijn. Een schande. Halders zei dat het kwam door haar zwarte huid. Djanali zou dat nooit zo zeggen. Ze was geboren in het Östra-ziekenhuis.

'Mee eens, Aneta? Drugs?'

Ze antwoordde niet. Er viel niets op te antwoorden, dat gold voor negentig procent van wat Fredrik zei. Soms was het provocatie, soms puur idiotie.

Ze zaten in Winters kamer. Hij liet de gedachten aan de familie Brendner los, keerde terug naar deze dag. Een verse moord. Op dit moment werd er een buurtonderzoek gedaan in de Alfhemsgatan. Geen van de buren die opendeed, wist iets. Tot nu toe had niemand gemeld het schot te hebben gehoord. Misschien was het geluid vertraagd. De techniek schreed voort, onafgebroken voort. De moordenaar had geen geluiddemper gebruikt.

'Alleen in die branche komen dat soort brute afrekeningen voor,' zei Halders. 'En bij huiselijk geweld natuurlijk.'

'Familieleden die elkaar door het hoofd schieten?' zei Aneta Djanali.

'Elke dag in Amerika,' zei Halders.

'Dit is Amerika niet,' zei Djanali.

'Binnenkort, Aneta, binnenkort.'

Ze hadden zo hun manier van communiceren. Dat was al zo sinds ze elkaar hadden ontmoet op de afdeling, toen Aneta een jonge agente was en Fredrik een iets oudere inspecteur. Fredrik was toen getrouwd geweest met een goede vrouw, die door een dronken bestuurder was doodgereden. Hij bleef alleen achter met zijn kinderen, Hannes en Magda. Na een paar jaar verhuisde Aneta naar het huis in Lunden op de heuvels bij Nya Ullevi en het politiebureau. Ze reden elke dag samen van en naar hun werk en gebruikten hetzelfde jargon, hielden zich op die manier staande.

'Misschien iemand die niet van psychologen houdt,' zei Halders. 'Die vindt dat het nu wel genoeg is geweest.' Hij lachte. 'Dat we nu maar eens met rust gelaten moeten worden met onze opgefokte hersenen.'

Ulla Brendner opende de deur nadat hij drie keer had aangebeld. Hij had naar de gevel van de villa staan kijken. Sara's raam stond open. Even dacht hij dat hij haar naar buiten zag leunen. Het tienjarige meisje keek de wereld in. Zijn dochter Elsa was ook tien jaar oud. Zij had niet gezien hoe hij werd neergeschoten of hoe hij bijna verdronk. Het was hem allebei overkomen, maar het zou nooit meer gebeuren. Hij had het overleefd, maar zou er altijd aan blijven denken.

'Waar kan ik u deze keer mee helpen?' vroeg Ulla Brendner.

'Ik zou graag nog een keer Sara's kamer willen bekijken,' zei Winter.

'Waarom?'

'Dat weet ik... nog niet. Ik zag dat het raam openstaat.'

'Ik lucht de kamer elke dag,' zei ze.

'Kunnen we naar boven gaan?'

In de kamer hoorde hij het raam klapperen in de wind. Het was die wind die aan de schemering voorafgaat. Het stukje hemel dat hij door het raam kon zien, was geel en vuil geworden, alsof het gif van elders met zich meedroeg. Maar het gevaar was hier, was hier al sinds lang geleden. Hoe lang had ze het in deze kamer kunnen uithouden? Wie had haar gedwongen? De moeder die naast hem stond? Waarom werd hij naar deze kamer getrokken? Waren er hier antwoorden? Maar waar dan?

Hij keek om zich heen. Alle angst en vrees die een kind kan voelen was nog steeds aanwezig in deze akelige kamer, een onzichtbare duisternis die je niet kon zien, maar die je moest ervaren. Hij voelde het. Daarom wist hij dat hij ooit zou weten wat er gebeurd was. Hij was de enige die de waarheid kon vinden, of liever gezegd, de waarheid zou hem vinden. Hij was de enige die er klaar voor was. Het had dertig jaar geduurd.

'Wanneer is Sara het huis uit gegaan?' vroeg hij.

'Toen ze... Richard leerde kennen.'

'Wanneer was dat?'

De moeder antwoordde niet. Ze keek naar het open raam alsof het vanzelf was opengegaan. Alsof iets vreemds het had geopend. Haar dochter.

'Hoe oud was Sara toen ze het huis uit ging?' formuleerde hij de vraag opnieuw, anders.

'Ik... weet het niet meer.'

'Ongeveer?'

Een vogeltje fladderde de kamer binnen, alsof het daar door de wind naartoe was geblazen. Hij had geen idee wat voor soort het was, het vogeltje was zwart met een gele vlek op zijn kop. Geelgors? Geelmees? Bestond er zo'n soort? Geel is de kleur van de angst. Kijk naar de lucht als die voor de zon vlucht. De wolken vluchten als ze dat kunnen.

'Ik weet het niet meer.'

'Is dat een probleem?'

'Wat?'

'Herinneren in het algemeen? Of is er een andere reden waarom u geen antwoord wilt geven?'

Het vogeltje stuiterde van muur naar muur, zijn vleugels roffelend rond zijn lijfje. Winter deed een paar stappen in de richting van het diertje, hief zijn armen op en wist het uiteindelijk zwaaiend met zijn armen door het openstaande raam naar buiten te dirigeren. Het fladderde weg, hoog de lucht in, iets zwarts tegen iets grijs. Winter voelde een plotselinge droefheid, een heel sterk gevoel, alsof zijn leven met die eenzame vogel in de wolken vervloeide.

Hij draaide zich om.

'Ze kon deze kamer niet uit, toch?'

5

Bertil Wiedergren brak door nog een muur. Ik rij tegen de ene rotswand na de andere, dacht hij, een Lundell-fan. Maar de muren hier waren van baksteen of cement, soms in elkaar geklemd als continentale platen, maar dat maakte niet uit wanneer hij zwaaide met de graafbak aan de arm van de rupsgraafmachine waarin hij zat, een Hitachi Zaxis 280 LC-3. Een monster, zijn eigen monster, ze waren samen *Beauty and the Beast* en hij was Beauty, tenminste zolang hij in de cabine zat. Het was anders wanneer hij eruit klom, maar zover was het nog lang niet, dat duurde nog een hele tijd. Op de arm van de machine stond BERTIL GRONDWERKER, in witte letters op het mooiste oranje.

Hij was beneden in de kelder van de mechanische fabriek, een ruimte zo groot als een voetbalveld. Miltons Mekaniska. De fabriek was ook een monster geweest, had een heel huizenblok in beslag genomen, was vanuit de halve stad zichtbaar geweest. De werkplaats was nu uitgediend en werd gesloopt. Een lange executie, die binnenkort voorbij was. Maar in vredesnaam wat was dat? Hij had twee derde van de muur voor zich weggehakt en één stuk viel opeens naar rechts, cement op cement, als een geheime deur, een rechthoek van twee meter hoog en een meter breed. Eromheen kon hij metselspecie en stukken baksteen zien en daarbinnen, in de vrijgekomen rechthoekige ruimte, zag hij een skelet, achteloos leunend tegen de muur in de muur.

Winter keilde steentjes over de zee, een-twee-drie-vier-vijf keer stuiterde het steentje over de Askimsfjord. Hij bukte en raapte er nog een op, plat en koud lag het in zijn hand, een-twee-drie-vier-vijf-zes-zeven-acht, niet slecht, maar het wereldrecord staat op achtentachtig stuiteringen. Dat kon niet kloppen, tenzij het record was gevestigd op het oppervlak van de Dode Zee.

Zijn eigen strand. Hij draaide zich om. Zand en klippen, aarde en gras. Sinds zijn verhaal was begonnen had dit allemaal op hem gewacht. Zijn fietstochten hierheen. Hij en Angela. De bestemming voor dagtripjes toen ze een gezin werden. Het enige wat tot nu toe ontbrak was een huis. Nu was de tijd rijp. Daar zou het staan. Hij liep de helling op en ging op de plek staan waar de keuken zou komen. Het belangrijkste vertrek in een huis. Daar zou hij staan te koken en uitkijken over de baai, zonder het verlangen weg te willen, terwijl grote schepen in de vaargeul voorbijvoeren. Hij zou gerechten klaarmaken met verse ingrediënten rechtstreeks uit de zee. Er zou een wijnglas op het marmeren aanrecht staan, een pinot gris uit Turckheim. Op dat moment zou hij gemoedsrust voelen. Het duurde niet lang meer, helemaal niet lang meer. De tekeningen lagen in principe klaar bij Manfred Sauf. Ze waren nu naar Angela gestuurd. Er waren een paar jaar verstreken, maar ze zouden niet veel veranderen, misschien wel niets. Angela mocht er nog het hare over zeggen. Daarna was het alleen nog een kwestie van het kunstwerkje naar de gemeente sturen voor de aanvraag van een bouwvergunning. Dat had ik al lang geleden moeten doen. Er is veel dat in het verleden gedaan had moeten worden, maar de toekomst is geduldig. Veerkrachtig.

Hij belde Angela op haar mobiele nummer. Er werd niet opgenomen. Hij toetste een ander nummer in.

Angela nam op nadat de telefoon vier keer was overgegaan. Ze klonk buiten adem.

'Heb je het druk?' vroeg hij.

'Mijn mobieltje is dood,' zei ze. 'Ik moest naar de vaste telefoon rennen.'

'Mijn mobieltje is dood,' zei hij. 'Zou de titel van een detective kunnen zijn.'

'Wat let je om die te schrijven,' zei ze.

'Ben al bezig met een andere,' zei hij. '"De bal is dood". Het verhaal speelt zich af in de voetbalwereld.'

'Dat is grappig in al zijn vreselijke realiteit.'

'Ja toch?'

'Wat ben je aan het doen?' vroeg ze.

'Even weg van de verschrikkingen. Ik sta op ons strand. Of beter gezegd, in het midden van ons virtuele huis. In de keuken.'

'Dus het gaat gebeuren,' zei ze.

'Jij hebt het gezegd. Het wordt nu tijd.'

'Echt?'

'Ja echt. Dit perceel heeft lang genoeg braak gelegen.'

'Dus de Kerstman is nog niet dood,' zei ze.

'Die is nooit dood geweest,' zei hij. 'Als we niet meer in de Kerstman geloven, kunnen we wel ophouden.'

Het lichaam in de keldermuur was in de problemen geweest, maar dat was lang geleden. Alleen het skelet was nog over, eerder een tentoonstellingsobject dan een lijk. Waarom was het niet in elkaar gevallen? Waarom was het hier? Sinds wanneer? Vragen, vragen. Winter wendde zich tot de vaste patholoog-anatoom Pia Eriksson Fröberg. Ze kenden elkaar al vijfentwintig jaar, waren ongeveer tegelijkertijd bij de politie begonnen, waren een stel geweest, maar geen van beiden herinnerde zich de details van toen.

'Volgens mij is het een man,' zei hij.

'Ik hoef niet te raden,' zei zij.

'Volgens mij is er sprake van een misdrijf,' zei hij.

'Dat hoef ik ook niet te raden,' zei ze. 'Het letsel aan de schedel spreekt voor zich.'

Hij boog dichter naar de schedel. Een gat in het voorhoofdsbeen. De tijd had het niet uitgewist, eerder vergroot.

'Er is ook een uitgangswond,' zei Pia Eriksson.

Een fatale schotwond. Te oordelen naar het gat een groot kaliber, .357 Magnum kwam bij hem op, het type kogel dat Olof Palme had gedood. Dat was ook lang geleden.

'We moeten op zoek naar kogels,' zei hij.

'Als het überhaupt hier is gebeurd,' zei ze.

'Kun je een grove datering geven?'

'Lang geleden,' zei ze. 'Onmogelijk voor mij om nu te zeggen.'

'Koolstof-14-methode?'

‘We hebben waarschijnlijk meer geluk met het DNA-register,’ zei ze.

‘Dat gaat maar dertig jaar terug.’

‘Misschien is dat genoeg.’

‘Ik denk dat we toen nog geen mensen in het register opnamen.’

‘Daar heb je waarschijnlijk gelijk in, helaas,’ zei ze.

‘Is hij net zo naakt begraven als hij nu is?’ zei Winter.

‘Dat is een vraag voor Torsten Öberg,’ zei ze.

Hoofdinspecteur Torsten Öberg was het hoofd van de technische afdeling en was er samen met zijn medewerkers. Hij dook op naast Winter en keek naar de opening van de verticale crypte waarin het skelet stond.

‘Verschillende soorten cement,’ zei hij.

Winter knikte.

‘We moeten natuurlijk monsters nemen. Zie je die metselspecie daar? Die is waarschijnlijk van toen ze hem hebben ingemetseld. We zullen zien.’

‘Misschien bevat het graf nog andere sporen,’ zei Winter.

‘Sporen zijn er altijd,’ zei Öberg.

Jonas Borgman had zijn deur geopend en was door het hoofd geschoten. Het was in de gang gebeurd, pal achter de deur. Het bloed vertelde het verhaal. Of vormde het schilderij, een soort Pollock. Amateur of prof? Moeilijk te zeggen.

Er zat een kijkgat in de deur, *old school*. Zulke kijkgaten werden geboord zodat je binnen kon zien wie er voor de deur stond: vriend of vijand.

‘Als dat toen zo gegaan is,’ zei Winter.

‘Wat?’

Bertil Ringmar keek hem aan. Ze stonden in de gang, bijna op de drempel. De gang leek groter dan de rest van het hele appartement. Alles speelde zich af in de gang. Er stond een fiets tegen de muur, zwart tegen geel, tegen de rode stippen en strepen. De hersenen van de jongen waren over de muur gespat, die zo rood was als het bloed. Misschien was hij een communist geweest, een van de weinigen die er nog over waren, dit was tenslotte Göteborg.

En wat heb je vandaag voor de arbeidersklasse gedaan? Een gebruikelijke begroetingszin in het begin van de jaren zeventig, maar toen was Winter nog een onschuldig kind geweest. De leden van de revolutionaire communistische partij KPLM hadden door de straten gemarcheerd, op weg van niets naar nergens. Een bloederig visioen in hun hoofd dat ze geen van allen zouden hebben overleefd als ze ten oosten van de Oeral waren gedropt.

'Misschien kwam het schot toen de schutter wegging,' zei Winter. 'Ze hadden het hierbinnen samen gezellig gehad waarna de gast zou weggaan en toen gebeurde het.'

'In dat geval kende het slachtoffer de dader,' zei Ringmar.

'Maar geen kopjes of glazen,' zei Winter.

Nee. Ze hadden niets gedronken, daar waren geen sporen van op de tafel of in de keuken. Het was een blinkend schone keuken, schoongeboend, alsof hij nooit gebruikt was. Wat zegt dat over iemand? De keuken niet gebruiken. Wat zegt dat over iemands persoonlijkheid? De jongeman had psychologie gestudeerd. Misschien wist hij iets wat niemand anders wist. Nu is dat ook weg. Of misschien had de moordenaar schoongemaakt na zijn daad. Maar mensen die hun huis zelden schoonmaken leveren geen goed werk als het moet.

'Had hij een vriendin?' zei Winter. 'Vriend?'

'Ik heb nog niets van Lena en Dick gehoord,' zei Ringmar. 'Ze zijn op het instituut.'

Het instituut Psychologie van de Universiteit van Göteborg lag vlakbij, het was slechts een paar honderd meter van de Alfhemsgatan naar de Linnéplatsen. Winter was daar een keer geweest, toen hij was uitgenodigd voor een seminar over intuïtie bij misdaadbestrijding. Het waren een paar zweverige uren geweest, vrij rampzalig. Hoe leg je uit wat intuïtie is? Dat is alsof een schrijver moet uitleggen hoe hij schrijft. Als je je de hele tijd bewust bent van wat je doet terwijl je het doet, verdwijnt alle... intuïtie. Dan is het geen kunst meer.

'Wie schiet er tegenwoordig mensen door het hoofd?' vroeg Ringmar. 'Of recht in de borst?'

‘Voornamelijk de bendes. Nu hebben we drie van zulke gevallen.’

‘Binnen minstens dertig jaar.’

‘Gaat dat te ver?’

‘Om nog een verband te zien, bedoel je?’

Winter knikte.

‘Hoe zou het verband met elkaar kunnen hebben?’ vroeg Ringmar.

‘Dit is het moment waarop ik moet zeggen dat alles met alles samenhangt,’ zei Winter.

‘Gaan we nu van psychologie naar filosofie?’

Winter antwoordde niet. Ze hadden net de methode op een kier gezet, de vrije associatie, die hen door de jaren heen enorm had geholpen, de bijna dertig jaar samen op wat ooit de afdeling Ernstige Delicten heette. Een nieuwe naam nu, een nieuwe organisatie, ze leidden een rechercheteam binnen de afdeling Onderzoek, maar het was dezelfde methode. Al het water van de wereld was in die jaren twee keer onder de Götaälvbrug door gestroomd. Binnenkort zou het een derde keer binnenstromen, ook al was de brug gesloopt. Voor hem zou er geen vierde keer komen. Of een dertiende, wat dat betreft. Alles was nú, alles was hiér.

‘We gaan daarheen waar we heen moeten,’ zei Winter.

‘Waar is dat?’

‘Jonas Borgman kende mensen die hij niet had moeten kennen.’

‘Drugs?’

‘Dat ligt het meest voor de hand.’

‘Wat ligt het minst voor de hand?’

‘Liefde.’

‘Wat zit daartussen?’

‘Geld.’

‘Gaan drugs en geld niet samen?’

‘Niet per se.’

‘Had Jonas iemands vertrouwen beschaamd?’

‘Ja.’

‘Wist hij dat?’

‘Nee.’

'Toen de moordenaar kwam, wist hij niet waar het over ging.'
'Nee.'
'Wie had hij teleurgesteld?'
'Een vriend.'
'De vriend die hier met een negen millimeter kwam?'
'Nee.'
'De vriend die het bevel tot de afrekening heeft gegeven.'
'Noem je het een afrekening?'
'Daar lijkt het wel op.'
'Het is een straf. Daar is een veroordeling voor nodig.'
'Ja.'
'Daar komt een rechter bij kijken.'
'Wie is de rechter?'
'Vind de rechter. De moordenaar is een werktuig.'
'Hoe ver moeten we de onderwereld in?'
'Misschien ligt het allemaal onder de oppervlakte.'
'Hoe weet je dat?'
'Psychologie.'
'Psychologie?'
'Het draait allemaal om psychologie,' zei Winter.
'Wat een bullshit,' zei Ringmar.
'*Mierda*,' zei Winter. 'Dat is hetzelfde, in het Spaans.'

De verlichting was slecht op het kruispunt nadat de supermarkt Hemköp een halfuur geleden was gesloten. De auto's die hij zag stonden geparkeerd. Donkere oppervlakken in donkere weerspiegelingen. De restaurants in de Nordenskiöldsgatan knipperden verlegen de avond in.

Hij was erheen gelopen via de Vasagatan, een rustige laan, toen de klok hoog in de Vasakyrkan tien uur sloeg. Niets had bewogen toen hij door Haga liep. Omdat het stadsdeel geen zichtbare begroeiing had, voelde het nu aan als een plek zonder leven, als een middeleeuwse stad waar de pest heerste, als een stad in een verre toekomst waar de pest zou terugkeren. Zijn voetstappen hadden weergalmd, alsof hij de laatste mens op aarde was. Waarom had hij deze gedachten? Wat betekende het?

Hij wachtte in de duisternis van de Alfhemsgatan. Joost mocht weten waarop. Er kon iemand komen. Dat was eerder gebeurd, daders kunnen de plaats van het misdrijf niet loslaten. Het was een ziekte. Alles is een ziekte, dacht hij, het leven is een levensbedreigende ziekte, haha.

Ambulances waren weggereden met het oude echtpaar dat op de benedenverdieping van het pand op de Vasaplatsen woonde. Ze waren er altijd geweest, al sinds Winter er was komen wonen. Edit heette de vrouw, ze had zijn kinderen vaak getrakteerd op koekjes. Haar man heette Carl, een negentigjarige kolonel, met een kaarsrechte rug tot op het laatst. Ze waren drie dagen na elkaar gestorven. Ze gingen nooit uit. De infectie moest via het Franse balkon zijn binnengekomen, iemand die beneden had gehoest. Het Spaanse balkon. De Spaanse griep. Maar die was niet Spaans, die kreeg alleen in 1918 in Spanje vaste voet aan de grond in Europa, toen troepen vanuit een legerkamp in Kansas haar meebrachten. Maar dat weet iedereen. Hij was in Spanje geweest, was niet thuis geweest toen Edit en Carl het aardse leven hadden verlaten. Carl had een mooie collectie maltwhisky. In een andere cultuur had hij die meegekregen in het graf. Ik zal mijn verzameling, of wat daarvan over is na de dodenwake, meenemen. Is dat een pessimistische of een optimistische gedachte? Ik zal mooi gekleed in de kist liggen en een foto van mijn gezin en een fles Glenfarclas Cask Strength bij me hebben. Je weet nooit wat er gebeurt als het licht uitgaat, niemand weet dat.

Er liep iemand langs de portiek aan de overkant van de straat. De eerste beweging sinds hij zich in de schaduw had geposteerd. Een man, hij leek geen haast te hebben. Hij kwam uit de Rosengatan, stak de Olivedalsgatan over, liep langs de portiek, bleef nu staan bij de Nordenskiöldsgatan, draaide zich om, liep dezelfde weg terug, langzaam, alsof hij verdwaald was, bleef staan bij de portiek naar het trappenhuis van Jonas Borgman en liep verder in westelijke richting.

Winters telefoon trilde in de binnenzak van zijn jas. Op het display stond LENA KALLENDER, een collega.

'Ja?'

‘Sorry dat ik zo laat bel,’ zei ze.

‘Ik ben nog op.’

‘We hebben een paar tips gekregen van het instituut Psychologie. Jonas Borgman had zeker een vriendin.’

‘Ja?’

‘Ylva Berg... ze woont in een studentenflat in Kungsladugård... Sannabacken... Ik heb vanavond geprobeerd contact met haar op te nemen, maar ze neemt niet op.’

‘Ben je er geweest?’

‘Ja... Ik bel nu vanaf daar. Ik sta buiten. Binnen brandt licht... boven... maar niemand neemt op als ik haar mobiel bel en ook niet als ik aanbel bij de deurintercom.’

De nachtwandelaar aan de andere kant van de Alfhemsgatan was teruggekomen, liep nu de portiek voorbij, bleef staan en keek om zich heen alsof hij vermoedde dat hij werd gadeslagen. Wat ook zo was, maar dat kon hij niet weten, Winter was onzichtbaar, onderdeel van de duisternis. De vent aan de andere kant liep verder. Hij zou zich omdraaien, terugkomen.

‘Ben je alleen?’ vroeg Winter.

‘Ja.’

‘Bel Dick. Zeg dat hij moet komen. Houd de flat in de gaten tot Dick er is. Verschaf je dan samen met hem toegang tot het appartement. Ik kom zo snel mogelijk.’

‘Eh... oké.’

‘Doe het nu,’ zei Winter en hij verbrak de verbinding.

Hij wachtte, een minuut, twee, drie. De wandelaar kwam terug. Bleef staan voor de portiek. Voelde aan de deur. Die was niet afgesloten. Winter had de deur van het slot gedaan voordat hij aan de overkant van de straat was gaan staan, zo dom was hij nou ook weer niet. De gestalte aan de overkant ging naar binnen, verdween in de schaduwen. Winter stak de straat over, opende de deur, de gewelfde entree was leeg, geel licht over de binnenplaats, het trappenhuis bevond zich aan de linkerkant, hij liep de trappen op, boven hem liep iemand. Het licht daarbinnen was als urine van een diabeet, alles was steen, pleisterkalk en pisgeel. Winters rubberzolen waren geluidloos. Een paar verdiepingen boven hem het geschraap van leren hakken. Op de galerij voor de deur van de jongen was het koel, Winter voelde de luchtstroom door de trapportalen naar beneden gaan, alsof de luchtstroom in de toren begon en helemaal beneden op volle kracht was, alles met zich meenam.

Nu was het stil daar boven. Winter liep behoedzaam verder, het gebeurde niet vaak dat hij sloop, nooit eigenlijk, zelfs niet als kind toen er monsters in de buurt waren, niet sinds hij volwassen was, toen de monsters talrijker werden, levend werden, vorm kregen, als fantasieën die uit je hoofd stappen en met een vreselijke glimlach voor je gaan staan.

De man stond daar met zijn hand op de deurkruk alsof die daar vast was komen te zitten, achter het blauw-witte afzetlint, alsof dat voor hem onzichtbaar was.

'Er is niemand thuis,' zei Winter.

De gestalte keek op hem neer. Hij had nu een gezicht, in het schijnsel van het trappenhuis zag het er geel en blauw uit, een Zweedse held. De man was van onbestemde leeftijd, veertig misschien, de generatie die nu alles overnam, politiek, cultuur, criminaliteit, het is allemaal dezelfde shit, het vloeit allemaal in elkaar over. Alleen een in de oven gebakken tarbot is blijvend, heus, een uur op honderdtwintig graden in een metalen vorm zonder vet of vocht, sommige mensen gaan tot honderd graden, of negentig, ze kunnen naar de hel lopen, zij kunnen sushi eten. Hier eten we gaar voedsel, we zetten de pan direct op tafel, snijden de huid langs de graat door, verwijderen de huid, leggen mooie stukken vis op warme borden, gekookte aardappelen met schil, geklaarde boter, versgeraspte mierikswortel, partjes citroen, fijngehakte dille, grofgemalen zout en versgemalen zwarte peper, peperdure riesling uit Turckheim in het goedkoopste waterglas, dat is stijl, mijn stijl. Snuif de dampen op die van het bord komen, geniet van het eenvoudige leventje dat je is gegeven. Dit alles overdacht Winter terwijl de man hem aankeek, langzaam zijn hand van de deurkruk haalde, een stap achteruit deed, een afzetlint om zijn nek kreeg, het optilde en een trap in de richting van Winter mikte.

Hij miste op een paar centimeter na.

Toen kwam er nog een trap.

Winter greep de voet van de man, om zichzelf te beschermen, om de rotzak zo snel mogelijk onschadelijk te maken. De man verloor zijn evenwicht, wat ook de bedoeling was, viel achterover, snel, sneller dan Winter had gedacht, klapte met zijn hoofd lelijk op de grond, botten verbrijzelden, als zwaar porselein. Winter liet de voet los en knielde naast de man, die natuurlijk bewusteloos was, zijn ogen staarden maar er was niemand thuis, zoals in het appartement van Jonas Borgman, waar nooit meer iemand thuis was. Hoe zat het met deze vreemdeling, hij had geen woord gezegd, de plas bloed breidde zich nu uit onder zijn hoofd op de stenen traptreden, het stroomde cynisch langzaam. Winter belde een ambulance, hij raakte het lichaam van de man nergens aan. Het zou snel dood zijn of niet, het zou in een coma belanden of niet, niet nog meer personen in coma, het was niet eerlijk tegenover wie dan ook.

Lena Kallender en Dick Forsman stonden voor de veredelde barak waarin Ylva Berg haar studentenkamer had. Niemand kwam of ging, de studenten sliepen waarschijnlijk om de moeilijke tentamens van morgen te halen. Ha, niet dat Dick Forsman wist wat moeilijke tentamens waren, hij was een man van actie die eerst handelde en dan reageerde; en nooit vroeg. Hij had het programma op de politieacademie in Växjö gehaald omdat Lena hem had geholpen met de theoretische vakken. Växjö was een rotstad voor iemand van buiten en de Kronobergers leken daar ook onder te lijden. Lena was hem gevolgd naar Göteborg om hem verder door het leven te begeleiden. Ze had hem zo geholpen dat ze nu allebei 'rechercheur' waren, zoals hij zichzelf graag noemde, en dat op een afdeling die werd geleid door de legendarische Erik Winter. Wat kon je je nog meer wensen in het leven? Misschien een taco van de oude Sannagrillen onderaan de heuvel, nu Hermanos Taco Kiosk, daar hadden ze goed spul, of een dampende pad thai van Thai Tanic ernaast in de Mariagatan, maar alles is toch dicht en Erik Winter is niet gekomen. Maar we hoefden niet op hem te wachten dus laten we naar binnen gaan. Dit slot was geen partij voor hem, de studenten zouden beter spul moeten hebben. Hij realiseerde zich dat hij in korte tijd twee keer 'spul' had gedacht. Hij dacht dat hij niet nerveus was, maar dat was wishful thinking. Hij voelde zich een beetje misselijk.

Ze liepen de trap op naar de tweede verdieping en zagen Ylva's naam op de deur. Het licht kwam van daarbinnen. Ze hoorden muziek. Het was zacht, maar niet zo zacht.

'Ze is thuis,' zei Lena.

Hij antwoordde niet. Iemand kon thuis zijn en toch niet thuis zijn. Ze hadden dit geoefend en toch ook weer niet. Het was als het oefenen van strafschoppen. Het werkte niet. Alleen als het moment suprême daar was wist je of je goed was. Als het erop aankwam.

Lena belde aan. Het geluid van de bel was door de muziek binnen heen te horen.

'Lana del Rey,' zei ze.

'Lena del Ray,' zei hij. 'Whatever.'

Ze keek hem aan.

'Hoe voel je je, Dick?'

Hij antwoordde niet, pakte het setje lopers, forceerde het slot en drukte de deurkruk naar beneden. Opende de deur. Binnen zong een vrouw, luider dan hij had gedacht, ze klonk als een engel, flarden muziek, niet zijn ding, geen elektrische gitaren. Muziek zonder elektrische gitaren was geen muziek.

Hij hoorde Lena de naam van het meisje roepen, Ylva, Ylva, Ylva, alsof ze verdwaald was in het bos. De engel zong luid en duidelijk door ijle synth of zoiets, hij hoorde alles om zich heen, nam alles waar, was nu op alles voorbereid. Hij had zijn wapen getrokken, Lena had haar wapen getrokken, dit was serieus, bloedserieus.

De hal was klein, leidde naar een kamer recht voor hen, daar was het licht. Hij liep voorop het licht in, het scheen op een bed. Er lag iemand op het bed, half bedekt door een deken, hij zag lang haar, hij zag iets op de vloer, als een onregelmatig patroon, het was rood, in het meest positieve geval kon het wijn zijn.

Ylva, Ylva, Ylva dacht hij en hij haastte zich naar het bed, zag delen van het gezicht van het meisje, één oog, alsof ze met haar ogen open sliep. Het kussen waar ze op lag had hetzelfde rode patroon als de vloer. Ze sliep niet. Hij probeerde de hartslag in haar hals te voelen maar er bewoog niets roods meer door haar lichaam. Al dat verdomde rood waar we overal mee rondlopen, het zou verdomme nooit zichtbaar mogen zijn, in kunstlicht, of in daglicht. Als alles nu zwart en wit was geweest was het ook zwart geweest, en wit, zoals het gezicht van dit kleine meisje. Wit in wit licht. Hij haalde zijn twee vingers van haar hals en keek omhoog naar Lena, die ook wit was. Het zwakke licht bereikte haar gezicht niet maar ze was echt wit, lichtgevend wit, zwarte lichtgevende ogen.

Hij zag iets achter haar, een schaduw.

Hij voelde het gewicht van het wapen in zijn hand, de kou ervan, als de dood.

'Nee, nee, ik ben het, Erik!'

Erik Winter stond naast Lena, hield zijn witte handen omhoog, alsof hij zich overgaf, onschuldig aan alles.

'Ze... ze is dood,' zei Dick en hij keek weer naar het meisje, een porseleinen pop, waar kwam die gedachte vandaan?

'Ze is koud,' zei hij. 'Het... is gebeurd voordat we hier kwamen... voordat Lena er was.'

'Niemand is naar binnen of naar buiten gegaan terwijl ik daarbuiten stond,' zei Lena Kallender.

Winter deed een stap naar voren. Wat gebeurt er? In welke wereld ben ik beland? Waar ik ook ga, ik loop de dood tegemoet.

De gemene aprilzon scheen fel op het politiebureau. Van alle zon van het jaar is die van april het ergst, het hardst, koud en naakt, er staat nog niets groens tegenover. Het is een wereld zonder liefde. Pasen is een boosaardig feest. Binnenkort is het zover en is alles al gebeurd.

Het was een koude ochtend toen hij over Heden liep, er stond een straffe wind vanuit Thule. Hij had de wandeling nodig om zijn hoofd leeg te maken. Het was te vol, hij kreeg vreemde associaties toen hij over de open plekken liep: het centrum van Göteborg ondersteboven en weggezakt in de modder, Gustav II Adolf wees in alle richtingen tegelijk, maar de stad verdween en iedereen met haar, dood en levend, ze zwaaiden en zwaaiden en schreeuwden en schreeuwden, maar niemand kwam hen te hulp, zelfs hij niet.

Bertil Ringmar wachtte in de vergaderruimte. De anderen waren op weg naar binnen. Aneta Djanali kantelde de lamellen van de jaloezieën om hen te beschermen tegen die verdomde zonneschijn.

'Waar beginnen we?' vroeg Ringmar.

'We beginnen bij het einde,' zei Winter.

'Ylva Berg,' zei Ringmar.

'In de borst geschoten,' zei Dick Forsman. 'Geen van de buren heeft iets gehoord.'

'Ylva Berg,' zei Winter. 'Wat we tot nog toe weten, is dat ze de pech had dat ze Jonas Borgman kende.'

'Of andersom,' zei Ringmar.

'Of andersom,' zei Winter. 'De chronologie kan ons misleiden in het begin.'

'In het gezin?' fluisterde Forsman tegen Kallender.

'In het begin,' antwoordde ze zachtjes. 'In het begin.'

'En de man die ik bewusteloos sloeg heet Hans Thule,' zei Winter. 'Hij wordt in een kunstmatige coma gehouden in het Sahlgrenska. Heet dat kunstmatig?'

'Hij leeft in elk geval nog,' zei Halders. 'Dat is tenminste iets in dit verband.'

'Nog,' zei Winter.

'Je hoeft je niet schuldig te voelen, Erik.'

Winter zei niets.

'Wat deed hij daar in godsnaam?' vroeg Fredrik Halders.

'Daar had ik achter moeten komen.'

'Wie is hij?' vroeg Aneta Djanali.

'Een docent aan het instituut Psychologie,' zei Ringmar.

'Docent van de psyche,' zei Halders.

'Misschien was hij gewoon bezorgd,' zei Lena Kallender.

‘En kleurenblind en blind en verstandelijk gehandicapt?’ zei Halders. ‘Probeerde hij daarom een met lint afgezette woning binnen te komen?’

‘Vragen, vragen, vragen,’ zei Winter.

‘Een... minnaar?’ opperde Lena Kallender.

‘Waarom zeg je dat?’ vroeg Winter.

‘Ik... ik weet het niet.’

‘Homo, maar geen moordenaar,’ zei Halders. ‘Wat is erger?’

‘In jouw wereld hoef je dat niet te vragen,’ zei Djanali.

‘Het blijft wel binnen deze vier muren, toch?’ vroeg Halders, terwijl hij om zich heen keek.

‘Op een dag komt het naar buiten,’ zei Ringmar. ‘Alles komt op een dag in de openbaarheid, Fredrik.’

Sara

Papa en mama maken ruzie. Missan en ik zitten op de sprei in mijn kamer. Ze schreeuwen beneden. Het moet buiten te horen zijn. Papa is de hele dag aan het werk geweest en toen hij thuiskwam was hij heel boos zodra hij de deur opendeed. Ik zag een vogel voor het raam. Hij was klein en zwart met een gele stip op zijn kop. Hij vloog een paar keer tegen het glas. Ik opende het raam en hij vloog naar binnen! Hij vloog de hele kamer rond en vloog toen weer naar buiten! Ik zag hem naar een boom aan de overkant van het grasveld vliegen en daarna was hij weg. Ik heb een paar dagen gewacht, maar hij kwam nooit meer terug. Papa riep iets en toen ging hij weer weg, ook al was het avond en was hij net thuisgekomen. Het was erg donker buiten. Ik zag zijn auto wegrijden met alle gele en rode lichten achterop. Ik liep de hal in en riep mama, maar ze antwoordde niet. Vandaag schrijf ik niet meer.

6

In *Studio Ett* spraken enkele van de talloze experts over het aanhoudende herstel van de economie. Geen belachelijke steunpakketten meer voor de openbare sector; het kapitaal had zich heel even blootgegeven op het hoogtepunt van de crisis en onthuld dat er miljarden aan reserves waren. Nooit meer. De wereld zou een nog kapitalistischere planeet worden. De aarde was nog steeds de koning van het zonnestelsel. Kom niet hierheen en kom. Het zou zijn tijd wel duren. Ondertussen gingen de regenwouden nog meer naar de kloten. De rivieren droogden op, de organismen in de meren stierven en Falsterbo verdronk. Geen Falsterbo Horse Show meer. Mensen bleven goedkope vluchten naar Thailand boeken. Ze kochten nog steeds schandalig goedkope kleding die in Zuid-Azië werd gemaakt door slaven. Misschien lagen daar wel de problemen van de wereld, bij de ongeschoolde massa's in het Westen. Winter hoefde alleen maar om zich heen te kijken, ze waren overal, zelfs in een stad als Göteborg. Ze zaten om hem heen aan de vergadertafel in het politiepaleis. Hoe lang zou hij het volhouden? Er is geen plaats voor een goed opgeleide man met oud geld en dure maatpakken. Hoe moet ik mezelf staande houden in een slechte en onwetende wereld? Ik heb kinderen die nog een heel leven moeten leven. Heeft het zin dat zij nieuwe kinderen op de wereld zetten? De vrouw baart schrijlings boven een graf. Tegen beter weten in zal ik een huis bij de zee bouwen, aan het einde van de wereld. Hoezo cynisch, ik? Ik zal in de duisternis naar het licht blijven lopen. Mijn kinderen moeten die wandeling voortzetten. Dan zal het licht komen. Ze zullen het licht ervaren. Dat is alles wat ik wil.

Hij parkeerde op de keerplaats en stapte uit. De villa van het echtpaar Malm-Brendner stond aan het einde van de doodlopende weg vanaf de Framnäsgatan. Hij was in Johanneberg, of Krokslätt, of Fredriksdal om nog iets preciezer te zijn. Het zuiden van Göteborg op de grens met Mölndal. Onopvallende villa's, deels verborgen voor de wereld, zoals deze, één verdieping, bedekt met dakpannen die eruitzagen als terracotta. Teakhout, grote ramen. Het huis zag eruit als een bungalow in een ander deel van de wereld. Het enige wat ontbrak waren palmbomen, maar er stond een stevige bamboeplant links van het huis.

Het perceel was niet groot. Hij stond voor de deur en hoorde het zachte geruis van de stad, als een fluistering uit de verte: *Kom niet hierheen, blijf waar je bent, blijf waar je bent, in de beschutting*. Hij keek naar het huis. Het had beschutting kunnen bieden, maar het was te laat. Richard zou niet terugkomen. Als Sara terugkwam, zou het een wonder zijn. Of een ramp. Ze had haar besluit in de auto genomen, seconden voordat ze aan het stuur draaide en tegen de rotswand reed. Als zij degene was die het besluit had genomen. Iemand anders had het besloten misschien toen ze een kind was. Misschien al veel eerder.

Zijn mobiel zoemde in de binnenzak van zijn colbert.

'Ja?'

'Ik heb net met iemand van Richard Malms werk gesproken,' zei Ringmar.

'Ja?'

'Hij is al een paar maanden met ziekteverlof. Iets met zijn zenuwen.'

'Iets met zijn zenuwen?'

'Je klinkt als een papegaai, Erik. Waar ben je?'

'Ik sta nu voor hun huis,' zei Winter. 'Ben op weg naar binnen. Dat met die zenuwen klinkt als iets uit de vorige eeuw.'

'Zo zei de personeelschef het.'

'Depressie dus. We moeten uitzoeken wie hem ziek gemeld heeft.'

'Al gedaan. Een psychiater met een privépraktijk in Johanneberg.'

'Op vertrouwd terrein dus,' zei Winter.

Hij kon het hart van Johanneberg zien, of de hersenen. Wegwerkzaamheden in de Fridkullagatan. Voertuigen kropen als slakken.

'Ik ben naar haar op weg,' zei Ringmar. 'Zal proberen haar haar zwijgplicht te laten doorbreken.'

'De patiënt zal vast niet meer klagen.'

'Dan weet je dat wanneer je hun huis binnengaat,' zei Ringmar.

'De tekenen van depressie bedoel je?'

'Je weet wel.'

Winter verbrak de verbinding. Misschien wist hij het. Hij had de tekenen zelf vertoond. Bertil wist het. Het verdriet was er geweest. De neerslachtigheid. Whisky die een gewoonte werd en een medicijn in plaats van een stimulans en een verruiming van de geest die het kon zijn. Gedurende een periode, een paar jaar geleden, waren er te veel medicijnen geweest. Nu niet meer. Hij wachtte nog steeds op de geestverruiming. Misschien was zijn geest al zo ver uitgerekt als maar kon. Onzin. De geest is duizend keer groter dan de huid en de huid is het grootste orgaan van het lichaam. De geest is rekbaar tot aan de grens van het onmogelijke. Niemand heeft ooit de grens van het onmogelijke bereikt, of overschreden. Wie zal de eerste zijn? Word ik dat?

De jaloezieën in het huis waren gesloten. Hij liep van kamer naar kamer. Overal was het schemerig. Alles leek netjes en opgeruimd, zoals vaak wanneer mensen hun huis verlieten voor een reis. Een soort doodsschoonmaak. Er kon iemand komen, een inbreker, die niet moest denken dat dit een slordig huis was. En mensen wilden graag in een opgeruimd huis terugkomen bij thuiskomst. Meteen met schoonmaken te moeten beginnen was verschrikkelijk. Hij was een keer thuisgekomen uit Marbella en had ontdekt dat hij een gebruikt glas op het aanrecht had laten staan. Dat was niet leuk geweest, het had zijn eerste avond thuis verpest.

Sara en Richard hadden verwacht thuis te komen. Richard in elk geval. Hij was waarschijnlijk degene die had schoongemaakt. Sara had verwacht terug te komen in dit huis, de bungalow. Of niet. Ze had pas een besluit genomen op rijksweg 40, in de auto, na de landing op Landvetter. Of in het vliegtuig. Of aan de Costa

Tropical, in Almuñécar, in Spanje. Nadat ze iets had gehoord wat geen mens hoefde te weten. Zo zou het geweest kunnen zijn.

Was er iets in de auto gebeurd wat niets met Spanje te maken had? Iets wat Richard had gezegd? Iets wat hij had gedaan? Winter probeerde te denken aan de seconden voor het ongeluk. Hij had achter hen gereden, dichtbij. Wat had hij gezien? Was er daar voor hem een beweging geweest, voordat de auto overdwars stond? Een snelle beweging voor in de auto? Als dat zo was geweest, had hij het gezien moeten hebben. Daar was hij op getraind. Hij was op alles getraind, ervaren genoeg om elke beweging te zien die geen normale beweging was.

Nu stond hij in de slaapkamer, een tweepersoonsbed, een tachtig bij twee. Een eenvoudig hoofdeinde van licht hout, berkenhout misschien. Op het linker nachtkastje stond een leeslampje, er lagen wat boeken, een tijdschrift. Mannen liggen altijd links in een tweepersoonsbed. De boeken waren een dik boek over het Russische front in de Tweede Wereldoorlog, een boek over grillen, een roman van Per Planhammer, *Vrij van verdriet*. Misschien een toekomstvisioen. Winter had een paar romans van Planhammar gelezen, maar dat was lang geleden. Het tijdschrift ernaast was *Filter*. Een gezicht op de cover dat Winter niet herkende. Een glimlach die naar binnen was gekeerd.

Het andere nachtkastje was leeg op de lamp na. Sara had alles meegenomen. Of had daar nooit iets liggen tijdens de nachten.

Op een wit bureau stond een foto van een meisje van misschien tien jaar oud, negen. Was zij het? Het meisje zat alleen op een houten bank op een grasveld voor een houten huis. Winter herkende het huis. Het moest Sara zijn die daar zat. Ze glimlachte, keek blij, kalm. Het leek zomer. De foto was zwart-wit, maar het gras leek echt. Een struik naast de bank zat vol bloemen, die op de foto wit waren, maar geel konden zijn. Als Winter terugging naar de villa in Hinsholmen zou hij kijken of de struik er nog stond. Hij wilde dat die er nog stond. Sara's glimlach was ook echt. De foto moest genomen zijn in de zomer voordat haar vader werd vermoord. Was het haar vader die de camera vasthield? Hij had nog maar kort te leven. Zijn dochter had nog maar driekwart jaar om een normaal kinderleven te leiden. Alles zou veranderen.

Winter bleef naar de foto staren. Al zo vaak had hij zo gestaan als nu, in een huis dat stilgevallen was, verlaten, terwijl hij probeerde een foto te lezen die een afschuwelijke groet uit het verleden was geworden. De foto bevatte geen antwoorden, hij was het antwoord. Sara leefde nog, in coma in het Sahlgrenska-ziekenhuis. Ze was een mogelijk antwoord op de onmogelijke vraag 'waarom'. Hij hoopte te veel. Ze zou niet wakker worden. Wakker worden uit niets in niets, dacht hij, het was een banale gedachte maar toch ook weer niet. Het voelde echt op dit moment, op meer kon nooit gehoopt worden.

Het werd donkerder binnen, de zon zakte achter de westelijke bergen. De foto waar hij nog steeds naar keek vloeide samen met al het andere wit en zwart waartoe de kleuren van het noordelijk halfrond vervaagden. De vrolijke kleuren. Zwart en wit waren allebei de kleuren van de dood en bij elkaar waren ze afschuwelijk.

Hij voelde zich plotseling bang, bang voor alles. Het was niet de eerste keer, maar hij was een meester in het verbergen van dit gevoel. Hij voelde zich verdrietig, maar ook dat kon hij goed verbergen. Veel mensen zijn daar goed in totdat het niet meer gaat.

Hij toetste Angela's nummer in. Nadat de telefoon drie keer was overgegaan nam ze op.

'Hallo,' zei ze. 'Ben je thuis?'

'Nee,' zei hij. 'Ik sta in het huis van een dood stel. Gedeeltelijk.'

Angela zei niets. Ze wist waar hij het over had, of had geen zin om verder te vragen. De afstand was te groot.

'De vrouw die tegen de rotswand reed. Zij leeft nog. De man is er niet meer.'

'Wat doe je daar, Erik?'

'Ik weet het niet echt... nog niet. Het is zoals altijd.'

'Is dat goed?'

'Wat?'

'Dat het zoals altijd is. Je klinkt een beetje down.'

'Ik ben een beetje down. Ik word een beetje neerslachtig van deze plek.'

'Ga daar dan weg.'

'Waar ben jij?'

'We hadden het over jou, Erik.'

'En nu hebben we het over jou. Ben je klaar voor vandaag?'

'Bijna. Ik heb net met Lilly gesproken. Ze wil dat ik een pizza mee naar huis neem.'

'Klinkt als een goed idee.'

'Ana is al met het eten begonnen.'

Ana Martínez was hun hulp in de huishouding en kindermeisje, maar die woorden dekten de lading niet voor de oudere vrouw uit La Torrecilla, ten noorden van het stadscentrum. Winter zag haar voor zich, zuchtend en puffend bezig in de keuken terwijl ze met één oog de meisjes in de gaten hield, die altijd aan de keukentafel zaten te spelen en huiswerk te maken. Ana sprak alleen Andalusisch en zijn dochters ook. Op dat moment verlangde hij vreselijk naar hen.

'Koop toch maar pizza,' zei hij. 'Ana houdt van pizza.'

Angela lachte.

'Ze zal zich er nooit toe kunnen zetten om er zelf een te kopen,' ging hij verder. 'De culturele druk is te groot. Ze zou verbannen worden van de Costa del Sol.'

'Ga daar nu weg,' zei Angela. 'Blijf niet langer in dat verdomde huis.'

'Nee. Maar je hoeft niet te gaan vloeken.'

'Haha.'

'Ik denk niet dat zij, Sara, van plan was om niet terug te komen toen ze dit huis verlieten om naar Almuñécar te gaan,' zei hij.

'Hoe weet je dat?'

'Ik weet het niet. Een gevoel. Daarom ben ik hierheen gereden.'

Angela zweeg.

'Er is daar in Spanje iets gebeurd,' zei hij.

'Dat weet je niet, Erik.'

'Het heeft te maken met de moord op haar vader,' zei hij. 'Misschien ook met een andere moord. Het heeft met elkaar te maken.'

'Wat ga je doen?' vroeg ze.

‘Misschien kom ik naar jullie toe,’ zei hij. ‘We kunnen met z’n allen naar de Costa Tropical gaan.’

‘Ga je van je hele gezin detectives maken?’

‘Nee. Ik ben overdag een tijdje detective en daarna zijn we allemaal toeristen.’

‘Dus jij zou opeens een detective worden tijdens kantooruren en wij zouden opeens toeristen worden? Dat is nog nooit gebeurd en het zal ook nu niet gebeuren.’

‘Hoe dan ook,’ zei hij. ‘Ik kom jullie kant op.’

‘Wanneer?’

‘Ik weet het nog niet precies.’

Ze antwoordde niet. Er viel niets te antwoorden.

‘Ik bel je vanavond,’ zei hij.

De kamer was nu donker, vrijwel zwart. De lichten van de stad waren onzichtbaar onderaan de heuvel.

Winter liep terug door de hal, het huis uit. Zijn Mercedes glom als een vreemde vogel onder de enige straatlantaarn. De auto was zwart, maar op dit moment was die geel. Hij wist dat geel de kleur van lafheid was. Maar dat was alleen ’s nachts, morgen zou het zwarte terugkeren en daarmee zijn moed.

Sara Brendner lag stil als een dode. Dat was alles wat ze kon. Winter keek naar haar door het glas. Ze lag helemaal alleen in de kamer. Een verpleegkundige, of wat ze ook maar was, was binnen bij Sara geweest en had haar lichaam gemasseerd. Dan moest er nog steeds hoop zijn. Een lichaam in coma dat bewegingsloos ligt, teert volledig weg. Zelfs als de persoon na een heel lange tijd wakker wordt kan die zelden opnieuw leren lopen. Dat is een nog ergere toestand. Een brein zonder lichaam. De wereld is overvol met lichamen zonder hersenen en die zijn heel tevreden, maar het omgekeerde is ondraaglijk. En een vitaal lichaam met vitale hersenen is uiterst zeldzaam.

Bertil kwam naast hem staan.

‘Ze ziet er vredig uit,’ zei hij. ‘Alsof ze slaapt.’

‘Alleen slaapt ze niet,’ zei Winter.

‘Denk je dat ze droomt?’

'Dat zou zo maar eens kunnen.'
'Dan slaapt ze ook,' zei Ringmar.
'Een helse slaap.'

Er sliepen die avond meer mensen een helse slaap in het Sahlgrenska-ziekenhuis: Hans Thule lag stil als een dode, psycholoog of niet. Ik heb dit gedaan, dacht Winter terwijl hij naar hem keek. Dit is mijn werk. Als hij mij niet tegen was gekomen daar op de trap zou hij fit en mobiel zijn geweest. Hij had dan weliswaar op een verhoorstoel gezeten, maar daar zou hij al heel blij mee zijn geweest. Zal hij ooit weer gelukkig zijn? Gelukkig genoeg om veroordeeld te worden voor moord?

Er hing een geur van vet en gegrild vlees bij Vasaplatsens Grill. Het rook lekker. Het was verleidelijk. De rij met mensen die iets wilden bestellen was kort, slechts drie jeugdige delinquenten. Maar hij had andere plannen voor het eten.

De lucht in het appartement was bedompt, zwaar. Hij opende de balkondeuren en stapte de koude avond weer in. De jongeren bij de snackbar hadden hun broodje worst met aardappelpuree gekregen en waren druk ouwehoerend door de Vasagatan in westelijke richting weggelopen. Een tram reed in noordelijke richting over de Aschebergsgatan. Een eenzaam persoon stond te wachten. Waarheen, vreemdeling?

Hij ging weer naar binnen en liep naar de boekenplank waar de whisky stond. Glenfarclas van vijftien jaar oud wordt gerijpt op sherryvaten en doet hem daardoor denken aan Andalusië. Hij dronk en dacht aan zon, zand en verschroeide bergen. Er is geen geur zoals die van de bergen: wie fantasie heeft kan denken aan steen die smelt op de dag des oordeels, anderen zullen het moeten doen met hete lucht. Hij nam nog een slok, zette het glas neer, liep naar de keuken, haalde de grillpan tevoorschijn, bakte er een paar teentjes knoflook en twee kleine rode paprika's in aan, liet ze afkoelen, ontvelde de paprika's en sneed ze boven een kom in stukken zodat het sap niet verloren zou gaan, mengde ze met wat fijngesneden zilveruitjes en peterselieblaadjes, goot er een vinaigrette over van olijfolie en citroen, zeezout en zwarte peper, en liet het staan terwijl hij vier lamskoteletjes in de pan legde.

Het was zijn avondeten, samen met zwarte olijven en boerenbrood. Een eenvoudige maaltijd voor een eenvoudige man. Hij dronk een glas rode wijn uit Axarguía om in elk geval in de regio te blijven terwijl hij aan de keukentafel zat. Er hing nog een bakgeur in de keuken, de geur herinnerde aan een avond op het strand. Hij stond op en liep terug naar de woonkamer en het balkon op. De vreemdeling stond nog steeds beneden bij de halte, of misschien was het iemand anders. Het was stil en donker beneden op de Vasaplatsen, alleen de obelisk werd verlicht door de nachtverlichting, een opgestoken vinger tegen de duisternis in de geest van Torgny Segerstedt. Een tram kwam ratelend vanaf het Grönsakstorget aanrijden, stopte en reed weer verder. De vreemdeling stond er nog steeds. Het leek alsof hij naar boven keek, naar de gevel, naar hem op het balkon van de tweede verdieping. Toen sloeg hij zijn ogen neer. Winter bleef staan, met het glas in zijn hand. De man daar beneden keek weer omhoog. Winter hief het glas. Geen reactie.

Binnen ging hij zitten met een schrijfblok en schreef: *Geen sporen in welke richting dan ook. Tijd om wakker te worden.*

De telefoon ging, de vaste veilige lijn.

'Hoi, schat.'

'Ben je vanavond thuis?' zei Angela.

'Zo te zien wel. Wat zijn jullie aan het doen?'

'De meisjes zijn net gaan slapen.'

'O.'

'Allebei. De dagen worden hier echt warm. Eerder dan anders.'

'Ik weet het.'

'Ik heb wat met Angel gepraat. Over dat ik misschien de kliniek ga verlaten. Ik heb er al eerder op gezinspeeld.'

'Wat zei hij?'

'Ik heb gezegd dat het niet in steen gebeiteld is.'

'In steen gebeiteld? Hoe heet dat in het Spaans?'

'*Grabado en piedra*, maar het klopt niet helemaal. Hij zei dat ik niets overhaast moest doen.'

'Je doet niets overhaast.'

'Hij zei dat Clínica Angela y Angel een onovertrefbare naam is.'

'Die mag hij houden.'

'Haha.'

'Ik ben er nog niet aan toegekomen om zaken te regelen voor de bouw van het huis en zo,' zei Winter.

'Dat is de voorwaarde, Erik.'

'Ik weet het, ik weet het. Heb je de tekeningen gekregen?'

'Nee.'

'Manfred zou ze je mailen. Komen ook per aangetekende post. We nemen ze nu nog een keer door en dan zijn ze klaar om ingediend te worden. Loop alles nog een keer door en geef een gil als er iets is.'

'Hoe lang gaat het duren?'

'Voor een bouwvergunning? Een paar weken in het gunstigste geval. Ik weet niet precies hoe het werkt. In het ergste geval duurt het tien weken. Ik ben daar ook niet mee bekend. Blijkbaar is er geen vastomlijnd plan voor het gebied. Dat kan de aanvraag bemoeilijken. Buren zouden kunnen klagen. Dat is niet ongebruikelijk.'

'Je wilt het niet, hè?'

'Wat bedoel je? Natuurlijk wil ik het.'

'Geef me je beste reden om van de Vasaplatsen naar de zee te verhuizen,' zei ze.

Hij hoorde het geratel van de tramrails beneden weer, stond op en stapte het balkon op. De figuur was nog steeds beneden.

'Ik word hier in de gaten gehouden,' zei hij. 'Dat is de beste reden.'

'Hoe bedoel je?'

'Zoals ik het zeg.'

'Je klinkt meestal niet paranoïde, Erik.'

'Ik hoop dat het gewoon paranoia is.'

'Nu begin ik me zorgen te maken.'

Winter keek weer naar de straat.

'Het is niets,' zei hij. 'Hij is nu verdwenen.'

'Nu ben ik echt gerustgesteld. Wíé is verdwenen?'

'Niemand, schat. Iemand die op de tram stond te wachten.'

Het hoofd van het instituut Psychologie was een vrouw van zijn leeftijd. Ze deed hem aan iemand denken toen ze elkaar begroetten, misschien aan hemzelf meer dan dertig jaar geleden. De naam die bij het gezicht hoorde kwam hem ook vaag bekend voor, Linnéa. En toen herinnerde hij het zich weer.

'Dus jij bent het,' zei hij.

'Dat is lang geleden,' zei ze.

De middelbareschooljaren op het Sigrid Rudebecks, de privéschool in Vasastan voor bevoorrechte jongeren, waren lang geleden. Linnéa en hij hadden in dezelfde klas gezeten. Hij had een vage herinnering dat ze samen iets hadden gedaan op het eindexamenfeest, maar die hele tijd was vaag geweest en werd steeds vager. Uiteindelijk zou die oplossen en verdwijnen. Had iemand hier eerder aan gedacht? De tijd bestaat uit in de atmosfeer opgeloste ijle herinneringen.

'We zijn niet ver van het Rudebecks gekomen,' zei hij. 'Ik woon in principe om de hoek van de school.'

'Ik weet het,' zei ze. 'Het is geen geheim dat hoofdinspecteur Winter op de Vasaplatsen woont.'

'Niet lang meer.'

'Maar nu ben je hier,' zei ze, en hij kon een schaduw over haar gezicht zien glijden, alsof de zon daarbuiten achter de wolken was verdwenen. Maar de zon stond nog steeds aan de open hemel. Het voorjaar was onderweg. Binnenkort zou hij zonder sokken en schoenen kunnen lopen.

'Twee studenten,' zei hij.

'En een leraar.'

'Hij leeft in elk geval nog.'

'Heeft hij het gedaan?'

'Ik weet het niet.'

'Het lijkt ongelooflijk. Hans Thule is niet iemand die mensen doodt.'

'Dat is over veel mensen gezegd die er vervolgens goed in geweest bleken te zijn.'

'Is dat een gepast woord?'

'Wat? "Goed"? Ik weet het niet. Weet jij een betere term?'

Ze antwoordde niet. Linnéa Rådbjerg. Dat was niet haar achternaam toen ze jong was. Hij zag geen ring aan haar vinger. Een slopende scheiding. Jaren in therapie. En dan dit. Hier kwam hij met zijn moorden. Zij was het licht van de klas geweest op het Rudebecks. Hij was de duisternis geweest.

'Ylva en Jonas waren goed,' zei ze en ze richtte haar blik op van de tafel. 'Daar past het woord. Ze wisten wat ze deden.'

Sommigen, Halders bijvoorbeeld, zouden zeggen dat dit een contradictio in terminis was wanneer het om psychologie ging. Maar Winter wist dat psychologie alles omvat. Het is een wetenschap die geen wetenschap is, maar het toch is. Zo eenvoudig kan het verklaard worden.

'Wist je dat ze een stel waren?'

'Nee,' antwoordde ze, en ze keek uit het raam, keek zo ver mogelijk. Daar beneden ging de Linnéplatsen over in het Slottsskogen. Mensen liepen met veerkrachtige tred. Het licht keerde terug naar het Noorden.

'Waarom lieg je?' vroeg hij.

'Maakt het wat uit?' zei ze.

'Dat je liegt?'

'Dat ze samen waren,' zei ze, en ze keek hem weer aan. Het was stil in de kamer. Er was niets te horen van het verkeer rond de Linnéplatsen.

'Nemen jullie je eigen mensen altijd zo in bescherming?' vroeg hij en hij stond op.

'Ga je nu al weg?' vroeg ze.

'Ik ga naar de flat van Thule. Je mag mee als je wilt.'

'Mag dat?'

'Natuurlijk. Recherchewerk is geen absolute wetenschap.'

Thules appartement bevond zich op de eerste verdieping van een van de relatief nieuwe huizen ten noorden van de begraafplaats in het stadsdeel Stampen.

Winter was alleen. Linnéa Rådbjerg had zijn voorstel om mee te gaan weggelachen. Hij herinnerde zich dat ze vroeger, toen hij nog een jongen van achttien of negentien was, altijd het meeste van wat hij zei had weggelachen. Vrouwen zijn hun hele leven tien jaar volwassener dan mannen. God had dit bedacht toen ze aan het eind van het scheppingsproces pauzeerde en zag dat bijna alles goed was.

Thule had een neutrale uitdrukking op zijn gezicht gehad toen hij Winter in het trappenhuis in de Alfhemsgatan aankeek; ontspannen, alsof hij gedrogeerd was. Maar er waren geen drugs in zijn bloed aangetroffen, geen alcohol. Een gemiddelde Zweed.

Die neutrale gezichtsuitdrukking was er niet op de foto op een plank in de woonkamer. Hij zag er gewoon kalm uit.

Jonas Borgman naast hem zag er ook kalm uit, gelukkig.

De foto was in zwart-wit, maar hun schaduwen waren scherp, een felle zon. Een groep palmbomen als met inkt getekend op de achtergrond. De foto loste op in de zee. Het zou op elk strand ten zuiden van Skrea kunnen zijn. Winter gokte op Zuid-Spanje, dat lag voor hem het meest voor de hand. Thule betekent in de Griekse mythologie 'het land in het uiterste noorden', dat wil zeggen Scandinavië, dat wil zeggen eeuwige winter, wit of groen maar bijna altijd vreselijk koud. Thule en Borgman. Het was niet de bedoeling dat Winter hier naar deze foto stond te kijken. Het was privé. Privé was het enige waarin hij geïnteresseerd was.

Wat voor strand was het? Wat deden ze daar? Hielden ze elkaars hand vast op zoele avonden? Wie hield de camera vast? Ylva Berg? Was het een studiereis? Spaanse psychologie? Bestond zoiets? De meeste Spanjaarden laten hun remmingen los in de stierenarena, op voetbalvelden of op de tribunes, dat is algemeen bekend. Ze schreeuwen en drinken, zijn somberder dan Scandinaviërs. De noorderlingen van Zuid-Europa, eenzame zielen zonder te weten waarom. Dit laatste geldt trouwens voor de hele mensheid. Het is ook Gods bedoeling. We worden eenzaam geboren, we sterven eenzaam, zei een wijze vrouw.

7

Bertil Ringmar maakte een onvoorzichtige beweging en morste de helft van zijn koffie. Die stroomde over de tafel en vrat gaten in het tafelblad. Giftige rook vulde de kamer. Iedereen vluchtte. Toen ze terugkwamen, was iemand erin geslaagd de ramen open te zetten en het gif vloog met de wind mee in de richting van Lunden.

'En dit drink je elke dag,' zei Ringmar. 'Het is een echt cliché dat agenten slechte koffie drinken, maar er zijn grenzen.'

'Ik drink het niet,' zei Aneta Djanali.

'Dat zal je leven redden,' zei Ringmar.

'Voor hoe lang?' vroeg ze.

'Zo lang mogelijk. Dat is lang.'

'Vergeleken met wat?'

'Vergeleken met MIJN REET,' zei Fredrik Halders.

'Eindelijk een intelligente opmerking,' zei Djanali.

'Het is vreemd dat ze zo lang bij elkaar zijn gebleven met alle shit die er tussen hen is geweest,' zei Halders.

'Wie?' vroeg Winter.

'De billen!'

Niemand lachte.

'Hoe lang waren Ylva en Jonas al samen?' vroeg Djanali na een tijdje.

'Lang genoeg,' zei Halders. 'Of meer, of minder.'

'Wat wil je daar in godsnaam mee zeggen?' vroeg ze.

'Te lang,' ging Halders verder. 'Om gezond voor ze te zijn.' Hij keek naar Winter. 'Hoe zit het met de moordenaar? Nog steeds in coma?'

Winter knikte.

'Hij zal niet meer wakker worden,' zei Halders. 'We moeten de zaak zonder hem oplossen.'

'Jij hebt toch al besloten dat hij het heeft gedaan,' zei Aneta Djanali.

'De enige vraag is waarom,' zei Halders. 'Het is altijd waarom. Maar *hier ist kein warum*.'

'Dat is Primo Levi,' zei Ringmar.

'Denk je dat ik dat niet weet? Een andere onopgeloste zaak. De meeste mensen denken dat hij over de trapleuning is gesprongen, maar ik denk dat niet.'

Winter dacht na over de foto die hij bij Thule thuis had gezien. Er was iets bekends aan, maar wat wilde hem maar niet te binnen schieten. Nog niet. Het waren niet de mensen op de foto, Thule en Borgman. Het was iets op de achtergrond. Iets wat er wel was, maar toch ook weer niet. Dat had bestaan... dat nog zou gaan bestaan... maar ook nu bestond. Het klonk net zo vaag als Halders associatiekunst. Of niet.

'Neem me niet kwalijk,' zei hij en hij stond op.

De ouders van Jonas Borgman woonden in een villa in Pixbo. Winter reed over de Mölndalsbrug en de heuvels op, tussen de oude bedrijfsgebouwen van Kråkan door en aan de andere kant weer naar beneden. De weg kronkelde door een prachtig landschap van land en water. De grote stad was verdwenen aan de andere kant. Die was niet te zien en bestond daardoor niet. Al het lelijke bleef onzichtbaar voor het oog. Dachten Jonas' ouders er nu ook zo over, nu hun zoon er niet meer was? Hij hoopte het. Dit is slechts een nachtmerrie, net zoals de grote stad aan de andere kant van de berg slechts een nachtmerrie is. Wie aan de goede kant van de bergen blijft, zal overleven, alle anderen gaan tenonder.

Het alternatief was een strand en een zee. Morgen zou hij zich verder bezig gaan houden met de bureaucratie om hun huis aan het water te kunnen bouwen. Hij zou aan 'de kunst' beginnen. Carte blanche zolang het huis gevuld werd met licht en warmte. Misschien niet helemaal carte blanche.

De architect die het huis van de Borgmans had ontworpen, had ook de huizen ernaast ontworpen. Een rijtje aaneengebouwde huizen uit het begin van de jaren zeventig, ze waren met waardigheid oud geworden. Net als Winter zelf. Tot nu toe was er niet veel meer onderhoud nodig geweest dan het pleisteren van de gevel, maar binnenkort zou er een grote renovatie nodig zijn. De schade valt niet meer te herstellen als het verval eenmaal te ver gevorderd is. Dat geldt voor gebouwen en dat geldt voor mensen.

Een vrouw van middelbare leeftijd stond buiten voor de villa te wachten, alsof ze de hele ochtend wanhopig in de tuin had gestaan. De tuin had zijn schoonheid voorgoed verloren. Het absolute vermogen van het leven om van licht duisternis te maken en zo. Het verloren paradijs.

Hij begroette haar. Ze heette Yvonne, was misschien tien jaar jonger dan hij, zag er nu ouder uit, honderd jaar, honderd jaar eenzaamheid, zo moest het voelen. Ze was blond, maar haar haar leek in één dag donkerder te zijn geworden.

'Heeft hij het gedaan?' vroeg ze nu, het eerste wat ze zei.

'Dat weten we niet,' antwoordde Winter.

'Wanneer weten jullie het?'

'We weten meer als hij ontwaakt.'

'Zal hij wakker worden?'

'Dat weten we ook niet.'

'Weten jullie überhaupt iets?'

Het was geen agressieve opmerking, eerder droevig, alsof ze in zichzelf praatte, met haar blik ergens op de andere kant van de berg gericht.

'We weten dat uw zoon privé contact had met Hans Thule,' zei Winter.

Ze schrok, alsof Thules naam een explosie in de stilte was.

'Hebt u hem ontmoet?' vervolgde Winter.

'Absoluut niet.'

'Heeft Jonas het over Thule gehad?'

'Nee. Waarom zou Jonas hem privé kennen?' vroeg ze.

'Dat weten we dus niet. Ik dacht dat u me daar misschien bij kon helpen.'

'Ik kan u nergens bij helpen,' zei ze. 'En het maakt ook niet uit.'

'Wat maakt niet uit?'

Ze antwoordde niet. Daarop was immers ook geen antwoord. Een zogenaamd opgeloste zaak bracht haar zoon niet terug, zou haar niet verlossen van het kwaad.

'Hoe lang waren Ylva en Jonas al samen?' vroeg hij, van spoor wisselend.

'Misschien... een jaar,' zei ze.

'Hoe vaak hebt u haar ontmoet?'

'Wat doet dat ertoe?'

'Zij is ook dood,' zei Winter. Hij moest het gesprek aanwakkeren. Het op gang helpen, als dat mogelijk was. 'Ze zijn allebei vermoord. Ik wil weten wat er is gebeurd. Ik wil weten waarom. Dus het doet er wel degelijk toe.'

'Een paar keer... drie keer misschien.'

'Waarom niet vaker?'

'Ik weet het niet. Is het belangrijk?'

'Had u haar vaker willen zien?'

'Ja. Natuurlijk. Ze was... Jonas' vriendin. Wie wil nou niet de vriendin van zijn zoon ontmoeten? Hij... had er nog niet zoveel gehad.'

'Hij was jong,' zei Winter.

Ze knikte. Leef snel en sterf jong, dacht Winter. Maar haar zoon leek daar niet het type voor. De moeder had meer vriendinnen willen ontmoeten. Welke moeder wil dat niet, tenzij het om het soort meisjes gaat dat jongens als ontbijt eet en de botten uitspuugt op het tafelblad. Zijn eigen moeder Siv was niet bijzonder geïnteresseerd geweest. Ze wist dat geen van zijn vroege relaties stand zou houden. *Why bother*. Kom maar terug als je je *best girl* hebt gevonden. Zo praatte ze, met een sigaret in haar ene hand en een droge martini in de andere.

Het zou een tijd duren, tot hij Angela ontmoette. Tegen die tijd had hij zijn jeugd achter zich gelaten.

'Jonas ging afgelopen zomer op vakantie naar de zuidkust van Spanje,' zei Winter.

Ze antwoordde niet.

'Wist u dat?' vroeg hij.

Hij wist het zelf sinds die ochtend. Ticket naar Málaga, terug na twee weken. Hans Thule zat in hetzelfde vliegtuig, op de stoel naast hem, 29B.

'Ja, hij heeft het me verteld,' zei ze nu.

'Weet u waar hij naartoe ging?'

'De zuidkust, dat hebt u zelf gezegd.'

'Die is lang,' zei Winter.

'Nee, ik weet niet waar hij geweest is.'

'Geen ansichtkaart.'

'Nee, nee, nee.'

'Is er een plek waar hij eerder was geweest?'

'Ik weet het niet, dat zeg ik toch!'

Ze wilde dit gesprek beëindigen.

'Zijn jullie daar als gezin eerder geweest?'

'Absoluut niet,' zei ze, en hij wist dat het gesprek voor deze keer voorbij was. De volgende keer zou het een verhoor zijn.

De zon ging onder in de Västerhavet. Hij stond op het strand met een steen in zijn hand. De beste manier om na te denken, in elk geval over hoe vaak die steen zou stuiteren. Hij keilde en zag de steen landen en stijgen, landen en stijgen, een-twee-drie-vier-vijf-zes-zeven-acht-negen-tien-elf-twaalf-dertien en daarna zinken. Een record, hij wou dat het er veertien waren geweest, zijn geluksgetal, dertien is een ongeluksgetal in de hele christelijke wereld, waartoe Göteborg ook wordt gerekend.

Het bouwbedrijf had nog geen krijtlijnen getrokken op de klippen waar het dynamiet geplaatst werd. De ene ontploffing na de andere. Hij moest met koffiebroodjes bij de buren langs om de situatie uit te leggen. Maar de buren waren op veilige afstand. Daarom had hij voor dit stuk grond gekozen. Beschut tegen de buitenwereld. Aan de andere kant van de bergen. Hier waren glad afgeronde klippen die vriendelijk oogden voor wie niet beter wist. De zee was een vriend voor degene die niet gek was en geen domme dingen deed. Hij had zijn kindertijd en jeugd op zee doorgebracht, op jollen en daarna op grotere zeilboten; hij had rondgedobberd door de zuidelijke scherenkust, was met een paar vrienden overgestoken naar Skagen en weer terug naar huis gezeild, met een flinke kater. Nooit meer, om het de volgende week nog eens te doen. Maar nooit naar het noorden, Marstrand bijvoorbeeld, de upper class jongeren werden aan boord van hun boten in de haven nog onaangenamer dan ze al waren. Kleine ettertjes, hij voelde zich daar nooit thuis. Hij was afkomstig van zowel oud geld van zijn moeder als nieuw geld van zijn vader en behoorde zodoende tot een ongewone upper class die al in zijn tienerjaren in stijl wilde leven. Tenminste, dat probeerde hij, de jonge Erik, de zee was voor hem gereduceerd tot een boot en het water eromheen en soms een rustige haven of een strand en een eenvoudige maaltijd op een rotspunt en een leuk meisje dat uit de duinen opdook en 'hallo' zei, Deens of Zweeds was allebei goed.

Toen hij een kind was, waren zijn avonturen iets anders, afgezien van de nabijheid van het water. Hij sloop rond tussen de klippen op Brännö en Styrsö en probeerde alle louche figuren die de eilandjes op waren geglipt in de gaten te houden. Tijdens de zomermaanden waren het er veel. Vreemdelingen die voor de steigerdans of het ontvoeren van meisjes kwamen. De meesten waren al dronken wanneer ze van de veerboot kwamen en daarmee ongevaarlijk. Maar er waren ook anderen, ogenschijnlijk nuchter, ze liepen keurig recht. Hij had zijn uitkijkpost bij het mededelingenbord waar iedereen langs kwam en hij pikte met gemak degenen eruit die daar met slechte bedoelingen kwam. Sommigen volgde hij; Mats en Torbjörn, die bij de herberg stonden te wachten op een teken van hem, mochten zich over de anderen ontfermen. Zij hielden de wacht. Het werkte, want er gebeurde niets ergs, op een paar vechtpartijen na, maar dat waren onschuldige dronkaards, meestal locals. Ik was niet bang voor ze. Ik was al op weg om politieagent te worden. Ik geloofde toen al in recht en orde, in elk geval orde. Een kinderachtig idee, maar ik was een kind.

Sara was een kind toen haar vader voor haar ogen werd vermoord. Hoeveel kindertijd is er daarna nog over? Hoeveel leven? Op een schaal van een tot tien? Waarbij tien heppiedepeppie Sickan Carlsson-euforie is en één Bergmans *Het zevende zegel* in slow motion. Dertig jaar eenzaamheid, was dat hoe hij haar leven moest zien? Zou het verdergaan?

Hij hoorde een geluid en draaide zich om. Een vrouw stond naar hem te kijken. Ze hield een hond aan de lijn, een beest van twee decimeter hoog en vier decimeter lang. Het gedrocht trok aan de riem, in de richting van de zee. De vrouw volgde, tegenstribbelend, en deed een paar passen in Winters richting.

'Hallo,' zei ze.

'Hallo.'

'Hier gaat vast gebouwd worden,' zei ze terwijl ze om zich heen keek.

'Ja.'

'We vroegen het ons al af,' zei ze.

'O? Wie dan? En wat dan?'

'Wie de eigenaar is.'

'Dat ben ik.'

'Aha,' zei ze, terwijl ze neerkeek op het mormel, dat Winter met boze ogen aankeek, alsof hij de vijand was.

'Dat wordt een nieuwe uitlaatplek,' zei Winter.

'Pardon?'

De vrouw was van zijn leeftijd, ze zag er goed uit in het rode licht, met een frisse huid, door de lentewind vanaf de zee.

'Om je hond uit te laten. Dat moet een ander rondje gaan worden.'

'Ja...'

'Het is eigenlijk privégrond, ook al staat er geen huis,' zei Winter.

'O... nou ja, het is gewoon maar een... plek geweest, lange tijd,' zei ze.

'Geen probleem,' zei hij. 'Maar nu gaan we eindelijk het huis bouwen.'

Ze keek naar het strand.

'Mag... je eigenlijk zo dicht bij het water bouwen?'

'Ik zal waarschijnlijk de laatste in het land zijn die op zo'n stuk grond bij de zee bouwt.'

'O...'

'Denk je dat het problemen geeft?'

'Met wat?'

'De buren. Dat iemand zal klagen. Dat het huis en het perceel de rust, de uitlaatrondjes met de hond en het uitzicht verstoren.'

'Wordt het een hoog huis?'

'Dertien verdiepingen,' zei hij, 'en torens met rotorbladen voor windenergie op het dak.'

'O...'

'Grapje,' zei hij.

Misschien was dit een vergissing, het hele verdomde project met dit droomhuis. Het kon een nachtmerrie worden. Hij had het gebied langer moeten verkennen. Wat voor mensen woonden hier? De vrouw leek eigenlijk een beetje achterlijk. Was het soms de hond die haar uitliet? Hij keek nog steeds naar Winter, kwaadaardige, gele en intelligente ogen: dit is mijn terrein, mijn speeltuin, mijn badhuis, mijn schijthuis, dus denk maar niet dat je hier de baas kunt spelen.

'Het komt wel goed,' zei hij tegen zowel de hond als de vrouw.

'Wanneer... komen jullie hier wonen?'

'Zodra het huis gebouwd is.'

'En wanneer is dat?'

'Zo snel mogelijk,' zei hij, en net op dat moment ging zijn telefoon in de zak van zijn colbert. 'Sorry.' Hij liep een paar passen bij haar vandaan. De toekomstige buren bleven staan alsof het interessante gesprek vervolgd zou worden als hij klaar was met de telefoon. Hij bleef lopen, in de richting van de klippen die in duizend stukken zouden worden opgeblazen. Het hart kan in duizend stukken breken. Björn Alfzelius' vertaling van de tekst van Anne Linnet, misschien kende niet iedereen die, Winter had hem door Halders leren kennen.

Het was Halders die belde.

'Wat ben je aan het doen?' vroeg hij.

'Ik onderzoek de kustlijn. Verhoor de lokale bevolking.'

'Hans Thule is ontwaakt,' zei Halders.

Thule was uit zijn coma gehaald, maar hij was niet alert. Zijn ogen vielen dicht terwijl Winter op de rand van het bed zat. Thule was geen goede gesprekspartner. Winter had van de neuroloog vijf minuten gekregen. Succes, had de vrouw gezegd, wat dat ook mocht betekenen.

'Herinner je je mij nog?' vroeg Winter.

Thule opende zijn ogen, keek Winter met een wazige blik aan, sloot zijn ogen weer, wilde niets meer zien.

'Het trappenhuis bij Jonas' woning,' zei Winter. 'De Alfhemsgatan. Door mij ben je gevallen en op je hoofd terechtgekomen. Mijn excuses daarvoor.'

Thule opende zijn ogen weer.

'Het was niet mijn bedoeling,' zei Winter.

Het leek alsof Thule glimlachte, een flauwe glimlach, cynisch, sarcastisch. Dat was heel goed. Als er nog cynisme en sarcasme in een mens zit, is er nog hoop.

'Jonas is dood,' zei Winter.

De oogleden van Thule trilden. Ze vielen niet dicht. Hij hield zijn ogen strak op Winter gericht.

'Heb jij hem vermoord?'

Thule bewoog zijn hoofd langzaam, heen en weer. Als ze in Zuid-India waren geweest, zou dat ja hebben betekend. In Zweden betekende het nee.

'Wat deed je daar dan?' vroeg Winter.

Thule antwoordde niet. Er biggelde iets uit zijn ogen, een paar druppels langs zijn wangen. Het zou te maken kunnen hebben met het hersenletsel. Met de inspanning van wakker worden in de wrede werkelijkheid. Wie slaapt, zondigt nooit. Alle misdrijven die in de droom worden gepleegd, worden vergeven als het ochtend wordt. Maar het is geen ochtend. Winter keek uit het raam naar de blauwe avond. Voor sommigen wordt het nooit ochtend. Terwijl hij de kamer verliet, vroeg hij zich af wat het betekende, vermoedelijk niets. *Nada y pues nada y nada y pues nada*, zoals ze in een ander land zeiden, niets en daarna niets en niets en daarna niets.

Hij liep in het donker naar het Franse balkon. Beneden bij de tramhalte stond niemand naar zijn raam te kijken. Waarschijnlijk kwam de laatste tram van vanavond er zo aan. Aan boord zouden enkele nachtbrakers zitten van het Wavrinskys Plats, een berucht plein vervuld van zonde.

Winter liep naar de keuken, deed de lamp boven de tafel aan en maakte een kleine salade niçoise klaar terwijl hij ondertussen een paar ansjovisjes opat, hij had iets zouts nodig. Mijn zout is zouter dan dat van jou. Dat soort gedachten riep de ansjovis op. Terwijl het ei kookte, dronk hij aan tafel een glas riesling uit Turckheim en opende de glazen pot vers ingelegde tonijn die hij had meegesmokkeld uit Casa Sarria in Málaga. Het rook lekker, alsof het van een andere kust kwam. Mijn kust is zouter dan de jouwe. Het klonk waar. Hij dacht het opnieuw. De Middellandse Zee was leeggevist maar niet leeg van zout, waarschijnlijk het tegenovergestelde. Met het ouder worden neemt het zoutgehalte toe; hij begon zelf zouter te worden, *a salty dog*. Het zout in de pap niet waard zijn, was het gezegde. Was hij het zout in de pap wel waard? In de oudheid was zout een betaalmiddel rond de Middellandse Zee. Een vat wijn uit Carthago voor nog geen half pond zout. Opvallend kostbaar.

Na het eten dacht hij aan Sara Brendner. Wat voor indruk had ze gemaakt toen ze aan de andere kant van het gangpad in het vliegtuig zat? Hij had haar immers opgemerkt, ze had zijn aandacht getrokken. Waarom had hij haar opgemerkt? Was het een reconstructie? Had hij haar verdriet gevoeld? Was het wel verdriet? Wanhoop? Hoe was ze geweest toen ze afreisde naar de zonnekust? Ging ze om een antwoord te krijgen? Was zij het die de vraag stelde of iemand anders? Wie? En wanneer? Het moest recent geweest zijn. En waarom? Wat was er gebeurd? Dertig jaar lang was er helemaal niets gebeurd en toen gebeurde alles heel snel. Het had een bedoeling dat hij erbij was geweest toen ze een beslissing had genomen en hij moest die bedoeling vinden. Tot ver na middernacht blies Coltrane hard in de luidsprekers, maar hij hield het volume laag. Hij zou blijven zitten. Beneden op straat ratelde de tram nog een laatste keer.

8

De heiblokken hamerden naast het Amerikahuset, hamerden, hamerden, het was een hels kabaal. Het gebied ten noorden van Masthugget, helemaal tot aan het water, zag eruit als een toekomstig oorlogsgebied. *Blade Runner* 3.0. Het heien zou doorgaan, doorgaan, tienduizend meter naar beneden door de zachte lagen heen tot aan vaste grond. Maar er was geen vaste grond onder Göteborg, de stad was gebouwd op klei, een slechte grap. Op een bijzonder mooie dag zou alles instorten, westelijke verbindingen en oostelijke verbindingen, nieuwe wolkenkrabbers, nieuwe tunnels, alles zou in de rivier storten, die zou vollopen en overstromen en onder water zetten wat nog niet was ingestort.

'Ik krijg duistere gedachten bij het horen van de heiblokken,' zei Winter.

'Het doet me denken aan de jaren zeventig,' zei Ringmar. 'Ik dacht dat die waanzin voorbij was.'

'Ik herinner me niet veel meer van de jaren zeventig,' zei Winter.

'Je hebt niets gemist,' zei Ringmar.

'Had je een spijkerbroek met wijd uitlopende pijpen, Bertil?'

'Ik liep in uniform,' zei Ringmar. 'Maar ik weet dat sommige jongens op bureau Långgate wilden dat de broekspijpen van het uniform uitlopend zouden worden.'

'Wat is er met ze gebeurd?'

'De pijpen?'

'De jongens.'

'Wat bedoel je?'

'Wat is er met ze gebeurd?'

'Een paar gemillimeterde fanatiekelingen in het korps ontvoerden op een nacht de popliefhebbers en knipten hun haar af,' zei

Ringmar. 'Daarna werd er niet meer over broekspijpen gesproken.'

'De eerste fundamenten van de fascistische staat,' zei Winter.

'Die fundamenten zijn er altijd geweest,' zei Ringmar. 'Wij zijn zijn trouwe dienaren.'

Ze reden in westelijke richting op de Oscarsleden. Er stond een straffe wind. Het water van de Göta älv leek wel lava dat op het punt stond alles te bedekken. Een halvezool in een zeilboot probeerde vervaarlijk schommelend Eriksberg te bereiken. Gestreken zeilen in april. Prijzenswaardig.

De Oscarsleden was in 1974 klaar, twee kilometer vierbaansweg die effectief de toegang naar het water afsneed voor de bewoners van Majorna en Kungsladugård en het ene huizenblok na het andere deed verdwijnen. Een misdaad tegen de menselijkheid. Het was alsof je een snelweg aanlegde langs de Strandvägen in Stockholm. 1974 was überhaupt een rotjaar. Winter had net gehoord dat hij voorhuidvernauwing had. Ringmar werd klinisch depressief toen Staffan Tapper een strafschop miste tegen Polen. ABBA won in Brighton het Songfestival in plastic kleren.

Ringmar sloeg af richting Kungsten. Er was een snelheidscontrole op de dertigkilometerweg bij de Ica Nya Varvet. De collega met de camera zat verstopt achter een heg. Een andere wachtte met een valse glimlach en wenkte hun auto het parkeerterrein achter de school op.

Ringmar draaide het raampje naar beneden.

'We reden hier een beetje hard, hè,' zei de vrouwelijke verkeersagent. Ze zag eruit als iemands jonge dochter.

'Welke wij,' zei Ringmar. 'Ik ben degene die rijdt. En ik reed tweeëndertig als ik me goed herinner.'

'Rijbewijs, alstublieft.'

Hij overhandigde het. Ze keek ernaar en keek op.

'Oeps,' zei ze.

'Het spijt me dat we een beetje haast hebben,' zei Ringmar, 'maar we hebben dienst en zijn op weg naar een getuige en je weet maar nooit...'

'Nee, nee,' zei ze, terwijl ze het rijbewijs teruggaf, 'rij maar door.'

'Maar geen uitzonderingen voor anderen!' zei Ringmar.

'Hard tegen de harden en zacht tegen de zachten,' zei Winter.

'Eh... ja...'

Ze namen de Långedragsvägen, langs de Hagenschool. Het was pauze. Er waren veel kinderen op het schoolplein. Veel lawaai. Ballen in de lucht.

'Daar ben ik in de vierde klas gekomen,' zei Winter. 'We kwamen uit Kortedala.'

'Sociale mobiliteit in westelijke richting,' zei Ringmar. 'Alle sociale mobiliteit in Göteborg gaat in westelijke richting.'

'We waren al een soort bovenklasse,' zei Winter.

'Woont je zus nog steeds in de villa van de familie?'

'Ja.'

'Wanneer heb je haar voor het laatst gezien?'

Winter antwoordde niet. Ze verlieten nu het Hagen van zijn jeugd en reden verder naar het westen, waar het geld nog ouder of nog nieuwer was. De villa's werden groter en aan het einde van de klippen bij de steiger van Långedrag waren ze zo groot als vliegdekschepen. Nieuw geld dus, een deel zwart, net als de klippen waar de huizen op stonden.

Maar dit was Hinsholmen, het op een na beste. Winter rook het zout in de lucht toen hij uit de auto stapte, de geur van zeewier. Meeuwen cirkelden boven de baai. Weinig wind hier. Twee jongens roeiden in een plastic bootje naar de kust. Hij had een van hen kunnen zijn. Het was nog niet zo lang geleden. De tijd gaat sneller dan de wind, tenminste achteraf, dan is die overzienbaar. De toekomst is een donkere spiegel, zoals de zee ten westen van Vinga.

Ze liepen het tuinpad op. De zon was achter de wolken verdwenen. De bomen bij het huis leken hoger te zijn geworden sinds Winter hier de laatste keer was, hadden het huis rondom ingesloten. Het vervloekte huis. Hij zag het raam van het meisje. Zag ze hem? Wat had ze daar door de jaren heen gezien toen ze daar had gezeten, uitkijkend naar het leven dat ergens anders nog steeds doorging?

'Geen goede vibes hier,' zei Ringmar.
'Nee.'
'Ik stond daar,' zei Ringmar, en hij knikte naar de oostgevel van het huis. 'Liep daar rond.'
'Toen het gebeurde?'
'Ja. Of toen het gebeurd was. Wij jonge mensen moesten eerst de buitenkant onderzoeken. De sterren namen de binnenkant voor hun rekening.'
'En nu ben jij de ster, Bertil.'
'Dertig jaar te laat. Een vallende ster.'
'Het is nooit te laat,' zei Winter.
'Mooi gezegd!'
'Heb je iets op de hoek van het huis gevonden?'
'Alleen tranen,' zei Ringmar.

Ulla Brendner had hen gezien, stond achter de deur op hen te wachten. Winter voelde haar tegenzin. Wie had die niet gehad? Hij was een herinnering aan iets kwaadaardigs. Hij zou nooit met een doos bonbons en een langstelige roos naar een huis kunnen gaan. Wie ben jij in godsnaam? Ik ben de dood. Waarom draag je een duur pak? Dit zijn nieuwe tijden.
'Wat willen jullie nu weer?' vroeg de vrouw vanuit het halfduister. De zon was ver te zoeken.
'We hebben alleen een paar vragen,' zei Winter.
'Is er iets gebeurd? Is er iets nieuws gebeurd?'
'Mogen we binnenkomen?'
Ze volgden haar door de gang naar de woonkamer. De deur naar de veranda stond half open. Winter voelde de wind, die kouder werd naarmate hij het huis verder binnentrok. Die zou uit alle christelijke huizen geweerd moeten worden, hij hoorde er niet thuis. Horizontale schaduwen tekenden een patroon op de verste muur. Het leek op een kruis. Misschien was Ulla Brendner streng christelijk. Dat kon in haar nadeel zijn. Christenen konden heel wat duivelser zijn dan atheïsten. Winter was zelf een soort christen. Dat was niet altijd in zijn voordeel geweest. Hij was een christen die vaak vloekte in zijn gedachten. Een beetje

zoals een vegetariër die vlees eet. Of een ex-alcoholist die wijn drinkt.

'Hoe was Sara eraan toe toen ze op reis ging naar de Costa del Sol?' vroeg Winter.

'Hoe bedoelt u?'

'Gezien wat er daarna gebeurde,' zei Winter. 'Na haar thuiskomst.'

'Direct na haar thuiskomst,' zei Ringmar.

Ulla Brendner keek Ringmar aan alsof hij hier niets te zoeken had, alsof één indringer in haar huis wel genoeg was. Hoe kon ze hier leven? Winter dacht aan het meisje dat was achtergebleven. Hoe had de moeder kunnen terugkomen en zich kunnen vestigen in een huis met een plas bloed die kon worden weggeschrobd en bedekt met een nieuwe vloer en kleden, maar nooit kon worden vergeten? Hoe had ze dat kunnen doen?

'Ik heb haar niet gezien,' zei ze nu.

'Voordat ze wegging?'

'Daar vroeg je toch naar, of vergis ik me?' zei ze, terwijl ze Winter aankeek.

'Wanneer hebt u haar voor het laatst gezien?'

'Dat... weet ik niet.'

'Ongeveer?'

Ze antwoordde niet.

Nooit, dacht Winter. Eigenlijk nooit. Toen Sara het huis verliet, was ze vrij.

'Wist u dat Sara naar Almuñécar ging?'

'Wat heeft dat ermee te maken?'

'We denken dat er iets met haar gebeurd is toen ze daar aankwam. Dat ze iets te weten kwam. Toen ze uw zwager ontmoette. Gunnar.'

'Wat zou dat zijn?'

'Wat zegt Gunnar?' vroeg Winter.

Ze antwoordde niet.

'Wat zei hij toen u het hem vroeg?'

'Ik heb het hem niet gevraagd.'

'Wat was de reden dat ze daarheen ging?'

'Ik weet het niet heb ik toch gezegd! Ik weet helemaal niets!'

Ze draaide zich om, liep weg, naar de eerste verdieping, ze hoorden de voetstappen op de trap.

'Is ze bang?' zei Ringmar toen ze het huis verlieten.

'Er is iets. En er is iemand bang in dit verhaal.'

'Verhaal?'

'De zaak. Ik bedoel de zaak. De puzzel. Misschien het mysterie. Het geheim.'

Buiten zocht Winter naar de struik die hij had gezien op een foto van Sara als kind. Die stond er nog steeds, groter, donkerder. Misschien haar vriend. Winter wist niet wat voor soort het was. Zou die bloeien als de echte lente kwam? Dan zou hij het antwoord krijgen, misschien zou hij de bloemen herkennen, bloemen zijn gemakkelijker te herkennen dan bladeren. Er zaten bladeren aan de ranke takken, of eigenlijk knoppen, wachtend op de wederopstanding.

Ze gingen in de auto zitten en reden weg in oostelijke richting, maar kwamen niet ver.

'Ga terug,' zei Winter.

'Wat is er?'

'De struik.'

'Je hebt er lang naar gekeken. Was dat niet genoeg?'

'Hij was van haar,' zei hij. 'Hij was haar geheim.'

Ringmar parkeerde op dezelfde plek als daarnet. Het huis lag in de schaduw. Het viel Winter op dat het zo gebouwd was dat het altijd in de schaduw lag. Een goed idee, maar alleen in een land waar de zon altijd scheen.

'Open de kofferbak,' zei Winter.

Ringmar drukte op een knop. Winter stapte uit de auto en pakte de opvouwbare schop uit de kofferbak. Die was nieuw en glanzend, nooit gebruikt. Hij vouwde hem uit, liep naar de dunne struik en duwde wat takken weg. Het rook daaronder zowel droog als vochtig, en naar iets kruidigs dat hij niet thuis kon brengen. De grond was gedeeltelijk bedekt met bladeren die onder de struik waren gewaaid.

Hij begon te graven. Het was geen groot oppervlak. De grond bevatte veel zand en steentjes. Niet veel aarde. Geen grond voor aardbeien. Hij maakte het gegraven gat breder. Het leek nu op een klein graf, voor een huisdier. Hij had een keer een dode hamster begraven, en een vogeljong met een gebroken vleugeltje dat ze in de tuin hadden gevonden toen hij misschien vijf jaar was. Het vogeltje was koud en dood, maar het had hem met zijn zwarte kraaloogjes aangekeken toen hij het in de kuil legde. Hij besloot toen ter plekke dat hij nooit meer iets of iemand zou begraven en dat had hij ook nooit meer gedaan. Toen de kist van zijn vader in Marbella in de aarde werd neergelaten, hield Winter geen schop vast, hij hield zelfs de kist niet vast. Maar nu was hij aan het graven. Hij zag iets wits. Het was een stuk van een plastic zak, daar werd de zak zichtbaar, wat weerstand toen hij die voorzichtig aanraakte met de schop. Hij gebruikte zijn handen, groef rond de randen, haalde een plat, dun pakketje omhoog, verpakt in plastic en omwikkeld met een touwtje. Maar het touwtje was stuk, half vergaan. Het plastic was als nieuw, vies maar als nieuw, zoals het zelfs nog zal zijn nadat de wereld is vergaan. We hebben eindelijk iets blijvends gemaakt. Dit is wat we achterlaten.

Hij maakte het pakje niet open maar droeg het voorzichtig naar de auto. Toen hij zich op het gazon omdraaide, zag hij een silhouet voor het raam van Sara's kamer. Hij verstijfde, alsof een ijzige wind dwars door hem heen sneed. Toen hij weer keek, was het silhouet verdwenen.

'Wat is dat?' vroeg Ringmar toen Winter bij de auto kwam.

Hij antwoordde niet. Hij keek naar het pakje in zijn hand. Het voelde aan als een boek. Iemand had het begraven. Hij had ernaar gezocht, zijn intuïtie had hem geleid.

De moeder van Richard Malm nam op nadat de telefoon twee keer was overgegaan. Ze woonde alleen in een oude huurkazerne aan het water in Helsingborg, zoveel wist Winter. Haar man had het gezin verlaten toen Richard nog een kleine jongen was. Sara en Richard hadden dit gemeen: een jeugd zonder een aanwezige vader.

Wat hadden ze nog meer gemeen?

Het eerste wat Ellen Malm zei was: 'Hoe is het met Sara?'

'Onveranderd,' antwoordde Winter. 'We hopen dat ze ontwaakt.'

'O, mijn god. Wat vreselijk.'

'We houden hoop,' herhaalde Winter.

'Hoe kon dit gebeuren?'

'Dat weten we nog niet.'

Wanneer Sara ontwaakt, dacht hij. Zij dacht het natuurlijk ook en had het elke seconde van elke minuut van elk uur gedacht sinds ze het bericht had gekregen. Sara kon weer ontwaken. Richard zou nooit meer ontwaken.

'Waarom gingen ze naar Spanje?' vroeg Winter.

'Haar oom woont daar. Ze wilden bij hem op bezoek gaan.'

'Wist u van hun plannen?'

'Ja, vanzelfsprekend.'

'Waarom is dat vanzelfsprekend?'

'Nu begrijp ik u niet...'

'Sara's moeder wist niet dat ze van plan waren om weg te gaan.'

'O, dat is vreemd.'

'Hebt u met haar gesproken na het ongeluk?'

Hij kreeg geen antwoord. Het leek erop dat Ellen Malm zich had afgewend van de telefoon. Er was geruis op de vaste lijn tussen Helsingborg en Göteborg, op en neer over het Kattegat. Het andere geluid in zijn oren was het fantoomgeluid van de explosie waarbij een deel van zijn schedel nog niet zo lang geleden verbrijzeld werd. Dat zou zijn leven lang zo blijven. Een zekerheid die niet iedereen voelt. Hij had ook een beroerte kunnen krijgen. Nu wist hij dat hij een gezegend man was.

'Hallo?'

'Ik ben er nog,' zei ze.

Winter herhaalde zijn vraag.

'Ik heb haar niet gesproken. Of beter gezegd, ze heeft niet met mij gesproken.'

'Zijn dat twee verschillende dingen?'

'Ik denk het wel. Het was haar dochter die reed.'

'Hadden jullie een goed contact voordat het gebeurde? U en Ulla Brendner?'

'We... hadden geen contact.'

'Waarom niet?'

'Ik weet het niet.'

En of je dat weet. Winter hoorde het geruis en het gebruis weer, het eeuwige geruis en gebruis. Daar moet ik op terugkomen. Ik kom altijd terug, dat is mijn werk, tekortkomen en terugkomen.

'Hebt u Sara gesproken voor de reis naar Spanje?' vroeg hij in plaats daarvan.

'Ja.'

'Vertelt u me over dat gesprek.'

'Nou... ze zei niet veel. Ze zouden een week wegblijven, geloof ik.'

'Hadden ze de reis al lang gepland?'

'Dat weet ik niet. Ik kreeg het de week ervoor te horen.'

'Belde Sara u?'

'Nee... ik belde. Zij nam op.'

'Waarom wilden ze ernaartoe?'

'Ze zei dat ze er nog nooit samen waren geweest. Dat het nu... tijd was.'

'Waarom? Waarom nu?'

'Dat heeft ze niet gezegd.'

'Ze zei niets over het waarom?'

'Nee... nou... er was iets wat ze aan haar oom moest vragen.'

'Heeft ze dat gezegd? Dat ze hem iets ging vragen?'

'Ja.'

'Wat? Wat ging ze hem vragen?'

'Dat weet ik niet. Dat heeft ze niet gezegd.'

'Waarom zei ze dat überhaupt tegen u?'

'Dat... weet ik ook niet.'

'Hoe klonk ze?'

'Ik weet het niet... ongeveer net als altijd, denk ik.'

'Maar niet helemaal als altijd?'

'Misschien niet.'

'Wat zei uw zoon over de aanleiding tot de reis?'

'Over wat?'

'Uw zoon moet het geweten hebben.'

'Hij heeft het me in elk geval niet verteld. En nu kunnen we het hem niet meer vragen. Niemand kan het hem meer vragen.'

En daarmee was het gesprek voorbij. Het enige wat overbleef was kosmische ruis in de hoorn. Winter verbrak de verbinding en reed verder over de Avenyn en in westelijke richting door de Vasagatan. De schemering kroop langzaam tussen de bomen op de boulevard. Alle natuurlijke kleuren van de stad verdwenen en de kunstmatige begonnen te gloeien. Voor je het wist was het mei, 'mooie maand mei, welkom weer in ons dorp, aarde en wolken stotteren liefde en verrukking, verdriet vlucht voor de lente, vreugde lacht de tranen weg'. Over een paar weken zou de stad de samba dansen. Brandende auto's zouden gouden wolken creëren. Het leven is een feest na de pest. Een gevoel van optimisme vervulde hem. Het hield de hele weg naar de Götabergsgatan aan. Toen stond hij voor zijn portiek en herinnerde zich dat hij thuis geen fatsoenlijke ingrediënten had voor het avondeten. Hoe was hij in godsnaam in deze situatie verzeild geraakt? Hij keek naar links, hij keek naar rechts, maar er waren geen redelijke alternatieven: niets mis met Vasagrillen of Skål, maar ze waren niets voor hem. De markthal was gesloten. Dan maar naar de Hemköp. Hij liep terug de Vasagatan op en vervolgens honderd meter westwaarts naar de 'buurtsuper', zoals zijn moedertje zulke winkels altijd had genoemd. Decennialang had ze zich verwonderd over het feit dat er in deze supermarkten geen toonbanken en schappen waren voor wijn en sterkedrank, maar het gemis was nooit bijzonder groot geworden omdat ze zoveel tijd aan de Spaanse zonnekust had doorgebracht, waar de wijn en sterke drank nooit opraakten. Het dichtst dat we in Zweden bij dit gevoel zijn gekomen, is de gezellige staatsslijter in de Hötorgshallen in Stockholm. Waarom dan niet hetzelfde doen in bijvoorbeeld de Coop Käringberget in Göteborg, of wat mij betreft de Ica Eksjö? Waar is de fantasie? Iedereen eist dat ik verbeeldingskracht heb in mijn werk, maar hoe zit het met de anderen? Ik bedoel maar.

Hij kocht anderhalf pond *pata negra* bij de bemenste delicatessenbalie, fijn dat die er nog was in een supermarkt; *queso manchego*, pruimtomaten, twee kleine paprika's, peterselie, een klein stokbroodje, eieren; een fles Txakoli, nee. Knoflook en zilveruitjes had hij nog in huis. Het moest een piperade worden, of *piperrada* want hij was van plan de Baskische versie te maken, maar dan zonder de Baskische kazen zoals *ossau-iraty*, *etorki* of *baskeriu*, want er waren grenzen aan wat Hemköp kon bieden. En de markthal had alleen af en toe *ossau-iraty* omdat er in een of andere eetrubriek over was geschreven; je zou die met truffelhoning moeten eten, wat onzin was. Hoe dan ook een *piperrada* was geen onzin: het brood zou hij in kleine blokjes snijden en in een grote koekenpan in olijfolie bruinen, eruit halen en apart leggen. Daarna zou hij wat fijngehakte ui en knoflook in de koekenpan doen en die zacht laten worden in olijfolie. Vervolgens groene en rode paprika en tomatenblokjes toevoegen en die ook zacht laten worden in olijfolie onder voortdurend omscheppen met de spatel. Dan nog drie eieren kloppen en samen met de peterselie in de pan gieten, onder voortdurend roeren want dit was verdomme geen omelet, een snufje zeezout en wat peper, de broodblokjes erdoor roeren, een paar reepjes ham en tot slot nog wat grof geraspte kaas erbij, nog een keer roeren, en dan opdienen. Hij zou al een glas Baskische Txakoli op tafel hebben klaargezet, wat geen snobisme was, iedereen die een maaltijd at die ook maar in verband kon worden gebracht met Baskenland, moest de lichte witte wijn met een hoog zuurgehalte en een laag alcoholpercentage drinken. Hij bestelde regelmatig een krat, dat zou iedereen moeten doen, maar wie moest hun dat vertellen en hoe?

De schaduwen waren langer dan de huizen in de Vasagatan toen hij de Hemköp uit kwam. De lucht was zo fris als die maar kon zijn in het centrum van Göteborg. De geur die hij al zo lang kende. Op zijn stuk grond aan het water zou die er niet zijn. Zeewier en zout zouden baklucht en koolmonoxide vervangen. Het was geen goed idee om kinderen in het centrum van het centrum te laten wonen en opgroeien. Maar al snel zouden Elsa en Lilly hun eigen splinter van het paradijs hebben, omsingeld en omringd door de buitengesloten hondenbezitters met jankende vechthonden aan strakke lijnen. We zullen gehaat worden door elk levend wezen dat kan haten, verguisd door het toch al bevoorrechte publiek, de witten, de andere witten, *rich trash*. Nee, nee, nee, blijf ver weg van zulke gedachten, laat het licht mijn hoofd binnenkomen, welkom welkom, kom binnen, blijf zo lang als je wilt, voor altijd als we met elkaar overweg kunnen.

Twee trams ontmoetten elkaar bij de Vasaplatsen. Alles ging prima. Winter wilde net zijn portiek binnengaan toen hij in zijn rechterooghoek een beweging zag. Iemand was uit de volgende portiek gestapt en weer naar binnen verdwenen. Zo leek het in elk geval. Winter wachtte. Het was stil daar verderop in de andere portiek. Het was de ingang van een privékliniek en die was voor vandaag al gesloten. God wist wat voor andere geheime activiteiten er in dat huis plaatsvonden. 's Nachts hoorde hij soms geschreeuw door de muren. Niets om je druk over te maken. Het konden nachtelijke vasectomieën zijn in de kliniek, besnijdenissen en rituelen, in het donker gebeurde er veel in de wereld dat je niet begreep.

Nu zag hij een gezicht. Het schoot uit de portiek, alsof er opeens een fakkel op scheen. De ogen keken hem aan, zochten hem. Het was een man. Zwarte gebreide muts. Winter herkende de klootzak, hij had beneden bij de tramhalte voor zijn woning gestaan en omhooggekeken naar Winters raam, naar hem. Nu draaide de man zich om en begon te rennen, in noordelijke richting naar de Allén, zwarte kleren, een schaduw tussen alle andere schaduwen in de laatste schemering.

Winter liet zijn boodschappentas vallen en rende, het was een domme beslissing of de beste die hij had kunnen nemen, maar hij dacht niet na, hij rende, rende.

De schaduw was een jongere man, geen enkele twijfel mogelijk. Hij verdween de hoek om naar de Storgatan, Winter volgde hem en toen hij zelf in de Storgatan was zag hij niets bewegen, zelfs geen auto. Hij rende van portiek naar portiek, maar ze waren allemaal leeg en gesloten. Winter rende verder, iets langzamer nu, hij voelde kramp opkomen in zijn kuiten, geen warming-up, geen stretch, dit kon nog weleens verdraaid slecht aflopen. Hij begon te lopen, langs Lai Wai dat al open was maar nog leeg leek.

Hij sloeg de Victoriagatan in, liep verder en stak schuin over naar de Bellmansgatan. Zijn benen gingen vanzelf, bleven staan voor een bekende ingang:Het Sigrid Rudebecks Gymnasium, de particuliere middelbare school waar hij op had gezeten. Hij was er de jazzclub begonnen; was die is er nog, dacht hij terwijl hij op adem kwam en in de richting van het Hagaparken keek, waar de bomen en struiken op het Kyrkoplan een schuilplaats boden aan alles en iedereen die hem kwaad wilde doen. Weg nu.

Terug op de Vasaplatsen zocht hij naar sporen in de portiek waar de man op hem had staan wachten, maar er waren geen sporen, geen sigarettenpeuk, geen kauwgom, geen leeg champagneglas, niets.

Zijn tas, met het eten, was weg. Wat een klotestad. De politie bellen zou natuurlijk niet helpen. Hij was nat van het zweet in zijn pak, zijn stropdas voelde aan als een strop. Hij rukte hem los en bleef staren naar de plek waar de boodschappen voor zijn *piperrada* hadden gestaan. Hij kon wel janken. Hij keek naar de Vasagrill, maar de stap zou te groot zijn en de afstand te ver en hij was moe.

In de lift naar boven vermeed hij het zichzelf te bekijken in de antieke spiegel. Een antiek gezicht, wie wil dat nou zien. Een gebroken lichaam.

Hij schonk in de keuken twee vingers Glenfarclas in, liep naar de woonkamer en ging op de bank zitten. Als hij maar lang genoeg zat, droogde het zweet wel op. Het werd de Engelse douche genoemd, naar de Britse collega's die hij had ontmoet die nooit douchten na lichamelijke inspanning. Het had iets middeleeuws. Water brengt veel slechts met zich mee. Hemingway waste zich alleen met alcohol, maar dat weet iedereen toch, dacht hij terwijl hij van de whisky dronk en tot rust kwam. Hij had niet zo'n honger meer. Nog twee vingers en hij had helemaal geen honger meer, maar dat zou nog wel even duren. Hij nam nog een slok en keek om zich heen. Deze kamer beviel hem. Hier was hij veilig. Daarbuiten was hij niet veilig. Hoe veilig zou hij zijn in een nieuw huis aan de wijde zee met overal vijanden om hem heen? De vaste telefoon rinkelde op de salontafel. Hij keek op de klok. Het was nog niet zo laat. Op het display stond een Spaans nummer.

'Hallo, schat.'

'Heb je whisky gedronken?' zei Angela.

'Haha, ja, een klein slokje. Met een reden.'

'Die is er altijd.'

'Ik ben beroofd.'

'Wat? Hoe?'

Hij vertelde, zonder ook maar één detail weg te laten.

9

Lena Kallender en Dick Forsman ondervroegen de medestudenten van de doden. De rechercheurs hadden hiervoor een ruimte op het instituut gekregen, een zaaltje. Iemand had een diagram op het whiteboard achtergelaten, cirkels en kruizen en lijnen, vanuit het midden naar buiten. Dit moest de verklaring zijn voor de zin van het leven. Dick bestudeerde de oplossing. Begreep hij het maar. Hij was er nog nooit zo dichtbij geweest en toch zo ver weg.

Er kwam een meisje binnen. In Dicks ogen zag ze eruit als een veertienjarige. Lena begroette haar en vroeg haar te gaan zitten. Amanda.

Ze begon te huilen.

'Het is goed, Amanda,' zei Lena.

Dick wist niet wat hij moest zeggen. Hij was nog niet gewend aan dit deel van het politiewerk. De nabestaanden. Het werk bestond uit één of twee slachtoffers en honderd achtergeblevenen. Bij de surveillancedienst was het precies omgekeerd. In Göteborg voelde het tegenwoordig als oorlog, vuile oorlog, de strijders droegen geen uniformen maar meer wapens dan ooit.

'Was je bevriend met Jonas en Ylva?' vroeg Lena.

Amanda antwoordde niet. Op dat moment zag ze eruit als iemands dochter. Zoals Ylva eruit had gezien.

'Ik kende Ylva,' zei ze nu, terwijl ze opkeek.

'Hoe goed kende je haar?'

'Goed genoeg.'

Lena en Dick keken elkaar aan.

'Goed genoeg waarvoor?' vroeg Dick.

'Om te... begrijpen dat ze niet met Jonas samen had moeten zijn.'

Brendner Copy was gevestigd geweest in Högsbo, schuin tegenover de Olof Asklundsgatan bij de industriële bakkerij Pågen. Maar de drukkerij was al tientallen jaren geleden ter ziele gegaan en het gebouw was verdwenen, het was nu slechts een fantoombeeld, zwevend boven het dunbezette parkeerterrein tussen Input Interiör en groothandel Malmbergs.

Het rook naar brood. De wind kwam uit het noordwesten en voerde de rook van de ovens van Pågen mee. *Gates of hell.* Winters kameraad uit de bovenklasse, Frankie Kennedy van het Rudebecks, moest daar van zijn vader in de zomer werken en Frankie werd daarna nooit meer de oude. Håkan Hellström had er ook gewerkt. Ook hij werd nooit meer de oude nadat hij door de poorten naar binnen was gelopen. Het prikkeldraad rond de fabriek was nu verdwenen, maar het brood was nog hetzelfde. Niet dat Winter ooit verpakt brood kocht. Maar het rook lekker. En volgens de reclame van het bedrijf bakten ze met liefde. Göteborg had liefde nodig. Alle beroemde en succesvolle mensen hadden het voortdurend over liefde en maakten met beide handen het hartteken, maar vervolgens moeten er ook daden volgen. Winter wist niets van die liefdeskletspraat. Het was net als met de ziel, iedereen sprak erover maar niemand wist wat het was. Jouw liefde kan zoeter zijn dan die van mij. Jouw zout kan zouter zijn dan dat van mij.

'Een boterham met milde kaas zei Ringmar. 'Een klassieke delicatesse, met warme chocolademelk.'

'Dat zeggen ze,' zei Winter.

'Niets voor jou.'

'Zou kunnen. Heb het nooit geprobeerd.'

'Alle moeders in Göteborg hebben het hun kinderen voorgezet. Alle moeders in het hele land.'

'Die van mij niet.'

'Zet het op je lijstje van tien dingen die je moet proberen voordat je doodgaat.'

'Ik ben niet van plan dood te gaan.'

Ringmar knikte. Hij was evenmin van plan om dood te gaan. Hij had te veel doden gezien om zelf een van hen te worden. Hij was de man die van het leven hield. De banden met de dood waren bij Winter echter sterker dan ze in een levend persoon zouden moeten zijn. Dat was niet altijd zo geweest in de tijd dat ze elkaar hadden gekend. Nu had de dood hen hier gebracht, naar een fabriek die een spook was. In een zaak die een zaak vol spoken was. De dertiende zaak voor hen samen, als je zo telde. Een ongeluksgetal. Een ongeval.

'Brendner Copy verdween na de dood van Lars Brendner,' zei Ringmar.

'Er bleef niets van over,' zei Winter, terwijl hij naar een paar lege parkeerplaatsen knikte.

'Volgens een paar ex-werknemers was hij degene die het bedrijf bij elkaar hield,' zei Ringmar.

'Dat is logisch, toch? Hij was de eigenaar. Ging het over het bedrijf? De moord op hem?'

'Daar beginnen we,' zei Ringmar.

'Iemand was jaloers op het bedrijf.'

'Ging het te goed?' zei Ringmar. 'Concurreerde hij anderen in de branche kapot?'

'Nauwelijks. Er waren genoeg klanten voor kantoorartikelen voor iedereen.'

'Die zullen er altijd zijn,' zei Ringmar. 'Zolang er computers zijn. Haha.'

Winter zag een broodbestelwagen de kelder van Pågen uit rijden, nog een broodbestelwagen en nog een broodbestelwagen, het was een vrachtwagen met een even lange oplegger, een roadtrain, op weg naar de supermarkten met brood; zolang er akkers en gewassen waren en boerenkinkels die het werk deden. We zouden God elke dag moeten danken voor de boerenkinkels over de hele wereld. Probeer maar eens de basis voor je eigen stokbrood of portie rijst of boterham te telen.

'Het was een interne kwestie,' zei hij nu en hij richtte zijn blik op Ringmar.

'De vraag is hoe intern.'

'De broer. Gunnar. Hij kon er niet tegen.'

'Waartegen?'

'Iets. Het werk. Het management. Het huwelijk van de broer.'

'De weg van daar naar broedermoord is lang,' zei Ringmar. 'Het klinkt een beetje... ongewoon.'

'Niet zo ongewoon als je denkt. Lees de literatuur. Lees de geschiedenis, de oudheid bijvoorbeeld. *Fratricidium* noemden de Romeinen het. Lees de Bijbel. Lees, maakt niet uit wat.'

'*Fratricide*, zeggen de Engelsen.'

'Voor sommigen is het gewoon een moord als alle andere.'

'Moord is nooit gewoon,' zei Ringmar.

'Je oude hoofdinspecteur Lassander moet het grondig hebben onderzocht.'

'Natuurlijk. We zijn begonnen met de familie en zo. Maar we hebben geen bewijs gevonden.'

'Vermoedens?'

'Ja. Nee. Niet sterk genoeg.'

'Zwak dan?'

'Gunnar profiteerde in zekere zin van de dood van zijn broer. Hij was mede-eigenaar en ontving een levenslang inkomen uit de verkoop. Maar niet zoals de echtgenote.'

'Niet zoals de echtgenote,' herhaalde Winter.

'Daar hebben we ook naar gekeken,' zei Ringmar, 'maar ik was er maar zijdelings bij betrokken. Maar dat met de echtgenote, dat liep nergens op uit, dat liep dood.'

Winter zag een ander voertuig Pågen uit rijden. Een gewone broodbestelbus deze keer, met het vrolijke logo. In Miami rijden staartschutters met de broodvrachtwagens mee. Dat zal hier binnenkort ook zo zijn, wanneer de broodrellen beginnen, wanneer de burgeroorlog tussen noord en zuid in de stad echt uitbreekt. Als de bendes elkaar echt beginnen uit te roeien.

'Dood?' vroeg hij.

'Wat motieven betreft,' antwoordde Ringmar.

'O?'

'Ze kreeg het geld maar heeft er niets mee gedaan, voor zover ik weet.'

'Misschien hebben we het niet grondig genoeg gekeken.'

'Nee.'

'Misschien hebben we op de verkeerde plaatsen gezocht,' zei Winter.

'Of bij de verkeerde mensen.'

Amanda, de studente psychologie, had misschien iets belangrijks gezegd, of gewoon iets onbegrijpelijks.

'Waarom had Ylva niet met Jonas samen moeten zijn?' vroeg Dick Forsman.

'Hij was niet goed voor haar.'

'Waarom niet?'

Amanda antwoordde niet.

Dick herhaalde de vraag.

'Kijk wat er gebeurd is,' zei Amanda.

Dick keek naar Lena Kallender.

'Wat wist jij?' vroeg Lena en ze keek Amanda aan. Het meisje keek... neutraal, alsof ze gewoon een banaal feit had beschreven. 'Wat wist je van tevoren?'

'Nu begrijp ik u niet.'

'Hou je niet van de domme. Was het gevaarlijk voor Ylva om samen met Jonas te zijn?'

'Ik weet het niet...'

'Je hebt het toch zonet zelf gezegd!'

Lena en Dick keken elkaar weer aan. Wat WAS dit?

'Was Jonas een bedreiging voor Ylva?' vroeg Dick.

'Nee...'

'Wie was wel een bedreiging?'

'Dat moeten jullie iemand anders vragen.'

Winter parkeerde op straat voor het huis in Hagen. De lucht in het westen was blauw. Het was niet ver die kant op. Iemand met een goed gehoor zou de zee zeker kunnen horen. Voor hem was het te laat, zijn tinnitus was al geruis genoeg. Iemand met een ander gemoed zou het misschien als rustgevend ervaren. Hij niet. Dat was de prijs die hij betaalde omdat hij een goed mens was die dingen wilde begrijpen. Verkeerde baan, jongen. Hij was in de loop der jaren rocksterren tegengekomen die zich sinds hun tienerjaren in seks, drugs en onbeschermde rock-'n-roll hadden gewenteld en natuurlijk tinnitus hadden gekregen, maar zij hadden er iets voor teruggekregen, zij hadden de hele tijd verdomd veel lol gehad. Hij kon niet zeggen dat hij heel veel lol had gehad, niet zoveel lol dat hij het geruis van de duivel in zijn hoofd verdiende. Hij zag nu meeuwen boven zich, ze kwamen van de stranden om de mensheid uit te lachen, maar hij kon ze niet horen. Dat was maar goed ook, trouwens. Het was zelfs beter, dacht hij, meteen in een beter humeur.

Zijn oudere zus Lotta zat op haar knieën met een kleine spade in de grote moestuin te graven. Hij kon aarde zien, maar verder niet veel. Het seizoen was nog niet begonnen. Over een maand zou het exploderen, kort en krachtig. Hij dacht even aan zijn kindertijd, ze hadden rijen en rijen aardbeiplanten gehad in die moestuin, maar alleen God wist wie ze ooit had geplant, zeker niet mama Siv en al helemaal niet papa Bengt, die toen druk was met zijn vlucht voor de belastingdienst, gevolgd door de fysieke vlucht naar het zuiden, uiteindelijk gevolgd door de dood in het Hospital Costa del Sol net buiten Marbella. Het was twintig jaar geleden, hij was daar toen, naast het bed, in de kamer die naar Dettol rook, het parfum van Zuid-Europa, en de geur van ziekte kon niet doordringen, alleen de bittere geur van vervlogen tijd, verspilde tijd. Het was te laat om afscheid te nemen, anders dan in deze fysieke en woordeloze vorm. Daarna was hij leeg en vervuld van een vreemd verdriet en had hij te veel gedronken en domme dingen gedaan, waarna hij naar huis was gevlogen, naar Angela, die nog niet zijn vrouw was maar zijn verloofde. Nooit meer had hij in het vliegtuig gedacht, toch weer gedronken, maar niet zoveel, geslapen achter zijn donkere bril.

Lotta stond op en omhelsde hem. Ze zag er ouder uit en was zijn spiegelbeeld. Ze leken meer op elkaar dan de gemiddelde broer en zus. Ze was nog steeds knap, net als hij. Ze waren nog niet oud en vergeeld als vergeten kranten in een garage.

'Ik had niet verwacht dat je langs zou komen,' zei ze.

'Waarom niet?'
'Het is zo lang geleden.'
'Het spijt me,' zei hij.
'De meisjes zijn er niet,' zei ze.
'Nee.'
'Hoe gaat het met jouw meisjes?'
'Goed.'
'Wat een uitgebreid antwoord,' zei ze.
'Ik weet het.'
'Je ziet er... bezorgd uit, Erik. Of hoe moet ik het in godsnaam zeggen.'
'Je hoeft er niet bij te vloeken.'
'Ik vloek zoveel als ik wil. Ik heb het jou geleerd, toch.'
'Ja. Maar van wie heb jij het geleerd?'
'Oom Erik. Jij was nog niet eens geboren. Hij zei dat het deel uitmaakte van een rijke woordenschat. Alsof die lelijke woorden iets betekenden, zin hadden.'
'Ik begrijp het.'
'Je begrijpt er geen reet van,' zei ze glimlachend.
'Mijn naamgenoot. Oom Erik was een kleurrijke vent.'
'Tenminste toen hij stopte met drinken en in een uniform van het Leger des Heils op het Kortedala Torg ging staan.'
Ze barstten allebei in lachen uit.
'Erg lang duurde dat niet,' zei hij na een poosje.
'Een middag.'
Hij hurkte en haalde zijn hand door de aarde die ze net had losgeharkt. Het voelde koel en zacht aan.
'Wie plantte de eerste aardbeiplanten?' vroeg hij.
'Ze stonden hier al toen papa en mama het huis kochten,' zei ze.
'Dat kan ik me niet herinneren.'
'Je was te klein.'
Hij antwoordde niet. Het speelhuisje stond nog achter in de tuin. De tuinen waren groot in Hagen.
'Nu ben ik groot genoeg om mijn eigen huis te bouwen,' zei hij terwijl hij opstond.
'Het gaat dus gebeuren.'

'Zodra alle vergunningen rond zijn. Het steentje stuitert over de baai, nou ja, je snapt het wel.'

'Het komt wel goed,' zei ze. 'Je kunt zo toch niet verder.'

Een paar vogels vlogen over de tuin. De lucht begon bevolkt te raken voor het seizoen. Stel je voor dat je kon vliegen. Niet hoefde in te checken.

'Een nieuw hoofdstuk in het leven,' zei hij. 'Het begint nu. Het zal nooit eindigen.'

'Dat klonk mooi. Waar heb je dat gelezen?'

'John Coltrane,' zei hij.

Ze had de spade de hele tijd vastgehouden, maar nu stak ze die in het gazon. De spade was geel en bleef in de grond staan als een mes. Het gras had dezelfde niet-kleur als die van de tuin waar Sara Brendner was opgegroeid.

'Kom binnen, dan zet ik koffie,' zei ze.

'Heb je over het ongeluk gelezen?' vroeg hij. 'Weg 40.'

'Niet veel,' zei ze.

'Ik voel me erbij betrokken,' zei hij.

'Op welke manier?'

'Ik weet het niet. Ik was daar toen het gebeurde, maar dat is het niet. Er is op de een of andere manier een verband met de zonnekust, maar dat is het ook niet. Denk ik.'

'Wat is het dan?'

Hij keek weer naar het speelhuisje. Daarbinnen lag het antwoord. Er was een herinnering. Blijf weg jongen, *walk away*. Herinneringen zijn onbetrouwbaar, dat kan iedere willekeurige ondervrager of psychotherapeut je vertellen. Herinneringen verscheuren het leven, de shit wordt een weefsel dat steeds opnieuw geweven wordt, een lappendeken die versteld wordt, weer versteld wordt, opnieuw versteld wordt, aan elkaar wordt genaaid, los wordt getornd, er is geen begin en geen einde, niets waar iemand zich aan vast kan houden. En toch, toch.

'Ik weet wat ik denk, maar ik geloof niet wat ik weet, nog niet.'

'Nu wordt het tijd voor koffie,' zei Lotta Winter.

Sara

Mama zei dat ik niet beneden mocht zijn. Meestal mag ik beneden zijn wanneer er een kinderprogramma op is, maar nu moest ik naar mijn kamer. Ik mocht vanavond niet naar het kinderprogramma kijken. *Doctor Snuggles* was voldoende geweest, maar zelfs dat mocht ik niet zien. En *De Fabeltjeskrant* ook niet, en die duurt maar even. Papa was niet thuis. Ik hoorde mama met iemand aan de telefoon praten, denk ik. Toen hoorde ik de deur open en dicht gaan en ik rende de trap af omdat ik dacht dat het papa was, maar er was niemand. Missan en ik zijn nu naar bed gegaan. Ik kan vandaag niet meer schrijven.

10

Fredrik Halders en Aneta Djanali bleven die avond nog even buiten staan. De kleine tuin werd langzaam donker en kleurloos. Ze stonden daar altijd als ze de tijd en de innerlijke rust hadden, op verschillende tijden in verschillende jaargetijden.

'Ik weet niet of de duisternis opstijgt of neerdaalt,' zei Halders. 'Ik heb me dat altijd afgevraagd.'

'Maakt dat wat uit?'

'Het maakt heel veel uit, schat. Het is allesbepalend.'

Ze zag de duisternis vallen. Of misschien uit de grond omhoogkomen. De aarde was donker, onder het oppervlak was die altijd donker. De hemel was nog steeds relatief licht, en op verschillende delen van de aarde was die op verschillende tijden licht en dus op een bepaalde manier nooit donker.

'De bliksem slaat immers ook niet in,' zei Halders. 'Als je een bliksemschicht ziet, zie je die omhoogschieten vanuit de aardkorst.'

'Heb je nog meer voorbeelden?'

'Is dat niet genoeg?' zei hij lachend.

'Laten we naar binnen gaan,' zei ze, 'ik heb het koud.'

Halders zag plotseling de schijnwerpers van het nieuwe stadion, Nya Ullevi, aangaan, het stadion dat zijn naam behield toen het oude stadion, Gamla Ullevi, een paar honderd meter verderop, werd afgebroken en er een nieuwe arena werd gebouwd, die de naam Gamla Ullevi behield. Welkom in Göteborg.

'Is er vanavond een wedstrijd?' zei hij in zichzelf, maar luid genoeg.

'Er worden toch geen wedstrijden gespeeld in Nya Ullevi?' vroeg Aneta.

'Weet jij daar iets van?'

Ze liet de belediging van zich afglijden, de heuvel af, over het nieuwe politiebureau, dat lag waar het oude politiebureau nog steeds lag, tussen de twee Ullevi's, waar chaos kon uitbreken als onbekend voetbalpubliek, met de kaart in de hand, tussen de stadions dwaalde op zoek naar de locatie voor de wedstrijd.

'Misschien wel het nationaal kampioenschap auto-ongelukken,' zei Halders. 'Ik zag de zandauto's laatst. Rallycross.'

'Misschien wel.'

'Als het einde van de wereld nabij is, neemt het aantal autorally's toe,' zei Halders. 'Wist je dat?'

'Ik heb jouw kennis niet, Fredrik.'

'Heb je *On the Beach* van Nevil Shute niet gelezen? Een derde vervloekte wereldoorlog heeft alles ten noorden van de evenaar radioactief gemaakt en al het leven vernietigd. Binnen zes maanden zal de shit Australië bereiken. Wat denk je dat de mensen in de tussentijd doen?'

'Autorally's houden?'

'Juist, ja! Hardcore, geen veiligheidsgordels om het zo maar te zeggen, geen zachte barrières.'

'We gaan nu naar binnen,' zei ze. 'En de schijnwerpers zijn trouwens gedoofd.'

'Dat wordt geen dansen vanavond,' zei hij.

'We kunnen zelf binnen dansen,' zei ze.

'De kinderen kunnen elk moment thuiskomen.'

'Ja. Attent van ze, hè?'

'Had ze het de hele reis terug naar Göteborg zitten plannen?'

'Wat?'

Halders keek naar zijn levenspartner, geboren uit zwarte ouders in een wit Göteborg. Het was nu echt donker geworden buiten. Als hij in de stemming was geweest had hij haar gevraagd te glimlachen omdat hij haar niet kon zien, maar die oude, dwangmatige, racistische grappen leken de laatste tijd niet meer zo aardig. Misschien was hij volwassener geworden sinds zijn benoeming tot hoofdinspecteur. Dat was een vereiste.

'Sara Brendner. Onze Sara. Heeft ze in het vliegtuig het ongeluk zitten plannen? Haar wereld was ingestort en een auto-ongeluk was haar enige uitweg. Vermoedde Erik toen al iets?'

‘Hoe bedoel je?’
‘Hij volgde hen immers. Reed achter hen.’
‘Het was toeval, Fredrik.’
‘Bestaat toeval?’

Lotta Winter dronk een glas rode wijn, haar jongere broer koffie. Hij wilde geen wijn. Hij had zijn auto geparkeerd in de Skogsrydsgatan en wilde niet in Hagen overnachten, deze keer niet. Later, thuis, zou hij een kleine whisky nemen, maar slechts één. Het was een gewoonte, misschien goed, misschien slecht, kon slechter, noodzakelijk nu, als gewoonten beschouwd kunnen worden als noodzaak om te overleven.

Ze hadden het over Sara Brendner gehad.

‘Denk je dat de zaak opgelost zal worden als ze ontwaakt?’ vroeg Lotta.

‘Of de moord op haar vader opgelost zal worden? Ik denk het wel. Dan komen we in elk geval iets te weten wat we nu nog niet weten.’

‘En... als ze niet ontwaakt?’

‘Dan gaan we door.’

‘Hoe lang?’

‘Zo lang als nodig is.’

‘Heb je daar de middelen voor gekregen?’

‘Absoluut.’

‘Is dat waar?’

‘Absoluut niet.’

Ze vulde haar glas bij. De deur naar het terras stond op een kier. Een niet koude windvlaag drong naar binnen, voorzichtig. Die zou binnen opwarmen, daar blijven, wat moest die in godsnaam buiten doen als de avond zo koud werd als de nacht.

‘Geef me een glas,’ zei hij.

‘En de auto dan?’

‘Wat is daarmee?’

‘Je bent toch niet van plan om daarna naar huis te rijden?’

‘Dat hangt ervan af wanneer,’ zei hij. ‘Die fles is bijna leeg. Heb je nog zoiets aan te bieden?’

Winter schonk het derde glas wijn in. Het was nog vroeg op de avond, maar te laat voor hem om nog achter het stuur te kruipen. Dat was toch nooit het plan geweest. Het plan was om hier te zitten en de realiteit, zichzelf en zijn dierbaren te omarmen. Iets in die geest. Gewoonweg wat rust te vinden, voor even. Maar wie kan zoiets plannen?

'Volgend jaar is iedereen weer bij elkaar,' zei hij. 'Volgend voorjaar. In mijn huis. In ons huis aan zee. Een eigen huis is een woning waar je in relatief korte tijd doorheen kunt lopen. Begrijp je?'

'Ik begrijp het,' zei Lotta Winter. 'Ik woon ook in zoiets.'

'Natuurlijk woon jij ook in zoiets. Daar proost ik op.'

Hij hief het glas.

'Zal het ook echt gebeuren?' zei ze. 'Of is het slechts een wensdroom?'

'Waarom zou het een wensdroom zijn? Het is zo ver verwijderd van een wensdroom als het maar kan.'

'Wat zegt Angela?'

'Waarover?'

'Hou je niet van de domme.'

'Sorry.'

'Misschien heeft ze al gekozen,' zei Lotta. 'Besloten dat haar leven daar is. Haar werk is daar. Een goede baan. Ik betwijfel of ze hier een betere kan krijgen.'

'Het gaat niet om werk,' zei hij.

'Nee. Daar ben jij een goed voorbeeld van.'

'Dat was onder de gordel.'

'Jij koos ervoor om hier terug te komen en alleen te gaan wonen,' zei ze.

'Na twee jaar,' zei hij. 'Twee hele jaren!'

Ze zei niets. Misschien hadden zijn zus en zijn vrouw met elkaar over de toekomst gesproken. Hij wilde het niet vragen. Misschien was het trots. Of domheid.

'Ik kon niet op mijn oude dag gaan zitten wachten zonder iets te doen,' zei hij. 'Ik denk niet dat veel mensen dat zouden kunnen. Daarvoor was het eerst nodig om mijn baan op te geven. Ik had dat nodig. Maar ik realiseerde me dat het op de lange duur voor niemand goed zou zijn.'

'Wat als ze niet komt?'

'Hoeveel heb je vanavond gedronken, Lotta?'

'Minder dan jij.'

'Ze komt terug,' zei hij. 'Zodra het huis klaar is, komt mijn gezin weer thuis.'

Hij stond op. Was uitgepraat. Sta op en ga als er niets meer te zeggen valt.

'Ik ga een blokje om,' zei hij.

Buiten liep hij in noordelijke richting langs alle prachtige villa's. Dit was een wijk voor de geprivilegieerden. Honderd procent wit, of negenennegentig komma negen als bijvoorbeeld Volvo een huis huurde voor een directeur uit het buitenland. Er zaten zwarte kinderen op de Engelse school bij het knooppunt Segerstedtskrysset, maar die kwamen uit bevoorrechte gezinnen uit de hele stad.

Hij liep door de Hästeviksvägen het kleine havengebied van Tångudden in. De winterstalling voor boten lag vol met fiere boten die deze zomer voor de scherenkust zouden rondkrioelen. Of verder het water op. Daar wist hij alles van. Als tiener had hij al zijn vrije tijd doorgebracht in een J-17. Dat hield op toen hij volwassen werd. Waarom was dat in godsnaam opgehouden? Hij had hier en nu een boot kunnen hebben, daar op de vijfde rij, tegenover de Sala Thai, die al gesloten was voor vandaag. Volgend jaar ging het gebeuren. Volgend jaar ging alles gebeuren.

Nu stond hij op de pier en keek uit over de rivier en de scheepswerven aan de overkant. De imposante reuzenkranen stonden er nog, maar bevroren in hun bewegingen. Ze hoorden bij een andere tijd, net als dinosaurussen uit de Jura. Het was nog niet zo lang geleden. De contouren tegen de hemel boven het eiland Hisingen gaven de havenkranen een illusie van leven, alsof ze elk moment konden gaan bewegen, op en neer en heen en weer.

Een kleine veerboot gleed over het water in het oosten achter de Älvsborgsbrug. De boot voerde navigatielichten, wat een feestelijke indruk gaf.

Zijn mobieltje schraapte trillend over zijn hart als een pacemaker die probeerde uit te breken. Het hart zit links. Hij haalde de telefoon uit zijn borstzak en keek op het display. TORSTEN. De chef van de technische afdeling, Torsten Öberg. Op de klok boven de naam stond: 22.15 UUR.

'Hallo Torsten.'

'Sorry dat ik zo laat nog bel.'

'Niet te laat,' zei Winter, terwijl hij erop lette dat hij de woorden luid en duidelijk uitsprak. Hij draaide zich om, zag de silhouetten van de aan wal gestalde boten verderop. 'Ik maak een avondwandeling.'

'De ingemetselde man van anno dazumal,' zei Torsten Öberg. 'We weten wie hij is. Of was.'

De man in de muur heette Kent Johansson, maar iedereen die hem kende noemde hem Street. Dat waren er veel en bijna allemaal hadden ze in de onderwereld van Groot-Göteborg geleefd, sommigen leefden nog steeds, als ze niet een natuurlijke of, vaker, een onnatuurlijke dood waren gestorven.

'Nou, er was natuurlijk geen DNA-register om te doorzoeken,' zei Öberg. 'Daarvoor is Street iets te vroeg gestorven. Maar zoals ik al tegen je zei toen we het skelet onderzochten, ontbrak er een vingerkootje aan de linkerringvinger. Dat was een opvallend kenmerk.'

'Ja, inderdaad.'

'Dus zijn we in het Dossier Vermiste Personen gaan kijken of daar meldingen waren. En er waren er inderdaad een paar, van vrienden. Een sprong eruit, van iemand die vertelde dat Kent Johansson een vinger miste. Alleen dat, geen details.'

'Heb je hier met Bertil over gesproken? Hij heeft die meldingen gelezen. Het waren er drie, toch?'

'Ja en nee. Het bleken er vier te zijn.'

'Waar kwam de vierde vandaan?'

'Van een verkeerde plek, daar per ongeluk terechtgekomen door een menselijke fout of menselijk falen. We hebben verschillende zoekacties gedaan en voilà! Volgens deze laatste anonieme melding had Street, zoals hij ook wel genoemd werd, kiespijn. Ik weet niet waarom dat erin stond! Hij moet er lang last van hebben gehad. Maar we hadden een naam en konden een tandartspraktijk vinden en de gebitsgegevens achterhalen. De forensisch patholoog-anatoom had opgemerkt dat er relatief moderne vullingen in de mond van het skelet zaten. En dat die rond het begin van de jaren negentig waren geplaatst. Street is onze man. Of ons skelet.'

'Dat is geweldig,' zei Winter.

'Hij had een kogel in zijn schedel,' zei Torsten Öberg. 'Negen millimeter. Parabellum.'

'Net als bij Brendner,' zei Winter.

'Ik begrijp het. Ik weet het.'

'Maar we hebben geen wapen,' zei Winter.

'Het is in elk geval niet ingemetseld,' zei Öberg.

'Het is er niet,' zei Winter, 'we kunnen het wel vergeten.'

'Mocht je je afvragen wanneer Street is ingemetseld, daar werken we aan,' zei Öberg.

'De datering van het cement?'

'De datering van verschillende cementlagen, ja. Onder andere.'

'Kun je iets zeggen?'

'Het was niet gisteren,' zei Öberg. 'Niet tien jaar geleden. Verder terug.'

'Dertig jaar geleden,' zei Winter.

'We zullen zien.'

'En wanneer hij werd neergeschoten?'

'Daar werken we ook aan.'

'En wanneer Street van de straat verdween?'

'Daar moet jij aan werken,' zei Öberg. 'Dat is jouw werk. Er kan een verband zijn.'

'Ja, verbanden. In dit vak zijn er geen toevalligheden,' zei Winter.

'Die uitspraak getuigt van inzicht,' zei Öberg.

's Ochtends ondervroegen Lena Kallender en Dick Forsman de jonge buren in het studentenhuis in Sannabacken. Wij zijn het voetvolk, dacht Dick, wij doen het werk en dan komt de generaal in zijn Mercedes aanglijden voor de finishing touch. Dat is het enige wat de mensen opvalt, de afwerking, daar wachten ze op. Net als bij ambachtslieden, die werken zich uren uit de naad, maar het enige waar de mensen over praten en klagen is de afwerking. Dick wist hoe dat ging, zijn vader had een bouwbedrijf in Sävsjö en moest zich, zoals alle ambachtslieden, van karwei naar karwei haasten, om uiteindelijk terug te komen voor de laatste details, maar mensen konden toch niet wachten, hadden geen geduld, begrepen het niet.

Het pand telde niet drie verdiepingen, maar vijf. De eerste keer dat ze er waren had hij zich vergist, de duisternis had toen de bovenste verdiepingen aan het oog onttrokken. Details, details. Hij moest zijn kop erbij houden, hij moest het leren. Het zit hem altijd in de details. Als hij inspecteur wilde worden voordat hij een rollator nodig had, moest hij de details zien, de details horen. De kleine details, met andere woorden. Dat is wat het verschil maakt. Of het Eric Clapton was of Gary Moore of iemand anders die sologitaar speelde op 'All Your Love', bijvoorbeeld. Hij was daar een meester in, hij kende alles, sinds de geboorte van de rock-'n-roll was hij erbij geweest, ook al was hij zelf niet rond 1956 geboren. Maar hij wist dat *the blues had a baby, and they named it rock and roll.* Kopieën en jatwerk waren er altijd geweest, maar er waren grenzen. Gisteren nog had hij een aantal duidelijke gevallen van plagiaat vastgesteld door de nieuwe band Pacific Range van de Amerikaanse westkust: ze hadden halve nummers van Quicksilver Messenger Service gejat, hele riffs van de eerste LP uit 1967, het instrumentale 'Gold and Silver' bijvoorbeeld. De jongens van Pacific Range dachten zeker dat niemand zich er druk over zou maken. Maar Dick Forsman maakte zich er wel druk over. Hij was kwaad toen hij gisteravond thuis zat te luisteren. Hij zou dit opnemen met de verantwoordelijken zodra hij tijd had. Dingen rechtzetten. Fouten rechtzetten, dat was toch zijn taak? De orde herstellen. Hij kon Erik Winter om advies vragen. Hij was ook een muziekkenner. Zijn muziek was nou niet direct Dicks muziek, maar hij had kennis van de geschiedenis.

Roger McGuinn modelleerde zijn gitaarspel in 'Eight Miles High' naar de saxofoon van John Coltrane. Hij vroeg zich af of Winter bekend was met de Byrds en McGuinn. Dick zou het hem vragen als hij durfde. Hij had zoveel vragen.

'Hoe is hij?' vroeg hij.

'Wie?' zei Lena.

'Erik Winter.'

'Waar komt die opeens vandaan?'

'Uit zijn Mercedes, haha. Nee, ik moest gewoon aan hem denken.'

'Hoezo?'

Ze waren nu in het trappenhuis en liepen de trap op. Hun opdracht was om bij elke deur aan te bellen.

'Het lijkt moeilijk om hem goed te leren kennen,' zei Dick.

'Het is ook niet de bedoeling dat je je chef goed leert kennen. En zeker niet Erik Winter.'

'Waarom niet?'

'Maak jezelf niet belachelijk, Dick. Blijf aan jouw kant van de afrastering.'

'Ik wil aan beide kanten staan. Ik ben verdomme een rechercheur.'

Ze waren nu op de bovenste verdieping aangekomen. Lena belde aan bij de deur rechts. Niemand deed open, ze belde nog een keer en wachtte. Er stond geen naam op of naast de deur. Hun ademhaling ging iets sneller dan beneden, maar niet veel. Het kwam niet door de klim naar boven. Dat kwam door wat er de vorige keer was gebeurd. Dick voelde het staal van zijn pistool rechts tegen zijn ribben. Hij was linkshandig, droeg zijn holster rechts, ongebruikelijk, hij was er trots op. Linkshandigen maken minder dan tien procent van de bevolking uit en worden als intelligenter beschouwd, misschien is het wetenschappelijk bewezen, vast wel.

De deur werd nu geopend door een jongeman, warrig haar, warrige baard. Normale jongere. Hij zag eruit alsof hij de hele dag naar rock-'n-roll luisterde, terwijl Dick eruit zag alsof hij naar de dansband Vikingarna luisterde. Het was niet eerlijk. Waarom mag ik er niet uitzien zoals ik echt ben, het zijn alleen de drugsrechercheurs die zich mogen kleden zoals ze willen en met hun rotgrijns en sleutels aan kettingen het politiebureau in- en uitlopen.

Lena Kallender stelde zichzelf en Dick voor.

'Dat werd tijd,' zei de jongen.

'Pardon?'

'Ik heb de politie hier zien rondlopen. Ik vroeg me al af wanneer jullie bij mij zouden komen.'

'Heb je een bijzondere reden dat je op ons hebt gewacht?'

'Waarom zou ik die hebben' zei de jongen en hij draaide zich om en ging weer naar binnen.

Lena en Dick keken elkaar aan. Waren ze het vermogen om met jonge mensen te communiceren gaandeweg kwijtgeraakt? Welke codes hadden ze in deze minuten gemist? Om nog maar te zwijgen van de afgelopen tien jaar?

Lars Brendner werd op 29 maart 1991 om acht uur door dodelijke schoten in de borst geraakt.

Rond die tijd verdween Kent 'Street' Johansson.

Toeval?

Wat is er met Street gebeurd?

Wie was hij?

'Jack-of-all-trades,' zei Ringmar. 'Een gangstertje met ambitie.'

'Wat bedoel je daarmee?'

'Hij wilde hogerop.'

'Hoe weet je dat?'

'Dat was algemeen bekend in de onderwereld. Iedereen wist wie Street was. Maar ik weet niet in hoeverre hij serieus werd genomen.'

'O.'

'Ik denk dat niemand in zijn ambities geloofde. Blijf bij je leest en zo.'

'Dat geldt overal,' zei Winter.

Ze zaten in Ringmars kamer. De maand mei was niet meer al te ver weg. Ze waren er allemaal wel aan toe. In mei is alles goud wat er blinkt. Mensen worden gek. Het kan gevaarlijk zijn. Winter keek uit over het kanaal Fattighusån. Ook na alle renovaties en uitbreidingen was het uitzicht nog hetzelfde.

'Er zijn toen een paar meldingen binnengekomen,' zei Ringmar. 'Ik ben de oude dossiers in gedoken en heb ze nagetrokken, zoals je weet. Criminele vrienden. Komt niet zo vaak voor.'

'Dat ze een vermissing opgeven?'

'Heel ongebruikelijk,' zei Ringmar. 'Meestal regelen ze dingen zelf.'

'Waarom deze keer niet?'

'Ik weet het niet. Er is iets ongewoons gebeurd met Street. Weet ik veel. We zullen het moeten vragen.'

'Aan wie?'

'Tenminste één van die maten leeft nog. Cacka Isaksson. Het lijkt erop dat hij onsterfelijk is. Misschien is het de naam. De geur van beroemdheid.'

'Wat is er met die naam?'

'Cacka. Hij heet Carl Isaksson maar hij werd Cacka genoemd naar de zanger. Cacka Israelsson.'

'Wie is dat in godsnaam?'

'Superberoemdheid in de jaren vijftig. Enorm groot. Zweeds kampioen verspringen en tegelijkertijd zanger van superhits. "Gamle Svarten",' zei Ringmar. 'De radio gloeide. Powerplay.'

'Voor mijn tijd,' zei Winter. 'Jullie schijnen het toen heel wat leuker te hebben gehad.'

'John Coltrane was ook van voor jouw tijd,' zei Ringmar, 'dat is dus geen excuus,'

'Hij was zíjn tijd vooruit, Bertil.'

Ik voer nooit excuses aan, dacht Winter, zoveel weet ik wel. Alle daden hebben gevolgen, brengen gedachten voort. Vooral gedachten kunnen tot fouten leiden, veel mensen lijden daaronder.

'Dus Street verdween in de lente van 1991 en sindsdien is er nooit meer iets van hem vernomen,' zei hij.

'Antwoord: ja.'

'Hij was niet anoniem. Toen hij verdween, was hij echt verdwenen.'

'Zodra Torsten het cement waarmee de man is ingemetseld

heeft gedateerd, zullen we weten dat het uit het begin van de jaren negentig stamt. Street werd toen neergeschoten, niet tien jaar later in elk geval. Hij is vermoord en echt verdwenen. Geliquideerd, zou je kunnen zeggen.'

'Waarom? Voor wat? Waar kunnen we Cacka vinden?'

'Thuis, gok ik,' zei Ringmar.

Carl Isakssons thuis was een tweekamerappartement in een van de huizen uit de jaren veertig aan de Wieselgrensplatsen. Het trappenhuis rook naar vervlogen tijden.

Ringmar had gebeld voordat ze naar Hisingen waren vertrokken, maar niemand nam op. Dat hield hen niet tegen.

Een vrouw in een blauwe tuniek opende de deur toen ze aanbelden. Ze zag eruit als iemand van in de vijftig. Een leuk voorkomen.

'Ja?'

Winter liet zijn legitimatie zien.

'We willen alleen even met Carl praten,' zei hij.

'Wat heeft hij nu weer gedaan?' zei ze glimlachend.

'Zou hij iets gedaan moeten hebben?'

'In elk geval in zijn fantasie,' zei ze. 'Hij heeft het soms over zijn "carrière", zoals hij het noemt.'

'Bent u van de thuiszorg?' vroeg Ringmar.

'Ja. Ik ben Kristina.'

Ze stelden zichzelf voor.

'Cacka slaapt,' zei ze. 'Ik wilde net weggaan.'

'Noem je hem Cacka?' vroeg Winter.

'Iedereen noemt hem Cacka. Naar een zanger.'

'En verspringer,' zei Ringmar.

'Hoe oud is Cacka?' vroeg Winter.

'Zesentachtig,' zei ze. 'Maar dat zou je niet zeggen.'

'Waarom niet?'

'Hij is vief voor zijn leeftijd.'

'Zesentachtig is toch niet oud,' zei Ringmar.

Ze keek hem aan. Ze begreep het. Ringmar was begonnen aan de laatste goede jaren.

‘Hij heeft een gezond leven geleid,’ zei Winter. Kristina lachte.

‘Zoals Keith Richards,’ zei Ringmar. ‘Geboren in ’43.’

‘Kunnen we in het appartement blijven wachten tot Cacka wakker wordt?’

‘Ik weet het niet...’

‘We zullen niets stelen.’

‘Hij zou... kunnen schrikken,’ zei ze. ‘Wakker worden en... de politie in z’n appartement vinden.’

‘Ik zou ook schrikken,’ zei Ringmar. 'Het is geen goed idee. We wachten buiten tot hij wakker wordt. Wanneer denk je dat hij wakker wordt?’

Hij wordt nooit wakker, dacht Winter. Het kan vandaag voorbij zijn voor de ouwe. We moeten nu met hem praten of nooit.

‘We maken Cacka wel heel voorzichtig wakker,’ zei Winter. ‘Tijd is geld. Dat begrijpt hij wel.’

Boven Cacka’s bed hing een GAIS-poster. Hij zat nu rechtop in bed en knipperde naar de bezoekers.

‘We hebben elkaar eerder ontmoet,’ zei Ringmar.

‘Huh?’ zei Cacka.

Hij werd snel helderder. Kristina zorgde voor koffie voor iedereen en vertrok toen. De mok stond op Cacka’s nachtkastje naast een ingelijste foto van een jong meisje.

Het appartement was schoon en netjes. Cacka zag er schoon en netjes uit. Een oude man, maar hij woonde thuis en was in principe zelfstandig. Voor veel mensen is dat een droom.

‘Gewoon een paar vragen,’ zei Winter. ‘Sorry dat we zomaar binnen komen vallen.’

‘Oké?’

‘Ik ben ook een GAIS–fan,’ zei Ringmar en hij knikte naar de poster.

‘Dat is iedereen die bij zijn verstand is,’ zei Cacka en hij knikte in Winters richting: ‘Ben jij ook voor GAIS?’

De vraag overrompelde Winter. Hij had gevoetbald tot hij geschorst werd, maar hij had niet echt een favoriete club, het interesseerde hem niet genoeg. Misschien wel IFK, maar dat durfde hij hier niet te zeggen.

'Je ziet eruit als een ÖIS-fan,' zei Cacka.

'Nee, nee,' zei Winter.

'Ze dragen allemaal pakken,' zei Cacka, terwijl hij Ringmar aankeek. 'Al die klootzakken dragen pakken, net als die vriend van je.'

Ringmar knikte.

'Sandarna,' zei Winter. 'Sandarna BK.' Dat is een club in Kungsladugård. Hij weet het nog. Ringmars zoontje, Martin, speelde in het pupillenteam. Ringmar praatte erover. Clubhuis in Sannabacken. Alles komt nu terug: 'Rode en zwarte strepen.'

'Krijg nou wat,' zei Cacka.

'Ben jij niet opgegroeid in Kungen, Cacka?' vroeg Ringmar.

'Nou en of,' zei Cacka, terwijl hij zijn benen over de rand van het bed gooide. Hij was gekleed in comfortabele vrijetijdskleding. Zijn lichaam was dun, maar er zat nog energie in. Of misschien zat het alleen in zijn hoofd. Als het hoofd niet meer wil, gaat alles langzaam. Cacka's bovenlichaam was lang en de groeven en kuiltjes in zijn gezicht hadden de achterkant van de maan kunnen bedekken. 'Älvsborgsgatan 13. We zaten met z'n zevenen in een tweekamerflat en toen was mijn vader er al vandoor.'

Hij keek Winter aan alsof hij een boodschap voor hem had. Zijn ogen waren onbegrijpelijk helder.

'Ik was de oudste,' zei hij. 'Mijn moeder had geen werk. Dus moest ik werk zoeken.'

'Dat was vroeg, begrijp ik,' zei Ringmar, 'veel te vroeg.'

'Het was wat het was,' zei Cacka. 'Je moest doen wat nodig was om te overleven.'

Winter knikte alsof hij het begreep.

'Dat weten we,' zei Ringmar. 'Dat was moeilijk.'

'Moeilijk?! Jij weet helemaal niet wat moeilijk is, Bertil.'

'Dus je weet mijn voornaam nog? Chapeau.'

'Chapeau!? Ik ben geen idioot. En ook niet seniel mocht je dat soms denken.' Hij keek Winter aan. 'Ik herken jou ook. Je hebt me een keer gearresteerd buiten Nya Nordstan. Of een paar keer. Je was toen in uniform. Je ziet er nog bijna net zo kinderachtig uit.'

Winter knikte.

'Jij weet dat echt niet meer,' zei Cacka. 'Maar ik herinner me alles. Ik heb een gave. Mijn moeder zei altijd dat ik een gave had.'

'Dat weet ik,' zei Ringmar. 'Daarom zijn we hier.'

'Ik begon me al af te vragen wanneer we bij het onderwerp zouden komen.' Hij keek om zich heen, de gang in. 'Waar is Kristina eigenlijk?'

'Ze is weggegaan. We hebben Street gevonden,' zei Ringmar.

Cacka reageerde niet meteen, maar Winter zag dat er in zijn ogen iets gebeurde. Er gebeurde iets in zijn hoofd. Hij draaide zich langzaam naar Ringmar: 'Leeft hij nog?'

'Nee.'

'Vermoord?'

'Ja.'

'Verbaast me niks.'

'Waarom niet?'

Cacka streek met zijn hand over zijn glimmende schedel. Er was geen haartje meer op te bekennen, alleen nog huid, alleen nog ruwe huid. Het viel Winter op dat de man tijdloos was. Hij had een gave. Zijn moeder had het gezegd.

'Street hield zich op in de verkeerde kringen.'

'In tegenstelling tot die van jou, bedoel je?'

'Je weet dat we fatsoenlijke dieven waren, Bertil.'

'In vergelijking met wie?'

'De slechteriken,' zei Cacka terwijl hij opstond. 'Neem me niet kwalijk maar ik moet even pissen. Op deze leeftijd komt het plotseling.'

Cacka verliet de kamer met een licht schokkerige tred, een lange gestalte, ietwat gebogen. Een lang leven als eerlijke crimineel. Hij had het nooit achter zich gelaten. Daar had hij zich veilig gevoeld. Winter kon het begrijpen. Soms bewonderen. Criminelen waren meestal dom en veel waren slecht, maar Carl Isaksson was geen van beide. Hij was dief geworden om eerzame redenen en eer had hem in de criminaliteit gehouden. Winter keek weer naar het meisje op de foto. Ze zou twaalf kunnen zijn. Ze had een prachtige glimlach.

'Hij is een vondst, hè?'

Ringmar knikte in de richting van de hal.

'We zullen zien,' zei Winter.

'Een van de weinigen die Street als vermist hebben opgegeven.'

'Ik weet het.'

Ze zaten een tijdje zwijgend te luisteren naar de geluiden van buiten. Cacka had het raam op een kier gezet. Buiten was het echt lente. Het klonk alsof het verkeer in lichtere lucht reed, zelfs het geluid leek milder. Winter had voor zijn werk veel tijd doorgebracht in Hisingen, maar had de geluiden van het stadsdeel toen nooit als zacht ervaren. Maar het was geen stadsdeel, het was een stad op zich, een eiland op zich. Een land op zich. Scheepswerven in het zuiden, hoge en lage woongebouwen overal, de Volvo-fabriek, platteland in het noorden. Rijk en arm, meestal arm. Net als elk ander land op aarde.

Cacka kwam terug en bleef in de deuropening staan.

'Misschien moeten we in de mooie kamer gaan zitten,' zei hij.

Ze stonden op en volgden hem naar de woonkamer. Die was eenvoudig maar leuk ingericht. Het was overal schoon voor zover Winter kon zien. Kristina deed haar werk goed. Het was niet echt te merken dat degene die hier woonde al heel lang leefde, meestal in armoede, maar met pieken van plotselinge rijkdom. Misschien een seconde van euforie en licht in de wereld van de misdaad. Maar vandaag scheen overal de zon.

'Ik wist meteen dat er iets mis was,' zei Cacka toen ze waren gaan zitten, Winter en Ringmar op de bank, Cacka in de fauteuil. 'Street verdween gewoon van de ene dag op de andere. Dat was niets voor hem.'

'Hoezo?'

'Hij liet altijd wat van zich horen. Ook al kon het even duren.'

'Hoe lang?' vroeg Winter.

'Wat?'

'Hoe lang kon het duren?'

'Hooguit een maand.'

'Wat had hij dan gedaan?'

'Dat zei hij nooit.'

'Wat dacht je?'

Cacka zat zwijgend, alsof hij de vraag niet had gehoord. Maar hij was niet doof. Hij was niet dom. Nu keek hij Winter aan met de ogen van een wijs man. Of in elk geval ogen die veel hadden gezien, het meeste.

'Ik dacht niets,' zei hij toen. 'Ik dacht dat hij vakantie nodig had. We hadden allemaal vakantie nodig. We werkten vrijwel dag en nacht. We waren net als alle andere arbeiders.'

'Behalve dat jullie geen belasting betaalden,' zei Ringmar.

'Dat is het enige verschil. Maar we namen van de rijken en gaven aan de armen.'

'Wie waren de armen?'

'Wij, natuurlijk,' zei Cacka, en misschien glimlachte hij.

'Maar de laatste keer kwam Street niet terug,' zei Ringmar. 'Hoe lang heb je gewacht voordat je het begreep?'

'Wat begreep?'

'Dat hij nooit meer terug zou komen?'

'Ik heb een maand voorbij laten gaan. Toen heb ik jullie gebeld. De receptie van het politiebureau.'

'Ik heb het gezien,' zei Ringmar. 'Ik heb je melding gelezen.'

'Het was telefonisch,' zei Cacka. 'Het is al lang geleden dat ik een voet in het politiebureau heb gezet.'

'Had je een vermoeden over wat er gebeurd kon zijn?'

'Ik zei eerder al dat het me niet verbaast dat hij vermoord is.'

'Vertel,' zei Winter. Open vragen hielpen als je mensen met fantasie ondervroeg.

'Vertel... nou... Street begon op te klimmen. Het was alsof hij dacht dat hij iemand anders was. Hij had opeens wat meer geld. Ik weet niet waar het vandaan kwam. Ik denk dat hij een pistool had.'

'Waarom dacht je dat?'

'Dat voel je. Ik heb het nooit gezien. Ik kan het niet met zekerheid zeggen.'

'Hoe voel je zoiets?' vroeg Winter.

'Heb jij dat niet?' antwoordde Cacka en hij keek Winter aan.

'Nou... soms.'

'Heeft hij het wapen gebruikt?' vroeg Ringmar.

'Dat weet ik niet.'

'Zou hij het gebruikt kunnen hebben?'

De oude man zag er nu wat meer ineengekrompen uit, alsof de herinneringen tijdens het gesprek, of verhoor, net hoe je het bekeek, steeds zwaarder waren geworden. Hij leek naar een punt naast de bank te kijken en Winter draaide zijn hoofd in die richting. Tegen de muur stond een bijzettafeltje met een vaas snijbloemen en nog een ingelijste foto van een meisje. Ze leek op het meisje in de slaapkamer, maar dan een paar jaar jonger. Weer die glimlach. Die zou haar altijd kenmerken.

Cacka keek weer naar Winter: 'Hij had zeker van alles kunnen doen.'

'Zoals iemand neerschieten?'

'Ik weet het niet.'

'Kun jij iemand neerschieten?' vroeg Ringmar.

'Nee.'

'Maar Street zou dat hebben gekund.'

'Ik ben geen spiegoloog,' zei Cacka. 'Spiegoloog, ha. Dat is iemand die veel van spiegels afweet.'

'Niet van onderwerp veranderen,' zei Ringmar.

'Hij was gewelddadig,' zei Cacka.

'Toch was hij je vriend.'

Cacka reageerde niet. Hij zag er nu moe uit, nog meer in elkaar gezakt, het vragenuurtje mocht niet lang meer duren.

'Met wie ging hij om in de tijd voor zijn verdwijning?' vroeg Winter.

'Ik... weet dat denk ik niet meer.'

'Als je tijd hebt om erover na te denken?'

'Misschien...'

'We kunnen het op een andere dag doen.'

Cacka knikte. Hij keek weer naar het tafeltje, het meisje in het lijstje. Het was een eenvoudig lijstje, smal, bruin. Zwart-witfoto.

'Hoe hebben jullie hem gevonden?' vroeg hij en hij keek Ringmar aan.

'Hij was ingemetseld in een muur in de kelder van Miltons Mekaniska in Högsbo. Toen ze de bouwval sloopten, kwam hij tevoorschijn. We hebben het nog niet openbaar gemaakt. Ik vertel het alleen aan jou.'

'Miltons Mekaniska?' zei Cacka.

'Kende hij daar iemand?'

'Niet dat ik weet.'

'Door het hoofd geschoten,' zei Ringmar.

'Wanneer?'

'Waarschijnlijk toen hij verdween. Daarom was hij verdwenen.'

'Godallemachtig.'

'En je hebt er niets over gehoord?'

'In dat geval had ik hem toch niet als vermist opgegeven?' zei hij en hij keek eerst naar Ringmar, daarna naar Winter en toen weer naar de foto van het meisje. Hij zag dat Winter zijn blik volgde, naar de foto knikte. 'Dat is mijn kleine Marit,' zei hij.

'Ze ziet er erg lief uit,' zei Winter.

'Marit was een schatje,' zei Cacka. 'Ze was mijn oogappel, zoals ze zeggen.'

'Ik zag de foto in de slaapkamer. Daarop was ze een paar jaar ouder.'

'Toen had ze nog vier jaar te gaan,' zei Cacka.

Winter zei niets. Het was alsof Cacka rilde, alsof de winter door muren, ramen en deuren naar binnen was gekomen. Winter voelde het ook.

'Overdosis,' zei Cacka, en hij wendde zijn blik naar Winter. 'Zijn we nu klaar hier?'

Het wateroppervlak in de baai was kalm. Winter had nog steeds de beelden van Marit in zijn hoofd. Toen ze Cacka en Hisingen hadden verlaten en hij Bertil had afgezet, reed hij verder in zuidelijke richting. Hij had lucht, licht en horizon nodig.

Nu trok hij zijn schoenen en sokken uit, zoals ieder kind dat denkt dat de lente al is begonnen, en ging een-twee-drie-vier-vijf-zes-zeven-acht-negen-tien-elf-twaalf-dertien stappen het water in, dat niet hoger reikte dan dertien centimeter boven zijn enkels. Het was eerst koud geweest, maar nu voelde het bijna op lichaamstemperatuur. Beter dan dit wordt het niet. Je eigen strand, je eigen baai, je eigen zee. Je kinderen kunnen in dit water spelen zoveel als ze willen. Geen zwembad nodig. Misschien bouw ik er toch een. Verwarmd water, in de winter zal de stoom tot aan de buren trekken, heet water. Een klein IJsland in Billdalsbygden.

Winter voelde de zonnestralen. De hemel was open. Een echt Zweedse dag. Nu zag hij Lilly en Elsa dansen in het water. Elsa was tien. Sara was tien. Elsa's leven zou doorgaan alsof er niets gebeurd was. Aan Sara's leven was een einde gekomen. Hoe vaak had ze sindsdien in het water gedanst? Er was zoveel dat hij haar wilde vragen. Als hij aan Sara dacht, dacht hij aan Elsa en Lilly. Hij wilde het niet maar hij kon het niet helpen. Kinderen horen niet betrokken te worden bij onderzoeken. Dat was een van de redenen waarom hij een pauze van twee jaar had genomen. Hij had het niet meer aangekund. Dat was de enige reden. Maar sinds hij terug was, was het bijna alleen maar over kinderen gegaan, kinderen, kinderen. Zijn eigen kinderen waren nog in Marbella, maar goed ook. Een continent tussen hen en zijn eigen verschrikkingen. Nu ging hij ze hiernaartoe halen, naar dit. Hij dacht niet aan het huis bij het strand. Het was al het andere. Zou hij er elke avond mee thuiskomen? De verschrikking met zijn jas ophangen in de gang? Hoe zouden de raderen anders kunnen draaien? Er gebeurt niets als mensen blijven staan dromen. Zoals hijzelf op dit moment stond te dromen met zijn voeten onder water. Maar hij kon zijn voeten zien. De enige plek aan de westkust waar het water nog helder was.

Achter hem blafte een hond. Hij draaide zich om. Het was de vrouw met de hond. Hij zwaaide en liep het strand op. Het zand was koud onder zijn blote voeten. Het was fijner geweest om in de zee te blijven staan.

'Leuk je weer te ontmoeten,' zei hij.

De vrouw keek verbaasd, alsof ze iemand anders had verwacht.

'Ik voelde alleen hoe warm het water was,' zei hij.

‘Het is nog steeds koud,’ zei ze.

‘Maar binnenkort kunnen we echt zwemmen. Ik kijk ernaar uit.’

‘Nou...’

‘Dit is vast lang het strand geweest voor de plaatselijke bevolking,’ zei hij.

‘Ja... nee...’

‘Nee? Het zou toch dom zijn om de plek niet te gebruiken zolang dat nog kan, toch?’

Ze antwoordde niet. Een man kwam vanaf de klippen door het gras aanlopen. Hij bewoog soepel, alsof hij dit vaker deed. Dit was ook zijn plek. Hij leek ongeveer even oud als Winter. Een strandman. Nu was hij bij hen.

‘Welkom in mijn huis,’ zei Winter.

‘Eh... o...’

‘Erik Winter.’

De man knikte, zonder zichzelf voor te stellen. Hij keek uit over de zee en toen naar Winter. De vrouw stond te wachten op de achtergrond. Had ze om versterking gebeld?

‘Over een jaar is het huis klaar,’ zei Winter. ‘Hopelijk eerder.’

‘We hadden nooit gedacht dat hier iets zou gebeuren,’ zei de man.

‘Ik ook niet,’ zei Winter. ‘Maar nu is de beslissing genomen.’

‘Door wie?’ vroeg de man.

‘Door mij,’ zei Winter.

De naamloze man keek weer om zich heen.

‘Er zijn regels en wetten voor het zo dicht bij het strand bouwen,’ zei hij.

‘Voor de meeste dingen zijn er wetten, godzijdank,’ zei Winter glimlachend.

‘Maar is dit allemaal wel volgens de regels gegaan?’ vroeg de man.

‘Wat? De aankoop van het stuk grond?’

‘Ja... en bouwvergunningen. Is er een bouwvergunning?’

‘Het is allemaal volgens de regels gegaan.’

De man zei iets wat Winter niet verstond.

‘Sorry, wat zei je daar?’ vroeg Winter.

‘Dat zullen we nog weleens zien,’ zei de man.

‘Wat zullen we weleens zien?’ vroeg Winter.

‘Hoe dit allemaal gaat,’ zei de man, en hij wees met zijn hand naar de zee en het strand, de klippen, het gras en het riet. Allemaal van Winter.

‘Dit gaat verdomde goed,’ zei Winter.

‘Ik hoorde dat je windturbines krijgt,’ zei de strandman. ‘Op het dak. En op het hele perceel.’

11

De jongeman in de studentenkamer liet hen binnen. De muren van de kamer waren gestreept door het licht van de zon dat door de hoge gebouwen van Sanna aan de overkant van de straat gespleten werd. Lena Kallender dacht dat het een mooi behangpatroon zou zijn dat ze zou kunnen ontwerpen in een nieuwe carrière als vormgever. Niet dat ze een nieuwe carrière wilde. Ze had aan deze wel genoeg. De jongen zag er ook best goed uit. Hoekige gelaatstrekken en ver uit elkaar staande, blauwe ogen. Hij heette Lukas Bartow, dat klonk bekend, maar misschien alleen omdat het ongewoon was. Niet dat Kallender nu zo gewoon was.

'Heb je op ons gewacht?' vroeg Dick Forsman.

'Niet echt.'

'Zo klonk het toen je de deur opende.'

'Ik vroeg het me gewoon af,' zei Bartow.

'Wat vroeg je je af?' vroeg Lena Kallender.

De jongen maakte een gebaar, naar beneden door de vloer, de verdiepingen: 'Er was nogal wat heen-en-weergeren. Niet dat ik klaag.'

'Maar als je het type was geweest om te klagen, had je dan geklaagd?' vroeg Dick Forsman.

'Ja, zoiets.'

'Wat was dat voor heen-en-weergeren?' vroeg Lena Kallender.

'Nou ja, geren... ze had wat bezoek... 's nachts.'

'"Ze"? Bedoel je Ylva Berg?'

'Ja...'

'Hoe weet je dat?'

Lukas Bartow leek verbaasd over de vraag. Alsof iemand zijn priveleven was binnengedrongen, wat zojuist inderdaad was gebeurd. Politiewerk is een inbreuk op de privacy van mensen.

Lena Kallender vond de jongen niet meer zo knap. Het blauw in zijn ogen was te licht. Iedereen weet wat te licht blauwe ogen betekenen.

'Ik kwam erlangs...'

''s Nachts?'

'Ja... een paar keer toen ik thuiskwam... laat... was daarbinnen ruzie geweest.'

'Ruzie? Wat bedoel je daarmee?'

'Luide stemmen en zo. Gewoon ruzie.'

'Vechten? Geweld?' vroeg Dick.

'Dat weet ik niet.'

'Wat weet je wel?'

Bartow gaf daar geen antwoord op. Hij wist niet meer dan de vaagheden die hij stamelend had weten uit te brengen.

'Is er iets wat je ons wilt vertellen?' vroeg Lena.

Ook daar gaf de man geen antwoord op.

'Hoe goed kende je Ylva?'

'Niet erg goed,' zei Bartow. 'Ik kende haar niet.'

'En Jonas? Haar vriendje?'

'Nee.'

'Wat nee?'

'Ik kende hem niet.'

Bartow was steeds defensiever geworden naarmate het gesprek vorderde. Hij was offensief geweest in het begin, toen hij de deur opendeed.

'Dit werkt zo niet,' zei Dick. 'Je moet met ons mee naar het politiebureau zodat we je echt kunnen ondervragen.'

Bartow schrok op, alsof Dick tegen hem op was gebotst. Een plotselinge wanhoop in zijn ogen.

Hij deed een sprong naar de deur. Wierp zich tussen Lena en Dick en bereikte de deur in zes lange stappen door de hal, wereldrecord in-zes-stappen.

Ze renden achter hem aan. Zagen hem de deur openrukken en in het trappenhuis verdwijnen. Hoorden zijn voetstappen. Hij stormde de trap af, vloog zelfs, vloog voor zijn leven leek het. Dick begreep er niets van maar rende achter hem aan. Het is gevaarlijk om de trap af te rennen, zoals hij op achtjarige leeftijd had ondervonden toen hij te veel haast had op een trap en was gevallen en zijn rechterarm had gebroken.

Toen Dick beneden in de portiek aankwam, zag hij de man over het parkeerterrein rennen, de Fridhemsgatan op. Tram 11 stond bij de halte, Bartow kreeg de laatste deur van de achterste wagon open en sprong aan boord net voordat de tram wegreed in westelijke richting.

Dick belde de regionale meldkamer. Verdachte in westelijke richting met tramlijn 11. Hij hoorde Lena achter zich en draaide zich om.

'De auto!' riep hij en hij begon te rennen. Lena rende van waar zij was. Ze sprongen in de auto en Dick reed met gierende banden weg, de straat op, de heuvel af, door de tunnel tot aan de bushaltes en de tramhaltes onderaan de berg, buiten het gezichtsveld. Hij trapte op de rem en ze renden de trappen af, die verdomde trappen. Ze zagen de tram weer vertrekken maar geen Bartow, alleen een paar passagiers die net waren uitgestapt. Die klootzak zat nog in de tram. Ze reden met een noodgang door het centrum van Kungsten, een man liet twee pizzadozen vallen op de stoep voor Cyrano. De pizza's rolden eruit als rood-gele wagenwielen. Dick sloeg links af, maar de tram was niet eens gestopt bij halte Nya Varvsallén. Die had haast vandaag, die was al gekaapt, RIJ NAAR SKAGEN! Misschien was dat mogelijk, een veerboot op door pure wrijvingsnelheid en ook zonder rails. Nu hoorde hij de sirenes van politiewagens achter zich, zag er twee aan komen. En de tram stopte bij halte Hagen, maar hij kon niet zien wie er uitstapte omdat ze aan de verkeerde kant uitstapten. Geen echte kaping dus, want de gijzelaars werden vrijgelaten. 'Blokkeer de rails!' riep hij in de communicatieradio. De politieauto vlak achter hem was hem al voorbij, negeerde het rode verkeerslicht voor zich en slipte naar rechts om vervolgens dwars op de rails te blijven staan. De tweede politieauto ging parallel aan de eerste staan.

De tram was al gaan rijden maar minderde nu vaart, de boodschap was duidelijk. De politieagenten waren al uitgestapt. Dick hield de passagiers in de gaten die uit de tram stapten en nu naar het schouwspel bleven staan kijken. Iedereen op één na.

Inspecteur bij de recherche Fredrik Halders stond op de kruising van de Södra Hamngatan en Östra Hamngatan, waar een dronken bestuurder zijn vrouw Maja had doodgereden. Midden in het centrum. Het was nog niet zo lang geleden. Als hij daar stond, was het als de dag van gisteren, zoals ze zeggen. Hij zou willen dat gisteren nooit had bestaan. Dat de dag van gisteren was gekomen en gegaan zonder een spoor achter te laten. De sporen van de dood waren nog steeds op het asfalt, tenminste voor hem. Alle herinneringen aan die middag waren er nog. Daarom stond hij daar nu. Elk jaar, op de dag van de moord stond hij daar en herdacht, sloot zijn ogen en opende ze weer. Iedereen die drinkt en achter het stuur kruipt en wegrijdt, is een moordenaar op weg naar zijn slachtoffer.

Op het kruispunt was het chaotisch zoals altijd. Auto's, bussen, trams, fietsers, bromfietsers, motorrijders, voetgangers, joggers, rolstoelgebruikers, nordic walkers, ze moesten elkaar allemaal tegelijk passeren in hetzelfde gebied en het enige wat je kon doen was ze succes wensen. Wat een klotestad, wat een klote gemeentebestuur, of hoe ze zichzelf ook noemen. Het gemeentebestuur had waarschijnlijk talloze bezoeken gebracht aan Caïro en Bombay om te leren hoe je het verkeer in een grote stad het beste kunt verkloten. Toen Göteborg vierhonderd jaar geleden werd gesticht, haalde de koning Nederlandse architecten hierheen die net het stratennetwerk voor Jakarta hadden aangelegd en het stratenplan voor Göteborg werd hetzelfde. Denk daar maar aan de volgende keer dat jullie naar Jakarta gaan, dacht Halders. Nu zijn de twee steden opnieuw niet van elkaar te onderscheiden, afgezien van het streetfood misschien. Hij was heel zijn volwassen leven al op weg naar Zuidoost-Azië, maar daar nog steeds niet aangekomen. Al sinds zijn geboorte was hij op weg naar huis, naar zichzelf en zijn echte ik. Een diepe gedachte die hij met niemand deelde. Aneta misschien. Zij was de enige die hem begreep. Ze was geboren in Göteborg, maar droeg iets anders met zich mee dat niet van deze wereld was. Beter dan dat kon hij het niet uitdrukken. Afrika had er niets mee te maken. We komen verdomme allemaal uit Afrika. Het was iets anders, iets wat bij de aarde en de hemel hoorde en wat nog niet door de mens was vernietigd.

Hij liep weg van het kruispunt naar de Östra Hamngatan in de richting van Kopparmärra, zoals de inwoners van Göteborg het ruiterstandbeeld van Karel IX noemen.

Aneta wachtte op het voetpad voor het warenhuis NK in een politieauto. Dat was de enige manier om in de stad een parkeerplaats te krijgen.

'Hoe is het?' vroeg ze. 'Wil je naar huis?'

'Ik heb dienst,' antwoordde hij.

'Ik verklik je niet,' zei ze.

'Ik wil naar de Dubliner en zes Guinness en drie dubbele Tullamore Dew drinken,' zei hij en hij knikte naar de pub. De naam was veranderd in Irish Embassy, maar de alcohol was hetzelfde.

'Dat is geen goed idee, Fredrik.'

'Nee.'

'Het dooft geen herinneringen.'

'Dat is mooi gezegd.'

'Zullen we dan maar gaan werken?'

'Laten we dat doen. Waar gaan we heen?'

'De buren van Sara Brendner in Johanneberg,' zei Aneta Djanali. 'Buurtonderzoek.'

De woutenkarren stonden er nog. Ze versperden de weg voor de tram, of trams, er kwam er ook een uit de richting van Saltholmen. Lena en Dick waren erlangs en naar rechts gereden op de Långedragsvägen om Bartow tegen te houden voor het geval hij die kant op rende. Mensen begonnen weg te lopen van de halte, maar Bartow was er niet bij.

'Waar is die klootzak?' riep Dick.

Hij reed langzaam voorbij de afslag in de richting van Lokattsbacken.

'Daar!' riep Lena en ze wees naar links.

Dick draaide aan het stuur en reed de heuvel op. Recht voor

hen bewoog iets, een schaduw in het felle zonlicht, over het talud. Verdwenen nu.

Dick wierp zich uit de auto en rende erachteraan, naar beneden tussen halfvrijstaande huizen en gebouwen met koopappartementen door, geen goedkope woningen. De voortvluchtige verdween een trap af naast een garagegebouw. Dick was bij de trappen, zag Bartow het eind van de trap bereiken en daarna rechtdoor een straatje in rennen. Dick rende en sprong met twee treden tegelijk, hij had verdomme nog steeds een pesthekel aan dit onderdeel van zijn werk. Hij bereikte nu asfalt en zag Bartow rechts afslaan bij een speeltuin, verder naar het noorden; algauw zou hij bij de rivier zijn, daar stoppen als die kerel tenminste geen kanaalzwemmer van wereldklasse was.

'Lena! Hoor je me?' riep hij over de communicatieradio. 'Rij naar de werf in Tångudden! Hij is op weg daarnaartoe!'

Lena kraakte een antwoord over de lijn terwijl Dick verder noordwaarts rende langs peperdure villa's en bungalows. Bartow was plotseling uit zijn gezichtsveld verdwenen en Dick begreep waarom toen hij bij nieuwe trappen kwam. De man was al beneden en rende rechtdoor, het was nog maar een paar honderd meter naar Tångudden. Dick kon de Skandia- en Skarvikhavens aan de overkant van de rivier zien met de clusters olietanks en verwarmingsinstallaties, de kranen in rood en blauw die tot het verleden behoorden. Hij zag hoe Bartow de Hästeviksvägen overrende, het terrein van de particuliere werf op, de boten waren nog niet te water gelaten. Bartow moest wel moe zijn tenzij hij marathonloper was en stress is ook al vermoeiend. Hij rende verder, noordwaarts, mensen draaiden zich om naar de dwaas, draaiden zich weer om naar Dick, ze renden nu op de pier, met links en rechts van hen de rivier. Bartow keek om en zag zijn achtervolger, maar bleef rennen. Waarom toch, dacht Dick, wat bezielt deze vluchter verdomme, waar is hij bang voor? Niet voor mij, niet voor Lena, voor iets veel ergers. Bartow was aan het einde van de pier met alleen nog maar water voor zich. Vies water, gevaarlijk water maar hij stopte niet, bleef rennen, zijn benen bewogen in de lucht.

Fredrik en Aneta stonden in de woonkamer van Sara en Richard. Het was nu een dode ruimte. Richard zou niet terugkomen en in die leunstoel van Norrgavel gaan zitten. Sara, in haar coma in het Sahlgrenska, was onwetend. Hoewel, wie kon dat zeggen. Misschien hoorde ze alles om zich heen.

'Een beetje onpersoonlijk,' zei Aneta.

'Waar maak je dat uit op?'

'Mooie en dure spullen, maar een beetje... doods. Je weet wat ik bedoel. Gebrek aan fantasie.'

Aneta keek de tuin in door het grote raam, bijna als een muur van glas. Er was een deur. De bomen daarbuiten waren uit hun coma ontwaakt. Ze hoopte dat Sara tegelijk met de bomen uit haar coma zou ontwaken, hoopte het echt. Er was een kleine foto van Sara, nog niet zo lang geleden genomen. Hij stond op een ladekast bij de glazen deur, alsof de foto op weg was naar buiten, ze keek uit op haar tuin.

Aneta liep door het huis, op zoek naar foto's. Er waren er geen, behalve een van Sara en Richard samen op een bankje bij een bosrand. Het zou een park kunnen zijn. Het leek wel lente, zoals nu. Geen van beiden keek naar de camera, ze hielden hun ogen gericht op iets wat naast de camera gebeurde. Figuranten in hun eigen foto, de actie speelde zich buiten het kader af.

Aneta zag geen foto's van familieleden of vrienden aan muren of op tafels. Geen herinneringen, als je het zo bekeek. Was het een weerspiegeling van een eenzaam bestaan? Voor zover ze wisten had het echtpaar geen uitgebreid sociaal leven. Eigenlijk helemaal geen. Hun leventje werd geleefd op de plek waar zij stond, in de stilte, totdat die omsloeg in vreselijk geweld.

Nu zag ze Fredrik in de niet al te grote tuin. Het leek alsof hij hem aan het opmeten was. Hij keek op en wenkte haar.

Ze liep naar buiten.

'Aarde op het gras,' zei hij. 'Iemand heeft hier gegraven.'

Ze keek om zich heen.

'Ik zie geen kuil.'

'Dat komt omdat die weer dichtgegooid is.'

'Aha.'

'Zo werkt het, weet je. Je graaft een kuil en dan gooi je hem weer dicht. De aarde moet opnieuw de aarde in.'

'Ik begrijp het.'

Fredrik hurkte.

'Verse aarde,' zei hij. 'Dit voorjaar gebeurd.'

'En?'

'We moeten de moestuin onderzoeken.'

'Die is niet groot.'

'Des te beter.'

Het lapje grond bestond uit een paar korte rijen kruidachtige planten, sommige verrassend groen, maar Aneta wist niets van planten. De rest kon radijs zijn, aardbeien, aardappelen, alles wat onder de grond groeide en tot leven kwam in de zon. De aarde van het lapje grond was droog en ongerept, zag er ongegraven uit. Bestond er zo'n woord, "ongegraven"?

De sporen van aarde die Fredrik had gezien, concentreerden zich bij de ligusterhaag die de grens met de buurman markeerde.

Hij pakte wat van de nog steeds wintergroene bladeren van de grond. De aarde eronder was vers en oneffen, vochtig. Het was geen groot gat geweest, er was niet veel aarde teruggeschept. Fredrik trok de plastic handschoenen aan die hij in de zak van zijn colbert had, groef voorzichtig met zijn vingers in de zachte grond, groef nog iets dieper, voelde iets hards, trok zijn hand terug.

Aneta stond achter hem.

'Voel je iets?'

'Ja,' antwoordde hij en hij groef verder en voelde meer harde randen en iets zachts, als een zak. Hij wroette nu met de vingers van beide handen, als een archeoloog. Dat is wat archeologen doen, wroeten in de aarde, alle mogelijke troep uit het verleden naar boven halen, ook alles wat met de dood te maken heeft, oude dood, nieuwe dood. Wat hij naar boven haalde waren ingelijste foto's in plastic zakken, bedekt met aarde en zand. Het waren gezichten. Allemaal hetzelfde gezicht voor zover hij door de rotzooi heen kon zien. Het was Lars Brendner, Sara's vader. Fredrik opende een dunne stoffen zak. Meer foto's, nu zonder lijst.

De rivier de Göta was koud als het graf en smaakte naar ruwe olie en rotte vis. Dick Forsman was van de pier gesprongen en in het zwarte water gezonken en was, met de halve rivier in zijn mond, als een kurk weer naar boven gekomen. Maar toen was Lukas Bartow al halverwege de Skandiahaven, zwemmend als een maffe triatleet die zich niet heeft gerealiseerd dat zwemmen slechts de eerste van drie disciplines is. Maar hij zwom goed, zware crawl die de stroming doorsneed. Als de Stena Danica nu niet onder de Älvsborgbrug door gleed en het hoofd van die klootzak spleet, zou de man lang voor Dick aan de overkant zijn. Als Dick al van plan was om over te steken. Hij twijfelde terwijl hij watertrappelde, keek op naar Lena, die vanaf de pier in haar communicatieradio aan het praten was terwijl mensen die daar bezig waren zich om haar heen verzamelden, sommigen met gereedschap in hun handen of verfkwasten druipend van een antiroestbehandeling die al sinds de achttiende eeuw volstrekt verboden was. Ach wat kan het schelen. Lena wees in de richting van het water en hij draaide zich om maar zag Bartow niet meer, misschien was hij gezonken. Lena praatte verder en Dick deed een paar stijve zwemslagen in de richting van een zwemtrap bij de dichtstbijzijnde steiger; hij had het niet meer koud, hij voelde niets meer.

Sara

Het was zonnig vandaag en mijn ogen deden pijn. Ik heb gezocht naar een zonnebril, maar ik kon er geen vinden. De telefoon beneden is vaak overgegaan. Meestal wordt er niet zo vaak gebeld. Ik heb vandaag met mijn poppenhuis gespeeld. Ik heb het nu zo ingericht dat de groten boven wonen en de kleintjes beneden. Oom Gunnar kwam op bezoek. Hij had een nieuwe pop bij zich met een blauwe jurk. Hij zei dat hij morgen ook komt. Nu schrijf ik vandaag niet meer.

12

Dick Forsman had droge kleren gekregen en hoofdpijn. Toen hij de zwemtrap naar de aanlegsteiger opklom, was hij eigenlijk het liefst koud en nat in de auto gesprongen om meteen over de Älvsborgbrug te scheuren en die vervloekte Bartow aan de overkant van het grote water, 'The Big Water' zoals in dat liedje van… hij wist niet meer welke band, uit het water te vissen. Een overlevingsinstinct: wat was de naam van de band, als hij er maar op kwam, dan zou alles goed komen.

Bartow was of verdronken of aan de overzijde gekomen, wat op zich al een eufemisme voor verdrinken kon zijn. Ze hadden hem niet aan de oppervlakte gevonden. Drie politiewagens waren naar de werven aan de kant van Hisingen gereden, maar de man was er niet, in elk geval niet op dit moment.

'Ik zal persoonlijk heel dat verdomde Hisingen uitkammen,' zei Dick tegen Lena toen ze weer in de auto zaten na de stop bij Dick thuis in Guldheden.

'Ben je er weleens geweest?' vroeg ze.

'Waar?'

'De Bronx van Göteborg,' zei ze, 'het is net als de Bronx en met net zoveel platteland bovendien. Het is groot en wild.'

'Ik zal hem vinden.'

'Je moet dit niet persoonlijk opvatten.'

'Wie anders moet het doen? Hij was van mij. Ik had hem. Onderweg ben ik die rat kwijtgeraakt. *It was on my watch.*'

'Hij was wanhopig,' zei Lena Kallender. 'Wanhopige mensen doen wanhopige dingen die niemand verwacht.'

'Waarom was hij wanhopig?' vroeg Dick Forsman.

'Sommige mensen raken in paniek,' zei ze.

'Omdat de politie opduikt? Is dat een ziekte? Een ernstige allergie? Zoals voor dieren?'

Ze wist dat politieagenten ook weleens met runderen werden vergeleken, in de zin van sufferd: trek iemand een uniform aan en je krijgt een rund. Maar runderen doen wat ze kunnen met de middelen die ze in hun leven hebben gekregen. Met politieagenten is het net zo. Bestudeer een dag lang een kudde koeien in een weiland en je zult verschillende persoonlijkheden en gradaties van intelligentie aantreffen. Er zijn leiders en volgers. Er zijn er die het beste pad vinden. Er zijn er die een ontsnapping uit de wei leiden. Ze had het met eigen ogen gezien. Een leider die door een sterk hek was gebroken met de kudde achter haar aan, ze waren de snelweg op gerend en hadden onderweg alles vernield wat op hun pad kwam. Er waren politieagenten die op die manier werkten. Zij behoorde daar niet toe.

'Hij is misschien ziek in zijn hoofd, maar niet ziek op die manier,' zei Dick. 'En we hadden geen tijd om te vragen wat hij studeerde.'

Lena schoot in de lach.

'Als hij geen kanaalzwemmer is, bedoel je?' zei ze.

'Het is niet iets om grapjes over te maken.'

Dicks telefoon ging. De coördinator van de afdeling, Lovisa Mattar. Knap, zowel getrouwd als verloofd voor zover hij wist.

'Ja, Lovisa?'

'Ik heb Lukas Bartow nagetrokken. Geen strafblad. Vierentwintig jaar, student aan de pedagogische faculteit. Ongehuwd. Ik sms zijn mobiele nummer. Komt oorspronkelijk uit Värnamo.'

'Dat verklaart alles,' zei Dick.

'Ben jij geen Smålander?'

'Småland is heel groot.'

'De ouders wonen in elk geval nog steeds in Värnamo. Rönnbärsvägen 118.'

'Kun je de plaatselijke politie bellen?' zei hij.

'Om wat te zeggen?'

'Dat ze bij de ouders moeten navragen of ze iets van de jongen hebben gehoord. Zeg dat we alleen maar met hem willen praten. Dat we hem hier in de stad niet kunnen vinden.'

'Dan worden ze ongerust.'

'Dat is ook de bedoeling. Het angsteffect.'

'Je bent een harde, Dick.'

'Dat moet je wel zijn in dit werk.'

'Als je hem vindt, raak hem dan niet weer kwijt.'

'Eh... nee...'

'Tot later,' zei ze en ze hing op.

'Op naar Värnamo,' zei hij en hij draaide zich om naar Lena.

'Meen je dat?'

'Nee. Naar Hisingen.'

'Daar zijn al mensen.'

'Ik ben er niet.'

'Je bent echt een harde, Dick.'

'Bartow weet niet met wie hij te maken heeft,' zei Dick. Hij keek uit over de rivier toen ze de brug op reden. Die zag er breed en zwart uit. Hij had er spijt van dat hij niet naar de overkant was gezwommen, hij zou er zijn hele leven spijt van hebben.

Fredrik Halders keek naar de Panasonic op de vloer in Winters kamer en luisterde naar John Coltranes harde getoeter.

'De wereld draait door, maar jij blijft waar je bent,' zei Halders en hij knikte naar de cd-speler.

'Ik kan overschakelen naar Michael Bolton,' zei Winter.

'Waarom niet naar Tages?'

'Wie?'

'Een goede popband uit Göteborg,' zei Halders. 'Van voor onze tijd.'

'Ik leef in het nu,' zei Winter.

'Ja, dat hoor ik.'

Winter keek naar de foto's op zijn bureau.

'Lars Brendner,' zei hij. 'De vader. Begraven in de grond. Net als Sara's dagboek.'

'Begraven,' zei Halders.

'Wanneer is dat gebeurd?'

'Ik zou zeggen onlangs. Het gat was vers. Nogal slordig gegraven ook. Of beter gezegd, de foto's en lijsten waren er slordig in gesmeten.'

'In woede,' zei Winter.

'Waarom?'

'Dat is de vraag, of niet soms?'

'Het gebeurde waarschijnlijk vlak voordat ze naar Spanje ging,' zei Halders.

'Wat was ze te weten gekomen?'

'Of niet,' zei Halders.

Winter keek weer naar de gezichten van dezelfde persoon met een aantal jaren ertussen, een jongere vader, een oudere vader, een vermiste vader, een geliefde vader.

'Ze was ergens achter gekomen dat maakte dat de herinnering aan haar vader begraven moest worden,' zei Winter.

'Als zij het überhaupt was die ze heeft begraven,' zei Halders.

Winter knikte.

'Maar ze ging naar Almuñécar,' zei hij. 'Ze was iets te weten gekomen. Ze wilde meer weten.'

'Als zij het niet was, wie was het dan wel?' vroeg Halders. 'Haar man? Richard Malm. Was hij het zat om steeds maar weer naar de verhalen over de vader te moeten luisteren?'

'We weten niet of ze zoveel over hem praatte,' zei Winter.

'Iemand weet het,' zei Halders.

'Misschien had ze het nooit over hem,' zei Winter. 'Maar dacht ze des te meer aan hem. Hij is min of meer voor haar ogen vermoord. Dat beeld vergeet je nooit.'

'Het is lang geleden, maar ja,' zei Halders, 'dat beeld vergeet je nooit, het vervaagt misschien, maar het verdwijnt nooit.'

'Ik was daar,' zei Winter.

'Toen het gebeurde?'

'Ik stond voor het huis. We waren in de buurt, waren opgeroepen. Ik en Frisco Kid. Herinner je je hem nog?'

'Wat denk je? De gekste agent van het korps! Een nozem in uniform.'

'Frisco reed. Hij botste bijna tegen een andere surveillancewagen. Toen kwamen de rechercheurs. We stonden in de tuin, maar gingen het huis niet binnen. Het was stil rondom. Ik herinner me dat ik stormmeeuwen hoorde. Bertil ging met een paar andere oude rechercheurs het huis in. Er brandde licht in de hal maar ik kon niets zien.'

'Ik hoorde het op de radio,' zei Halders. 'Zat in een auto op de Avenyn en wachtte op actie die nooit kwam. Geen kwajongens die tot de orde geroepen moesten worden. Een van die saaie nachten.'

'We verlieten het huis in Hinsholmen voordat ze het lichaam naar buiten hadden kunnen dragen,' zei Winter. 'Een grote aanrijding op de ongelijke kruising bij Tynnered. Wij waren het dichtst in de buurt en Frisco was erop gebrand.'

'Met Frisco als partner was je altijd overal dichtbij,' zei Halders. 'Wat is er eigenlijk met hem gebeurd?'

'Hij kreeg een heleboel aangiftes van buitensporig geweld en ik denk dat hij het korps heeft verlaten. Ik heb iets gehoord over beveiligingsbedrijven, maar dat is alweer jaren geleden. Misschien is hij uitsmijter geworden in een of ander Aveny-café. Meer actie.'

'Maar ik heb haar gezien,' zei Winter, 'ik heb haar gezien voordat we weggingen.' Hij keek op van het bureaublad. 'In het raam boven de voordeur. Meer een schaduw, maar zij was het. Een jong meisje, een kind. Sara. Ik herinner me dat ik me afvroeg wat ze dacht.' Hij keek weer naar de portretten van de vader. 'Op dat moment, waar ze exact op dat moment aan dacht.'

De stroming had hem westwaarts getrokken, maar niet ver. Ze was in een golf van richting veranderd en had hem meegevoerd naar het Arendalsbassin. Toen wist hij niet meer waar hij was. Wist niet eens of hij nog leefde. De kou voelde hij na een tijdje niet meer, maar dat is een illusie in het hoofd van een stervende en hij wist dat hij heel gauw zou sterven of al dood was. Toen hij merkte dat zijn armen in de richting van een aanlegsteiger bewogen en dat hij dat voelde, begreep hij dat het niet de fantoombewegingen van *dead man swimming* waren.

Waarschijnlijk zochten ze hem aan deze kant. De man die hem achtervolgde durfde niet achter hem aan te zwemmen. Dat was in elk geval iets. De smeris was niet veel ouder. Misschien begreep hij dat het waanzin was om in het water te springen en te proberen naar de overkant te komen. Maar hij werd ook nat. Had zich omgekleed en was op jacht in de havens. Ik wist niet dat ik zo ver westelijk was. Nee. Ik moet nu uit het water zien te komen. Waar moet ik heen? Ik moet een plek in de buurt vinden om te bellen. Als ik maar kan bellen, dan komt het goed. Ik moet in beweging komen en dan komt alles goed.

Lena Kallender en Dick Forsman hadden rondgereden in het gebied van de Skandiahavens en reden nu verder in westelijke richting.

'Als hij nog leeft, is hij ergens weggekropen,' zei Lena.

'Hij leeft.'

'Dan vriest hij dood.'

'Hm.'

'Hij raakte in paniek,' zei ze.

'De eerste keer dat iemand in paniek raakt bij het zien van mijn persoon.'

'Ook onschuldige mensen raken in paniek,' zei ze. 'Heb je die les gemist op de politieacademie?'

'Nee. Maar Lukas is niet onschuldig.'

'Is hij nu Lukas voor jou?'

'Ik heb dit persoonlijk opgevat. En als we hem vinden, krijgen we antwoorden op onze vragen.'

Ze verlieten de Oljevägen in zuidelijke richting en reden de Nordatlanten op.

'We kunnen daar kijken,' zei hij en hij knikte naar het langgerekte gebouw aan de overkant van de weg: Arken Hotel & Art Garden Spa. 'Misschien heeft iemand iets gezien.'

Lena parkeerde en ze stapten uit. Mensen kwamen en gingen, er kwamen er meer dan er gingen. Mensen hadden elke reiniging nodig die ze konden krijgen, vanbinnen en vanbuiten. Een spa bood beide.

'Als ik de rivier was overgezwommen, zou ik meteen naar de spa zijn gegaan,' zei Dick.

'Goed bedacht.'

'Je hoeft niet ironisch te doen.'

'Ik doe niet ironisch.'

'Dat doe je juist wel. Ik maakte maar een grapje.'

'Ik weet het,' zei ze, terwijl ze een hand op zijn arm legde. 'Het spijt me, Dick.'

Het water was niet zo ver weg, water dat helemaal niets weg had van het water van de spa. Als Lukas Bartow niet was verdronken, was hij gestorven aan vergiftiging voordat hij de vaargeul in het midden had bereikt. In andere steden, niet in de laatste plaats in Stockholm, hadden de autoriteiten kanalen, rivierlopen en stromen dusdanig gezuiverd dat je er direct vanuit restaurant Operakällaren in kon springen, maar zulke onzin was niets voor de bestuurders van de tweede stad van het koninkrijk. Als mensen willen zwemmen, moeten ze maar naar de zee of een meer gaan. Dit water is voor de industrie. Göteborg is voor de industrie. Als mensen rond willen rennen in badslippers en vrijetijdskleding, dan zijn daar andere plaatsen voor. Het centrum van Göteborg is lelijk, maar daar rekenen we niets extra's voor. Industrieën zijn lelijk. Welvaart en welzijn zijn niet hetzelfde. Mensen begrijpen dat niet. Je kunt niet alles tegelijk hebben, zoals mooi weer en dan ook nog welzijn. Misschien in Australië als dat niet in brand staat. Göteborg koos voor welvaart en het hele jaar door kloteweer.

Ze gingen naar binnen. Mensen liepen heen en weer, sommigen nog niet schoon, anderen gereinigd, ze zagen er allemaal blij uit. Alleen wij zijn niet blij, dacht Dick. Dat je nooit blij kon zijn. Ik ben nog nooit in een spa geweest. Lena is al duizenden keren in een spa geweest. Ik ben duizend keer in een sauna geweest, maar dat is niet hetzelfde. Niemand zorgt voor je in een sauna. En als iemand dat wel had gedaan, had ik hem in zijn gezicht geslagen. Sauna's en sportscholen vind ik het leukst. En daarna een paar biertjes in de Red Lion als ik vrij ben. Daar zitten mensen die altijd vrij zijn. Die heb ik altijd veracht, maar binnenkort weet ik het misschien niet meer zo zeker. Over twintig of dertig jaar weet ik het vast niet meer. Misschien moet ik Erik Winter daar eens naar vragen: verdwijnt de verachting na verloop van tijd?

'Ik zie niemand uit zee komen,' zei hij. 'Misschien moeten we eens in de bar kijken.'

'Laten we bij de receptie kijken,' zei Lena.

Ze liepen ernaartoe. Daar zat een eenzame jonge vrouw. Dick had medelijden met haar. Ze zag eruit alsof ze daar weg wilde, de open zee op. De mensen waren gestrest. Ze waren hierheen gekomen om te ontstressen, maar het hielp niet. Misschien later, na het bezoek aan de spa. Een drankje aan de bar. Après-spa. Ooit zou hij het proberen, maar niet vandaag.

Lena liet haar legitimatie zien en vroeg de vrouw of er onlangs iemand was geweest die had gevraagd of hij even gebruik mocht maken van de telefoon.

Er was iemand geweest.

Hij had het vreselijk koud. De wind maakte het er niet beter op. Het landschap was hier open, de wind gierde tussen de bouwsels door, baande zich overal een weg tussendoor, kreeg hem te pakken. Hier kun je aan sterven. Een dubbele longontsteking. Een paar uur geleden zat ik nog zonder problemen in Sanna. Maar dat is niet waar. Toen had ik ook al problemen. Ik had niet moeten blijven zitten. Had aan de overkant van de zee moeten zijn. De stroming had me daarheen kunnen voeren. Nu loop ik hier. Daar verderop is iets. Een hotel of zoiets. Hoe zie ik eruit? Misschien zien ze niet dat ik nat ben als ik gewoon naar binnen loop als een normaal mens. Er kijkt toch niemand. Het kan niemand wat schelen. Veel mensen hier. Dat is goed. Niemand kijkt. Dit is een hotel. Er is een balie. Ik zou kunnen inchecken, een douche nemen en mijn kleren drogen in de sauna, ha. Het probleem is dat ik geen geld heb, mijn portemonnee ligt thuis, mijn mobieltje ook.

'Wanneer was dat?' vroeg Lena Kallender. Ze had bijna een vreugdesprongetje gemaakt bij het antwoord van de vrouw. Het was onverwacht. Als je een vraag stelt, krijg je soms een antwoord. Beter één keer te vaak vragen.

De vrouw had een naamplaatje waarop MADELEINE stond. Haar haar was opgestoken. Ze zag er bleek uit, moe, alsof ze een dagje spa nodig had.

'Misschien een uur geleden,' zei ze. 'Ik weet het niet.'

'Wat gebeurde er?'

Een stel naast Lena drong naar voren. De man zag er agressief uit.

'Neem me niet kwalijk,' zei ze en ze liet hem haar legitimatie zien. 'Ik stel hier een paar vragen.'

'We hebben haast,' zei de man. 'We moeten uitchecken.'

'Dat zal moeten wachten,' zei Dick. Hij ging voor de man staan en duwde hem voorzichtig met een hand op zijn borst naar achteren.

'Wat krijgen we nou...'

'Sten, hou op,' onderbrak zijn vrouw hem.

De man greep Dicks pols: 'Je gaat g...'

'Sten!' riep zijn vrouw.

Sten luisterde niet. Hij zette zich schrap. Dick had zijn legitimatie niet laten zien, maar de man kon het toch verdomme zelf wel bedenken. Je hebt niet in elke situatie een uniform nodig. Ik straal toch zo al genoeg autoriteit uit. *Back off. Back off!*

Sten backte niet off. Zijn gezicht was nu dichtbij, zijn ogen, er liep rode lijntjes door het wit, als naaigaren. Zijn adem rook naar alcohol, het was gisteravond laat geworden in de spa. Sten had een kater en dat is een toestand waarin kalmte ver te zoeken is en de zenuwen als prikkeldraad door het hoofd kronkelen. Sten had geen geduld, hij wilde naar buiten en in de auto stappen en nog onder invloed wegrijden en Dick kon bij de uitrit wachten en de auto stoppen enzovoort, maar er was geen tijd.

Nu ging Sten eindelijk achteruit, hij werd weggetrokken door zijn vrouw.

'Wat gebeurde er?' Dick hoorde Lena haar vraag herhalen aan de vrouw bij de receptie.

'Hij... zei dat er een ongeluk was gebeurd. Hij was in de haven omgeslagen met zijn boot en had zijn telefoon verloren.'

'Was hij nat? Zijn lichaam, zijn kleren?'

'Ik denk het wel.'

'En toen?'

'Hij leende een van de prepaidmobieltjes die we hier hebben liggen en ging naar het einde van de balie daar en belde, zo leek het.'

'Lang gesprek?'

'Ik weet het niet... ik was immers aan het werk.'

'Wat gebeurde er daarna?'

'Toen ik weer die kant op keek, was hij weg,' zei Madeleine.

'Welke kant ging hij op?'

'Ik weet het niet. Ik heb het niet gezien.'

'En de telefoon?'

'Die was ook weg. Ik heb nog gekeken, maar die moet hij meegenomen hebben.'

Natuurlijk, dacht Lena. Ze hadden hier niet met een volslagen idioot te maken. Misschien met iets heel anders. Iets donkers. Iets zwarts. Dit alles ging over iets wat zwarter was dan je kon zien. Als een tunnel zonder licht, dacht ze.

Hij volgde een man door het poortje naar het bad- en saunagedeelte. Dat was geen probleem, het duurde minstens een halve minuut voordat het hekje dichtging, het vergde seconden om dat te ontdekken.

Wilde hij overleven dan moest hij zo snel mogelijk uit zijn natte kleren zien te komen en warm worden. Wat was er dan beter dan een droge sauna?

Hij kleedde zich uit voor een lege locker. Niemand besteedde aandacht aan hem en zijn kleren. Zijn ondergoed en sokken stopte hij in een afvalbak en zijn schoenen zette hij onder een onopvallend geplaatst verwarmingselement, dat hij op de hoogste stand zette. Hij handelde nu instinctief, nam een risico. Hij vouwde zijn overhemd en broek op tot een keurig pakketje, bedacht zich en haalde zijn ondergoed en sokken weer uit de afvalbak, droeg alles naar de douches, pakte een handdoek en een badlaken van een stapel direct links en legde alles op een plank. Daarna ging hij onder een heerlijk hete douche staan, zeepte zich in zoals iedereen, pakte de handdoek en de kleren, ging de droge sauna tegenover het stoombad in en ging helemaal achteraan op de hoge bank zitten. Er waren maar een paar anderen, diep in gedachten verzonken met hun ogen dicht. Hij legde zijn kleren op de bank en verborg ze zo goed mogelijk met zijn lichaam en zat daar zo lang als hij kon volhouden. Hij werd droog en daarna erg bezweet, maar zijn kleren waren nog niet helemaal droog en dus legde hij de handdoek erover en ging naar buiten om te douchen. Daarna keerde hij terug naar zijn plek in de sauna. Er gebeurde daar niets, mannen kwamen en gingen maar er gebeurde niets. Misschien kon hij daar wel eeuwig blijven zitten. De politie kon elk moment de sauna binnenkomen. Er kon wel iets ergers binnenstormen.

De kleren waren nu oké. Hij stond op en nam ze mee naar de plank en douchte nog een keer, droogde zich af met het badlaken, ging terug naar de lockers, kleedde zich aan, trok zijn schoenen aan, die vochtig waren maar niet al te erg.

Hij liep achter iemand aan door het poortje naar buiten.

Lena en Dick stonden voor de hoofdingang. Mensen checkten in terwijl anderen uitcheckten. Ze ontmoetten elkaar in het midden. Alles leek te stromen. Dick bestudeerde elk gezicht. In mijn wereld zijn grenzen fluïde. Zoals die verdomde Bartow, die fluïde vent. Hij was hier, werd gezien en loste op in het niets. Nog niet zo lang geleden. We hebben een signalement verspreid. Als hij door de straten en over pleinen zwerft, pakken we hem. Wat was hij met die telefoon van plan? Iemand bellen. Iemand heeft hem opgepikt. Bartow is hier niet meer. Hij heeft het eiland verlaten. Het is trouwens het op drie na grootste eiland van het land, wat nou Södertörn.

Hij verstopte zich achter een rotsblok op de heuvel onderaan bij de rij geparkeerde auto's. Nordatlanten heette de straat, een vreemde maar toepasselijke naam. De wind was koud, maar het water was kouder geweest. Hij liep een eindje weg van de kruising, ging onder een boom staan en probeerde eruit te zien alsof hij op iemand wachtte, wat ook zo was, maar niet op die manier. Hij belde nog een keer: 'Ik sta tegenover de parkeerplaats, op de kruising, vijf meter van een boom vandaan.'

'We zijn er uiterlijk over een kwartier. Doe niets. Ga nergens heen.'

'Nee, nee.'

'Zwarte Volvo X90. TKB 72R.'

'Oké.'

In zijn oren was een geluid als het geruis van de zee. Hij voelde zich erg ziek, alsof hij dodelijk Atlantisch water had ingeslikt. Wat ook zo was. Hij ging achter de boom staan, boog voorover en braakte tegen de stam. Het geruis in zijn hoofd werd een storm. Hij wist dat hij alles verkeerd had gedaan, maar de paniek had in één seconde toegeslagen toen de politie zijn kamer was binnengekomen. Nog een paar seconden daarvoor had hij gedacht dat hij cool kon blijven. Het was gewoon een routineverhoor, buurtonderzoek. Ze hadden niets over hem geweten. Nu wisten ze misschien alles. Maar er viel niets te weten, alleen zijn naam en waar hij vandaan kwam en wat hij deed. Er was niets bekend over dat andere, maar omdat hij gevlucht was, had hij het verknoeid, had hij alles verknoeid. Nu moesten zíj hém helpen, nu was het hun beurt.

De zwarte Volvo kroop de heuvel op. TKB nog iets, dat was hem. Hij liep de trap af naar de weg, de auto stopte, twee mannen voorin, één achterin, die het portier openduwde. Ze waren er sneller dan hij had gedacht. Alsof ze in de buurt hadden gewacht.

Hij zat op de achterbank. De auto had gekeerd, was weggereden, in westelijke richting, met hoge snelheid.

Hij herkende geen van de mannen die in de auto zaten. Waarom waren het er drie? Eén was voldoende geweest.

'Waar gaan we heen?' vroeg hij.

Niemand gaf antwoord. Misschien was het een domme vraag. Misschien zou hij moeten weten waar ze naartoe gingen. Waar gaan we heen? Montevideo, Vänersborg, Vrigstad. Vergeleken met dat kloteprogramma, deed hij het goed, beter dan de gekken in de treincabines. Ze bewezen zonder twijfel keer op keer dat beroemde mensen niet goed wijs zijn en zich daar niet voor schamen. Meer is er niet voor nodig om een beroemdheid te worden. Een verrekt groot zelfvertrouwen ondanks het feit dat je zo dom bent als het achtereind van een varken. De kerels in deze auto waren niet dom. Het waren mannen van weinig woorden.

'Ik kan niet terug naar Sannabacken,' zei hij.

De chauffeur schoot in de lach, kort en hard. Ze reden nu de Lundby-tunnel in. Alles werd zwart.

13

Winter was tegen achten thuis, had die dag amper geluncht, er lagen een paar stukken lasagne met paddenstoelen in de vriezer voor noodgevallen en hij haalde er een kleiner stuk uit en legde dat op het aanrecht om het te laten ontdooien. Het rook al naar de trechtercantharellen die hij in oktober naast Bertils huisje in Småland had geplukt. Over een kwartier zou hij de oven aanzetten en de lasagne op een lage temperatuur laten opwarmen tot die klaar was. Er zijn mensen die magnetrons gebruiken en dat is prima als je geen reuk- of smaakzin hebt.

Buiten waren nog een paar strepen licht, de zomertijd was ingegaan, dat was altijd fijn om te weten. Een gezin stapte uit de tram, dik aangekleed alsof ze totaal geen besef hadden van de kalender. Vader, moeder, twee meisjes van de leeftijd van Elsa en Lilly. Hij bleef staan en keek hen na. Dat konden wij zijn. We zijn één keer met de tram naar huis gegaan, naar de Vasaplatsen, zodat de kinderen dat een keer konden meemaken voordat ze volwassen zouden zijn. Het gezin daar beneden was verdwenen, hij had ze niet eerder gezien, had helemaal geen kinderen gezien in dit huis. Alleen Elsa en Lilly, eenzame kinderen in een negentiende-eeuws paleis.

De vaste telefoon op het mooie bijzettafeltje ging. Hij zag waar de oproep vandaan kwam.

'Hoi pap!'

'Hoi Elsa! Hoe gaat het, lieverd?'

'Goed.'

'Wat leuk dat je belt.'

'Ja.'

'Is er iets bijzonders?'

'Nee... ik vroeg me gewoon af wat je aan het doen was.'

'Ik sta nu net door de balkondeur naar buiten te kijken. Het begint donker te worden.'

'Het is hier ook donker geworden,' zei ze.

'Wat zijn jullie aan het doen?' vroeg hij.

'Lilly slaapt.'

'O, nu al?'

'Ze was moe. Meestal gaat ze rond deze tijd naar bed.'

'O, juist, ja.'

'Weet je dat niet, papa?'

'Ja, natuurlijk wel.'

'Je bent het vergeten,' zei ze.

'Nee, hoe zou ik dat nu kunnen vergeten?'

'Dat zei je immers. Je vroeg je af waarom ze al naar bed was.'

Het was waar. Hij had het gezegd. Hij kon niet doen alsof. Je moest niet doen alsof tegen kinderen, dat moest je bewaren voor volwassenen.

'Je hebt gelijk,' zei hij. 'Papa is een beetje moe.'

'Waarom ben je moe?'

'Ik heb de hele dag gewerkt.'

'Heb je boeven gevangen?'

'Nog niet.'

'Ik hoop dat je ze vangt.'

'Ik ook.'

'Wat hebben ze gedaan?'

'Dat... weten we nog niet goed. Als we dat weten, wordt het gemakkelijker.'

'Ja, natuurlijk,' zei ze alsof ze alles wist, wat ook zo was, ze wist veel meer dan hij, kinderen weten altijd meer, hun wereld is veel groter, en helderder, totdat die dat niet meer is.

'Wanneer kom je thuis?' vroeg ze. Thuis. Haar thuis was een huis met twee verdiepingen en een terras in een licht hellende straat in Marbella die naar een kleine kerk en wat palmbomen honderd meter verderop leidde. Het was twee jaren aaneen ook zijn thuis geweest.

'Ik kom gauw,' zei hij.

'Wanneer dan?'

Morgen, dacht hij. Als ik iets meer weet. Binnenkort weet ik iets meer.

'Zodra ik kan,' was zijn slappe antwoord. 'Zo snel mogelijk.'

'Dan kun je het beste vliegen,' zei Elsa lachend.

Hij lachte ook. Het voelde goed om te lachen.

'Daarna blijven we voor altijd in hetzelfde huis wonen,' zei hij. Dat was niet erg slim om te zeggen. Het vroeg om een verklaring en hij had geen verklaring, nog niet.

'Blijf je dan als je komt?' vroeg ze.

Het was een onmogelijke vraag. Hij was eigenlijk nooit echt weggegaan. Maar dat kon hij zelfs niet aan zichzelf uitleggen. Er was geen 'ja' en geen 'nee'.

'Ik blijf zo lang als ik kan en daarna komen jullie hierheen naar Göteborg en gaan we samenwonen als een gezin,' zei hij.

'We wonen toch altijd samen als we naar Göteborg komen?'

'Ja, maar...'

'Wat bedoel je dan, papa?'

Hoeveel moest hij zeggen? Waar samenwonen? Hij en Angela hadden de kinderen nog niet verteld over hun laatste plannen. Dat zouden ze doen wanneer hij naar Marbella kwam. Het strandhuis was een voorwaarde. Die vervloekte buren in het Billdal zouden de bouw van het huis weleens jaren kunnen tegenhouden. Het gezin zou niet herenigd worden. Tenzij hij terugging naar de zonnekust. Dat zou het einde zijn van zijn misdaadverhalen. Misschien was het wel het beste einde. Het echte leven zou doorgaan, het kleine leven. Zonder dat zijn we alleen maar leegte. *Nada y pues nada.*

'Ik... hoop dat we de volgende keer wat langer bij elkaar kunnen blijven,' zei hij. 'Heel lang, hoop ik.'

Lukas woonde in een nieuw huis in het centrum, maar hier was alles centrum. De kerk was vaag te zien in de duisternis achter de grote bomen. De verkeerde kerk.

Hij had de man die tegenover hem zat nog nooit gezien.

Het bureau zag er ook nieuw uit, alsof alles pas vandaag was neergezet, als voor een filmopname.

De man had zich niet voorgesteld.

Ze waren in een of ander leegstaand winkelpand.

'We hebben je dus gered,' zei de man. 'En nu?'

'Hoe... bedoel je?'

'Je wordt gezocht. Dat is niet goed. Daar moeten we iets aan doen.'

'Wat kan ik doen?'

'Je vlucht heeft alles bemoeilijkt.'

'Ik raakte in paniek.'

'Ze zullen zich afvragen waarom je vluchtte.'

'Dan zal ik niets zeggen.'

'Misschien raak je weer in paniek.'

'Niet op die manier.'

De man was goed gekleed. Dat waren ze allemaal. Jezus had nooit zulke mooie kleren, zelfs niet volgens de mode van die tijd. Ik heb geen mooie kleren, zeker niet nu na het zwemmen. Ik ben vergeten dat ik het koud had.

'Ik wilde hier niets mee te maken hebben,' zei hij. 'Ik heb er niets mee te maken.'

'Dat is goed,' zei de man. 'Je weet niets. Een goed begin.'

'Precies! Ik weet niets.'

'Maar je weet wel wat. Dat is het probleem. De politie wil antwoorden, van jou.'

'Ik weet niets,' herhaalde Lukas. 'Ik heb het nooit willen weten.'

'Je kunt niet iets weten en niet weten,' zei de man. 'Jezus staat dat niet toe.'

'Waarom moesten ze sterven?'

De man leek verrast door de vraag. Of doordat de vraag zelfs maar gesteld werd. Of doordat Lukas hem stelde.

'Niemand wilde dat,' antwoordde hij.

'En toch gebeurde het.'

'Je weet waarom, Lukas. Ik zit hier niet om het nog een keer uit te leggen. We hebben alles geprobeerd, echt alles.'

'De sporen zullen terugleiden naar ons. Vroeg of laat gaat dat gebeuren.'

'Je zei "ons". Je doet dus mee?'

'Nee.'

De man stond op. Hij was groot, groter dan Lukas, die groter was dan veel andere mensen. Iedereen was lang van de jongere generatie, op weg naar de boomtoppen.

'We sturen je nu naar huis, Lukas.'

Later die avond dacht Winter aan zijn eigen vader. Dat wilde hij niet. Er waren dingen die hij wel wist, maar die hij zich niet wilde herinneren. Hoe kon dat? Wat hij niet wist, had hij nooit aan iemand verteld, zelfs niet aan Angela. Ze had gezegd dat hij met iemand moest gaan praten. Met wie dan, had hij gevraagd, Halders? Ze had de grap niet gewaardeerd. Je weet wat ik bedoel, had ze gezegd. Ik heb het eerder gezegd. Ze had het al gezegd toen ze nog niet zo lang samen waren. Ze keek dwars door hem heen, het was een verdomd banale waarheid, een cliché, en de essentie van clichés is dat ze waar zijn, afgezaagd maar waar. Winter liep hier al meer dan een halve eeuw op aarde rond, maar hij had geen grip op zijn eigen ziel. Hij had Angela dit verteld en ze was bang geworden en had herhaald dat hij iemand moest zoeken om mee te praten.

Het was tien uur. De kamer was donker omdat hij had zitten kijken naar de vallende schemering boven de computer. De foto's van Lars Brendners gezicht. Foto's van de villa in Hinsholmen, toen en nu. Er was niet veel veranderd, behalve dat de begroeiing uitgebreider en hoger was geworden, alsof die het huis wilde verhullen, het wilde beschermen tegen al het kwaad daarbuiten. Sara beschermen, dacht hij. Maar nu was ze er niet meer. Het huis was dood, net als zij binnenkort. Hij had haar toen gezien, het meisje Sara, en misschien was er iets in die herinnering geweest waardoor hij haar dertig jaar later had opgemerkt op het vliegveld van Málaga, op de vlucht naar huis, op de snelweg. Hij keek nog eens naar de foto's.

Het geluid van de telefoon deed hem opschrikken.

Hij nam op.

'Ik ben het maar,' zei ze.

'Fijn,' zei hij.

'Wat ben je aan het doen?'

'Ik kijk naar een gezicht.'

'Het mijne?'

'*I wish*. Nee, van iemand die al dertig jaar dood is.'

'Een dodenmasker?'

'Oei, pas op met wat je zegt. Nee, het zijn oude foto's van een man toen hij nog leefde. Zijn dochter heeft ze onlangs begraven. Sara. De zaak.'

'Ze begraven? Dat klinkt verschrikkelijk. Er moet iets gebeurd zijn.'

'Ja.'

'Een grote teleurstelling,' zei ze. 'De dochter moet een grote teleurstelling te verwerken hebben gekregen.'

'Door wie? Haar vader?'

'Ik weet het niet. Waarschijnlijk. Ze heeft haar herinneringen begraven.'

'Grappig dat je dat zegt. Ik zat net over herinneringen na te denken.'

'Welke?'

'Mijn eigen. Ik wil er nu niet over praten.'

'Dat wil je nooit.'

'Angela...'

'Jij begon erover.'

Buiten was het nog steeds niet helemaal donker. In het voorjaar waren de avonden lang. Dat vergat hij elk jaar weer. De winter was te lang en zwart. Het licht verdween. De afgelopen dagen had hij een voorgevoel van de lente gehad. Zoals je een voorgevoel van de eerste bosanemonen hebt.

'Sara droeg herinneringen met zich mee die ze nooit heeft kunnen verwerken,' zei hij.

'Dat weet je niet.'

'Ik denk dat het zo is.'

'Waarom?'

'Het werd niet toegestaan.'

'Door wie niet?'

'De moeder, natuurlijk.'

'Waarom zou ze haar dochter niet helpen?' zei Angela.

'Misschien dacht ze juist dat ze haar dochter hielp.'

'Door alle verdriet te verdringen?'

'Ja. En de herinneringen.'

'Daar gaan we weer.'

'En nog iets,' zei hij.

'Hoe bedoel je?'

'Ik weet het niet. Nog niet. Het gaat ook over iets anders.'

Angela vroeg niet wat dat andere kon zijn. Ze wist dat hij het niet wist. Het was zijn intuïtie. Zulke dingen kun je niet uitleggen. Je hebt het of je hebt het niet. Verbeelding is bijna hetzelfde. Het is cruciaal als je verder wilt komen.

In het oosten reed een ambulance met gillende sirenes, in de buurt van de Avenyn. Een motor reed langs de Vasaplatsen, het geronk van een Harley. Toen hoorde hij stemmen door de open balkondeuren, een lach. De tram kwam aanratelen en ratelde weer weg. De soundtrack van de stad. Het duurt lang voordat je eraan gewend bent en daarna wil je niet meer zonder. Kun je niet meer zonder.

'We krijgen misschien problemen met de bouw,' zei hij.

'Aha.'

'Je klinkt niet verbaasd,' zei hij.

'Het zal er nooit van komen,' zei ze. 'Het gaat nooit gebeuren.'

'Waarom zeg je dat?'

'Omdat je niet wilt verhuizen,' zei ze.

Het was hetzelfde als zeggen dat hij niet meer met haar wilde samenwonen. Daar draaide het allemaal om.

'Dat is niet wat ik zeg. Ik zeg dat de buren misschien bezwaar aantekenen tegen de bouwvergunning.'

'Dat kunnen ze toch niet doen?'

'Ik weet het niet. Het is nog niet gebeurd. Ik heb nog geen tijd gehad om te kijken wat de regels daarvoor zijn.'

'Ben je van plan dat te gaan doen?'

'Wat?'

'Kijken wat de regels zijn!'

Ze had haar stem verheven. Dat deed ze als hij als een idioot klonk.

'Morgen. Ik heb voor morgen een afspraak,' loog hij.

14

Bertil Ringmar probeerde zijn zoon te bellen. Het was de derde keer deze ochtend. In Kuala Lumpur was het vier uur in de middag. Martin was nog niet aan zijn dienst begonnen. Misschien had hij niet zijn gewone dienst. Voor zover Bertil wist, was Martin het administratieve hoofd geworden van alle keukens van het Shangri-La, inclusief het chique Chinese restaurant dat hij op de website van het hotel had gezien. Hij had er vaak naar gekeken, Shang Palace en de rest. Maar Bertil wist niet veel. Hij was nog nooit in de Maleisische hoofdstad geweest. Martin zat daar nu al acht jaar en was in die tijd niet één keer thuis, terug in Zweden, geweest. Ze hadden elkaar weleens aan de telefoon gesproken, nooit via Skype, maar dat waren korte, lege gesprekken. Ringmar had hem weleens voorgesteld om op bezoek te komen, maar er kwam altijd wel iets tussen. Nu had hij het opgegeven. Misschien na zijn pensionering. Het was een droom. Birgitta was verschillende keren in Kuala Lumpur geweest, maar hij kreeg hierbij geen hulp van zijn ex-vrouw. Martin had hem de scheiding, nog niet zo lang geleden, nog niet vergeven, blijkbaar is het voor kinderen erger wanneer ze geen kind meer zijn. Misschien is het erger voor jongens. Ringmars dochter Moa had hem vergeven of hoe je het ook wilde noemen, ze kon hem zelfs ontmoeten, maar Martin had een keuze gemaakt. Het was alsof Ringmar op een dag zijn gezin alleen in de woestijn had achtergelaten en naar Reno was vertrokken en nooit meer iets van zich had laten horen aan zijn arme vrouw en minderjarige kinderen. Zoiets wat je doet huiveren als je erover leest. De gevoeligheid van een jongen wat zijn vader betreft is groter dan die van een meisje.

Ringmar smeet zijn mobieltje op de tafel en het stuiterde tegen een paar boeken die hij nog nooit had geopend. Het was een ochtend zoals vele andere, onvoltooid en dreigend. Hij moest maar eens gaan werken, reikte naar de ordner, opende hem en begon te lezen. Hij las Sara's naam. De herinnering jeukte in hem als een korstje waar je maar aan bleef peuteren. Hij was erbij geweest toen het gebeurde. Ze waren allemaal tekortgeschoten. Alles had recht onder hun neus gelegen, maar ze hadden het niet gezien. Ze hadden iets wezenlijks gemist dat alles zou hebben verklaard. Waarom? Waar was het misgegaan? Het was maar een klein detail: wie had Lars Brendner vermoord en waarom? Nu las hij alles wat er in het meer dan dertig jaar oude vooronderzoek stond, maar hij had de fout nog niet gevonden.

Hij keek op van de vroege jaren negentig in de documenten. Buiten scheen de lentezon. De stralen vielen door de prachtige ramen de kamer binnen en zouden zijn ogen hebben bereikt als hij achterover had geleund. Hij hield van dit huis, ook al moest hij er nu alleen wonen. Hij zou het zich toch niet kunnen veroorloven om het te verkopen, na de belastingen en nieuwe leningen met moderne aflossing zou het maximaal een tweekamerappartement in een lawaaierige buurt worden, waar hij zich een gekooid dier zou voelen. En waar moesten de kleinkinderen dan slapen? Niet dat hij kleinkinderen had, maar niemand kan je de hoop ontnemen. *Lussekatter* bakken met de kleinkinderen.

De deurbel ging. Ringmar keek op zijn horloge. Halfelf. Zaterdagochtend. Wie belt er nou aan op zaterdag? Jehova's getuigen? Erger? Er was iets gebeurd in Kuala Lumpur. Hij stond op met een plotseling gevoel van paniek. Dat was hem de laatste tijd al een paar keer overkomen. Een ouderdomsverschijnsel. Angst neemt toe met de jaren.

Een schimmig figuur schemerde door het matglas van de deur. Ringmar opende de deur, op het ergste voorbereid.

'Je ziet eruit alsof je een spook hebt gezien,' zei Winter.

Het drama deed zijn danspassen op de pagina's: de deur – het schot – het meisje – de vlucht. Heen en terug. Winter keek op.

'Hoe is het in detail gebeurd? Ik vind het een beetje... warrig. Onvolledig.'

Winter las verder. Keek naar schetsen van de plaats delict. De hal in de villa in Hinsholmen. De contouren van het moordslachtoffer op de vloer, een standaardfiguur. Alle doden zaten standaard in de moorddossiers. Alles moet standaard zijn in een onderzoek om bij het onverwachte te komen, maar weinigen verwachten iets buiten het patroon. Alleen hij. En Bertil soms, als hij zich beter voelde.

'Ik mis ook iets,' zei Ringmar.

'Wat mis je?'

'Dat weet ik niet. Ik weet dat ik er toen aan dacht, maar vervolgens gingen er dertig jaar voorbij. Nu denk ik er weer aan. Ik zoek.'

Er werd nog een keer aangebeld. Ringmar schrok op.

'Het is de boodschappenbezorger maar,' zei Winter en hij stond op.

De taxichauffeur glimlachte toen hij de deur opende. Een jonge man, uit Somalië gokte hij. Die gelaatstrekken logen niet, net zomin als een Zweeds gezicht in de Hoorn van Afrika. De man reikte hem de lamsbout van Araz Chark uit de markthal aan. In zijn andere hand had hij de tas met groenten van het kraampje buiten bij de hal.

'Mooi,' zei Winter.

'Geen probleem,' zei de man, opnieuw glimlachend. Winter had ouder gewoonte Taxi Göteborg gebeld. Hij kende er veel mensen, maar Hassan hier was nieuw.

Winter nam de etenswaren aan en legde ze op een stoel in de hal.

'Hier,' zei hij en hij gaf de man vier briefjes van vijfhonderd kronen: lamsvlees, groenten en fruit, taxi, werktijd. Hassan zou teruggaan naar de markthal en betalen. Winter vertrouwde Swish niet, zoals ieder normaal mens. Het geld kon in Falköping of waar dan ook maar terechtkomen. Hij had altijd minstens drieduizend kronen contant in zijn portemonnee.

'Hou het wisselgeld maar,' zei Winter.

'Het is te veel,' zei de jongeman.

'Het is zaterdag,' zei Winter. 'Dubbele overuren.'

Hassan lachte. Winter nam aan dat dat zijn naam was. Was dat racisme? Hij hoopte van niet. Dat zou vreselijk zijn. Het zou Mohamed kunnen zijn. Of Yussuf.

'Erik,' zei hij en hij stak zijn hand uit. 'Bedankt voor je hulp.'

'Pelle,' zei de man, terwijl hij de hand schudde, en hij liep de trappen af naar de taxi in de Oxhagsgatan.

Ringmar was druk bezig in de keuken. Hij had een pak *filmjölk* gepakt, een paar Melitta-filters en een rookkleurige filterhouder, de lievelingskleur van alle ontwerpers. Nu goot hij de *filmjölk* in de houder, waarin hij twee filters had gedaan, en zette die op een hoog drinkglas, waarna hij het geheel in de koelkast zette.

'Tijd om de oven voor te verwarmen,' zei Winter. 'Honderdzestig graden. En smelt wat boter alsjeblieft.'

Winter had willen zeggen honderdvijfendertig graden, maar hij wist niet zeker of ze wel zoveel tijd hadden. De grote honger kon toeslaan voordat er vijf uur voorbij waren, en ze konden niet de hele tijd whisky drinken terwijl ze aan het werk waren tot het avondeten. Twee whisky's zijn goed voor het werk, maar daarna gaat de alcohol de gedachten in de weg zitten. Ieder weldenkend mens weet dat.

Winter sneed de lamsbout een beetje bij, legde hem in een ovenschaal die precies groot genoeg was, wreef het vlees in met olijfolie, kneep er een citroen boven uit, goot anderhalve deciliter water in de schaal rond de bout, goot er de geklaarde boter over en strooide grof zout en zwarte peper over het vlees. Hij maakte een vel vetvrij papier goed nat, verfrommelde het, wikkelde het vlees er zo strak mogelijk in en zette de vorm in de oven. Drie uur zou voldoende moeten zijn.

'Zullen we een klein glaasje whisky drinken?' vroeg Ringmar.

Winter keek op de klok. Kwart over twaalf. Ze waren de grens ruimschoots gepasseerd. Alles wat ze nu deden, zou fatsoenlijk zijn.

'Of ben je soms met de auto gekomen?' vroeg Ringmar.

'Nee, ik ben door het Slottskogen gelopen.'

'Nou dan,' zei Ringmar, terwijl hij een mooie fles van het aanrecht pakte.

Ringmar was de vierde man die door de deur kwam. De dode man lag in stabiele zijligging, alsof hij zich had bewogen nadat hij in zijn borst was geschoten. Maar hij was gewoon zo gevallen. Hij lag met zijn rug naar de trap. Bovenaan de trap stond Sara. Had ze gestaan.

'Stond ze daar nog toen jullie daar aankwamen?' vroeg Winter.

'Nee, verdomme.'

'Waar was ze?'

'In haar kamer, neem ik aan... met iemand van ons.'

Winter zei niets.

'Waarom vraag je dat?'

'Ik weet het niet. Hoe dicht kwam ze bij het slachtoffer? Haar vader.'

'Je stelt moeilijke vragen, Erik. Ik weet het echt niet. Naar wat ik heb begrepen, is ze niet verder gekomen dan de trap.'

'Is er iemand die dat weet?'

'Wat precies?'

'Of ze hem heeft gezien.'

'Ze heeft hem gezien! Vanaf de trap.'

'Dichterbij dan dat,' zei Winter.

'Je bedoelt dat het trauma dan nog erger zal zijn?'

Winter antwoordde niet, dronk wat van de whisky, Bertils twaalf jaar oude Macallan, ouder dan dat was snobisme zonder betekenis, als het om Macallan ging. Het was het tweede glas. De gedachten werden helderder, alles werd duidelijker, misschien waarachtiger. Iedereen die drinkt weet dat.

'Ik wil het weten,' zei hij. 'Waar ze was. Wat ze deed.'

Ringmar nipte van de drank, keek naar de tuin, de zon had nu het middag was de woonkamer verlaten en concentreerde zich volledig op de buitenruimte. Ze hadden daar kunnen zitten, op een van de eerste echt warme dagen van het jaar, maar dat was niet gepast geweest.

'Misschien moeten we het haar vragen,' zei hij. 'Op een mooie dag als deze vragen we haar alles.'

'Met elke mooie dag wordt de kans kleiner,' zei Winter.

'Dan moeten we hopen op regen.'

'Een wonder,' zei Winter.

'We kraken dit hoe dan ook.'

'We hebben haar nodig, Bertil.'

Ringmar hield het glas nog steeds in zijn hand, hief het en keek erdoor naar het zonlicht buiten. Het glas had een andere kleurnuance gekregen, was niet langer geel. Hij hield niet van geel. Het beloofde altijd meer dan het kon waarmaken. Maar deze kleur kondigde vreugde aan. Sommige mensen noemen het geluk. Dat begrip lag buiten Ringmars bevattingsvermogen. Soms deed Erik alsof hij het ook niet kende, maar hij deed maar alsof. Hij was een gelukkig man. Hij had alles.

'De moordenaar belt aan,' zei Winter en hij maakte een gebaar alsof hij aanbelde. 'Hij weet dat Brendner thuis is. Hij staat klaar met het pistool. Wanneer de deur opengaat, haalt hij de trekker over. Hij weet dat Brendner zelf zal opendoen.'

'Hoe weet hij dat?'

'Hij heeft al de hele dag gewacht. Hij weet het.'

'Heeft hij buiten gestaan?'

'Zich verstopt.'

'Hij weet het toch,' zei Ringmar.

'Hoe?'

'Iemand heeft het hem verteld.'

'Wie?'

'De opdrachtgever.'

'We gaan ervan uit dat het een opdracht is.'

'Op dit moment wel, ja.'

'Iemand heeft zich tot een beroeps gewend.'

'In elk geval iemand die bereid is om de moord te plegen.'

'Hij schiet niet meteen,' zei Winter.

'Stapt de hal in,' zegt Ringmar.

'Ze praten.'

'Ze maken ruzie.'

'Luide stemmen, volgens de dochter.'

'Ze kon het in elk geval horen.'

'Waar hadden ze ruzie over?'

'Brendner probeerde zich te verdedigen.'

'Waarmee? Woorden?'

'Hij wilde weten waarom.'

'Waarom hij neergeschoten zou worden?'

'Hij geloofde het niet.'

'Er was een pistool op hem gericht. Sommige mensen geloven het als ze dat zien.'

'Het was onverwacht.'

'Maar weinig mensen verwachten thuis in de hal neergeschoten te worden.'

'Overal, behalve daar.'

'Onverwacht dat hij het was,' zei Winter.

'Had het iemand anders moeten zijn?'

Winter antwoordde niet. Er was iets in zijn hoofd opgedoken als een schreeuw uit het verleden. Of een fluistering die luider was dan al het andere omdat het een fluistering was, in het donker reiken fluisteringen verder dan gesproken woorden en zijn brein was op een duistere plek, daar moest hij zoeken naar antwoorden, als ze antwoorden wilden krijgen, fragmenten van antwoorden. Het gefluister in zijn hoofd was een fragment. Zo had hij nooit eerder gedacht. Het was niet de whisky. Hij had het tweede glas, twee vingerbreedtes, nog steeds niet leeg. De hal in zijn hersenpan was donker, het licht van buiten hielp niet veel, de moordenaar blokkeerde het weinige licht dat van buiten kwam, de verlichting in de hal was zwak...

'Brandde er licht in de hal?' onderbrak hij zijn eigen gedachten.

'Toen hij werd neergeschoten?'

'Ja, toen het gebeurde.'

'Heb ik niets over zien staan,' zei Ringmar.

'Brandde het toen je daar aankwam?'

'Dat moet wel.'

'Je weet het niet.'

'Jawel. We zouden helemaal niets gezien hebben als het donker was geweest. We zagen alles.'

'Iemand had het licht aangedaan,' zei Winter.

'Het meisje? Nee. De eerste politieagenten ter plaatse? Misschien.'

'Toen ik aankwam, leek het alsof het hele huis in het licht baadde.'

Winter bladerde in de papieren alsof hij licht in het donker zocht. Hij had alles gelezen, maar hier had hij niets over gelezen.

'Hoe belangrijk is het?' vroeg Ringmar.

Winter antwoordde niet. Hij voelde een lichte kou in zijn nek, koel, haast koud. Het was alsof iemand daarbinnen een raam had opengezet. Of een deur. Hij sloot zijn ogen en zag schaduwen, gestalten. Hij hoorde stemmen, geschreeuw. Daarna het geluid van voetstappen, dat snel zwakker werd. Iemand rende weg. Daarna stilte. Daarna weer voetstappen, ijl als lucht, nauwelijks hoorbaar. Daarna weer een stem, maar slechts één. Daarna niets. Hij opende zijn ogen. Het licht in de kamer was verblindend, de helderste dag van het jaar tot nu toe. Iedereen verstandig genoeg om het leven te leven was nu buiten, direct onder Gods zon. Zij zaten hier in de duisternis en zochten ruzie met de duivel.

Hij stond op.

In de keuken zette hij de tweede oven van Ringmar aan. Een aanbeveling van Winter. Iedere alleenstaande man zou twee ovens moeten hebben. Winter schilde en sneed een paar grote aardappels in stukken, smeerde een kleine vorm dun in met boter, legde de aardappels erin, strooide er zeezout en zwarte peper over, goot er olijfolie over en zette ze in de oven op tweehonderd graden. Hij prikte met een klein mes in een aubergine en legde die naast de aardappels. Hij raspte een halve komkommer, strooide er een beetje zout over en zette het bord opzij.

Ringmar kwam de keuken in met hun whiskyglazen. Ze bleven nog even in de keuken. Gezellig. Ze nipten een beetje, op het leven, het stortte zich vanuit de hemel neer over het noordelijk halfrond.

'Het ruikt lekker.'

'Over ruim een uur is het klaar,' zei Winter.

'Ruikt verdomde lekker.'

Zijn mobiel ging in zijn borstzak. Anoniem.

'Ja?'

'Stoor ik je op zaterdagmiddag?' zei Fredrik Halders.

'Ik ben aan het werk.'

'Wie niet. Het is een drukke zaterdag. Er is bijvoorbeeld ingebroken in het huis van Sara en Richard in Fredriksdal.'

'Wanneer?'

'Ergens nadat Aneta en ik er de laatste keer waren.'

'Hoe ziet het eruit?'

'Een beetje rommelig. Ik ben net aangekomen. Aneta is bij me. We hebben geen privéleven, zoals je weet.'

'Wie heeft er alarm geslagen?'

'Ze hebben een soort buurtwerkgroep in die wijk en vandaag was er voorjaarsschoonmaak. Eén grote blije, bevoorrechte familie. Een paar kinderen glipten de tuin in en zagen de terrasdeur openstaan.'

'Hoe ver ben je gekomen?'

'Alleen een eerste check. Onmogelijk om nu te zeggen wat er gestolen is. Ik heb de inventarislijst niet bij me. Maar ik heb Öberg gebeld. Hij komt zelf, met een paar technici. Iedereen is even blij om op een zaterdag te werken.'

'Wil je mij daar ook hebben?' vroeg Winter.

'Waarom?'

Dat was een goede vervolgvraag. Of een grapje. Winter wist niet wat het was, het onderscheid was soms bijna niet te maken.

'Ik dacht, ik bel even om het je te laten weten,' zei Halders. 'Je hebt vast wel wat anders te doen, of niet soms?'

Winter keek naar de pruimtomaten en paprikahelften. Hij stond op het punt stond om die in de onderste oven te schuiven om ze te laten garen. De kruiden waren eroverheen gestrooid, de knoflook gesneden, de walnoten toegevoegd, de olijfolie en het citroensap erover gegoten. Straks, als het uit de oven kwam zou hij alles mengen met komijn en wat chili voor een *mhamara*.

'Laat het me weten als er iets is,' zei Winter.

'Natuurlijk, *boss of bosses*,' zei Halders en hij hing op.

Het lamsvlees rook als een beloning toen hij het mooi zwartgeblakerde, vetvrije papier eraf haalde. Het was erg mals. De maaltijd was eenvoudig: baba ganoush en tzatziki en *mhamaran* bij het vlees met de aardappelen en warme pitabroodjes. Kalamataolijven. Ze dronken er ijswater bij. En een beetje whisky.

'Dit is eten voor snobs met jobs,' zei Ringmar.

'Klinkt bekend,' zei Winter.

'*Snobbar som jobbar* was een televisieserie van voor jouw tijd. Tony Curtis en Roger Moore. Vooral Tony Curtis. Een persoonlijke favoriet.'

'Was er televisie voor mijn tijd?'

'Eén enkel kanaal toen het begon. En helemaal geen uitzendingen op woensdag, had de staat besloten. Mensen moesten de kans krijgen om bij te komen van alle indrukken.'

'Zou weer ingevoerd moeten worden,' zei Winter. 's Maandags, dinsdags, woensdags.'

'Daarna kwam er een tweede kanaal. Mensen kochten afstandsbedieningen. Ze kregen chronische gewrichtspijn in hun duimen omdat ze op de bank zaten en de hele tijd van kanaal wisselden.'

'Dat geloof ik graag.'

'De kapel voor mensen met levensangst,' zei Ringmar.

'Bedoel je televisie?'

'Dat zei Harry Martinson. Maar hij had het over de bioscoop.'

Ringmar sneed een stuk lamsvlees af, hij had ook een lepel kunnen gebruiken. Op dit moment leefde hij, er was nog een leven voor hem om te leven. Het leven omvat veel te veel om in één persoon te passen, dat besef je wanneer je ouder wordt. Dat kan een troost zijn.

15

De zon en de maan wisselden van plaats en Ringmar en Winter stonden in de tuin met hun gezicht naar de hemel gekeerd.

'Je weet toch dat de maan alleen een schaduw werpt als het 's nachts bewolkt is,' zei Ringmar. 'Op een kristalheldere nacht werpt de maan geen schaduw.'

'Wil je daar iets mee zeggen, Bertil?'

'Ik weet het niet.'

'Ben je verdrietig?'

'Wie niet?'

'Je beantwoordt een vraag met een wedervraag.'

'Wie doet dat niet?'

Ze waren met de laatste whisky van tafel opgestaan en naar buiten gegaan. De schemeravondlucht was helder als glas. Vanavond zouden ze geen schaduwen hebben. Dat was alsof je er niet was. Overdreven? Vraag het aan Sara Brendner. Ze bestond en ze bestond niet. Winter zag haar in bed liggen in het Sahlgrenska-ziekenhuis, twee kilometer van waar hij stond. Elke keer wanneer een dag overging in een nacht, raakte ze verder van het leven verwijderd. Misschien was het al te laat. Ze wisten er alleen niets van. Wat was de eerste vraag die hij haar zou stellen als ze ontwaakte? Het antwoord zou alles verklaren. Als hij nooit een antwoord kreeg, zouden ze het toch proberen te verklaren, maar daar zouden ze niet volledig in slagen, dat gebeurde zelden. Zijn werk was een aaneenschakeling van een reeks kleine of grote mislukkingen. Dat is het beste waarop je kunt hopen. Het leven is net zo. Goed falen of slecht falen, dat is een geloofwaardige opvatting van geluk. Waarheen ben ik op weg? Ik ben op weg naar het strand. We gaan allemaal naar het strand. *Vamos a la playa.* Daar vinden we rust. Ik zou vaker naar de kerk moeten gaan. In

Marbella gingen we elke zondag naar de kerk, Iglesia de la Encarnación, vooral omdat de ceremonie zo mooi was en de kinderen het leuk vonden en ze daarna ijs kregen op Plaza de los Naranjos. God en ijs, dat is een goede combinatie. Geloof ik in God? Ja. Niet in de oude man met een baard in de hemel, dat is voor de predikanten. Maar er moet iets groters dan wij om ons heen zijn. Een grotere ziel, zonder baard. Het leven omvat veel te veel om in één persoon te passen. Het is te ingewikkeld. We zijn niet toegerust voor dit leven. Onze hersenen zijn nog steeds te primitief. Onze lichamen te zwak. Er is iets misgegaan. Onze kinderen zullen dat oplossen, en hun kinderen.

'Waar denk je aan?' vroeg Ringmar.

'Spaans.'

'Spaans?'

'Ik denk soms aan de Spaanse taal.'

'Hoe heet de maan in het Spaans?'

'*La luna*.'

'Ah, juist. Dat had ik kunnen weten.'

'Inderdaad.'

'Hoe lang kun je zo doorgaan?'

'Zo wat?'

'Je weet wat ik bedoel.'

'Zodra het huis klaar is, doe ik dit niet meer zo.'

'Bedoel je het zandkasteel?'

'Wat zei je!?'

'Je huis aan zee is een zandkasteel, Erik. Al zolang ik je ken. Laat dat zo blijven. Breng je gezin voor de zomer terug naar de Vasaplatsen. Ga een normaal leven leiden.'

'Het Zandkasteel! Dank je wel! Zo gaan we het huis noemen. Een prachtige naam.'

'Ik geloof je pas wanneer de eerste schop de grond in gaat.'

'De schop. De graafbak.'

'Wat is het alternatief?' zei Ringmar.

'Er is geen alternatief.'

'Ik begreep dat Angela niet terug wil naar Vasastan.'

'Daarom bouw ik het huis. Nu moet je ophouden, Bertil.'

'Het alternatief is toch niet zo slecht.'

'Ik heb het uitgeprobeerd. Het werkte niet op de lange termijn.'

'Dat weet je nu nog niet,' zei Ringmar.

'Jij bent aan het eind van je carrière, Bertil. Ik daarentegen heb de beste jaren nog voor me.'

'Voel je dat echt zo?'

'Anders zou ik nu niet hier vlak bij Slottsskogen naar de maan staan kijken. Dan zou ik op ons dakterras in Marbella zitten en uitkijken over de zee.'

'Dat zou ik een goed genoeg alternatief noemen,' zei Ringmar.

Het was niet goed genoeg. Bertil wist dat ook. Speuren zonder doel is zinloos, op alle fronten. Voor een tijdje is het prima, maar alleen als vakantie. Na een verrassend lange tijd weg van zijn werk, had Winter het gevoel gehad dat hij vakantie had genomen van het leven zelf. Van de wereld. Daarbuiten ging het door, maar zonder hem. Hij wilde erbij zijn. Het moest mogelijk zijn om tegelijkertijd het kleine en het grote leven te leiden.

Ze gingen naar binnen toen de lucht pikzwart was en de maan halfvol. Ringmar schonk een kleine whisky in. Winter voelde de warme smaak in zijn mond. Hij had het koud gekregen buiten. De lente is sluw wat dat betreft. Je denkt dat je je hem herinnert. Dat de lente een vriend is.

'Heb je het koud?' vroeg Ringmar.

'Ja, papa.'

'Drink, jongen, drink.'

Winter nam weer een slokje. Hij kreeg het warmer. Whisky werkt altijd. Maar alcohol leidt niet tot geluk. Alcohol ís geluk. Veel mensen begrijpen dat niet. Dat leer je niet uit boeken.

Het huis van Ringmar was geen gelukkig thuis. Eenzaamheid kan een vriend zijn, maar niet de eenzaamheid waarin Bertil leefde. Zo had Bertil zich de laatste, aangename jaren niet voorgesteld. Winter wist dat Bertil geen eenzame wolf was. Hij was niet eens een wolf.

'Ik heb Moa gisteren gesproken,' zei Ringmar.

'Dat klinkt leuk.'

'Dat was het ook. Ze verhuist deze zomer terug naar de stad.'

'Ik wist niet dat ze Göteborg had verlaten.'

'Ze liet ons in de steek voor Fjollträsk. Een vriend had een atelier op Söder, dus bundelden ze hun krachten, maar denk maar niet dat dat meer opdrachten opleverde.'

'Ik dacht dat Stockholmers meer geneigd waren om zich te laten fotograferen dan de rest van de mensheid.'

'Het heeft niet mogen baten.'

'Wat gaat ze hier doen?' vroeg Winter. 'Als ik het me goed herinner, waren er hier ook geen banen voor goede fotografen.'

'Lesgeven,' zei Ringmar. 'Ze heeft verdomd veel geluk gehad. Volksuniversiteit.'

'Goed.'

'Ik heb haar aangeboden om hier te komen wonen. Ze kan de hele benedenverdieping krijgen. Eigen opgang. Ik kan een ladder voor het slaapkamerraam zetten. Er is boven ook een badkamer. Ik kan een kookplaat regelen. Ze kan een donkere kamer en studio in de kelder inrichten.'

'Je hebt aan alles gedacht. Wat zegt ze?'

'Nee. Ze zegt nee.'

'Zou ik waarschijnlijk ook doen,' zei Winter.

'Ja. Het wordt anders als ik weg ben.'

'Ga je weg?'

'Als ik vertrek naar gene zijde.'

'Gene zijde waarvan? Van de Göta älv?'

'Dat is zoals het moet zijn,' zei Ringmar.

'Dat je sterft voordat je moet sterven? Ben je daar nu mee bezig?'

'Niets is nog zeker.'

Ringmar ging op de bank zitten. Papieren en ordners voor zich op de tafel. Een eenzame bloem als symbool voor het leven. Winter volgde Ringmar, pakte een paar papieren op.

'Sara is bezig te sterven voor ze moet sterven,' zei hij.

'Ze bepaalde haar eigen lot,' zei Ringmar en hij reikte naar een ordner.

'Dat weet ik niet zeker,' zei Winter.
'Wat bedoel je daarmee?'
'We weten niet wat er in de auto gebeurde die laatste seconden. Ik kon het niet zien. Ik heb geprobeerd te bedenken wat ik zag, maar ik zag het niet.'
'Zag wat niet?'
'Of zij het was die het ongeluk veroorzaakte.'
'Kan het de echtgenoot zijn? Richard? Deed hij iets?'
'Wat weten we over hem?' zei Winter.
'Niet veel.'
'Hoe groot is zijn rol hierin?'
Ringmar antwoordde niet. Hij las. Tot nu toe hadden ze Richard Malm gezien als een aanhangsel, een medereiziger. Een passagier die niet echt bij het verhaal hoorde. Maar ook als hij er niet bij hoorde, waren er misschien andere personen om hem heen die er wel bij hoorden. De zaak zou uitdijen, zoals altijd in dit werk. Dan krimpen, hij zou die laten krimpen, tot hij er met slechts de vingers van één hand bij kon, dan met slechts één vinger. Hij zou er komen. Hij zou antwoorden krijgen, een verklaring kreeg hij zelden. Toen hij jonger was, zocht hij naar verklaringen. Dat deed hij natuurlijk nog steeds, maar in de loop der jaren was het steeds moeilijker geworden om achter het waarom te komen. In het geval van Sara leek dat belangrijker dan ooit. Alles hing ervan af. Morgen zou hij weer naar het ziekenhuis gaan. Hij zou vragen stellen, niet aan Sara maar aan de verplegenden om haar heen. Zij hielden zich niet bezig met het *waarom*, maar ze hielden de vraag levend voor degenen die hem probeerden te stellen.
Ringmar keek op.
'Ik herinner me onze eerste dag samen op de afdeling Geweldsdelicten,' zei hij.
'Waarom zeg je dat?'
'Er is een verband, Erik, zoals alles met elkaar verbonden is. Herinneringen zijn niet slechts herinneringen. Ze zijn het leven en net zo echt als het leven dat we op dit moment leven.'
'Is dat Heidegger? Of Derrida?'

‘Had gekund. Maar Heidegger was een overtuigd nazi.’

‘Een denkende nazi?’

‘Echt niet,’ zei Ringmar terwijl hij de ordner neerlegde. Hij keek op naar Winter. ‘Martin belt nooit.’

‘De telefoon werkt twee kanten op,’ zei Winter. ‘Dat zei mijn tante altijd.’

‘Denk je dat ik niets van me laat horen? Maar uiteindelijk ben je het zat.’

‘Hij zit aan de andere kant van de wereld.’

‘In welke tijd leven we? De negentiende eeuw? Zelfs toen was er al de telegraaf.’

‘Ik heb het eerder gezegd en ik zeg het nu weer, Bertil. Ga erheen. Vlieg naar Kuala Lumpur. Je hebt ontzettend veel overuren staan. Als je baas zou ik het je geven. Als we deze zaak opgelost hebben, vertrek je onmiddellijk.’

‘Deze zaak is dertig jaar oud,’ zei Ringmar. ‘Over nog eens dertig jaar denk ik waarschijnlijk wel twee keer na voordat ik naar de andere kant van de wereld reis.’

‘Niet de hele zaak,’ zei Winter.

Je kunt niet allerlei zaken bij elkaar nemen en er één zaak van maken,’ zei Ringmar.

‘Waarom niet? Zo kunnen we dingen gedaan krijgen.’

‘Ik kan niet zomaar bij mijn zoon binnenvallen,’ zei Ringmar. ‘Als ik het hem vraag, krijg ik geen antwoord.’

‘Dat krijg je als je er bent.’

‘Hoe weet jij dat nou?’

‘Dat zegt mijn intuïtie.’

‘Ja nee, dán ben ik helemaal overtuigd. Ik bel morgen voor een ticket.’

‘Wat heb je te verliezen?’

‘Tien flappen voor het ticket. Dan het verblijf. Eten. Drank. Kosten zwembad.’

‘Is hij niet de manager van een luxe hotel?’

‘Ze zouden me geen stap over de drempel laten doen. Dus ik zou hem toch niet te zien krijgen.’

‘Het is nu of nooit, Bertil.’

'Zegt de pater familias die ervoor gekozen heeft om in eenzaamheid te leven.'

'We hebben het nu over jou.'

'In godsnaam. Echt niet.' Ringmar tikte met zijn wijsvinger hard op zijn laptop, een foto van een tienjarig meisje. 'We hebben het over Sara. Dat is het enige waar we het over gaan hebben.'

Sara

Ik ben vandaag al de hele dag op zoek naar Missan! Ze is niet op haar gebruikelijke plekjes geweest. Ik ben nu heel erg verdrietig. Mama heeft me geholpen met zoeken, en oom Gunnar toen hij langskwam. We denken dat ze is weggerend naar de huizen aan het strand, maar dat doet ze nooit. Ik heb onder elke struik gekeken. Mama zegt dat ze wel terugkomt, maar ik ben heel erg ongerust. Ik kan vandaag niet meer schrijven.

16

Winter keek naar Sara's gezicht. Hij had gehoopt dat het vredig was. Sara leek geen pijn te voelen, maar in haar bewusteloosheid kon ze wel pijn hebben. De dokters zeiden dat ze niets voelde, maar je wist maar nooit. Je wist nergens iets van. Er was geen dood in deze kamer, zoveel wist hij wel. 'Is het een wonder als ze bijkomt?' had hij aan een van de artsen gevraagd. 'Ik weet niet wat dat woord betekent,' had de arts geantwoord. Hij was jong, wat wist hij. Hij had met zachte stem en op vriendelijke toon geantwoord. Zijn gezicht was glad en nog niet af. De jonge dokter wist niets van het leven. Of de dood. Het woord 'wonder' was geen wetenschappelijke term, hij kon er dus niets over zeggen. In de gezondheidszorg bestaan geen wonderen. Daar komt iets anders bij kijken: geloof. Toen Winter zojuist de Annedalskyrkan was gepasseerd, de heuvel op naar het ziekenhuis, had hij over geloof nagedacht. Zou zijn eigen geloof deze keer sterk genoeg zijn? Geloof kan bergen verzetten. Er zijn veel bergen in dit deel van de stad. Voor de bouw van het Sahlgrenska moest een berg worden opgeblazen.

Hij stond zwijgend in de stilte enkele meters van Sara's bed vandaan. Haar huidige thuis. Nu probeerde hij een verandering in het gezicht van de vrouw te ontdekken, maar dat was hetzelfde als daarvoor: er zat een diepe rimpel tussen haar ogen, die had er de hele tijd gezeten sinds het ongeluk, maar was er daarvoor niet geweest voor zover hij uit recentere foto's had kunnen opmaken. Nu leek het alsof ze aan iets had gedacht toen ze het bewustzijn verloor en daarin weg was gezakt, een gedachte die haar was gevolgd naar waar ze nu was. Zou de gedachte doorgaan als ze ontwaakte? Zoals wanneer je een film start die je op pauze had gezet en die dan midden in een woord verdergaat. Sara zou weer in de auto zitten, maar ze zou zich niet kunnen herinneren wat er was gebeurd toen de gedachte werd afgebroken.

Winter liep de gang op. Die was niet lang. Mensen in lichte werkkleding bewogen zich doelgericht heen en weer. De jonge arts met wie hij eerder had gesproken, kwam uit een onderzoekskamer. Dokter Mattias Göransson. Hij zag er vreselijk jong uit in het naakte licht, weerloos. Een arts hoort niet jonger te zijn dan je zelf bent. Ze zouden na hun afstuderen iets anders moeten doen totdat ze ouder waren dan iedereen. Dokter Göransson was waarschijnlijk twintig jaar jonger dan Winter. De gedachte deed hem duizelen.

'Ah, hoofdinspecteur,' zei hij toen hij Winter zag.

'Dokter.'

'Sara ademt nu beter,' zei de dokter.

'Ik weet het. Ik heb het gezien. Jullie hebben me dat al verteld.'

'O. Is dat zo?'

'Ja. Wat gebeurt er nu?' vroeg Winter.

'We moeten afwachten.'

'Is dat alles?'

'Hoe bedoelt u?' vroeg Göransson.

'Ik heb gelezen dat er verschillende nieuwe methoden zijn ontwikkeld voor het continu monitoren van de hersenen,' zei Winter. 'Ze worden in hoog tempo geïntroduceerd in de ziekenhuizen.'

'Jazeker.'

'Dat gebeurt hier dus ook?'

'Dit is het Sahlgrenska Universiteitsziekenhuis,' zei Göransson. 'We proberen voorop te lopen.'

'Proberen?'

'We lopen voorop.'

'Ook als het om neuro-intensieve zorg gaat?'

'De ontwikkeling heeft een lange weg afgelegd in de richting van computergestuurde multimodale neuromonitoring,' zei dokter Göransson. 'Continue monitoringmethoden worden gecombineerd met moderne beeldvormende technieken, CBF-metingen met xenon-CT-techniek, CBF-CT-scans met behulp van contrastmiddel, perfusie- en diffusie-MRI, *positron emissie tomografie*, oftewel PET.'

Meer hoefde hij niet te zeggen. *I rest my case.* Leeftijd was niet alles. Dat begreep Winter nu wel.

'Ik begrijp het,' zei hij en hij liep weg, nam de lift naar beneden en liep het gebouw uit naar de parkeerplaats naast de spoedeisende hulp gynaecologie. De lucht boven de stad was vandaag heel blauw, blauwer dan ooit.

Voordat hij in de auto stapte, belde hij Angela.

'O, bel je nu?'

'Ik hoop dat ik je niet stoor bij je werk.'

'Het is rustig. Kreeg net een late annulering.'

'Ze moeten alsnog betalen, toch?'

'Niet veel. En het hangt ervan af.'

'Waarvan?'

'Het net heeft hier wat wijdere mazen, zoals je weet. Het is niet altijd nonchalance als iemand een doktersafspraak mist.'

'Ik heb de mijne net gehad,' zei hij en hij vertelde het.

'Wat is plan B?' vroeg ze.

'Als ze niet bijkomt? Daar ben ik nog niet helemaal uit.'

'Wat ga je nu doen?'

'Naar het huis van het echtpaar in Johanneberg. Er is daar gisteren ingebroken.'

'Heeft dat met elkaar te maken?'

'Ik weet het niet. Dieven ruiken het snel wanneer een huis leeg is. Het verbaasde me dat het niet eerder is gebeurd.'

'Waren het dieven dan?'

Goede vraag. Angela kon zijn werk doen. Hij kon het hare niet doen.

'Als er niets gestolen is, weten jullie het wel,' ging ze verder.

'Als er iets gestolen is waar we niets van weten, dan weten we het niet,' zei hij.

'En niemand kan het je vertellen,' zei ze.

'Tot nu toe niet. Maar ik heb nog veel telefoontjes te plegen.'

Ze zei iets wat hij niet verstond. Het klonk alsof er wind door de telefoon floot. Er was verdomd veel wind tussen hier en daar, in alle richtingen. Het waaide behoorlijk aan de Costa del Sol, wie er maar kort was merkte daar niets van, en het waaide nog harder aan de Costa Tropical. Sara was daar onlangs nog geweest. Almuñécar had lange stranden, langer dan die van Marbella, maar daar was geen zand, alleen zwarte kiezels. En de wind was sterker dan waar ook in Spanje.

De verbinding werd verbroken. Hij probeerde terug te bellen maar kreeg geen verbinding, wachtte een paar minuten tot zij zou bellen maar dat gebeurde niet en toen hij het opnieuw probeerde, lukte het weer niet.

Dick Forsman werd wel gebeld, door een collega in Värnamo, Nils Ejesjö: 'De man is al een tijd niet thuis geweest, zegt zijn vader.'

'Wat is een tijd?'

'Drie maanden.'

'Wat zei hij nog meer?'

'Waarover?'

'Over de verloren zoon, hoe hij is. Problemen. Vrienden en vijanden. Enzovoort, enzovoort.'

'Ik heb het niet gevraagd. Dat was niet de opdracht bij mijn weten.'

Forsman drukte het gesprek met die stomme kabouter uit 'Veenamo' weg. Zijn wijsvinger trilde. Hij voelde zich niet lekker. Dick Forsman was de vleesgeworden mislukking. Het was niet Ejesjö's schuld, maar de teerling was geworpen, *alea iacta est*, dat was het enige Latijn dat hij kende, en *semper fi*. Als hij een Amerikaan was geweest, had hij bij de mariniers gezeten als ze hem hadden willen hebben.

Aneta Djanali ontmoette Winter voor het huis van Sara. Het huis van Richard. Het gras in de tuin begon al hoog te worden. Het duurt niet lang voordat een huis vanbinnen en vanbuiten verlaten oogt.

Ze gingen naar binnen. Er was iemand anders geweest sinds de laatste keer. Misschien was er een poging gedaan om de orde te herstellen. Papieren waren teruggelegd enzovoort, enzovoort. Maar Öberg en zijn technici hadden natuurlijk alles gefotografeerd.

'Waar is Fredrik?' vroeg Winter.

'Ziek.'

'Oei. Niets ernstigs, hoop ik.'

'Een verkoudheid, zegt hij.'

'Geloof je het niet?'

'Jawel. Maar hij is ook depressief. Of op zijn minst verdrietig.'

Ze zag er ernstig maar kalm uit. Voor Fredrik was er genoeg gebeurd in het kleine leven. Het grote was er nog steeds, was er nog altijd. Zoals in dit noodlottige huis. Netjes, en toch ook weer niet.

'Ze zochten iets,' zei Aneta.

'Bewijs.'

Ze stonden in de woonkamer. Iemand had hier onlangs gestaan, een vreemde. Ze hadden camera's in huis moeten plaatsen toen de zaak-Brendner heropend werd. Waarom hadden ze in godsnaam geen camera's? Daar waren geen middelen voor, zelfs niet toen hij zijn carrière begon, toen Zweden het beste land ter wereld was, toen we het baken van de hele planeet waren, boven in het Noordpoolgebied, de top van de wereld, met een licht dat alles en iedereen bereikte. Nu reikte het nauwelijks over het Kattegat naar Jutland. Winter was geen politiek persoon, maar op basis van zijn afkomst en milieu had hij niet-socialistisch moeten stemmen, maar dat deed hij niet, hij stemde helemaal niet, vooral niet op politiek rechts, dat de zorgvuldig geknoopte vangnetten van wat ooit het beste land ter wereld was, schaamteloos had verscheurd en nu openlijk flirtte met de neonazi's van de Zweden Democraten. Spanje bijvoorbeeld was historisch gezien geen goed voorbeeld, maar zo erg als het tegenwoordig hier was, was het daar nooit geweest.

'Is er hier iets wat naar het verleden verwijst?' vroeg Aneta Djanali. 'Of was dat er?'

'Ik denk het wel.'

'Naar dertig jaar terug? Sara Brendner woonde hier toen nog niet.'

'Ze heeft het hierheen gebracht,' zei Winter.
'Een ding? Een object?'
Winter antwoordde niet. Hij liep door de kamer, toen door het hele huis, in een poging te zien wat onzichtbaar was.
Hij had al één ding. Een object.

Dick Forsman stond buiten Gislaved te tanken. Hij had als een gek gereden op een halve tank. De snelweg liep nu om het dorp heen. Dat was maar goed ook.
In Värnamo parkeerde hij voor de villa aan de Rönnbärsvägen. Witte bakstenen gevel, plat dak, buitenproportioneel grote ramen. Terug naar de jaren zestig.
De voordeur ging open voordat hij had kunnen aanbellen. Dick droeg geen uniform, maar misschien hadden ze een vermoeden.
Een man van in de vijftig stond in de deuropening, gemillimeterd haar, krachtig gebouwd zonder zwaarlijvig te zijn, het zou een politieagent kunnen zijn. Hij zag er boos uit, pisnijdig zelfs.
Dick stelde zichzelf voor. De man heette Jens Bartow.
'Ik weet nog steeds niet waar Lukas is,' zei hij. 'Moest je helemaal uit Göteborg komen rijden om die vraag nog een keer te stellen? Je collega's hier in de stad hebben toch al contact met je opgenomen.'
'Mag ik binnenkomen?' vroeg Dick.
'Waarom? Waar gaat het over?'
'Ik wil gewoon een paar vragen stellen,' zei Dick, 'dat gaat beter als we hier niet in de deuropening blijven staan.'
'Ik heb er geen problemen mee, ik sta hier prima.'
'Of u laat me nú binnen of we gaan naar het politiebureau en praten daar.'
'Oei. Dan kun je maar beter binnenkomen.'

'Wat heeft het joch gedaan?' vroeg de vader.
Ze zaten in de woonkamer. Dick kon boven de bomen aan de achterkant van het huis de wolkenlucht zien. Ze waren met z'n tweeën in de kamer.

'Dat weet ik niet,' antwoordde Dick.
'En toch achtervolg je hem half Zweden door?'
'Bent u alleen?' vroeg Dick.
'Wat?'
'Bent u alleen thuis?'
'Ja.'
'Waar is uw vrouw?'
'Wat heeft dat ermee te maken? Hoe weet je dat ik een vrouw heb? Oké, oké, jullie weten alles. Ze is in de stad. Boodschappen doen voor het eten. Als je lang genoeg wacht, kun je zien wat ze gekocht heeft. Daarna gaat ze naar haar zus in Jönköping. Is er nog iets wat je wilt weten?'
'Uw zoon vluchtte toen ik met hem sprak. Een buurvrouw is vermoord. We hebben met al haar buren gesproken, maar uw zoon rende weg. Waarom deed hij dat?'
'Dat weet ik niet.'
'Wanneer hebt u hem voor het laatst gesproken?'
'Dat kan ik me niet herinneren. Het is best lang geleden.'
'We kunnen heel simpel alle telefoontjes natrekken. Vast en mobiel.'
'Het is toch lang geleden. Minstens een maand.'
'Waar hadden jullie het over?'
'Dat kan ik me niet herinneren.'
'Heeft hij u iets verteld over zijn vrienden?'
'Nee, nooit.'
'Over nieuwe vrienden die hij heeft leren kennen?'
'Niet aan mij. Praten jongeren met hun ouders over hun vrienden? Ik durf dat te betwijfelen.'
'Had Lukas een vriendin?'
'Dat zou wel het laatste zijn waar hij het met mij over zou hebben.'
'Waarom?'
'Hier in de stad had hij er geen voor zover ik weet,' zei Jens Bartow.
'Daar vroeg ik ook niet naar.'
'Dat moet je hem zelf vragen,' zei zijn vader en hij stond op. 'Hij

duikt ongetwijfeld snel op. Ik denk dat hij gewoon bang werd.'

'Waarom zou hij bang zijn?'

'Zijn we hier klaar?'

'Waar is hij bang voor?' herhaalde Dick.

'Er is zoveel,' zei Jens Bartow, terwijl hij naar de hal en de voordeur begon te lopen. 'Je bent nergens veilig.'

17

Winter had zijn oude werkkamer behouden na de renovaties en uitbreidingen.

De muren werden bedekt met boeken en papieren. Het bureau was hetzelfde, vintage jaren negentig. Er waren geen foto's in de kamer, nooit geweest ook, privéleven hoort niet bij politiewerk.

De Panasonic was vijfentwintig jaar oud. De muziek die erop afgespeeld werd was nog ouder, ouder dan Winter, van 13 november 1962 toen John Coltrane de lp *Ballads in New Jersey* opnam met McCoy Tyner en Elvin Jones. Het was rustgevende muziek in een onrustige tijd.

Fredrik Halders stond voor het raam en keek naar de bomen die explodeerden in uitzinnige groeispurten. Het was een groene revolutie.

Hij wendde zich tot Winter: 'Zullen we gaan?'

'Momentje.'

Winter sloot de laptop. Niet dat hij van plan was hem ergens mee naartoe te nemen.

Hij keek naar Halders: 'Alles goed, Fredrik?'

'Wat is dat voor een vraag? Waarom zou dat niet zo zijn? En wat betekent "alles"?'

'Rustig maar,' zei Winter.

'Je weet toch wel dat dat de beste manier is om te zorgen dat iemand zich op gaat winden, "rustig maar" zeggen?' zei Halders.

'Ga zitten,' zei Winter.

Halders stond nog steeds bij het raam. Ze werkten meer dan dertig jaar samen.

We horen bij elkaar. We zorgen voor elkaar.

'Soms voel ik me zelf ook niet zo verrekte goed,' zei Winter.

'Dat heb ik niet gehoord.'

‘Dan zeg ik niets meer.’

‘Goed.’

‘Er zijn mensen die zeggen dat mannen niet over emoties kunnen praten,’ zei Winter.

‘Zou je er niet over ophouden?’

‘Dat alleen vrouwen dat kunnen.’

‘Niet iedereen kan hetzelfde zijn,’ zei Halders. ‘Een paar jaar geleden gingen we naar het platteland, ergens in Småland, Aneta heeft een oude vriend in het hoogland van Småland. We waren daar een paar dagen in de zomer en op een avond gingen we naar buiten en in een veld stond een enorme stier helemaal alleen in een hoek. Hij had een neusring met een ketting die in de grond was vastgemaakt. Het was de grootste stier die ik ooit heb gezien, als een stier die op het punt stond om losgelaten te worden in de arena, en hij zag er ontzettend woest uit. Stond daar met zwarte ogen. Onbeweeglijk. Hij straalde een volstrekte “fuck de hele wereld”-houding uit. En een paar honderd meter verderop liep een groepje van vijf of zes koeien bij elkaar te grazen, alsof ze zich helemaal nergens zorgen over maakten. Het was een prachtige avond en ze genoten ervan.’

‘Een mooi beeld,’ zei Winter.

‘Niet iedereen kan hetzelfde zijn,’ herhaalde Halders.

‘Het klinkt alsof je daar iets op het spoor bent.’

‘Dat bedoel ik nou.’

‘Iemand moet de waarheid vertellen,’ zei Winter.

‘Denk je dat dat de waarheid is?’

‘Nee.’

‘Je bent een windvaan, Erik, je waait met alle winden mee.’

‘Dat is niet de hele waarheid.’

‘Probeer je er nu niet uit te praten. Je hebt je kaarten laten zien.’

‘We gaan,’ zei Winter en hij stond op.

‘Wil je niet meer over gevoelens praten, jongen?’

Ze reden in westelijke richting, naar het oude industriegebied in Högsbo.

Miltons Mekaniska. De fabriek was een illusie. Vogels vlogen vrij rond waar ooit vaste materie was geweest.

Een kleine gangster met de artiestennaam Street had deel uitgemaakt van die vaste materie, ingemetseld in muren die gevallen waren. De technische afdeling van Torsten Öberg had vastgesteld dat het cement waarmee Street was omgeven, ongeveer dertig jaar oud was. Dat was alles wat ze wisten. Er was een verband, of niet.

'Waarom hier?' zei Halders. 'En waarom werd hij ingemetseld?'

Ze stonden in de open ruimte. Het leek op de Friedrichstrasse in Berlijn vlak na de oorlog. Angela's vader was toen een klein jongetje. Hij was daar geweest, tussen de ruïnes, het gezin had in een kelder in Kreuzberg gewoond. Winter en Angela waren daar geweest, het huis stond er nog precies zo, en de kelder was er nog, Angela was in tranen uitgebarsten, maar dit was niet waarom ze huilde, het was de vrouw in haar, ha, haar toekomstige vader en moeder waren vijfentwintig jaar na de oorlog de grens over gevlucht en naar Zweden gekomen en hun enige dochter had uiteindelijk in Göteborg de jongste hoofdinspecteur bij de Zweedse recherche ontmoet. *End of story.* Maar het was niet het einde van het verhaal. Het eindigt nooit, niet in Berlijn, niet in Högsbo of in Hisingen.

'Contacten, denk ik,' zei Winter.

Er was geen Milton meer om het aan te vragen, ze hadden op zoek moeten gaan naar mensen die aan de fabriek verbonden waren geweest, maar geen van hen zou iets gezegd hebben.

Ze liepen terug naar de auto en wachtten. Winter keek op het klokje op het dashboard. Hun contact was te laat. Winter wilde net het nummer intoetsen toen er iets bewoog aan de rand van het veld, een schaduw.

'Daar komt hij,' zei Halders.

Boris Jönsson kwam aanlopen, nog zo'n legende in de onderwereld van de stad. Nu was hij bovengronds gekomen voor een praatje. Dat was uniek. Halders had de onderhandelingen gevoerd.

'Goeiendag, goeiendag,' zei Boris toen hij bij de auto aankwam.

'Goeiendag, Boris,' zei Winter en hij knikte.

'Dus hier hebben we dandy Winter,' zei Boris met een zwarte glimlach. Zijn tanden zagen eruit als stompjes lood.

‘Hoogstpersoonlijk.’

‘En zoals gewoonlijk kunnen jullie je zaken niet oplossen zonder hulp van de dieven.’

‘We redden ons prima.’

‘Wat doe ik hier dan?’

‘Daar heb je een punt,’ zei Winter.

‘Zonder ons zouden jullie gewoon werkloos zijn,’ zei Boris.

‘Zo erg zal het nooit worden,’ zei Halders.

‘Zeg dat niet. Een wereld zonder misdaad. Ik heb erover gelezen.’

‘De gedachte alleen al is huiveringwekkend, nietwaar,’ zei Winter.

‘Maar ik ben nu te oud om te werken,’ zei Boris, ‘en jullie binnenkort ook.’

‘Flikker op, echt niet,’ zei Halders.

Boris keek om zich heen over het terrein. Hij had een vrij uitzicht, maar dat was niet blijvend, er ging iets nieuws verrijzen op de plaats van het oude. Iets nieuws zou schitteren, pijn doen aan de ogen.

‘Dus hier stond de oude Street in de “geef acht”-houding,’ zei Boris.

‘Dertig lange jaren,’ zei Winter.

Boris knikte. Dat was een lange tijd. Hij was zelf al oud geweest, toen Street verdween. Hij had hem af en toe gemist. Zich afgevraagd wat er gebeurd was. Maar niemand had hem in al die jaren gevraagd wat hij dacht of wist. Tot vandaag.

‘Street was geen beroepsmoordenaar,’ zei Boris.

‘Waarom zeg je dat?’ vroeg Winter.

‘Het is mogelijk dat hij de klus heeft gedaan,’ zei Boris en hij keek naar Halders, die hij beter kende dan Winter. Alle schurken kenden Halders, maar niemand begreep Winter echt. Hij leek te duister, een te grote bedreiging. Halders was gek op een leukere manier. Winter en Halders stonden allebei aan de verkeerde kant van de wet, maar Halders bewoog zich gemakkelijker over de grens. Hij was minder gecompliceerd. Die vermaledijde Winter had iets over zich waar iedereen ver van wilde blijven. Het was geen toeval dat de man rechercheur was geworden.

'Welke klus?' vroeg Halders.

'Hij was geen moordenaar,' zei Boris.

'Maar hij heeft wel een moord gepleegd?'

'Ik denk het wel.'

'Kan hij Lars Brendner hebben vermoord?'

Boris knikte. Winter bleef op de achtergrond, observerend. Dit was iets tussen Halders en Boris. Dit was cruciaal.

'Wat is er gebeurd?'

'Naar wat ik heb gehoord, heeft hij een aanbod gekregen,' zei Boris.

'Van wie?'

'Ik weet het niet.'

'Van wie heb je het gehoord?'

'Bossanova.'

'Bossanova? Heb jij met Bossanova gesproken?'

Halders keek naar Winter. Ze hadden Bossanova allebei gekend. Hij had een succesvolle bende gerund die door de hele regio autodiefstallen had gepleegd. Hij zou een briljant legitiem zakenman zijn geweest als hij het rechte pad had gekozen, maar dan zou hij niet zoveel geld hebben verdiend als hij als crimineel had gedaan.

En hij kende iedereen. Had iedereen gekend. Bossanova was tien jaar geleden overleden.

'Wat zei hij?' vroeg Halders.

'Street had een berg geld gekregen om een opdracht uit te voeren. Bossa heeft de briefjes nooit gezien, maar Street kon dat soort dingen niet voor zich houden.'

'Wie wel?' zei Winter.

Boris keek hem aan. Maakte hij een grapje of was hij serieus? Misschien kon de man wel grapjes maken, was dat een andere kant van hem dan die rijkeluisstijl.

'Het was blijkbaar een ongebruikelijk groot bedrag, maar voor zover ik weet heeft hij nooit de kans gekregen om het over de balk te smijten,' zei Boris.

'Hoe weet je dat?' vroeg Halders.

'Hoe ik dat weet? Als er één ding is dat je in onze branche weet, is het wanneer iemand een heleboel poen heeft en dat wil laten zien.'

De vraag is dus waar het geld vandaan kwam,' zei Halders.

'En waarvoor hij het kreeg,' zei Winter.

'En waarom hij het niet heeft kunnen uitgeven,' zei Halders.

'Er valt niet veel te kopen aan de binnenkant van een cementgraf,' zei Boris.

'Het was trouwens best wel een grote operatie,' zei Winter en hij gebaarde naar de plek waar Miltons had gestaan. 'De timing moet kloppen. Nachtwerk denk ik, en dan het verse gietsel verbergen.'

'Er hingen altijd dekzeilen en er slingerde altijd wel beschermkarton rond op het terrein van Miltons,' zei Boris. 'Dus dat was waarschijnlijk het minste probleem.'

'Waarom Miltons?' zei Winter.

Boris keek hem weer aan. 'Waarom, waarom, waarom, niet overal is een antwoord op. Waarom is de aarde plat? Waarom draait de zon rond de aarde? Waarom eten sommige mensen slakken?'

'Hoe dan ook, het werkte,' zei Halders. 'Street is nooit gevonden.'

'Tot nu toe dan,' zei Boris. 'Zo goed was het dus ook weer niet bedacht.'

'Misschien dacht de metselbende dat Miltons Mekaniska in de toekomst op de monumentenlijst zou komen te staan,' zei Halders.

'Met die rooie rakkers in de gemeenteraad?' zei Boris. 'Ze wilden alles slopen en dat hebben ze ook gedaan.'

Dick Forsman liep het politiebureau van Värnamo in de Storgatan binnen. Het was niet groot, noch het bureau, noch de straat. Wat raakte je snel gewend aan meer ruimte. Hij was gewend geweest aan nog minder.

Bij de receptie zat een politieagent in uniform. Waarschijnlijk werken hier niet veel rechercheurs. Misschien was hij wel de eerste die ze ontmoetten. Hij zou willen dat hij wat ouder was, alleen voor nu.

De politieagent keek op. 'Ja?'

Dick stelde zichzelf voor.

'Juist ja, de man uit Göteborg.'

De man in uniform stond op en liep weg.

Hij kwam terug in gezelschap van een man in burgerkleding: een overhemd en een grijze broek die er comfortabel uitzag.

'We hebben elkaar eerder gesproken,' zei de man terwijl hij zijn hand uitstak.

Dit was Nils Ejesjö, de gewichtige klootzak die hij aan de telefoon had gehad.

'Welkom,' zei Ejesjö. 'Kan ik je een kop koffie aanbieden? Je hebt immers een lange reis achter de rug.'

Dick wist niet of de ironie hem zat in de ontvangst, de koffie of de genoemde reis. Maar hij was ongewild geïmponeerd.

'Ik ben wat laat,' zei hij. 'Het is een grote stad.'

'Inderdaad.'

'Er was geen plaats op jullie parkeerterrein. Groot team.'

Ejesjö keek naar de klok.

'Als we opschieten, kunnen we met de tweede ploeg een kopje drinken in de kantine. Straks komt de derde ploeg en die heeft geen zin in achterblijvers.'

Dick volgde hem naar een kamer pal achter de receptie: een tafel, drie stoelen, een magnetron, een waterkoker en een kleine koelkast.

Ejesjö opende de koelkast. Dick zag een fles ketchup en een tube mosterd. Dat leek alles te zijn.

'Ik ben bang dat de melk op is,' zei hij en hij keek Dick aan. 'Of beter gezegd, we hebben nooit melk gehad. Iedereen hier drinkt zijn koffie zwart. Als je wilt, kan ik iemand sturen om melk bij de Coop te halen.'

'Nee, nee.'

'Het is geen moeite,' zei Ejesjö.

'Ik ben bij de familie Bartow op de Rönnbärsvägen geweest,' zei Dick. 'Of bij degene die op dat moment thuis was. De vader.'

Ejesjö vulde de waterkoker en keek op: 'Met hem valt niet te spotten.'

18

Het huis in Hinsholmen lag in de schaduw. De zon stond op het punt onder te gaan achter de kranen aan de Hisingenkant.

Niemand had het gras gemaaid sinds het was ontwaakt uit zijn winterslaap. Bloemen en onkruid deelden de bodem met de gewone grasssprieten, een niet gemaaid gazon is veel meer dan een gekortwiekt gazon: het is lelijk en mooi in een zalige mengeling. Winter zou een zalige mengeling krijgen op zijn perceel aan zee, het zou er nog zaliger worden dan het er nu al was. Het enige wat er nu nog nodig was, was een voltooide bouwtekening en een bouwvergunninkje.

Struiken en bomen stonden als beschutting rondom het huis voor hem. Wie dat wil kan de beschutting hoog laten groeien. Uiteindelijk kan niemand de deur meer vinden. Maar hij vond hem. Het was dezelfde deur die Lars Brendner op een vreselijke avond had geopend.

Hij drukte op de bel, het geluid galmde door het huis. Je kon horen dat het huis leeg was en dat al een generatie lang. Of bijna leeg. De vrouw die nu de deur opende woonde er tenslotte.

Winter had van tevoren gebeld. Ze had de telefoon opgenomen nadat die vele malen was overgegaan. Hij drong zich op. Het was de enige manier, zich herhaaldelijk opdringen.

'Neem me niet kwalijk dat ik weer opduik,' zei hij nu.

Ulla Brendner liep weg, liet de deur open zodat hij hem achter zich dicht kon trekken.

In de woonkamer brandden geen lampen, wat overbleef, was zogenaamd natuurlijk licht, dat niet zo natuurlijk aanvoelde. Niets daarbinnen voelde natuurlijk aan. Winter had het koud, maar het was geen kou. De lucht was leeg.

Mevrouw Brendner zat al op de bank. Winter ging in de fauteuil ertegenover zitten. Hij zou geen kop koffie aangeboden krijgen en dat wilde hij ook niet, het was te laat op de dag voor koffie, een kleine espresso misschien na een uitstekende maaltijd, maar hij zou vanavond geen lekkere maaltijd krijgen, de late lunch bij Manfreds moest volstaan.

'Sara's toestand is iets verbeterd,' zei hij.

'Ik heb het gehoord. Ik heb het niet gezien. Kwam u daarvoor hier?'

'Onder andere.'

'Wat nog meer?'

'Iemand heeft ingebroken in het huis van Sara en Richard.'

Ze keek hem aan.

'Wanneer?' vroeg ze.

'We weten niet precies wanneer. Een buurman sloeg alarm.'

'Wat is er gestolen?'

'Dat weten we niet. Alles leek in orde.'

'Hoe weet u dan dat er is ingebroken?'

'Dat kun je zien.'

'Juist.'

'Ik wil graag dat u met me meekomt naar het huis. Misschien kunt u zien of er iets ontbreekt.'

'Nee,' zei ze.

'Nee?'

'Ik ben daar al lang niet meer geweest. Ik wil er nu niet naartoe.'

'Wanneer was u er voor het laatst?'

Ulla Brendner antwoordde niet. Ze keek niet naar Winter. Hij was niet hier, in dit huis.

'U kunt helpen,' zei Winter.

'Waarom zou iemand daar inbreken? Of hoe je het ook wilt noemen.'

Winter antwoordde niet, liet haar doorpraten, mocht er een vervolg komen.

'Iemand moet hebben geweten dat het huis leegstond. Gebeurt dat niet de hele tijd?'

'Ik weet het niet,' zei Winter.

'Weet u dat dan niet? Een inspecteur zou dat toch moeten weten?'

'Bewaarde Sara geld in huis? Of haar man?'

'Sara had niet zoveel geld. Wij hielpen haar.'

'Wie zijn "we"?'

'Gunnar en ik. Haar oom.'

'Stuurde hij geld naar Sara?'

'Hij stuurde het naar mij. Niet rechtstreeks naar haar.'

'Waarom niet?'

'Dat... heb ik hem nooit gevraagd. Zo deden we dat gewoon.'

'Wist Sara dat haar oom haar geld stuurde via u?'

'Dat hoefde ze niet te weten. Ze wist dat ik haar hielp. Meer hoefde ze niet te weten.'

'Waarom is haar niet verteld dat Gunnar erbij betrokken was? Wilde ze niets met hem te maken hebben?'

'Ze ging hem toch af en toe opzoeken, of niet soms?'

Winter keek naar de vrouw en gaf geen antwoord.

'Niemand dwong haar om dat te doen,' zei mevrouw Brendner.

'Misschien had ze zelf het gevoel van wel.'

'Dat denk ik niet.'

'Er is iets gebeurd waardoor ze gedwongen werd,' zei Winter.

'Wat zou dat zijn?'

'Dat kan ik u ook vragen.'

'Ik heb geen idee wat het zou kunnen zijn.'

'Het kan te maken hebben met de inbraak.'

'Dat zijn gissingen,' zei ze.

'Soms zijn beredeneerde gissingen het enige wat we hebben,' zei Winter, 'in het begin. We toetsen ze een voor een.'

'U kunt me niet dwingen om naar hun huis te gaan. Niemand kan me dwingen. Heb ik niet genoeg geleden?'

Winter had vissaus in huis. Hij sprenkelde een paar druppels over de gebakken rijst en nam het bord mee naar de woonkamer. Avondeten. Rijst en eieren en in reepjes gesneden groenten. Het was bijna elf uur, maar hij had nu pas honger. Hij beet in een geroosterde Spaanse peper en voelde de hitte. Spaanse peper als metafoor voor iets, het leven misschien. Hij zette de computer aan en zocht in de documenten. Richard Malm moest Sara jarenlang hebben gesteund. Alleen God wist waar ze het over hadden gehad. Wat ze hem had verteld. Winter voelde de frustratie in zijn lichaam. Hij wilde deze cold case weer heel heet maken, *muy muy caliente* wilde hij hem maken. Misschien was hij er de man niet voor.

De vaste telefoon rinkelde op zijn plek naast de balkondeur.

'Wat ben je aan het doen?' vroeg Angela.

'Avondeten eten. Gebakken rijst.'

'Lekker,' zei ze.

'Wat hebben jullie vanavond gegeten?'

'Tortilla. Ansjovisbroodjes. Elsa's wens.'

'Je moet als ouder wel iets goed gedaan hebben als je kind ansjovis eet.'

'Kinderen houden van zout,' zei ze.

'Precies.'

'Wat doe je verder nog?' vroeg ze.

'Ik vraag me af of ik klaar ben als artiest.'

'Je bent in elk geval nog niet klaar als iemand met zelfmedelijden.'

'En bedankt. Wanneer had ik medelijden met mezelf?'

'Wanneer niet?'

'Dat heet melancholie,' zei hij.

'Alleen in de bovenklasse.'

'Daar horen we bij.'

'Spreek voor jezelf.'

'Diep vanbinnen ben ik rood,' zei hij.

'Ik heb daar meer ervaring mee dan jij,' zei ze. 'Hoe rode zielen eruitzien.'

'De DDR was niet rood. Het was zwart en bruin.'

'Vertel me dan maar wat het echte rood is,' zei ze.

'De sociaaldemocratie in haar beste tijd,' zei hij.

'Je hebt natuurlijk gelijk.'

'Zeker weten.'

'Heb je gedronken?'

‘Klink ik alsof ik gedronken heb? Ik heb niet gedronken. Het plezierdrinken is voorbij.’

‘Dus wat blijft er over?’

‘Een huis aan zee.’

‘Je hebt toch wel naar mijn wijzigingsvoorstellen gekeken?’

‘Ga ik doen. Uiterlijk morgen. Dan bel ik je en nemen we het door.’

‘Wanneer denk je dat de schop de grond in gaat?’

‘Zodra we al het papierwerk hebben afgerond,’ zei hij. ‘Ik ben er momenteel mee bezig.’

Dick Forsman en Nils Ejesjö waren weer terug op Ejesjö’s kamer. Er hingen een paar GEZOCHT-posters op een publicatiebord dat uit de jaren zeventig leek te komen. Net als de posters. Dick kende de jaren zeventig van horen zeggen, en hij wist vooral dat de rockmuziek toen vaste voet aan de grond had gekregen en in 1980 volwassen was geworden met ‘The River’ van Springsteen.

Het gezicht van Lukas Bartow hing er niet tussen. Hij was Ejesjö’s zorg niet. Dick vroeg zich af wanneer Ejesjö dat zou zeggen. Het zou zeggen en hem zou terugsturen naar de Göta älv.

‘Lukas daagde zijn vader op een nogal ongebruikelijke manier uit,’ zei Ejesjö.

‘Op wat voor manier?’

‘Je kent de bevolkingssamenstelling van Värnamo, toch?’

‘Heb je het over religie?’

‘Ik heb het over vrije kerken.’

‘Ik kom uit Sävsjö,’ zei Dick.

‘Ik vond al dat er iets vreemds aan je was. Maar Sävsjö is een heidens Vikingdorp vergeleken met Värnamo.’

‘Het Jeruzalem van Småland.’

‘Dat klopt. Jönköping heeft ten onrechte die bijnaam gekregen. De aanhangers van de pinksterbeweging hier zijn er boos over.’

Ejesjö wierp een blik door het raam, alsof hij wilde zien of er een heilige voorbijkwam. Dick zag verschillende mensen en ze waren waarschijnlijk allemaal zo zelfingenomen en heilig als de pest.

'Een paar splitsten zich af,' zei Ejesjö. 'En toen werden het er een paar meer.'

'Een sekte?'

'De pinkstergemeente was voor hen niet sektarisch genoeg, dus het antwoord is ja.'

'En Lukas Bartow was lid.'

'Was dat zo langzamerhand aan het worden. Zijn familie is niet eens gelovig voor zover ik weet, of anders zitten ze bij de staatskerk. En daarin ligt het verraad,' zei Ejesjö.

'Dus hij ging meteen van seculier naar lid worden van een sekte,' zei Dick.

'Daar lijkt het wel op. En hij heeft de stad verlaten. Het gerucht gaat dat hij missionaris was geworden.'

'In Göteborg?'

'Dat weet ik niet.'

'Hoe heet de sekte?'

'"De Kinderen".'

'Wat is dat in godsnaam voor een naam!'

'Niet zo aantrekkelijk voor jou en mij, hè? Maar ze vonden die naam zuiver, mooi en onbezoedeld.'

'Geen "Kinderen van God"? Die bestaan immers al sinds de jaren zestig.'

'Nee, gewoon "De Kinderen". Ik weet niet of er zoveel kinderen in de sekte zijn. Maar die zijn er vast en zeker.'

'Hoe goed houden jullie hen in de gaten?'

'Helemaal niet. Dat moet je Säpo vragen.'

'Hebben jullie geen ledenlijsten?'

'Net zomin als we lijsten hebben van alle ongestrafte criminelen in de provincie,' zei Ejesjö, 'maar dat wil niet zeggen dat ik geen namen heb.'

Winter keek naar het gezicht van de tienjarige Sara, vergrootte het, verkleinde het. Het was alsof de ogen hetzelfde bleven, wat er ook met het gezicht gebeurde, even grote ogen, even kleine, dit was van voor de moord, twee maanden ervoor was hij te weten gekomen; haar moeder had Sara meegenomen naar een echte fotograaf voor een echte studiofoto.

Nu waren Sara's ogen gesloten daar in het Sahlgrenska-ziekenhuis. Doe ze open zodat we hier een eind aan kunnen maken. Haar zwijgen is geen echt zwijgen. Het is gewoon afwachten. Afwachten is de ergste staat van leven, een niets. Een bevroren foto.

Winter stond op, rekte zich uit. Het werd tijd voor vreugde, jubel, hij kon zijn lichaam bewegen, zelfs vergeten dat het er was in zijn gewichtloze toestand. Hij was gelukkig, juichte, maar slechts heel even, zette de balkondeur helemaal open en liep de nacht in.

De lucht was zacht, als een tweede kamer. Er kroop daar beneden geen tram meer voorbij als een glimworm. De laatste rit moest nu wel vertrokken zijn. Er was vrede op aarde, het was midden in de week, de laatste restaurantbezoekers waren naar huis. Hij stak een cigarillo aan en de lucht om hem heen vulde zich met tabaksgeur. Een Belgisch merk, zoals altijd. Hij was jaren geleden gestopt, maar tijdens die lange heerlijke dagen in Spanje weer begonnen en had de gewoonte mee terug genomen naar Zweden. Hij had het onder controle, één kankerstokje per avond, hoe later hoe beter, zoals nu. Het probleem was dat hij er onmiddellijk zin in whisky van kreeg, dus ging hij terug de kamer in en schonk twee vingers Glenfarclas in, de eerste van de werkdag. Toen hij het balkon op liep met het glas zag hij de gestalte beneden.

Dick had een lijst met namen en adressen. Maar hij ging eerst terug naar de Rönnbärsvägen, langs de villa's in het zuiden rijden, oude en nog oudere. Er scheen een gezellig licht door de ramen, alsof alles pais en vree was daarbinnen, maar Dick wist beter. Hij was naar huizen geroepen waar de ramen naar de straat toe vrede uitstraalden, maar daarmee hield het dan ook op. Hij was bij genoeg zaken betrokken geweest voor een heel leven donkere herinneringen. Het ergste waren de vermoorde kinderen, achter de ramen met adventskandelaars of vogels van kleurrijk karton. Wat is dat voor wereld? Het is mijn wereld. Ik ben ervoor geschoold. Ik heb er een opleiding voor gevolgd. Maar daarvoor kun je niet opgeleid worden. Op sommige dingen kun je je niet voorbereiden.

Er brandde ook licht in de Bartow-villa, een eenvoudige lamp in het grote raam op de bovenverdieping.

Vader Bartow opende de deur, net als de vorige keer.

'Ik weet nu meer dan de vorige keer,' zei Dick.

De man knikte.

'Kom dan maar binnen.'

'Is uw vrouw thuis?'

'Wat doet dat ertoe?'

Dick stapte over de drempel. De hal zag er net zo uit als de vorige keer, er waren geen maatregelen getroffen voor zijn terugkeer.

'Bedankt dat u met me wilt praten.'

'Ik zal ervoor zorgen dat Lukas dat ook doet,' zei Jens Bartow. 'Als ik hem maar te pakken kan krijgen.'

Sara

Vandaag kwam er een oom op bezoek, hij was groot en lelijk. Ik dacht dat ik hem herkende. Papa en mama zaten in de tuin met hem te praten. Ik mocht er niet bij zijn. Ik hoorde dat ze boos waren. De oom schreeuwde bijna en ik werd bang. Ik rende naar de andere kant van de tuin. Ik dacht dat Missan daar misschien was. Ik heb vannacht gehuild omdat Missan weg is. Ik kan nu niet meer schrijven.

19

Terwijl Winter snel in zijn schoenen stapte, zijn jas aantrok, de deur achter zich afsloot en de liftdeur openduwde, vroeg hij zich af of hij paranoïde was geworden. Prima als dat het geval was, beter één paranoia in de hand dan tien in de lucht. Hij wist tenminste wat de oorzaak was.

Voor zover hij kon zien, was er geen gestalte in het Vasaparken toen hij beneden kwam, maar er had iemand bij de obelisk gestaan die naar hem had staan kijken; niet naar de sterren, niet naar de andere balkons in de buurt, maar naar hem. Hij stak snel de straat over, naar de obelisk. Het was alsof hij alleen op de wereld was. Er bewoog niets rond de Vasaplatsen. Wat als het centrum van Göteborg gold was leeg en doods.

Er stond iemand aan de overkant, tussen Tondénti Barbershop en Tony's trouw- en feestmode. Een silhouet voor een garagedeur. Niet ver weg. Als Winter ging hollen, zou hij een nieuw record kunnen vestigen. Hij stond stil, de gestalte stond stil. Het was dezelfde gestalte die hij vanaf het balkon had gezien.

'Hé!' riep hij. 'Hallo!'

Er kwam geen reactie en geen beweging. Winter probeerde zijn blik te focussen om te zien of zijn ogen, zijn hoofd, zijn mentale toestand hem voor de gek hielden, maar het silhouet bewoog niet. Een moment dacht hij dat het een van Tony's etalagepoppen was, die overdag buiten was gezet en met sluitingstijd was vergeten, maar dat leek niet waarschijnlijk.

'Wat wil je?' riep hij.

Iemand wil me herinneren aan zijn aanwezigheid. De persoon die daar staat wil dat ik hem zie. Het is een waarschuwing. Hij had al ver weg kunnen zijn, maar hij staat er nog steeds. Het lijkt een man, maar tegenwoordig kun je dat niet zeker weten.

'Ik sta hier,' schreeuwde hij. 'Je kunt hier komen, klootzak. Kom hier!'

Winters mobiel ging, een zacht geluid in de binnenzak van zijn jas. Hij haalde hem tevoorschijn. Geen nummerweergave.

'Ja?'

Stilte.

'Ben jij dat?'

Geen antwoord. Hij zag geen beweging aan de overkant van de straat. Hij zag een elegante mannelijke etalagepop met een elegante vrouwelijke etalagepop in Tony's etalage, een bruid en bruidegom. Ze waren op weg naar of net terug van de trouwceremonie. Ze keken hem glimlachend aan en vroegen zich misschien af waarom hij nog niet met zijn geliefde was getrouwd. Wij zijn zoals jij geweest, leken ze te zeggen, en jij kunt worden zoals wij. Hij had die sententie in steen gebeiteld zien staan boven de poort van een begraafplaats even buiten Enna in het midden van Sicilië. Hij was jong geweest. Die waarheid was toen niet relevant geweest. Nu was die dichterbij gekomen. Hij verplaatste zijn blik naar rechts en de gestalte was verdwenen. Winter begon te rennen. Een paar tellen later was hij er. De garagedeur was op slot, een zware deur die hij niet kon intrappen.

Hij liep terug. Het neonlicht scheen fel en goed zichtbaar boven Vasagrillen in de hoek van het park. De snackbar was gesloten. Het rook nog steeds naar worstjes en hamburgers voor het loket rechts. Nee, natuurlijk niet. Het was zijn fantasie. Die had hem vanavond helemaal hierheen geleid. Waar zou hij de volgende keer belanden?

Er komt een moment in de avond of nacht dat de slaaptrein niet langer kan blijven staan maar het station uit rolt om nooit meer terug te keren. De slaaptrein van Winter was aangekomen en vertrokken. Het was niet de eerste keer. Zijn tinnitus bemoeilijkte het inslapen. Overdag verdrong hij de fantoomgeluiden in zijn hoofd, maar dat was onmogelijk als alles in de wereld stil werd. De verzamelde wetenschap wist twee dingen: tinnitus is geluid dat geen externe bron heeft en het is geen ziekte, maar een symptoom. Die kennis was verdomd nuttig voor hem. Het enige wat hij de rest van zijn leven moest doen, was op zoek gaan naar de interne bron en zoeken naar de oorzaak van het symptoom. Niemand kon hem daarbij helpen, maar daar stond tegenover dat hij de rest van zijn leven had om te zoeken, want tinnitus gaat niet meer weg als die eenmaal in je hoofd zit.

Whisky dempte het geluid, tot op zekere hoogte. Het was beter om de medicatie laag te houden, twee vingers, drie.

Hij zette de fles weg, zocht in de documenten op de computer en haalde de films tevoorschijn, video-opnames van dertig jaar oud die door de technici vakkundig gedigitaliseerd waren.

Eerst onscherp, toen scherpgesteld op een muur, daarna scherpgesteld op het gezicht van een meisje. Winter was kalm, maar natuurlijk deinsde hij terug, hij was een mens, niet alleen een hoofdinspecteur, hij was ook een vader.

Het meisje hield haar ogen op een punt buiten de camera gericht, op de ondervrager: Bengt Lassander. Zijn stem bleef voor eeuwig klinken toen zijn lichaam het aardse leven verliet. Lassanders stem was ongewoon licht, lichter dan Winter zich herinnerde, maar toen besefte hij dat Bengt dat voor het meisje deed; een brommende bas is niet bevorderlijk voor het verhoren van kinderen. Misschien hielp een grote oude man die op weg was naar zijn pensioen ook niet mee. Normaal gesproken waren het jongere vrouwen die deze gesprekken deden, maar Lassander had het willen doen en niemand durfde hem tegen te spreken. Hij was een van de beste rechercheurs van de oude afdeling Geweldsdelicten en hij vatte de meeste dingen persoonlijk op, vooral kritiek, maar ook zijn zaken, zoals deze: hij wilde die niet loslaten, en hij wilde vooral Sara aan niemand anders overlaten, afgezien van de mensen met de camera en de microfoon. De zaak was toen nog niet vastgelopen. Lassander was ervan overtuigd geweest dat hij die zou oplossen. Volgens Bertil had zijn oude chef er sinds zijn pensionering elke dag aan gedacht. Winter wilde het estafettestokje niet overnemen om vervolgens zijn oude dag treurend door te brengen. Daar had hij tegen die tijd wel andere redenen voor.

Lassander vroeg het meisje of ze goed geslapen had. Ze antwoordde dat ze dat niet wist. Lassander zei dat hij altijd wat moeite had met slapen. Of liever gezegd, om in slaap te vallen. Hij vroeg of dat bij haar ook zo was. Ze antwoordde van niet. Hij vroeg of ze een knuffel bij zich had in bed. Ze zei ja. Hij vroeg wat voor een. Het was een beer. Hoe heette hij? Hij heette Bosse. Lassander zei dat dat een heel goede naam was voor een beer. Hij vroeg of ze dacht dat beren in het bos elkaar namen gaven. Ze antwoordde dat ze dacht van niet. Toen ze klein was had ze dat misschien wel gedacht. Maar ze was niet klein meer.

Winter bedacht dat dat allemaal twee dagen eerder was geëindigd, toen haar vader was vermoord. Op tienjarige leeftijd was haar kindertijd voorbij. Sommige kinderen krijgen niet eens zoveel tijd, bij lange na niet, maar tien jaar is te weinig.

Haar gezicht was smal en gespannen, alsof ze buikpijn had. Haar lichaam was als een stalen veer, dat zei men altijd, je bent zo gespannen als een veer, zei men. Zijn moeder had het tegen hem gezegd.

'Ik wil met je praten over wat er twee nachten geleden is gebeurd,' zei Lassander.

Sara antwoordde niet. Het was niet zeker of ze het hoorde. Winter wist uit eigen ervaring dat kinderen anders luisteren dan volwassenen, omdat ze kinderen zijn. Getraumatiseerde kinderen verschilden erg van getraumatiseerde volwassenen.

'Twee nachten geleden,' herhaalde Lassander. 'Toen je de explosie hoorde. Je hebt eerder gezegd dat je een explosie hoorde. Dat klopt toch?'

Het meisje knikte misschien, nou ja, ze knikte flauwtjes. Ze had haar blik nu naar beneden gericht, gefixeerd op het tafelblad, dat wit was op de zwart-witfilm. Lassanders gezicht was niet te zien. Kort voordat Winter rechercheur werd bij de afdeling Geweldsdelicten was Lassander al met pensioen. Hij herinnerde zich Lassander als een zwijgzame man, een schaduw die voorbijgleed in de gangen, op weg naar buiten, de nacht in. Recherchewerk is nachtwerk, dat is niet veranderd. Ik zit hier nu, op weg naar de zonsopgang.

'Vertel eens over de explosie,' zei Lassander.

'Het knalde,' zei Sara.
'Waar kwam de knal vandaan?'
'Ik weet het niet.'
'Kwam die van buiten?'
'Nee...'
'Kwam die vanuit het huis?'
'Ja.'
'Voor je deur?'
'Nee...'
'Was jouw deur dicht?'
'Ja.'
'Houd je de deur altijd dicht?' vroeg Lassander.
Ze antwoordde niet. Winter wist dat het een goede vraag was. Het betekende iets.
'Heb je de deur meestal open?' vroeg Lassander.
'Ja...'
'Waarom had je hem dichtgedaan?'
'Ik...' zei Sara en ze viel stil.
'Was je bang?'
Ze antwoordde niet.
'Ben je bang in het donker wanneer de deur dicht is?' vroeg Lassander.
'Ja.'
'Kun je dan niet in slaap vallen?'
'Nee...'
'Dus je was wakker toen je de explosie hoorde?'
'Ja.'
'Wie had de deur dichtgedaan?' vroeg Lassander.
'Mama...'
'Doet ze meestal de deur dicht?'
'Nee...'

Fredrik Halders was op weg uit de duisternis. De nacht hielp. Daglicht is niet goed voor wie verdrietig is.

Hij stond in zijn kleine tuin en keek uit over de stad beneden hem. Aan de andere kant van het centrum stond het huis waar hij onlangs was geweest. Het lege huis. Het fucking dode huis. De hemelsbrede afstand werd verlicht door al het kunstlicht dat in Västra Götaland te vinden is.

Vanavond had hij op de veranda gezeten en met behulp van foto's geprobeerd Sara Brendners leven van toen tot nu te volgen. Ergens op deze foto's van haar leven lag het antwoord. De vraag was al geformuleerd. Soms hadden ze al een antwoord voordat de vraag was gesteld, maar deze keer niet. Sara had zelf de vraag aan hen gesteld: Wat is er met me gebeurd? Ze kon niet antwoorden, zou dat waarschijnlijk nooit kunnen. Ze zou langzaam onder de grens tussen leven en dood zakken. Ze lag nu op die grens. Hij was er gisteren geweest, op de drempel van haar kamer. Ze zag eruit alsof ze sliep, maar hij kon aan haar gezicht zien dat haar dromen niet zoet waren.

Hij hoorde een geluid achter zich en draaide zich om.

Aneta kwam van de veranda naar beneden. Ze had haar ochtendjas aan, maar het was nog geen ochtend.

'Kun je niet slapen, Fredrik?'

'Ik heb het nog niet geprobeerd.'

'Je moet uitrusten.'

'Waarom? Waar moet ik van uitrusten? En ik rust uit. Ik werk. Ik rust uit als ik werk.'

'Ik heb de foto's gezien die je hebt opgegraven,' zei ze.

'Het is er allemaal,' zei hij. 'Alle ellende is er.'

'Alle antwoorden?'

'Ik denk het wel.'

'Op welke manier dan?'

'Iedereen die met deze onopgeloste, oude rottige zaak te maken heeft, staat op die foto's.'

Ze antwoordde niet.

Ze denkt waarschijnlijk dat het niet zo gemakkelijk is. Dat denk ik ook niet. Maar je moet hopen. Waar zijn we zonder hoop, nergens. Kijk naar mij, een hopeloze vent, maar daarmee is het nu afgelopen.

'Ik dacht eraan dat die man er niet vaak op staat, bijna helemaal niet,' zei hij.

'Misschien staat hij op andere foto's,' zei ze.
'Het is alsof hij niet in dit verhaal thuishoort,' zei hij.
'Hoe bedoel je?'
'Wat was zijn rol hierin? Wat is zijn rol?'
'Zijn er rollen?'
'Hij had een betekenis. Was die groot of klein? Hoe kwam hij eigenlijk in Sara's leven? Wat deed hij in dat leven? Deelde hij het? Uiteindelijk nam ze een beslissing en dat was om tegen een rotswand aan te rijden en ze had besloten dat hij met haar mee zou gaan.'
'Het was misschien niet echt een beslissing,' zei ze. 'Het kan een impuls zijn geweest. Een impulsieve handeling. Jij als geen ander weet alles van impulsieve handelingen.'
'Dat ligt achter me.'
Een sirene van een ambulance loeide plotseling beneden in het neonwoud. Er zat iemand in de problemen. Boven in hun Lunden was het rustig. Geen impulsieve handelingen. Zweden stond wereldwijd bekend als het land zonder impulsiviteit. In Zweden werd iedereen die niet rationeel handelde als verdacht, vreemd beschouwd. Op een gegeven moment kon het iedereen overkomen, maar de prijs was altijd hoog.
'Hij was op de werkplek ook een schaduw,' zei hij.
'Wie?'
'Richard Malm. Schaderegelaar bij Länsförsäkringar. Hij danste niet op tafel.'
'Doen schaderegelaars van verzekeringsmaatschappijen dat normaal gesproken?'
'Je weet wat ik bedoel.'
'Je verwart werk niet met *afterwork*?'
'Geen enkele Zweed doet dat. Daarom zijn we zo belachelijk. We zijn zombies op het werk en na een paar borreltjes in de kroeg denken we dat we 's werelds beste gangmakers zijn.'
'Dan was Richard toch niet zo vreemd?'
'Het lijkt er toch wel op. Ik kreeg die indruk toen ik met de mensen daar sprak.'
'Wie regelt zijn schade?' vroeg ze.

'Wat is dat voor macabere vraag?'

'Het is een relevante vraag, hoe de verzekeringsmaatschappij dit onderzoekt. Wat wás de doodsoorzaak? Ongeluk? Dood door schuld? Moord? Zelfmoord?'

'Misschien wel allemaal,' zei hij.

Ze voelde een koude wind vanaf de berg. Over een paar uur zou de dageraad uit de grond opstijgen. Een lange dag lag voor hen, langer dan gisteren, en dat zou zo blijven tot midzomer. Het zou niet lang meer duren. Daarna zouden de dagen weer donkerder worden. Op de een of andere vreemde manier had ze er nooit aan kunnen wennen, ook al was ze hier geboren en had ze haar hele leven in Göteborg gewoond, op een paar korte onderbrekingen na, toen ze naar de geboortestad van haar ouders was gereisd, Ougadougou in Burkina Faso. Ze had zelf geen kinderen. Daar was ze soms verdrietig over. Het was nog niet te laat, niet voor haar.

'Laten we naar bed gaan,' zei ze. 'Ik ben moe.'

'Denk je dat we dit gaan oplossen, Aneta?' vroeg hij, maar toen stond ze al op de veranda.

20

Jens Bartow had Dick Forsman in de zogeheten woonkamer binnengelaten. Twee wanden waren bedekt met boeken. De derde wand was van glas en keek uit op de tuin en avondlijk Värnamo. De schemering was heel plotseling gevallen toen hij weer door de stad naar de Rönnbärsvägen reed. De duisternis kroop achter de schemering aan als een boze geest. Redde wie zich redden kan!

'Een kleine stad kan verstikkend zijn,' zei Bartow.

'Kán verstikkend zijn? Zijn er uitzonderingen?'

'Is verstikkend dan. Het beste is om in een klein dorpje op het platteland te wonen. Of in een heel grote stad.'

'Waarom doet u dat dan niet?'

'Dat weet alleen God,' zei Bartow.

'Gelooft u in hem?'

'Absoluut niet.'

'Des te meer reden om hier zo snel mogelijk weg te gaan.'

'Lukas heeft het geprobeerd,' zei Bartow. 'Maar om de verkeerde reden.'

'Welke reden was dat?'

'Rekrutering. Religieuze rekrutering.'

'Voor de sekte waar hij lid van was? De zogenaamde "Kinderen"?'

'Je hebt informatie ingewonnen sinds de laatste keer.'

'Een beetje. Weet u zeker dat hij rekruteerde?'

'Hij heeft het niet met zoveel woorden gezegd. Maar ik ben niet dom.'

'Wat zei hij nog meer?'

'We hadden niet veel contact meer nadat hij naar Göteborg was vertrokken. En daarvoor ook al niet.'

'Bent u daar ooit geweest? In Göteborg?'

'Nee.'

'Weet u wie hij daar heeft ontmoet?'

'Geen idee.'

'Heeft hij dat nooit gezegd?'

'Nooit.'

Dick kon hem wel namen geven. De dode Ylva Berg en Jonas Borgman. De psycholoog Hans Thule, die Winter had gevloerd.

'Heb nog nooit van ze gehoord,' zei Bartow. 'Zitten ze in de sekte?'

'Dat weten we nog niet,' zei Dick. 'Ik begin nu pas verband te zien. Sinds ik naar de stad ben gekomen. Lukas was bang. Ik denk niet dat het in de eerste plaats voor mij was. Hij was al bang voordat ik er was.'

'Moord in hetzelfde huis. Wie zou niet overstuur zijn?'

'Hoe weet u dat?'

'Of dezelfde studentenbuurt dan. Ik weet waar hij woont en waar het is gebeurd.'

'Wat denkt u dat hij nu aan het doen is?' vroeg Dick.

'Ik weet het niet.'

'Is hij op weg naar huis?'

'Dat zou nu het beste zijn.'

'Ik wil dat u het me laat weten als hij komt. Of contact opneemt.'

Dick stond op. Hij had daar best lang gezeten. Tussen de vragen door hadden ze over de provinciestad gepraat. Dick kwam uit een stad die met zijn vijfduizend inwoners een van de kleinste van het land was. Daarmee vergeleken was Värnamo *bright lights big city.* Maar voor een Stockholmer was Göteborg een stadje. Voor een Parijzenaar was Stockholm een stadje. Voor een jongen uit Shanghai was Parijs een voorstad. Alles was relatief. Hij voelde zich moe. Hij was niet meer echt scherp. Hij kon beter tot morgenochtend wachten. Hij kon naar zijn vader en moeder in Sävsjö rijden, maar dan werd hij afgeleid van zijn werk. Het was belangrijk werk. Hij was op dreef. Er was een verband. Hij kon Winter of Ringmar bellen en het hun vertellen, maar het was nog te vroeg. Hij had de gesprekken, morgen, met een aantal leden van De Kinderen nodig. Leden van onafhankelijke religieuze groeperingen waren sowieso al moeilijk om mee te praten, maar dit waren duidelijk bijzondere gevallen. Wat een geluk dat hij naar Värnamo was gegaan, vooral omdat hij boos was. Het was geen geluk, het was bekwaamheid. Hij had opeens een waanzinnige honger. Hij was nog maar amper in de auto gestapt of die had toegeslagen. Er was een Scandic in het centrum van de stad, het oude Stadshotellet, een beetje duur misschien, maar met een restaurant. Hij kon het zich veroorloven, misschien diende hij niet eens een reisdeclaratie in, erover gaan zeuren, laat maar zitten, ik moet eten en slapen en morgen lossen we deze zaak op. Los ik de zaak op.

Dick Forsman nam een douche, liep de kamer weer in en trok schoon ondergoed en sokken en een schoon overhemd aan. Er lag altijd een kleine tas in de auto met een schoon setje kleren. Je wist maar nooit. Zoals nu. Een nacht in hotel Statt in Värnamo. Als iemand dat tegen hem had gezegd toen hij op de politieacademie zat, was hij gillend als een gek weggerend, naakt, met zijn ondergoed in zijn hand, weg van *the horror*. Toch zat hij hier. En het was zo slecht nog niet. Hij zat midden in een zaak die hij als een span paarden opjoeg. Hij had een avond en een nacht om zijn volgende stappen te plannen, en hij had nog niet gegeten in het restaurant, dat er goed had uitgezien toen hij het bekeek nadat hij had ingecheckt. Alles zag er hier mooi uit, alles was ingericht in vintage jarenvijftigstijl, eigenlijk uniek in zijn schoonheid. Hij had het zich niet kunnen voorstellen.

In de bar bestelde hij een bier van de tap en ging zitten met het notitieboekje waarin hij de namen en adressen had opgeschreven die hij van Ejesjö had gekregen op het politiebureau. Adressen in verschillende delen van de stad, hij markeerde ze op de kaart in zijn telefoon. Geen waarschuwing vooraf. Mensen waren thuis of in Gods huis of in het huis van Zijn kinderen en dan zou hij ze ook vinden.

Zijn mobiel ging.

'Hoi Lena.'

'Ben je nog steeds in Värnamo?'

'Ja.'

'Wat is er aan de hand?' vroeg Lena Kallender.

'Iets groots.'

'Wat ben je aan het doen?'

'Ik zit in de bar van het stadshotel.'

'In jouw wereld moet dat groot zijn.'

'Wacht jij maar.'

'Waarop?'

Hij vertelde.

'Het zou iets kunnen zijn,' zei ze.

'Meer dan dat.'

'Ik hoop dat die Kinderen geen tijd hebben gehad om zich voor te bereiden.'

'Dat ze gewaarschuwd zijn, bedoel je?'

'Ja.'

'Wie zou dat doen?'

'Ik denk niet dat je komst in de stad een geheim is.'

'Ik ben hier niet gekomen in een Cadillac met zwaailichten.'

'Iedereen kent iedereen, dat zou je moeten weten.'

'Verdenk je de collega's op het bureau?' vroeg hij.

'Nee.'

Dick keek om zich heen in de bar, die bijna leeg was. Twee vrouwen van zijn eigen leeftijd zaten aan een tafel in het midden van de kleine ruimte. Hijzelf zat aan de bar. Een oudere man zat verderop aan de bar. Dat was alles, behalve de jonge barman.

Hij kon delen van het restaurant zien. Ook daar was het geen groot feest.

'Als ze morgen niet thuis zijn, is dat ook verdacht, toch?'

'Je hebt waarschijnlijk gelijk,' zei ze.

'Ik heb altijd gelijk,' zei hij, 'zelfs als ik het mis heb, heb ik gelijk.'

'Hoeveel bier heb je op?'

'Een halve.'

'Ik denk aan morgen.'

'Wat kan er gebeuren?'

'Uitgaande van jouw theorie, van alles. Er zijn twee mensen

vermoord en één wordt vermist. Als het met de religieuze sekte te maken heeft, is het vrij ernstig.'

'We hebben het hier over Värnamo.'

'Kwam daar niet het kwaad vandaan?'

'Bedoel je in het algemeen of specifiek in deze zaak?'

'Ik bedoel alleen dat je het serieus moet nemen. Wees alsjeblieft voorzichtig. Bel me morgenochtend. Heb je Winter of Ringmar gesproken?'

'Nog niet.'

'Doe dat.'

'Morgen heb ik meer te vertellen. Geen nieuws over Lukas Bartow?'

'Hij is in elk geval niet thuisgekomen op z'n kamer in Sannabacken.'

Een van de vrouwen aan het tafeltje een stukje verderop keek hem iets te lang aan. *Dark handsome stranger in town*. Ze vroeg zich natuurlijk af wat hij daar deed. Geen handelsreiziger. Iets spannenders.

'Ik spreek je morgen, Lena,' zei hij en hij hing op.

Nu keken de twee vrouwen hem aan. Ze waren beiden niet lelijk. Ze hadden zo in een bar in de grote stad kunnen zitten. Er bestonden vooroordelen over vrouwen in kleine steden, maar deze twee hielpen ze om zeep.

Hij bestelde nog een biertje. Hij kreeg het en stond op, liep naar de eetzaal. Toen hij langs het tafeltje met de vrouwen liep, zei de blonde iets tegen hem.

Winter sliep de slaap der onrustigen en had nare dromen. Zijn dochter Elsa stond voor een camera en dat dwong hem wakker te worden.

In de woonkamer zette hij de computer aan en Sara's gezicht werd zichtbaar, verstijfd van angst. Dat was het, angst. Waar ze ook was, ze zou bang zijn.

Ik kan niet meer slapen, niet meer dromen. Ik kan heel vroeg ontbijten. Koffie en een geroosterde boterham met abrikozenjam. Het zal overal in huis lekker ruiken.

Dick werd wakker in zijn hotelkamer, tot zover alles goed. Na een paar seconden begon hij het zich te herinneren, maar slechts een beetje, zo lang mogelijk zo weinig mogelijk.

Hij was aan de tafel van de vrouwen gaan zitten. Ze hadden gepraat. De ene was donker en de andere blond. Hij bestelde een cocktail, de avond was nog jong. Hij dronk zelden cocktails of sterkedrank. Hij nam er nog een. De vrouwen bleven bij hun wijn, zag hij.

Met elk slokje leek de eetzaal verder weg te liggen. Zijn honger was verdwenen, hij had tijd genoeg, de avond was nog jong, hij had leuk gezelschap, hij had de beste baan ter wereld maar hij was niet zo verdomde stom dat hij erover vertelde. Hij zei dat hij in de IT werkte en meer hoefde er niet gezegd te worden, dat is voor veel vrouwen de grootste afknapper die er maar is. Alleen nerds willen vervolgvragen stellen aan een IT'er en deze dames waren geen nerds, zoveel kon hij wel zien, ze waren heel erg knap, vanaf het begin al en nu, na vier cocktails en nog een biertje zagen ze er woest aantrekkelijk uit, sexy bij de gratie Gods en zo ver van een religieuze sekte verwijderd als maar mogelijk is. Of niet, er zijn immers verhalen, *hooker for Jesus* in de Verenigde Staten, daar had hij over gelezen. Toen hij er alleen maar aan dacht en weer naar de dames keek, werd hij hard, hij had een gloeiende ijzerspies tussen zijn benen, *Dick Pick*. Er was niets om je voor te schamen, hij was een man, hij was vrijgezel, hij was zijn eigen baas. Hij bestelde nog een glas, het laatste voor vanavond. Hij was prima in vorm, morgen zou hij prima in vorm zijn en op verschillende adressen in Värnamo de cruciale vragen stellen en de moordsekte ontmaskeren.

Dick had zijn ogen nog steeds dicht. Zolang hij zijn ogen gesloten hield, was alles goed. Hij wilde dat hij blind was. Hij wilde dat hij geheelonthouder was. Hij wás bijna geheelonthouder, hij begreep niet wat er was gebeurd. Hij wilde het niet weten.

Hij kwam met een bonzende pijn in zijn hoofd overeind; die zou daar de hele dag blijven zitten en bovendien steeds zwaarder worden. Hij ging liggen. De druk op zijn voorhoofd en ogen werd iets minder. Hij sloot zijn ogen weer en opende ze opnieuw toen hij zich realiseerde dat de kamer vol daglicht was. Het was dus ochtend en bovendien een ochtend met zonneschijn, een fonkelende lentedag op komst, verdomme. Toen hij weer overeind kwam en vervolgens opstond, voelde hij zich in één klap hondsberoerd. Hij strompelde met braaksel in zijn mond door de kamer, klapte de wc-deksel omhoog en braakte minutenlang, voor zijn gevoel. De geluiden die hij maakte waren ook niet leuk, in Australië noemden ze het *talking to God on the big white telephone*, hij had het ergens gelezen en gelachen, maar het was niet grappig meer, helemaal niet grappig zelfs.

Hij voelde zich nu iets beter, veegde zijn mond en gezicht af en ging op de grond naast de toiletpot zitten. Stukjes herinnering flitsten door zijn hersenen als gescheurde stukjes stof. Hij herinnerde zich een beha, een borst, of twee, of vier. Mijn god, hij herinnerde zich lippen op zijn geslacht, of was het een droom, blond haar, donker haar, hij had zich misschien in het paradijs gewaand op dat moment, maar nu was hij zo diep gevallen als maar mogelijk was, en over mogelijk gesproken, ergens in de loop van de nacht moesten de vrouwen zijn vertrokken en daarna moest hij de slaap der rechtvaardigen hebben geslapen, machteloos als hij was geweest, iedereen had van alles met hem gedaan kunnen hebben, bij die gedachte alleen al werd hij weer kotsmisselijk en hij hees zichzelf over de rand van de toiletpot en gaf weer over. Hoeveel vergif kon er in hem zitten, ze moesten GHB of andere rotzooi in zijn cocktails hebben gedaan. Hij kon zich niet herinneren dat hij de bar had verlaten, dat hij naar zijn kamer was gegaan, hij herinnerde zich nu dat hij geen avondeten had gehad, hij had de hele dag nauwelijks iets gegeten, dat was misschien een excuus voor sommige dingen, maar niet voor zijn stommiteit, daar was geen excuus voor. Die is er, die zal er blijven. Ik heb mijn hele carrière verwoest in een paar uur, maar die was ook niet voor mij weggelegd, ik heb mijn pistool, ik kan net zo goed het zogenaamde proces verkorten, nee, dat is te laf, waar is het pistool trouwens, waar heb ik het pistool gisteren gelaten toen ik voor het eerst in deze verdomde kamer kwam, het pistool? Waar heb ik het pistool verstopt?

Winter fietste naar het politiebureau in de warme ochtendzon. Hij had drie uur geslapen en dat moest maar genoeg zijn. De fietstocht kikkerde hem op. Hij fietste over Heden, waar, door het marktmechanisme, steeds meer werd afgeknabbeld. Een grote 'lege' ruimte midden in het centrum was iets duivels in de ogen van de kapitalisten. Heden was ten dode opgeschreven en zou nog tijdens zijn leven verdwijnen.

Ze hielden het overleg in een van de nieuwe vergaderruimtes. Er stond geen koffiezetapparaat in de kamer. Dit was geen plek voor gezelligheid.

'Waar is Forsman?' vroeg hij. 'Verkouden?'

Halders lachte, kort en hard.

Iedereen wist natuurlijk van Dick Forsmans zwemtochtje. Iedereen was blij dat hij niet verdronken was.

'Hij volgt een spoor in Värnamo,' zei Lena Kallender.

'Leg uit.'

Ze legde het uit.

'Waarom heeft hij geen contact met ons opgenomen?' vroeg Ringmar.

Ze antwoordde niet, wat moest ze zeggen?

'Allemachtig,' zei Halders. 'Dat noem ik nog eens overcompensatie.'

'Niet goed,' zei Winter, 'maar eigen initiatief. Heb je hem vandaag nog gesproken, Lena?'

'Nee.' Ze keek op haar horloge. 'Hij is waarschijnlijk sekteleden aan het ondervragen.'

'Hij loopt in een mijnenveld,' zei Halders.

'Bel hem,' zei Winter.

Dick strompelde de badkamer uit. Het beddengoed zag eruit alsof het in een tyfoon was terechtgekomen, in elkaar gedraaid en van de rand van het bed afglijdend. Op het nachtkastje ernaast lag zijn portemonnee, open. Zelfs van waar hij heen en weer stond te deinen kon hij zien dat zijn creditcards weg waren en de misselijkheid schoot weer in hem omhoog als een klap op de *plexus solaris* en hij haastte zich terug naar de grote witte telefoon en bereikte die bijna.

Nu zat hij op zijn gebruikelijke plek op de grond naast de toiletpot. Als zijn hersenen de juiste signalen begonnen te sturen, zou hij bellen en de kaarten blokkeren. Hij had het nummer in zijn portemonnee. Daar zat het vast niet meer in. Drieduizend keer had hij gedacht dat hij juist dat telefoonnummer ergens anders moest stoppen, maar het was er nooit van gekomen. In dit geval had hij het bijvoorbeeld in de kluis van de kamer kunnen leggen voordat hij naar beneden ging om te eten. Mijn hemel, nu herinnerde hij zich dat hij zijn SIG Sauer in de kluis had gelegd! Niet alles was verloren. Hij krabbelde overeind en strompelde de hal in, waar de kluis was. Welke code had hij in godsnaam ingevoerd? Zijn hersenen waren weer dood, hij stond als ingemetseld in een muur en toen ging zijn mobiel, die naast de portemonnee lag, blijkbaar niet de moeite waard om te stelen. Hij liep terug naar het bed en pakte zijn mobiel en keek op het display. Lena.

'J... j... ja...'

'Dick? Ben jij dat?'

'Jjjj... ja.'

'Je klinkt vreemd. Waar ben je?'

'Op... op de kamer...'

'De kamer? De hotelkamer? Ben je niet aan het werk?'

'Ja... nee... zie... ziek...'

'Ben je ziek?'

'Nou... eh... een buikvirus. Ja... ik moet iets bi... binnen hebben gekregen tijdens het eten gisteren. Werd... vannacht... ziek.'

'Je klinkt echt slecht. Red je het?'

'Ja... nee... geen probleem. Maar ik ka... kan vandaag niet werken. Moet hier blijven, helaas. God... godsamme.'

'Nou, je mag niemand besmetten, toch.'

'Nee...'

'Ik spreek je later vandaag,' zei ze en ze hing op.

Hij bleef staan en staarde naar de cijfers op zijn mobieltje, het waren er te veel. 18... 1882. De code. De code!

Zijn hand beefde toen hij de cijfers intoetste. Het deurtje gleed open. Binnen glom het metaal. Het gezegende pistool. Niet alles was verloren, nog niet.

21

De Wieselgrensplatsen glansde en glinsterde onder de zon, die weer terugkwam naar het noorden, of in elk geval naar de noordzijde van de Göta älv. Mensen stonden opeengepakt te wachten op trams en bussen voor een lange reis naar huis. De gewone mensen die het zo goed en zo kwaad als dat ging volhielden tot het einde van de maand wanneer het salaris kwam, en als dat al kwam, was het misdadig laag. Göteborg was een bijzondere stad in die zin dat er aan de noordkant van de rivier armoede heerste en aan de zuidkant rijkdom, terwijl de meeste Europese steden met rivieren hun rijken in het noorden verzamelden. Londen, Parijs, Boedapest, Rome, Värnamo.

Cacka Isaksson wachtte hen op in zijn woonkamer met de zon in zijn rug. De thuiszorg had hen binnengelaten en was toen vertrokken. In het kleine appartement rook het naar schoonmaakmiddel en koffie. Cacka was een silhouet. Hij zag er krachtig uit.

'Bedankt dat we je weer mogen lastigvallen,' zei Ringmar.

'Jullie storen niet. In deze tijden verwelkom je zelfs smerissen,' zei Cacka.

'Is het zo eenzaam?' zei Winter.

Ze zaten op de bank. De thuiszorg, als dat nog zo heette, had koffie neergezet en koffiebroodjes die er vers uitzagen.

'Alle goede oude cafés in de haven zijn verdwenen,' zei Cacka en hij knikte naar een kaneelbroodje, 'daar kon je nog eens echt fatsoenlijke uitsmijters krijgen.'

'Café Skogen is er nog,' zei Winter. 'Bij Vanmötet.'

'Ik weet wel waar het is. Skogen is er dus nog? Ik vond het vroeger een leuke plek. Ben er al in geen dertig jaar meer geweest.'

'We kunnen er wel naartoe rijden,' zei Ringmar. 'We kunnen nu meteen gaan.'

Winter parkeerde in een van de weinige vrije parkeervakken in de Slottsskogsgatan. Het is net als in de jaren zeventig, of negentig, aan beide kanten vol met auto's, het enige verschil is dat de auto's nu groter zijn en er allemaal hetzelfde uitzien. Geen persoonlijkheden meer.

Ze hielpen Cacka uit de Mercedes.

'Het is net als in de goeie ouwe tijd,' zei hij, 'de smeris helpt je in en uit de politieauto.'

Hij steunde op Ringmar terwijl ze de paar meter naar het oude arbeiderscafé liepen, dat al sinds 1928 bestond. Hetzelfde menu nu als toen: gebakken worst, gebakken spek, gehaktballen, gebakken eieren, gebakken aardappelen, het liefst allemaal op hetzelfde geroosterde sneetje witbrood met mosterd en ketchup. Echt eten. Eten voor arbeiders, maar de arbeiders waren weg, ook al was al het andere er nog wel. De lucht in Café Skogen was zo vettig dat je een afdruk achterliet als je erdoorheen liep, net zoals iemand die in Siberië bij vijfenvijftig graden onder nul buiten loopt.

'Het ruikt hier zoals vroeger,' zei Cacka toen ze aan een tafeltje gingen zitten met een rood-wit tafelkleed. Het was laat in de middag en ze waren de enige gasten. Het was al bijna sluitingstijd. Winter had vandaag nog geen lunch gehad, alleen koffie. Hij vermoedde dat voor Ringmar hetzelfde gold. Cacka had ook nog niets gegeten na een 'nogal laat ontbijt, zeg maar', zoals hij in de auto had verteld.

'Waar heb je zin in?' vroeg Winter en hij keek naar Cacka, die het menu op de muur bestudeerde. 'Wij betalen.'

'De staat trakteert, zeg maar,' zei Ringmar.

'Die is goed,' zei Cacka. 'En omdat ik geen belasting heb betaald, hoef ik niet boos op mezelf te zijn omdat ik mezelf trakteer.'

'Precies,' zei Winter. 'De waarheid is dat het geld uit mijn vermogen komt.'

'Geweldig,' zei Cacka, terwijl hij het menu verder bestudeerde, 'dan wil ik het lekkerste gerecht... eens kijken... gerookte worst en gebakken spek en gebakken aardappelen en gebakken eieren op gebakken brood, dat wordt smullen.'

‘Wij nemen hetzelfde,’ zei Winter en hij stond op.

‘Doe er wat goedgebakken gehaktballen met veel gebakken uien bij, zodat we ook wat groenten krijgen,’ zei Ringmar.

‘De schijf van vijf,’ zei Cacka.

Winter gaf de bestelling door. Hij kreeg een waarderende blik van de moederlijke vrouw die de kassa en de keuken beheerde. Na zo’n maaltijd had hij vanavond zorg nodig, maar dat was het waard.

‘Bestel wat extra gebakken brood,’ hoorde hij Cacka’s stem achter zich.

Ze waren halverwege de maaltijd. Daarbij was tot nu toe stilte vereist. Cacka keek op.

‘Zullen we ter zake komen?’ zei hij.

‘Wanneer je maar wilt,’ zei Ringmar.

‘Van wat ik heb gehoord was geen van de gebruikelijke gangsters erbij betrokken,’ zei hij.

‘Hoe bedoel je?’

‘Niemand leek te weten dat Brendner vermoord ging worden, tot het gebeurde dus,’ zei Cacka, ‘en Street hield zijn mond over het feit dat hij het zou doen.’

‘Is het gebruikelijk dat moorden binnen die kringen bekend zijn voordat ze zijn uitgevoerd?’ vroeg Winter.

‘Soms. Dat weet je wel. Niet dat er zoveel waren in die tijd. Het was niet zoals nu. Toen waren het vooral Zweedse geweldplegers. Nu komen ze overal vandaan.’

‘Als we het bij toen houden,’ zei Winter, ‘wat dachten je maten dat erachter zat?’

‘Een opdracht van een gezagsgetrouwe medeburger,’ zei Cacka.

‘Hoe vaak gebeurde dat?’

‘Niet vaak. Soms nam een wanhopige gek contact op met de motorbendes, maar dat was gevaarlijk en daar kwamen mensen achter. Maar verder... nee. Moord... nooit van gehoord op die manier.’

Hij keek naar zijn bord.

‘Het eten wordt koud,’ zei hij, ‘en mijn moeder zei altijd dat je niet met volle mond moet praten.’

'Laten we eten,' zei Ringmar.

Ze aten weer in stilte. Het varkenszwoerd was zo hard gebakken dat het een delicatesse was geworden en langzaam moest worden genoten. Iedereen weet dat varkensspek het lekkerste vet is. Eendenspek is bijna net zo lekker. Over het algemeen zijn dierlijke vetten het allerlekkerst. De landen die hun eten uitsluitend bereiden met reuzel en vet staan aan de top, zowel op culinair gebied als op het gebied van dichtslibbende kransslagaderen, denk maar aan Hongarije, Denemarken en Tsjechië. Met de hoeveelheid energie die de bevolking daar consumeert, zouden ze moeten kunnen vliegen.

Ze waren bijna klaar. Ringmar maakte zijn bord schoon met het laatste stukje brood. We zouden aan de Middellandse Zee kunnen zitten, dacht Winter, dezelfde gewoonten, alleen de verzadigingsgraad van het vet is anders.

Cacka Isaksson leunde achterover in zijn stoel. Hij zag er nu moe uit, maar niet verdrietig. In de auto had hij gezegd dat hij al vijftien jaar niet meer aan de andere kant van de rivier was geweest, misschien wel langer. Hij was al tien jaar nauwelijks zijn flat uit geweest. De stad was veranderd. Maar hij kende nog steeds mensen. Hij had een telefoon. Hij was niet seniel.

'Wat is er met het geld gebeurd?' vroeg Winter.

Cacka keek hem met een heldere blik aan. Twee staaroperaties. Niemand hoefde meer blind de hemel of de hel binnen te gaan.

'Welk geld? Het geld van Street?'

'Ja.'

'Ik denk niet dat dat er was.'

'Hoe bedoel je?'

'Een dief die plotseling veel geld heeft gekregen is niet bepaald discreet, of hoe zeg je dat. Maar niemand heeft geld gezien voor zover ik weet. Net zoals we Street niet meer zagen, zagen we ook geen geld.'

'Denk je dat hij erin geluisd is?'

'Als hij het heeft gedaan, werd het geld hem afgetroggeld.'

'Liet hij zich gemakkelijk belazeren?'

'Eigenlijk niet.'

'Dus degene die hem inhuurde was overtuigend?'

'Ik weet het niet. Als hij het heeft gedaan, dan werd hij overgehaald. Het kan iedereen geweest zijn. Als ik moest gokken, was het iemand uit de hogere klasse.'

'Waarom denk je dat?'

'Street was onder de indruk van zulke dingen. Hij benijdde chique mensen, bewonderde ze.'

'Hij bewonderde ze zo erg dat hij ze beroofde,' zei Ringmar.

'Precies.'

'Ze moeten elkaar ergens hebben ontmoet,' zei Winter. 'Het lijkt me geen deal die je via de telefoon sluit.'

'Street had een hekel aan telefoons,' zei Cacka. 'Hij had thuis geen telefoon. En mobiele telefoons waren immers nog sciencefiction.'

'Waar zouden ze elkaar ontmoet kunnen hebben? Had Street een favoriete plek?'

Cacka ging verzitten. Hij leek pijn te hebben. De stoel was niet geschikt voor hem, niet voor deze leeftijd. Winter had ook een houten kont.

'Ik denk dat ik naar huis moet en even ga liggen,' zei Cacka.

'Natuurlijk,' zei Winter, en hij stond op. 'Probeer na te denken over de favoriete plekken van Street.'

Buiten scheen de zon als een gek. Cacka steunde zowel op Ringmar als op Winter. Hij voelde licht aan, alsof er niets meer van hem over was dan zijn huid. Winter voelde de stijfheid in zijn slagaders na de lunch, in zijn gewrichten, het bloed dat zich met tegenzin door zijn lichaam bewoog. Kom nog eens terug, had de vrouw in Café Skogen gezegd, en hij had gedacht dat dan wel voor zijn laatste maaltijd zou zijn. Gebakken spek zijt gij, en tot gebakken spek zult gij wederkeren.

Hij draaide het parkeervak uit.

'Kun je langs de Kustroddaregatan rijden?' vroeg Cacka vanaf de achterbank. 'Daar woonden we vroeger.'

Winter reed de kleine rotonde bij Godhem rond, terug naar de Slottsskogsgatan, over het Mariaplan en verder naar het noorden naar de Jægerdorffsplatsen, waar hij afsloeg naar de Kustroddaregatan. Alle gebouwen hier waren gouverneurshuizen van steen en hout uit de negentiende eeuw.

'Helemaal aan het eind,' zei Cacka.

Winter stak de Birgittagatan over en parkeerde vlak voor de Älvsborgsgatan. In de jaren tachtig en negentig was daar een buurtwinkel die Pralinen heette, de winkel was er nog steeds, maar had nu een andere naam. In zijn jeugd kocht hij daar sigaretten. Aan de overkant van de Kustroddaregatan was een buurtwinkel. Daar had hij ook geprobeerd sigaretten te kopen, één keer maar.

'Daar woonden we,' zei Cacka, en Winter draaide zich om. Cacka wees naar de ramen boven de verdwenen winkel.

'Toen Marit klein was, woonden we daar,' zei Cacka. 'Mijn vrouw en ik en kleine Marit.' Hij liet zijn hand zakken, alsof die te zwaar was geworden. Zwaar van herinneringen en verdriet. Loodzwaar.

'Ze groeide hier op,' zei Cacka, terwijl hij om zich heen keek. Twee jonge vrouwen met kinderwagens kwamen voorbij. Uiteraard passeerden ze juist nu, op dit moment. Ze lachten zich een weg door het leven, dat net begonnen was, zowel voor hen als voor de kinderen, het echte leven, dat samen geleefd moest worden tot in eeuwigheid.

'We hebben hier jaren gewoond,' zei Cacka. 'Heel wat jaren.'

'Wil je even uitstappen?' vroeg Ringmar.

'Nee, nee. Rij maar verder.'

Winter sloeg rechts af en nog eens rechts af de Karl Johansgatan in, stopte voor de voetgangers op het zebrapad bij de bunker van Systembolaget, de staatsslijter. De dronkenlappen stonden in groepjes wat te ouwehoeren op het fietspad ernaast. Voor de ingang stond een stumper die de daklozenkrant *Faktum* verkocht. Winter kocht elke nieuwe uitgave van *Faktum* van zijn verkoper bij het Centraal Station. Voor de drankwinkel bij de Jægerdorffsplatsen stond ook een man die *Proletären*, het weekblad van de Communistische Partij, verkocht en die daar al sinds het midden van de jaren zeventig stond. Winter had *Proletären* gelezen om meer te weten te komen over klassenhaat. Hij wilde dat hij wat klassenhaat had meegekregen in zijn jeugd, het moest een goede energiebron zijn.

Cacka mompelde iets op de achterbank.

Ringmar draaide zich om.

'Wat zei je, Cacka?'

'Klootzak,' zei hij zacht, en hij maakte een wegwerpgebaar naar de bunker.

De stroom dorstigen op het zebrapad droogde even op en Winter reed door, stopte voor een rood verkeerslicht en draaide de Oscarsleden op. Cacka draaide zich om en keek een laatste keer naar Kungsladugård. Nooit meer.

Ze reden verder langs de rivier. De nieuwe stad blonk en schitterde aan de noordkant, een Hisingen voor een toekomst die al voorbij was. Vlak voor het Järntorget zei Cacka: 'Neem de oude weg. Ik wil niet weer door zo'n verdomde tunnel. Lundby is meer dan genoeg. Ik word claustrofobisch in tunnels.'

De enorme parkeerplaats ten noorden van Folkets Hus werd belegerd door bouwbedrijven. Een Noorse superkapitalist liet een hotel bouwen. Het werd nog hoger dan al het andere in de stad als Winter het zich goed herinnerde. De trend was om in de hoogte te bouwen. Niemand heeft ergens iets van geleerd. Ga naar Kuala Lumpur en leer, had Ringmar gezegd toen zijn zoon daarheen verhuisde. Die wolkenkrabberstad is echt een hel. Heel Azië is een hel op hoogte. Om nog maar te zwijgen van de Verenigde Staten, maar die waren tenminste nog de eerste.

'Een goede plek om auto's te stelen,' zei Cacka.

'Hè?' vroeg Winter.

'De parkeerplaats hier. Zo verdwijnt de werkgelegenheid voor mijn collega's. Het is net als met Heden. Het wordt kleiner en kleiner.'

'Je hebt helemaal gelijk,' zei Ringmar.

Winter keek in de achteruitkijkspiegel naar Cacka. Bij Skeppsbron knikte de oude man naar een gigantische stenen bouwval die heen en weer leek te zwaaien in de wind.

'Daar was het,' zei hij.

'Wat?' vroeg Winter.

'In dat oude pand zat de Chinese Muur,' zei Cacka. 'Het besloeg de hele benedenverdieping.'

'Het eerste Chinese restaurant in de stad,' zei Ringmar. 'Geopend in 1959, denk ik.'

Winter was er geweest. Iedereen in Göteborg was er geweest. Het was vijf of zes jaar geleden gesloten. Hij was niet in het land geweest voor de laatste maaltijd.

'Jullie vroegen of Street een favoriete plek had,' zei Cacka. 'Ik weet het nu weer. Die was daar.'

Sara

Missan is terug! Ze is ergens geweest maar we weten niet waar. Niemand weet waar ze is geweest! Dit is nog nooit eerder gebeurd. Ze was weg en vanavond was ze thuis! Ze stond gewoon in de tuin. Ze miauwde toen ze me zag! Ik was zo blij. Echt supersuperblij! Dat was het belangrijkste wat er vandaag is gebeurd. Niets is belangrijker dan dat.

22

Tegen de middag knapte Dick Forsman een klein beetje op. De uren daarvoor waren ellendig geweest en tegen lunchtijd had hij zitten dubben over een bezoek aan de dokter of een fles wodka, *hair of the dog*. Maar een tijdje later kwamen zijn maagsappen tot bedaren en kon hij een beetje uitrusten om vervolgens zijn hersenen te gaan gebruiken voor iets anders dan overleven.

Het was duidelijk dat de vrouwen hem iets hadden gegeven wat giftiger was dan alcohol. Daarover moest hij zich later maar buigen, misschien met Ejesjö praten, met het risico dat hij zichzelf belachelijk maakte, de dames hadden waarschijnlijk Värnamo allang verlaten.

Wat hem de meeste zorgen baarde, was de reactie van zijn collega's in Göteborg. Wat dachten zij? Wat had Lena gezegd? Hij stond niet bekend als drankorgel, maar aan de andere kant dacht bijvoorbeeld Halders misschien dat hij een gladde handelsreiziger werd zodra hij in een stadshotel belandde. Dat zou ook niet zo vreemd zijn. Veel mannen gedroegen zich zo na een paar drankjes. Hij had in burgerkleding in een bar gezeten en gezien hoe de mannen van het snelle geld binnenkwamen in hun pak met stropdas, elkaar overschreeuwend over de nieuwste beurssuccessen en hoe ze na het eerste drankje, of halverwege, vrouwen lastig begonnen te vallen. Het meest verfijnde grootstedelijke etablissement veranderde binnen enkele minuten in Landsbro Folkets Park, en ook daarover wist hij mee te praten. Hij was een paar kilometer van Landsbro opgegroeid en ging er in zijn wilde jonge jaren op zaterdagavond naartoe als hij nergens anders heen kon. Op een avond toen hij jong was, hadden Svullo en Eddie Meduza opgetreden. Dat was in elk geval leuk, de act had humor, maar was zo fout als maar kon, niets voor de Parkbar. De Parkbar veranderde in Svulloland toen de Zwedo's arriveerden, uiteraard met de nodige humor en zelfspot. Maar Svullo zelf was verlegen geweest tegenover vrouwen, dat moest ter verdediging gezegd worden. Het gedrag van de Zwedo's kwam voort uit een misogyne angst voor vrouwen. Ik had graag een vriendin gehad. Als ik die had gehad, was dat van gisteravond niet gebeurd. Ik was mezelf niet. Een echte man in een echte relatie neemt zulke risico's niet. Daarvan ben ik overtuigd.

Dick dronk weer wat koolzuurhoudend water. Het was hem net gelukt om te douchen. Hij had de pasjes laten blokkeren, voor wat het nog waard was. Bij de gedachte aan eten werd hij misselijk, maar zijn lichaam werkte. De volgende stap zou zijn om naar buiten te gaan, de zon in, om zijn hoofd leeg te maken, niet van alles, maar van al het kwaad.

Zijn mobieltje op het nachtkastje ging, het geluid was gemeen, deed zijn hoofd bonzen.

'Ja?'

'Hoe gaat het, Dick?'

'Beter.'

'Fijn om te horen.'

'Wat zeggen ze?'

'Wie?'

'Winter en zijn kompanen. Wat zeggen ze ervan dat ik ziek ben?'

'Niemand vindt daar iets van. Het is meer dat je bent vertrokken zonder het ons te vertellen.'

'Ik... dacht dat er niets zou zijn. Dat ik mezelf voor schut zou zetten nog voordat ik überhaupt iets had gedaan. Dat ik geobsedeerd was geraakt nadat die vent ervandoor was gegaan over de rivier. Enzovoort.'

'En dat je een ster wilde worden,' zei Lena.

'Nee, nee.'

'In elk geval kun je naar huis rijden als je je goed genoeg voelt.'

'Moet ik niet met mensen praten?'

'Je moet met ons praten. Winter en Ringmar in de eerste plaats.'

'Ik kan toch nog wel even hier wat verder polsen?'

‘De enige pols die gevoeld moet worden is de jouwe, Dick. Oké?’

‘Oké, oké.’

‘Bel me als je onderweg bent,’ zei ze en ze verbrak de verbinding.

Hij bleef met zijn telefoon in de hand zitten. Zijn hartslag versnelde. Mooi niet dat hij naar huis terugging zonder ook maar één verhoor, of twee.

In de kluis lag de lijst met namen die hij van Ejesjö had gekregen. Slim van hem om die daarin op te bergen, ha! Hij haalde het pistool en het vel papier eruit en ging op het bed zitten om de adressen te bekijken.

Peter Wernersson. Een van de leiders van de geloofsgemeenschap, had Ejesjö gezegd. Dick googelde het adres. De man woonde in het centrum, vlak bij het oude ziekenhuis, waarvan Dick wist waar het lag. Op loopafstand.

Nu stond hij op het plein, vlak bij het hotel. Er was een grote markt, veel kraampjes. Op het Salutorget in het centrum van Göteborg stond er maar één, waar vooral wat wortelgroenten werden verkocht. Zelfs in zijn Sävsjö was de markt beter dan in Göteborg. Waarom deed niemand daar iets aan?

Dick ging naar de dichtstbijzijnde verkoper in de rij en kocht twee bananen. Hij pelde er een, at hem op en dat voelde oké, hij kwam in elk geval niet weer omhoog. Voor de marktkoopman was dat ook vast beledigend geweest. Dick stopte de andere banaan in zijn rechterjaszak omdat hij linkshandig was. Als het erop aankwam moest hij eraan denken dat hij linkshandig was. De moordenaar zou zich immers kapotlachen als Dick een banaan tevoorschijn trok en op hem richtte.

Er hing een geur van gebakken worstjes en gegrild vlees voor de snackbar van Sten Sture. Tot zijn verbazing rook het lekker. Hij was terug in het land der levenden. Dit bewees dat hij gisteren toch niet zoveel had gedronken, het was het gif dat hem knock-out had geslagen. Tegelijkertijd bewees het hele voorval dat hij eigenlijk een regelrechte idioot was. Weg, gedachten, weg. We gaan door, vooruit, *onwards*, *upwards*.

Wernerssons huis was een pand uit de jaren vijftig in een kleine villawijk net voor de mooie oude ziekenhuisgebouwen. Er stond een grasmaaier op het gazon. Er lagen vochtige grassprieten op de machine. Dick kon het versgemaaide gras al van verre ruiken. Voor hem was het de geur van zijn kindertijd, zijn jeugd. In Göteborg moest je ervoor op zoek naar een park en een medewerker van de groenvoorziening. Of een begraafplaats.

Dick belde aan. Hij belde nog een keer aan. Het was doodstil binnen. Hij klopte aan. Niemand deed open.

Hij liep om het huis heen. Een man zat op een stoel op de open veranda. Hij draaide zijn hoofd om toen hij voetstappen hoorde. Hij was niet doof.

'Ik heb aangebeld maar niemand deed open,' zei Dick.

De man bleef zitten. Hij was misschien vijftig. Leek lang, zelfs als hij zat. Hij droeg een korte broek en sportschoenen, een T-shirt.

'Bent u Peter Wernersson?'

'Wie ben jij?'

Dick stelde zich voor.

'Wat wil je?'

'Wij zoeken Lukas Bartow, in verband met een misdrijf,' antwoordde Dick. 'We willen met hem praten.'

'Wie?'

'Lukas Bartow. Hij komt hiervandaan.'

'Zou ik hem moeten kennen?'

'Hij behoort tot de geloofsgemeenschap.'

'Welke geloofsgemeenschap?'

'De Kinderen.'

'Wie zegt dat?'

Peter Wernersson was opgestaan. Hij wás lang. Hij zag er niet uit als een christen. Dick zag nu dat hij een heggenschaar in zijn hand had. Dit was een moordsekte. Charles Manson *all over again*.

'Ik weet dat Lukas lid was van De Kinderen. Daarom ben ik hierheen komen rijden vanuit Göteborg. Ik wil gewoon wat informatie.'

'Dan moet je met hem praten. Niet met mij.'

'Hij is verdwenen.'

'Wat heeft dat met mij te maken?'

'U kent hem. Weet u waar hij is?'

Wernersson antwoordde niet. Hij ging weer zitten, dacht na. Het gras in de achtertuin was niet gemaaid. Dick hoorde auto's wegrijden op de weg bij het ziekenhuis. Een vogel zong, toen nog een. In de verste hoek van het terrein stond een kogelgrill. Alles was normaal in Gods Koninkrijk.

'Ik heb hem lang niet meer gezien,' zei Wernersson terwijl hij opkeek.

'Hoe lang?'

'Weet ik niet. Minstens een jaar.'

'Is hij teruggekomen voor samenkomsten?'

'Samenkomsten?'

'Van de groep. In de kerk.'

'We hebben geen samenkomsten in de kerk.'

'Waarom niet?'

'We zijn daar niet welkom.'

'Waarom niet?'

'Moet je mij niet vragen.'

'Wie dan wel?'

Wernersson antwoordde niet.

'Wat deed Lukas in Göteborg?' vroeg Dick.

'Vermoedelijk student zijn.'

'Wat heeft hij voor jullie gedaan? Voor De Kinderen.'

'Niets, voor zover ik weet.'

'Zijn er nog meer van jullie in Göteborg?'

'Van wie?'

'De Kinderen.'

'Dat hoop ik echt. Maar ik weet het niet.'

'Dus Lukas was alleen?'

'Hij was er eigenlijk nooit echt.'

'O?'

'Zijn geloof was niet bij hem.'

'Hoe bedoelt u?'

'Dat moet je hem vragen.'

Een mobiel ging, het gerinkel van een oude telefoon. Dick bedacht dat hij ook wel zo'n beltoon zou willen hebben. Het voelde veilig. De telefoon bleef rinkelen.

'Neemt u niet op?' zei hij tegen Wernersson.

De telefoon bleef overgaan.

Wernersson haalde hem uit een zak van zijn korte broek. Luisterde. Overhandigde hem aan Dick.

'Het is voor jou,' zei hij.

23

Hans Thule was thuisgekomen uit het ziekenhuis. Thuis was een appartement op de tweede verdieping van de relatief recent gebouwde panden tussen de Odinsplatsen en Stampen. Thule had het moeilijk gehad sinds Winter hem in het trappenhuis in de Alfhemsgatan onderuit had getrokken. Hij zou waarschijnlijk volledig herstellen, maar dat ging wel even duren. Voor Winter voelde het als heel lang geleden. De tijd was voorbijgegaan van nog bijna winter naar bijna zomer. Hij liep langs het kerkhof Stampen, de meest centraal gelegen begraafplaats van de stad, meer dan tweehonderdvijftig jaar oud, aangelegd naast het armenhuis, dat nu was verdwenen. Het kanaal van de armen, Fattighusån, was er nog steeds. Hij had er de afgelopen vijfentwintig jaar vanuit zijn raam in het politiebureau bijna elke dag naar gekeken.

Winter passeerde de poort naar de begraafplaats met DENK AAN DE DOOD ingekerfd boven de massieve poort. Dat zou nooit bij hem opkomen. Hij was een man van het leven. De dood, daar mochten zij op het kerkhof zelf over nadenken, ze hadden de tijd aan hun kant.

Hij had geprobeerd de gedachten aan Sara tussen leven en dood, of Sara tussen leven en een ander leven, los te laten, maar het was onmogelijk, zeker na de ondervragingen van het meisje door Lassander die hij had bestudeerd. Beelden die je niemand gunde.

Thule was nooit gearresteerd. Hij had zich vreemd gedragen, maar naar het er nu uitzag was hij op het verkeerde moment op de verkeerde plaats geweest, was dat alles. Winter was op het goede moment op de goede plaats geweest. Het had Thule zijn leven kunnen kosten.

Hij maakte deel uit van het onderzoek. In elk geval als getuige. Hier woonde hij, Winter stond voor de portiek van een modern gebouw van vijf verdiepingen met strakke lijnen helemaal tot aan de blauwe hemel. Hier beneden was er eeuwige schaduw, de gebouwen stonden dicht op elkaar. Winter belde aan bij de deurintercom. Wat gekraak van binnen: 'Ja?'

'Winter hier.'

Een klik van de deur. Winter duwde hem open. Hij werd verwacht.

Thule stond in zijn deuropening op de tweede verdieping. Winter had uit gewoonte de trap genomen.

'Ik durf het trappenhuis niet in als u in de buurt bent,' zei Thule.

'Verstandig.'

Winter volgde hem door de hal naar een grotere kamer op het westen. Strepen zonlicht vielen tussen de lamellen van de jaloezieën door naar binnen. Het fort Skansen Lejonet was een silhouet achter het raam. De muren van de kamer waren bedekt met boekenkasten. Thule gebaarde naar een leunstoel waarvan Winter het ontwerp herkende, maar de naam van de ontwerper was vergeten. Bruno Mathsson misschien.

'Hoe gaat het?' vroeg Winter.

'Ik heb me weleens beter gevoeld.'

'Dat is spijtig, maar je gedroeg je verdacht.'

'Story of my life,' zei Thule.

'Wat deed je daar?'

'Ik weet het niet. Ik denk dat ik gewoon verdrietig was.'

'Hadden jullie een relatie?'

'Ja.'

'Jonas had een vriendin.'

'Nog. Hij wilde het uitmaken.'

'Op welke manier?'

'Niet door haar neer te schieten in elk geval.'

'Wie heeft Ylva neergeschoten?'

'Ik weet het niet.'

'Wie heeft Jonas neergeschoten?'

'Ik weet het niet. Ik niet.'

'Waarom is hij neergeschoten?'

Hans Thule leek iets te willen zeggen, maar zweeg. De vraag 'waarom' deed iedereen zwijgen. Het antwoord gaat mee het graf in.

'Wat weet je over De Kinderen?' zei Winter.

'De Kinderen?' zei Thule.

'De religieuze sekte.'

'Noem het hoe u wilt.'

'Waren Jonas en Ylva daar lid van?'

'Daar leek het wel op.'

'Wat bedoel je?'

'Jonas had het erover. Hij had een religieuze achtergrond.'

'Wat bedoel je?'

'Hij geloofde in God.'

'Dat doen de meeste mensen, min of meer.'

'U ook, inspecteur?'

'Ik geloof niet in een bebaarde bejaarde in de hemel. Maar ik geloof wel in iets wat groter is dan wijzelf. Anders zou het te zinloos zijn.'

'Dus u denkt niet dat het leven zinloos is?' vroeg Thule.

'Dat moet je mij niet vragen. Jij bent hier de psycholoog.'

'Dit is een vraag voor de filosofen.'

'En het antwoord laat nog op zich wachten,' zei Winter.

'Ze hebben nog maar drieduizend jaar de tijd gehad,' zei Thule. 'Kom over een paar duizend jaar maar terug.'

'Wat weet je over die sekte?'

'Niet meer dan dat Jonas die wilde verlaten. Ylva trouwens ook.'

'Zei hij dat tegen jou?'

'Ja.'

'Zei hij waarom?'

'Hij zag in dat hij daar niet thuishoorde. Niemand hoort thuis in dat soort shit.'

'Heeft Lukas Bartow hem gerekruteerd? En Ylva?'

'Bart... nee, die naam zegt me niets.'

'Heb je iemand anders van de groep of sekte ontmoet?'

'Nee.'

'Met hoeveel zijn ze hier in de stad?'

'Ik weet het niet. Jonas wilde er niet over praten. We hadden andere dingen om over te praten.'

'Zoals wat?'

'De toekomst,' zei Thule, terwijl hij opstond en naar het raam liep. De toekomst was daarbuiten. Hij kon haar zien, maar zijn geliefde zou haar nooit meer zien. Dat is verdriet. Ik ben hier, maar jij bent er niet meer. We zullen allemaal verdriet ervaren. Het is de zinloosheid van het leven. 'We hadden plannen,' zei Thule en hij draaide zich om naar Winter. 'We wilden gaan reizen.'

'Kunnen ze hem vermoord hebben omdat hij dacht eruit te stappen?'

'Ik weet niets over die mensen,' zei Thule. 'Ik weet niet of zij het hebben gedaan. Weet u het wel? Het lijkt alsof u dat wel weet.'

'Ik weet ook niets,' zei Winter en hij stond op. 'Dat is de charme van dit beroep.'

'Het kan niet alleen met religie of God te maken hebben gehad,' zei Thule. 'Dat Jonas en Ylva vermoord zijn. Het moet iets anders zijn.'

'Zoals wat?'

'Dat moet u mij niet vragen. U bent hier de detective.'

'Mijn werk bestaat uit vragen stellen,' zei Winter.

'Ook domme vragen?'

'Juist de domme.'

'Dan moet u uw prestige laten varen,' zei Thule.

Hij trok de jaloezieën omhoog. De kamer stroomde vol licht. De zon begon onder te gaan. De gouden kroon van de leeuw op het fort blikkerde in de zon. Ooit had het vestingwerk de Göteborgers beschermd tegen de vijand: de bewoners van Halland, Skåne en Småland. Die tijd was nu voorbij. De plattelandsbevolking stroomde de stad binnen, de lucht was vol met weerzinwekkende dialecten, de wind neemt geen verantwoordelijkheid.

Het licht deed pijn aan Winters ogen. Hij moest de zonnebril opzetten wanneer hij buiten kwam. Daarna zou hij naar het Sahlgrenska rijden. Hij zou Sara vragen stellen, niet vandaag, maar ooit. Vandaag zou hij naar haar kijken, nadenken, nadenken over haar toekomst. Nadenken over waarom ze in dat ziekenhuisbed lag.

Bertil Ringmar en Fredrik Halders volgden het spoor van Street. Als Street nog had geleefd, zou hij trots zijn geweest. Nog lang na zijn dood beroemd. Een waarschijnlijke moordenaar. Misschien zou hij rust krijgen nu ze de ijskoude zaak opwarmden. Maar de slachtoffers van zijn daden zouden nooit in vrede rusten.

Ze parkeerden op de stoep voor het pand dat twee generaties, bijna drie, de Chinese Muur had gehuisvest. Op 30 juni 2016 werd het laatste bord 'Drie Kleine Gerechten' geserveerd. De Chinese Muur was er de eerste in het land mee geweest. In 2010 redde bouw- en woningtoezicht het pand van de sloop. Niet iedereen was gek in Göteborg. Ringmar herinnerde zich een artikel in de *Göteborgs-Posten* van de laatste dag, waarin een bouwvakker, die al sinds de jaren tachtig bij de Muur lunchte, zei dat 'veel goede dingen verdwijnen' en hij had gelijk, en ongelijk, want alles verdwijnt, zowel het goede als het slechte.

Er reed een tram voorbij. Er was een nieuwe lijn aangelegd tussen het Järntorget en de Skeppsbron. Street en Streetcar. *A Streetcar Named Desire. Tramlijn Begeerte.* Tennessee Williams. De film van Elia Kazan uit 1951. Marlon Brando en Vivien Leigh. Haar personage werd doodgestoken door Anthony Perkins' gecompliceerde moteleigenaar in *Psycho*. De douche en het douchegordijn. Het was helemaal aan het begin van de film. Joeg veel mensen de stuipen op het lijf, inclusief Ringmar toen hij de film de eerste keer zag.

'Heb je *Psycho* gezien?' vroeg hij. 'De film?'

'Hè? Ja, ik heb hem één keer gezien,' antwoordde Halders. 'De douchescène in het begin vergeet je niet.'

'Of Perkins in de kleren van zijn moeder die plotseling de trap afstormt en de hoofdinspecteur doodsteekt,' zei Ringmar. 'Complete shock.'

'Was hij geen inspecteur?'

'Volgens mij niet.'

'Gelukkig hebben we dat niet meegemaakt,' zei Halders.

'De keerzijde van het beroep.'

'We zijn in ons werk nooit getuige van een moord,' zei Halders. 'We komen altijd daarna.'

'Wees daar maar blij om.'

'Ik ben blij. Bijna altijd blij.'

'Daar komt Jinwei,' zei Ringmar.

Winter was halverwege de Allén toen hij zich de foto herinnerde. Hij sloeg af bij het Vasaparken. Hij kon het balkon van zijn appartement zien in de namiddag, dat gebeurde nooit. Midden op een doordeweekse dag bijna thuis zijn, het was bijna stuitend. Als hij vanavond thuiskwam zou hij Angela's commentaar op de tekeningen lezen. Nu passeerde hij de Avenyn weer in tegenovergestelde richting. Overal mensen en auto's en bussen, waar komen we vandaan, waar gaan we naartoe, willen we daarheen. Winter parkeerde in stijl fout voor het huis van Thule, belde aan, verontschuldigde zich dat hij er alweer was, werd binnengelaten.

Hij was terug in de kamer waar het licht naar binnen viel. Het fort met de leeuw was nu duidelijker gemarkeerd, het licht werd scherper naarmate de zon boven Hisingen zakte aan de overkant van het grote water.

Thule keek naar de foto van hemzelf en Jonas Borgman, samen in een stad ver in het zuiden.

'Waar is dit?' vroeg Winter.

'Doet dat ertoe?'

'Geef gewoon antwoord op de vraag, alsjeblieft.'

Thule keek nog eens naar de foto. Er stonden palmbomen. Een stukje strand, een stukje huis, een straat. Verderop stond nog een huis midden op het strand, het was oud, een restant uit de tijd dat alle steden en dorpen langs de Spaanse zuidkust nog arme vissersdorpjes waren. Dat was niet zo lang geleden, de jaren vijftig, zestig.

Thule keek op: 'Ik geloof niet dat ik het me kan herinneren.'

'Waarom niet?'

'We hebben verschillende plaatsen bezocht. Ze zien er allemaal ongeveer hetzelfde uit.'

'Wanneer was dit?'

'Eh... afgelopen herfst.'

'Waarom Spanje?'

'Nou... het beste weer.'

'Waarom Estepona?' vroeg Winter.

'Hè?'

'Dat is Estepona. Een paar kilometer ten westen van Marbella aan de kust.'

'Hoe weet u dat?'

'Ik herken het oude stenen huis op de achtergrond. Ik ben er geweest. Het was lang geleden een vishal.'

Thule keek naar de foto.

'Ja... nu weet ik het weer. Het oude huis. Het is nu een restaurant. Tenminste, toen wij er waren.'

Winter knikte. Hij had er gegeten, fantastische verse vis, verse zeevruchten, misschien nog wel beter dan in Bar California in Marbella, in elk geval goedkoper, niet dat hem dat wat uitmaakte. Een mooi buitenterras met uitzicht op zee vijftig meter verderop. Hij kon zich de naam van het restaurant op dit moment niet herinneren. Dat ergerde hem.

'Wie heeft de foto genomen?' vroeg hij.

'Gewoon iemand die langsliep. Hij nam de foto met mijn telefoon.'

'En vervolgens heb je er een afdruk van gemaakt?'

'Ja... of een paar. Ik heb er waarschijnlijk nog wel een liggen.'

'Heb je de foto bewaard op je telefoon?' vroeg Winter.

'Eh... ja.'

'Mag ik eens zien?'

'Ja... waarom...'

'Mag ik hem hebben?' vroeg Winter, nog steeds kalm, alleen geïrriteerd over de naam van het restaurant. La nog iets, La-la-la.

Hij stak zijn hand uit.

De telefoon lag voor Thule op tafel. Hij pakte hem op en gaf hem aan Winter.

Winter opende de fotoapp, vond de foto die hij zocht, vond er nog meer met vergelijkbare onderwerpen, misschien wel vijftien, en keek op: 'Waar komen deze foto's vandaan?'

Hij gaf de telefoon aan Thule, die de foto's bekeek: 'Een paar plaatsen langs de kust.'

'Welke?'

'U had het over Marbella, daar waren we. Málaga, dat is het strand daar... en daarna waren we iets verder in het oosten.'

'Naar het oosten? Waar naar het oosten?'

'Costa Tropical heet het daar. Ze verbouwen daar tropisch fruit... mango's, papaja's.'

Winter knikte. Op de hellingen ten oosten van Málaga lagen veel mangoboomgaarden. Hij was door delen ervan gereisd.

'Welke plaatsen heb je daar bezocht?'

'Eh... ik herinner me er maar één, Alm... Almu... ik weet het niet precies meer.'

'Almuñécar?'

'Ja, dat was het.'

'Waarom daarheen?'

Thule haalde zijn schouders op. *Yo no se*. Ik weet het niet. 'Het was toeval,' zei hij. 'We draaiden de snelweg af.'

'Hebben jullie een auto gehuurd?'

'Ja. In Málaga.'

'Welke foto's zijn van Almuñécar? Kun je ze me laten zien?'

Thule liet ze zien. Eén vanaf een buitenterras. Twee vanaf het strand. Bijzondere strandformaties, zoals eilandjes in het zand, of heel kleine oases.

'Wat is dat voor terras?' vroeg Winter en hij hield de telefoon voor Thule omhoog.

'Dat... moet het hotel zijn. Casablanca Hotel. Dicht bij het strand maar niet direct op het strand.'

Thule en Jonas zaten aan tafel. Brood, jam en boter op tafel, *mantequilla*, een mooi woord voor boter. Kopjes, en glazen sinaasappelsap. Ontbijt.

'Wie heeft de foto genomen?' vroeg Winter.

'Eh... de ober, als ik het me goed herinner.'

'Had hij daar tijd voor? Ontbijt kan spitsuur zijn in Spanje.'
'Toen niet,' zei Thule. 'Het was de ober.'
'Man of vrouw?'
'Maakt dat wat uit?'
'Geef gewoon antwoord op de vraag, alsjeblieft.'
'Man... ja, een man.'
Winter gaf de telefoon terug.
'Ik wil dat je alle foto's van Spanje naar mij stuurt,' zei hij.
'O,' zei Thule.
Hij kreeg Winters nummer.
'Doe het nu.'
Toen Winter weer bij zijn auto was en achter het stuur kroop, schoot hem de naam van het visrestaurant in Estepona te binnen.

24

Dick Forsman stond bij het huis van Peter Wernersson in de Lasarettsgatan in Värnamo met de telefoon van Wernersson in zijn hand. Iemand wist dat Dick daar was.

'Ja, hallo?'

'Hallo, met Nils Ejesjö.'

Het was de collega in de stad, die Ejesjö met al z'n complexen. Of misschien was dat projectie van Dick.

'Hoe wist je dat ik hier was?'

'Hier in Värnamo weten we alles,' zei Ejesjö. 'We houden alles in de gaten.'

'Wat willen jullie?'

'Ik dacht dat je maar naar het bureau moest komen als je klaar bent.'

'Waarom?'

'Er is iets waar ik met je over wil praten.'

'Waarover dan?'

'Daar hebben we het dan wel over,' zei Ejesjö. 'Niet over de telefoon.'

Ejesjö wachtte in zijn kamer. Dick was teruggelopen naar het centrum en begon zich weer moe te voelen, katerig of vergiftigd.

'Ik heb een paar telefoontjes gepleegd,' zei Ejesjö.

'Naar wie? En waarom?'

'Informanten,' zei Ejesjö. 'We zijn hier geen idioten.'

'Wie heeft dat gezegd?'

'Het is niet moeilijk om je gedachten te lezen, Forsman.'

'Dan ben je een waardeloze gedachtelezer.'

'Je schijnt in elk geval indruk te hebben gemaakt,' zei Ejesjö.

'Op welke manier?'

'Onze kleine religieuze sekte maakt zich zorgen. Ik heb geprobeerd dat wat aan te wakkeren door je op Wernerssons telefoon te bellen toen je daar was, maar ik weet het niet...'

'Is dat niet goed?'

Ejesjö antwoordde niet. Dick kon zijn gedachten niet lezen.

'Ik denk dat dat het punt is,' zei Dick.

'Die lijst die ik je heb gegeven werkt misschien toch niet,' zei Ejesjö.

'Wat bedoel je godsnaam?'

'Mensen zullen niets zeggen.'

'Dat maken we toch dagelijks mee? Verdachten die niets zeggen?'

'Zij hebben hier niets mee te maken,' zei Ejesjö.

'Wie zegt dat?'

Ejesjö keek naar zijn computerscherm, tikte op de toetsen, keek op: 'Ik denk niet dat de antwoorden hier in de stad te vinden zijn,' zei hij. 'De vragen zijn hier, maar de antwoorden niet.'

'Dus jij denkt ook dat er iets verdachts is met die verdomde Kinderen?'

'Er is iets,' zei Ejesjö. 'Maar ik denk dat je je antwoorden in Göteborg moet zoeken. Wij kunnen ondertussen hier ons deel doen.'

'Ik weet het niet,' zei Dick en hij stond op.

'Waar ga je naartoe?'

'Hoezo?'

'Terug naar het hotel?' vroeg Ejesjö.

'Waarom vraag je dat?'

'Wees voorzichtig.'

'Wat bedoel je daarmee?'

'Sla de bar vanavond maar over,' zei Ejesjö.

Dick ging weer zitten.

'Ik ben vergiftigd,' zei hij. 'GHB of andere troep.'

'Wil je dat ik de patholoog bel? Een paar monsters neem?'

'Nee. Het gaat goed nu.'

Ejesjö keek hem aan. Iets te lang.

'Ken je die vrouwen?' vroeg Dick.

'Nee. Nooit gezien of van gehoord. Ze zijn nu waarschijnlijk ver weg van hier. We onderzoeken dit met andere steden in de provincie. En daarbuiten.'

'Op tournee,' zei Dick.

'Totdat een andere stakker in hun val trapt,' zei Ejesjö. 'Mensen zouden wat voorzichtiger moeten zijn, niet?'

Jinwei Li was slank en klein, hij bewoog als een jonge man toen hij de straat met de witte lijnen overstak waar het drukke verkeer raasde, rond het kolossale huis dat al zoveel jaren zijn thuis was; in elk geval was het een werkplek die min of meer een thuis was. Zo gaat dat met familierestaurants, familiebanketbakkers, wokstalletjes in tropische landen. Het eten bij de Chinese Muur was in principe Kantonees geweest, zoet en zuur, zoals bij de meeste andere eenvoudige Chinese restaurants in heel de westelijke wereld, aangevuld met wat meelgerechten uit Beijing en szechuankruiden.

Nu was het voorbij. Mandarin aan de Södra Vägen had de positie van oudste van de stad overgenomen en serveerde nog steeds de oude heilige heilloze mix van klassiek Chinees eten voor langneuzen. Traditioneel Chinees eten voor Chinezen zou de meeste westerlingen gillend hebben doen wegrennen: ingewanden en geslachtsdelen gekookt in hun eigen vocht, balletjes van ganzen- en varkensbloed, licht gestoomde apenhersenen, zeeoren zo slijmerig dat oesters er gevriesdroogd voedsel bij lijken.

Ringmar en Halders begroetten Jinwei als de stamgasten die ze waren geweest. Maar dat was al een tijdje geleden.

'Ik zie dat jullie het overleefd hebben zonder ons,' zei Jinwei, wiens familie afkomstig was uit Kanton. 'De vraag is alleen hoe.'

'Tien Tsin en Lai Wa,' zei Ringmar. 'Zijn die oké?'

Jinwei knikte. Ze hadden slechtere restaurants kunnen kiezen. Hij was te beleefd tegenover oude concurrenten om te zeggen hoeveel slechter. Göteborg was nog steeds de grootste stad van het land als het om Chinese restaurants ging, maar er waren er veel die hadden moeten sluiten en in de buitenwijken waren er een paar bij gekomen, zoals in Gamlestaden, waar mensen happiger waren om iets te proberen wat verder ging dan 'drie kleine gerechten'.

'De restaurantwereld is nu harder dan ooit,' zei Halders. '*Dog eat dog*.'

'Het is een mythe dat Chinese restaurants ooit honden hebben geserveerd,' zei Jinwei. 'Maar vertel me nu eens waarom jullie uitgerekend hier wilden afspreken?'

'Om je geheugen op te frissen,' zei Ringmar.

'Er is niets mis met mijn geheugen,' zei Jinwei. 'Je had het over Street aan de telefoon. Dat ik over hem moest nadenken.'

'Wat herinner je je?'

'Wat wil je weten?'

'Zullen we eerst naar binnen gaan?' zei Halders en hij draaide met zijn geleende sleutel de massieve deur van het slot.

Ze stapten de schaduw in en werden begroet door een grote kamer die er kolossaal uitzag in zijn verlatenheid. Er was daarbinnen niets gebeurd sinds de sluiting van het restaurant zoveel jaar geleden. De grootse plannen lagen nog steeds op een stoffig bureau, zoals zo vaak het geval was in Göteborg. Het leek misschien alsof het een dynamische stad was, maar het waren vooral reflecties.

Binnen stonden nog stoelen en tafels. Het stof danste in de door de vuile ramen verstrooide lichtstralen. De tijd stond stil, dode tijd. Een spookrestaurant.

Jinwei zei iets in het Kantonees, dat klinkt als dialecten die in het noorden van Skåne worden gesproken.

'Die klootzakken hadden ons net zo goed door kunnen laten gaan,' zei hij nu. 'Wat een waanzin. Wat een idiotie.'

'Wat is "waanzin" in het Kantonees? Of "idiotie"?' vroeg Halders.

Jinwei antwoordde niet. Hij liep naar de dichtstbijzijnde tafel, schreef in het stof, keek op, wees naar zijn werk.

Halders en Ringmar liepen naar hem toe en zagen twee Chinese karakters in het stof, duidelijk als op een negatief:

笨蛋

'Je leert hier voortdurend iets,' zei Halders en hij haalde zijn telefoon tevoorschijn en maakte een foto van de prachtige tekens.

‘Het is niet moeilijk,’ zei Jinwei en hij wees opnieuw, ‘*bèn dàn*, wat “stom ei” betekent, *stupid egg*. “Ei”, *dàn*, zit in veel negatieve oordelen in China.’

‘In het Zweeds heb je dat ook,’ zei Halders. ‘Jij “klote-ei”,’ bijvoorbeeld. Dat gebruik ik vaak. En “eierhoofd”.’

Jinwei keek de ruimte rond. Ringmar bekeek hem, zag jaren van herinneringen weerspiegeld in zijn gezicht. Het licht was het juiste licht, een licht vol herinneringen.

‘Street zat altijd daar,’ zei Jinwei en hij knikte naar de schaduwen.

Ze liepen naar het taps toelopende gedeelte achter in de ruimte, waar een beetje apart een tafel stond.

‘Hier,’ zei de oude Chinese man en hij legde zijn vinger op het stof. ‘Vaak was hij alleen.’

‘Maar niet altijd?’

Jinwei keek naar Ringmar.

‘Jij was hier soms. Herinner je je hem niet?’

‘Nee, niet echt. Ik wist toen niet echt wie hij was. Ik had gewoon nog niet iedereen leren kennen.’

‘Hadden jullie niet iedereen in de smiezen?’

Ringmar schudde zijn hoofd.

‘Dat had wel gemoeten,’ zei hij. ‘Zoveel waren het er niet in die tijd. Allemaal geboren Göteborgers.’

‘Dat waren nog eens tijden,’ zei Halders.

Jinwei gaf geen commentaar op wat Halders had gezegd, hij was een beleefde man, kwam uit een beleefd volk, ongeacht de gruweldaden die dat in de loop van de geschiedenis had begaan, in naam van de goden, in naam van Mao, in naam van Confucius. Volgens Jinwei, was Mao Zedong de grootste moordenaar aller tijden, groter dan Stalin en Hitler samen, veel groter dan de Khan-jongens van de noordelijke vlaktes of de Japanse moordmachine tijdens de laatste wereldoorlog. Jinwei was in die zin een lokale patriot.

‘Sprak hij hier met iemand in het bijzonder af?’ vroeg Ringmar. ‘Min of meer regelmatig?’

‘Zulke dingen zijn moeilijk te onthouden.’

Jinwei keek voor de allerlaatste keer rond. Een bonus. Hij wilde dat hij daar niet stond. Het maakte alles veel erger. Hij zou Zweden gaan verlaten. Dit was een zetje naar het oosten. Hij was niet van plan geweest om terug te keren naar het oude land, maar plotseling verlangde hij ernaar. Naar de geuren. Het was alsof zijn restaurant fantoomgeuren had bewaard. In Kanton waren de oude wijken er nog. Geuren uit zijn kindertijd, ze zouden nooit sterven. Misschien zou hij nooit sterven. Hierbinnen stierf hij. De meeste mensen die hier door de jaren heen hadden gezeten, waren nu dood.

'Het is heel moeilijk,' zei Ringmar. 'Ik heb het over wat er dertig jaar geleden is gebeurd. Rond de tijd dat Street verdween.'

'Je hebt een geheugen als een olifant nodig,' zei Jinwei.

'Ik weet het.'

'Ik herinner me dat hij niet meer kwam opdagen.'

'Wat dacht je toen?'

'Dat hij in de problemen was gekomen. Hij was immers een crimineel.'

'Dus hij zat aan deze tafel,' zei Ringmar en hij knikte naar het tafelblad. 'Met wie kan hij daar hebben gezeten? Je zei net dat hij altijd alleen zat.'

'Een man en een vrouw,' zei Jinwei na een tijdje.

'Die met hem hier aan deze tafel zaten? Herinner je je een man en een vrouw?'

'Een paar keer. Ik denk het wel. Misschien omdat het zo ongewoon was. Voor mij dan.'

'Zou je ze kunnen herkennen?'

'Nee, ik denk het niet. Het is meer dan dertig jaar geleden. Mensen veranderen behoorlijk in dertig jaar, toch?'

'Wat als we je foto's uit die tijd laten zien?' vroeg Halders.

'Foto's waarvan?'

'Van degenen die hier misschien hebben gezeten. De man en de vrouw.'

'Het blijft lang geleden,' zei Jinwei. 'En ik heb hun gezichten niet bepaald bestudeerd. We waren aan het werk. En alle witten zien er hetzelfde uit. Dat vind ik na al die jaren nog steeds.'

Winter bestudeerde Sara's gezicht. Er lag een belofte in. Er was hoop. Hij dacht aan het levende leven van het leven, dat het mooiste is wat er is. Zou moeten zijn. Een gewichtloze toestand waarin het leven en al zijn bewegingen vanzelfsprekend zijn.

Hij was een halfuur geleden op de afdeling aangekomen en werd begroet door een dokter die hij nog niet eerder had gezien. De dokter wist wie Winter was.

'Hebt u even?' vroeg de dokter.

Ze hadden in zijn spreekkamer gezeten. Michael Wardenius, ongeveer van Winters leeftijd. Het raam achter de dokter stond open naar het leven daarbuiten: vogelgezang, verkeerslawaai, voetstappen, stemmen, sirenes.

'Zoals je weet, masseren we Sara regelmatig,' zei de arts.

'Ja, dat weet ik.'

'We voelden een beweging.'

'Hè?'

'De verpleegkundige die met haar werkte. De hand, ze voelde een tegendruk van de hand.'

'Tegendruk? Wat betekent dat?'

'Dat betekent dat ze terugkomen,' zei Wardenius.

Winter liep over het pad vanaf de oude weg waar hij zijn auto had neergezet. Hier sluip ik als een dief in de nacht. Maar het was nog geen nacht. Er kwam licht van de villa's rondom. Ze stonden ongemakkelijk dichtbij. Of beter gezegd, zijn huis zou te dicht bij de villa's staan. Een indringer in het paradijs.

Het zand waarop hij liep maakte geluid onder zijn schoenen. Hij raapte een platte steen op, gooide hem, keek hoe hij danste in het halflicht. Weer een record, de wind hief de zwaartekracht op. In de schemering kan de wind alles optillen en ver dragen.

Het was heel stil. Zijn tinnitus werd duidelijker, alsof de toon hoger werd. Hij zou er wel aan wennen. Het zou wat langer duren om de nieuwe toon te onderdrukken, maar ook die zou een constante ruis in zijn hoofd worden. Het geruis van de zee. Niet iedereen hoorde het geruis van de zee op de plaats waar ze liepen of stonden. Niet iedereen had die mogelijkheid.

Zijn mobiel ging in zijn jaszak. Angela.

'Weet je waar ik nu sta?' vroeg hij.

'Ik gok op ons stuk grond,' zei ze.

'Precies.'

'Hoe voelt het?'

'Geweldig. Ik heb de tekeningen trouwens ontvangen. Mooie scankwaliteit!'

'Angels werk.'

'De architecten gaan opnieuw tekenen en dan gaan we alles indienen. Begin volgende week.'

'Hoe lang duurt het?'

'Binnen drie weken krijg je bericht. Eerste beoordeling zoals dat heet. Daarna kan het stedenbouwkundig bureau om aanvullingen vragen.'

'Waarover?'

'Over de schaal, bijvoorbeeld. Of waar de perceelgrens loopt. Maar ik verwacht dat dat geen probleem wordt.'

'Ik wel.'

'Ha, ha.'

'De buren lijken niet erg vriendelijk.'

'Dat is normaal.'

'Onvriendelijke buren?'

'Wat kunnen ze doen? Dit wordt een gewoon huis.'

'Ze kunnen bezwaar aantekenen. Dan kan het lang duren.'

'Nee, nee, nee, nee, nee, nee. Volgend jaar om deze tijd staat het huis er, precies op de plek waar ik nu sta.'

'Volgend jaar lijkt nog ver weg.'

'Net als de laatste keer,' zei hij. 'Zoals de allerlaatste keer.'

Sara

Oom Gunnar was hier vandaag en hij en papa en mama hadden ruzie. Alle volwassenen moeten altijd ruziemaken. Het lijkt niet leuk om volwassen te zijn. Ik wil niet volwassen worden. Ze maken nu elke keer ruzie wanneer ze elkaar zien. Ze maken ook ruzie aan de telefoon. Vandaag was ik in mijn kamer, maar ik hoorde ze beneden schreeuwen. Oom Gunnar schreeuwde dat het ook van hem was, het is ook van mij, schreeuwde hij. Ik kon niet horen wat hij bedoelde. Toen ging hij weg. Ik zal vanavond niet meer schrijven. Behalve dat Missan hier in bed ligt te slapen!

25

Dick Forsman sliep als een blok. Geen dromen. Hij werd wakker toen het nog donker was, viel weer in slaap. Toen hij weer wakker werd was de kamer lichter en stond hij op. Hij voelde zich nog steeds niet goed, maar dat was meer op het zogenaamde psychische vlak. De rest van zijn lichaam werkte. Nooit meer gif, inclusief alcohol. Nooit meer vrouwen.

Hij betaalde bij de receptie voor de twee nachten en maakte zich uit de voeten alsof de duivel hem op de hielen zat. Het personeel keek hem na, maar misschien verbeeldde hij zich dat.

Toen hij in zijn auto zat en weg wilde rijden, ging zijn telefoon. Hij zag wie het was en overwoog heel even om de oproep te negeren.

'Ja, met Dick.'

'Hoi, met Erik.'

'Ja, hoi... ik wilde net bellen.'

'Tuurlijk. Hoe gaat het?'

'Nou...'

'Is de buikgriep beter?'

'Eh... ja.'

'En nu?'

'Ik... rij naar huis.'

'Waarom?'

'Ik denk dat ik meer nodig ben in Göteborg.'

'Waarom?'

'Ze... weten hier niets.'

'Was het buikgriep?'

'Wat?'

'En niet liegen,' zei Winter.

Dick deed zijn verhaal.

'Idioot,' zei Winter toen Dick vond dat hij klaar was. 'Denk je altijd met je pik?'

'Nee...'

Maar je hebt gelijk. Voor jou is er niets meer te doen in Vetlanda.'

'Värnamo...'

'Whatever. Laat het me weten wanneer je terug bent.'

Winter verbrak de verbinding, bleef zitten. Ringmar aan de overkant van het bureau las over Sara Brendner en sloeg een bladzijde om.

'Was ik te hard?' vroeg Winter en hij keek op uit zijn overpeinzingen.

'Behandel je ondergeschikten zoals je zelf behandeld wilt worden,' zei Ringmar.

'Dan was ik te aardig.'

'De man is vrijgezel. Het was na werktijd.'

'Echt niet, verdomme,' zei Winter. 'Kijk wat er gebeurt als je dat denkt.'

'Heb jij jezelf nooit voor schut gezet, Erik?'

'Dat heeft er niets mee te maken.'

'O?'

'Wat denk je daarvan?' vroeg Winter en hij knikte naar de ordner die Ringmar in zijn handen hield.

'We zijn dus van onderwerp veranderd?'

'We gaan het hebben over echt belangrijke zaken,' zei Winter.

Ringmar legde de ordner neer.

'Er staat hier niets over dat Sara of Richard in een religieuze beweging of sekte zou zitten,' zei Ringmar.

'Dat komt omdat we niet gezocht hebben.'

'Misschien.'

'Zo gaat het altijd,' zei Winter.

'Waarom zou er een link moeten zijn?'

'Omdat we alles willen onderzoeken.'

'Niet genoeg.'

'Omdat er twee spectaculaire moorden zijn gepleegd in verband met Sara's ongeluk.'

'Houdt geen stand,' zei Ringmar.

'Omdat toevalligheden nooit toevalligheden zijn. Niet in onze werkelijkheid.'

'Nog steeds niet genoeg.'

'Omdat Sara haar hele leven een zoeker was.'

'Dat geldt voor mij ook. Ik geloof in God.'

'Je gelooft ook in de duivel.'

'Dat doen alle ware christenen. Ben jij een ware christen, Erik?'

'Wie kan zo'n vraag beantwoorden? Wie is zondig en arm genoeg om antwoord op die vraag te geven?'

'Nou, jij zeker niet.'

'Sara en haar man hadden een besluit genomen.'

'Was hij betrokken bij dat besluit? Richard.'

'Ja.'

'Ben je daarvan overtuigd?' vroeg Ringmar.

'Nee.'

'Dan was het moord. Als Sara wakker wordt, wordt ze geconfronteerd met moord.'

'Je maakt er een te groot drama van,' zei Winter.

'Was het niet dramatisch?'

'Ik zat niet in hun auto.'

'Ze wordt wakker. Ik was daar, in het Sahlgrenska. Ze komt terug.'

'Ze wil niet.'

'Waarom wil ze niet?'

'Het leven werd te moeilijk om te leven.'

'Het is altijd moeilijk voor haar geweest sinds haar vader werd vermoord. Waarom werd het op dat moment onmogelijk om te leven?'

'Ze ontdekte iets wat haar kapotmaakte. Toen ze in Málaga op het vliegtuig stapte, was ze al kapot. De bergwand in Mölnlycke was gewoon een voltooiing.'

'Kwam ze het in Spanje te weten?'

'Daar lijkt het wel op.'

'Wat wist ze voordien?'

'Genoeg om daarheen te reizen.'

‘Waar kwamen haar vermoedens vandaan?’

‘Misschien heeft ze die altijd met zich meegedragen.’

Winter stond op. Het was warm in de kamer. Hij opende het raam, wat zorgde voor een verkoelend briesje. Het waait altijd in Göteborg, daar kun je van op aan.

Ringmar kwam naast hem staan. Ze pasten de methode toe, lieten het gesprek heen en weer bewegen, associatief, ze hadden het vijfentwintig jaar lang gedaan en ze waren altijd ergens anders geëindigd dan waar ze waren begonnen. Soms kwamen ze een stukje verder, soms moesten ze een stukje terug, maar ze kwamen nooit uit op dezelfde plek.

‘Ze heeft al haar sporen uitgewist,’ zei Winter.

‘We hebben er een paar gevonden.’

‘En begraven.’

‘Begraven?’

‘Ze heeft ze uitgewist en begraven,’ zei Winter. ‘Maar niet zo diep.’

‘Een bericht voor het hiernamaals. Er is geen hiernamaals. Het bestaan is hier en nu.’

Winter antwoordde niet. Er is geen hiernamaals. De wereld is hier en nu. Wat na ons komt heeft een andere naam. Niemand weet hoe het heet, hoe kun je dat weten?

Dick Forsman verliet het centrum van Värnamo. Nooit meer. Värnamo was voor de inwoners van Värnamo, net zoals Memphis voor de inwoners van Memphis was en voor Elvis natuurlijk. Elvis was niet in Memphis geboren, hij kwam uit Tupelo, ten zuidoosten van de grens, in Mississippi, terwijl Memphis in Tennessee ligt en ik weet niet zeker of iedereen dat weet, misschien zelfs niet eens iedereen hier in Värnamo. Niet dat het hun iets uitmaakt. Of mij, het is toch afgelopen voor mij, Winter heeft me dat heel duidelijk gemaakt, dat wordt weer ordedienst in uniform, alcoholcontroles bij Slottsskogsvallen, ik weet alles over nuchter zijn.

Hij reed en reed, passeerde Gislaved weer, stopte *Elvis is back* in de cd-speler, probeerde aan niets te denken, zeker niet aan zijn eigen comeback.

Ter hoogte van Tranemo verliet hij weg 27 om te stoppen bij een parkeerplaats. Hij stapte uit en wreef over zijn slapen en voorhoofd omdat de hoofdpijn tussen zijn ogen maar niet wilde overgaan. Die zat daar al sinds gisteren. Die zou nooit overgaan. Er stonden geen andere auto's op de parkeerplaats, er was geen verkeer op de rijksweg, hij was alleen op de wereld en dat had hij verdiend. Hij deed een paar stappen, ging op een bankje zitten en keek uit over een vijver waar eenden rondzwommen, kwaakten en spartelden. Was hij maar een van hen. In een volgend leven als hij geluk had en zich morgen tot het hindoeïsme bekeerde. Hij stond op en liep terug naar de auto. Een verkeersbord aan de andere kant van de weg wees naar GUDARP 22, dus daar komt hij vandaan, Gods akker, daar ligt hij, ik ben nog nooit zo dicht bij God geweest als nu, het is een teken. Ik moet plassen. Daar staat het toiletgebouw, dat ziet er nieuw uit, het lijkt wel een tiny house. Hij liep erheen terwijl achter hem een andere auto de parkeerplaats opreed, uit de richting van Värnamo, dacht hij in een reflex.

Binnen was het heel schoon en netjes, alsof de plek nooit was gebruikt, alsof hij de eerste was, de uitverkorene. Hij deed wat hij moest doen en waste zijn handen. Misschien had God nooit tegen Jezus gezegd dat hij zijn handen moest wassen, vooral niet nadat hij vissen uit de rotsen tevoorschijn had getoverd, misschien waste Jezus zijn handen in wijn toen hij water in wijn had veranderd, de handalcohol van oude tijden, het enige wat ervan is overgebleven, is de naam Vin & Sprit, maar niemand weet waar die vandaan komt.

Dick stapte het toiletgebouwtje uit. De auto die na hem aan was komen rijden, stond nog steeds op de parkeerplaats. Er zat niemand in voor zover hij kon zien. Niemand op de bankjes bij de vijver.

Een beweging van links. Als een windvlaag. Een flits in zijn hoofd, rood en vuur. Een brul. Zwart, hij dacht niets in het zwart.

26

De middag stierf. Zou nooit meer terugkomen. Elke middag is uniek, ik vraag me af hoeveel mensen daarover nadenken. Ik bedenk dat ik vandaag nauwelijks heb gegeten, alleen koffie en een nectarine. Dat is slordig.

Winter stond in zijn keuken, fijngehakte kappertjes, ingelegde komkommer, dille, peterselie, wat groene olijven. Hij mengde alles met anderhalve deciliter zure room, twee eetlepels mayonaise, een ruime theelepel dijonmosterd, zout en peper en een halve theelepel van zijn eigen currymelange. De keuken rook nog naar het roosteren van de kruiden.

De *rattes*, gekookt met een bosje dille, waren klaar. Winter liet ze uitdampen terwijl hij de twee licht gepaneerde hondstongfilets in boter bakte. Olijf- of koolzaadolie is lekker, maar niet hierbij.

Het was zijn avondmaal: aardappelen, vis en remoulade. Bijna negen uur. Hij dronk nog een glas pinot gris, het vleugje zoet in de wijn werkte goed bij de saus, bij de vis, niet iedereen zou het ermee eens zijn, maar wat wisten zij ervan. Hij dronk nog een glas. In hem kwam langzaam de dag tot bedaren, althans voorlopig. Hij wist dat hij vannacht niet goed zou slapen. Hij sliep zelden goed. Misschien morgennacht, of de nacht daarna.

Ergens rinkelde iets. Winter keek op vanaf de plek in de keuken waar hij zat. Het was zijn eigen deurbel die door de flat klonk. Hij keek op zijn horloge. Twintig over negen. Wie zou er op dit uur nog bij hem durven aanbellen?

Het kijkgaatje onthulde een sinister figuur. Hij opende de deur.

'Ik was in de buurt,' zei Ringmar.

'Echt niet.'

'Mag ik binnenkomen?'

'Wat is er?'

‘Mag ik binnenkomen?’ herhaalde Ringmar.

Winter deed een stap opzij en liet de oude man binnen. Bertil kon thuis niet stilzitten in eenzaamheid. De avond is de ergste tijd voor wie alleen is, erger dan de nacht.

‘Ik heb net gegeten,’ zei Winter.

‘Ik heb geen honger.’

‘Er is ook niets meer over. Maar er is nog wel wat wijn.’

‘Hier ermee.’

Winter haalde de fles en de glazen uit de keuken. Ze gingen in de woonkamer zitten. De balkondeur stond open. Het was koel in de kamer, niet koud. De klok van de Vasakyrkan sloeg het uur, van verdriet of vreugde, het geluid is hetzelfde.

‘Ik heb nagedacht over de inbraak bij Sara en Richard thuis,’ zei Ringmar. ‘Vanavond ben ik er weer naartoe gegaan.’

Winter knikte, schonk meer wijn in. Het mocht geen gewoonte worden.

‘Er ontbrak niets, behalve één ding,’ zei Ringmar.

‘Foto’s,’ zei Winter.

‘Ben jij ook tot die conclusie gekomen?’

‘Ik heb het gedacht.’

‘De foto’s die in de tuin begraven lagen,’ zei Ringmar. ‘Die zijn toch niet gestolen?’

‘Sara heeft ze begraven,’ zei Winter.

‘Maar waarom? Ik heb gedacht dat ze ze misschien niet meer wilde zien. Dat ze had besloten dat ze met niemand meer iets te maken wilde hebben. Geen gezichten uit het verleden meer.’

‘Maar ze wilde ze verstoppen,’ zei Winter. ‘En niet voor zichzelf.’

‘Voor wie dan?’

‘Voor degenen die zouden komen. Ze zouden vroeg of laat komen.’

‘Wie zijn dat? Wie?’

‘Iemand die nog steeds daarbuiten rondloopt,’ zei Winter.

Bertil was na een uur vertrokken, terug naar de eenzaamheid. Winter was in de zijne blijven zitten, *A Love Supreme* kwam uit de speakers, deel twee nu: 'Resolution'. Oplossing. Voor alles is een oplossing. Dat is de ware betekenis van het leven, grote problemen en kleine oplossingen of andersom. Zo zit de wereld in elkaar. Het kan dertig jaar duren. Of eenendertig. Het album werd op één dag opgenomen, op 9 december 1964, toen Winter nog niet kon weten hoe lang en prachtig het leven is. Die kennis komt later, en blijft door de jaren heen, tot het einde. Winter dacht kerkklokken te horen door Coltranes tenorsaxofoon heen, maar dat moest inbeelding zijn. Hij stond op, keek op zijn horloge. Ik moet op de bank in slaap zijn gevallen, een slechte gewoonte. De klep van de laptop stond open. De fles ernaast was leeg. Een stilleven: het huis van een eenzame man. Quatsch, zoals Angela gezegd zou hebben. Onzin.

Winter stond op. De balkondeur stond nog open. Het was stil buiten. Zijn lichaam was stijf. Als hij had geweten dat hij op de bank in slaap zou vallen, had hij van tevoren rekoefeningen gedaan.

Op het balkon voelde hij de zachte bries. Het zou weer een mooie dag worden.

Daar beneden bewoog een schaduw. Het kon zijn schaduw zijn. Iemand volgde hem en hij zou snel te weten komen wie het was. Maar deze schaduw nam vorm aan en bewoog zich over de Vasaplatsen. Het was een dier. Een hond of een wild dier, maar honden liepen niet alleen in de straten van Göteborg. Het kon een wild zwijn zijn, maar het silhouet leek op een wolf. Hij wilde dat het een wolf was. Bij zonsopgang zwerven wolven door de straten als dromen zonder eigenaars.

Zijn mobiel ging, kroop over het nachtkastje voordat hij erbij kon. Hij had twee uur geslapen in zijn bed.

'Sorry dat ik stoor,' zei Lena Kallender.

'Nee, nee, ik ben al wakker en onderweg,' zei hij.

'Ik krijg Dick niet te pakken,' zei ze.

'Wat bedoel je?'

'Hij is gisteren uit Värnamo vertrokken, maar ik heb niets meer van hem gehoord.'

'Wanneer heb je hem voor het laatst gesproken?'

''s Ochtends. Hij was in Gislaved, zei hij. Hij zou zich melden wanneer hij in de stad was.'

'Maar niemand heeft hem gezien?'

'Nee.'

'En thuis?'

'Er wordt niet opgenomen. Ik heb het zojuist nog geprobeerd.'

'Hij heeft vast iets nieuws bedacht nadat hij een tijdje onderweg was,' zei Winter. 'Is teruggegaan naar Värnamo. Hij lijkt iemand te zijn die doet wat hij wil.'

'Deze keer niet,' zei Lena Kallender. 'Dan zou hij dat hebben verteld.'

Winter kon de man voor zich zien, altijd in beweging. *Going places*. Gedreven om de oplossing te vinden nog voordat het probleem duidelijk was. Dat kan gevaarlijk zijn. Dit is heel gevaarlijk werk.

'Wat denk je?' vroeg hij.

'Ik heb er geen goed gevoel bij,' zei ze. 'Ik heb het hotel gebeld en hij heeft gistermorgen uitgecheckt.'

'Ga naar zijn huis,' zei Winter. 'Ga naar binnen als het moet.'

Ylva Bergs moeder wilde Aneta Djanali niet binnenlaten. Er kwam niets goeds van over de berg, al helemaal niet als het om een politieagent ging. Deze had ze nog niet eerder ontmoet. Anders had ze dat wel onthouden.

'Ik heb niets meer te zeggen,' zei ze door de deur.

'Ik moet u vragen om open te doen,' zei Djanali.

Ze opende de deur.

Ze bleven in de hal staan. Voor Djanali was dat prima. Geen koffie.

'Ik heb je alles verteld wat ik weet over Ylva en Jonas,' zei mevrouw Berg. 'Kun je me niet met rust laten?'

'Hun religie,' zei Djanali.

'Wat?'

'Jonas en Ylva maakten deel uit van een religieuze beweging die niet tot de staatskerk behoort.'

Mevrouw Berg antwoordde niet. Er gleed iets over haar gezicht, een duisternis, heel kort maar.

'Waarom?' vroeg Djanali.

'Wat?'

'Is dit een christelijk huis?'

'Ja... wat is dat voor een vraag?'

'Waarom waren ze bij een religieuze sekte?'

'Wat... was het een sekte?'

'Wat weet u ervan?' vroeg Djanali.

'Niets. Ik weet niets.'

Misschien was het waar. Aneta Djanali had geprobeerd een antwoord uit te lokken, maar dat was niet gelukt.

'Ze zaten in een sekte en we denken dat ze die sekte wilden verlaten,' zei Djanali. 'We weten niet waarom, maar we denken dat ze daarom zijn vermoord.'

De hand van mevrouw Berg vloog in een reflex naar haar mond. Ze zag er nu vreselijk bang uit.

'Dat kan niet waar zijn,' zei ze.

'Waarom niet?'

'Ze waren aardig,' zei ze.

'Aardig? Wie waren aardig?'

'Zij. Ze zijn hier geweest.'

De vrouw volgde haar hond Mussi door het helmgras. De riem stond strak, het voelde alsof Mussi vandaag harder trok dan ze anders deed. Misschien kwam het door alle geuren, al het groene gras. Het was een heerlijke tijd voor iedereen, voor mensen en voor hun beste vrienden.

Ze bleven staan bij de grens van het bouwterrein. De onaangename politieman had zijn perceel laten opmeten, alsof hij eigenaar was van het hele strand. Overal lelijke stokken. Alsof hij de hele baai bezat. De hele scherenkust. Ze waren nu afgesneden van de zee, het strand, de mooie uitlaatplek voor Mussi. En waar moesten de kinderen zwemmen? Had hij daaraan gedacht? Zeker weten van niet, dat hij daaraan gedacht had. Hij was alleen geïnteresseerd in zichzelf, zichzelf, zichzelf, zo waren ze altijd, degenen die dachten dat ze iets waren. Winter was zijn naam, het was een naam die ook liet zien dat hij dacht dat hij iets was, ongewoon en stoer dacht hij. Hij had verschillende keren in de krant gestaan, en was op de televisie geweest, alsof hij beter was dan anderen. Beter dan wij. Maar we zullen het hem nog weleens laten zien, dat is één ding dat zeker is. Åke en de anderen hebben het nagevraagd, er is geen bestemmingsplan voor dit gebied en dat is goed voor ons, zegt Åke. Hij weet waar hij het over heeft, als civiel ingenieur en zo. Als iemand een bezwaarschrift kan schrijven, dan is hij het wel, en als we binnenkort het registratienummer hebben van de aanvraag voor de bouwvergunning van Winter, kunnen we gewoon in beroep gaan. We hebben de wet aan onze kant, of het recht. Dat komt op hetzelfde neer. Er wordt hier niet gebouwd. De explosieven, het geboor en al dat gedreun onder de grond. Wat zou Mussi ervan vinden? Hoe zouden alle honden en andere dieren zich voelen? En niet te vergeten de kinderen. En niet te vergeten de rest van ons. Het zou jaren duren en dan zouden er grote windturbines in de baai worden gebouwd zodat Winter zijn eigen energie op kan wekken, maar wij zeggen nee, nee, nee, niets van dat alles gaat gebeuren.

'Wat is er, Mussi?'

Haar kleine Mussi kefte en jankte. Blafte. Dat deed ze nooit. Mussi begon te graven in het zand van de kleine klip waar ze op stonden. De hond deed een paar sprongen naar voren en blafte en kefte weer. Nu blafte ze nog harder, trok aan de riem, probeerde naar een grote steen te rennen die aan de rand van het perceel lag, rechts, binnen de markering. Ze liet de riem los en Mussi stoof naar voren en verdween achter de steen, ze volgde en zag Mussi stilstaan en blaffen, blaffen, en maar blaffen, ze liep op haar af en zag iets... o mijn god... een achterhoofd, een schouder, een arm half bedekt door het zand.

Ringmar zat in zijn kamer. Nam het telefoontje van de receptie aan: 'Een vrouw die op zoek is naar "detectives" zoals ze het zelf zegt... ik weet het niet... ze had het over Winter, maar die is in gesprek...'

'Wat is er aan de hand?'

'Moord, zegt ze.'

'Verbind maar door.'
'Ze is verdwenen... heeft opgehangen of wat dan ook...'
'Zei ze nog iets?' onderbrak Ringmar hem.
'De plaats?'
'Winters perceel.'
'Hè?'
'Ze zei "Winters strandperceel" en toen werd het gesprek afgebroken.'

Kerstin Berg had leden van de geloofsgemeenschap ontmoet, een man en een vrouw. Het was een geloofsgemeenschap zonder vast adres. Ze waren "onder constructie" zoals ze zeiden. Ze hadden gebeld of ze konden langskomen. Kerstin Berg had niet geweten waarom.
'Wat betekent dat?' vroeg Aneta Djanali. '"Onder constructie"?'
'Ik weet het niet.'
'Wanneer is uw dochter lid geworden?'
'Ik wist niet dat ze lid was. Ik dacht dat alleen Jonas dat was.'
'Hoe is dat mogelijk? Dat u het niet wist?'
'Ze heeft het me niet verteld! Misschien schaamde ze zich.'
'Waarvoor?'
Kerstin Berg antwoordde niet. Ze plukte aan de franjes van het tafelkleed. Dat kan een voorstadium zijn van alzheimer. De getroffenen kunnen hun vingers niet stilhouden. Het kan ook een symptoom van totale wanhoop zijn.
'Ylva wilde daar niet bij horen,' zei Kerstin Berg. 'Het was Jonas.'
'Haar vriendje? Jonas Borgman? Wat bedoelt u?'
'Hij heeft haar waarschijnlijk overgehaald om mee te gaan. Ze wilde niet, maar hij heeft haar misschien gedwongen. Als hij dat niet had gedaan... als ze hem niet had ontmoet, zou ze nu nog leven.'
'Waarom zegt u dat?'
Kerstin Bergs blik was ver weg, in een diepe duisternis. Er was geen licht aan het einde van die tunnel. Het was niet eens een tunnel, gewoon een grote kamer zonder muren.

'Mijn man is afgelopen voorjaar overleden,' zei Kerstin Berg. 'Kanker. Hij was niet oud en hij was sterk, maar dat was niet voldoende.'

Ze keek nu naar Aneta Djanali.

'Ylva was buiten zichzelf van verdriet. Ik ook. Ik was geen grote steun. Ze leunde op Jonas.'

'Wat is er gebeurd?'

'Wat er is gebeurd... hij was blijkbaar betrokken bij wat het ook was, maar zij wilde niet. Ze vertelde me dat ze het niet wilde. Ik heb er nooit met Jonas over gesproken. Ik mocht hem niet en op dat moment wilde ik absoluut niet met hem praten.'

'Met wie hebt u gesproken?'

'Wat?'

'U zei dat "ze" hier zijn geweest. Van de geloofsgemeenschap. De sekte. Wat zeiden ze?'

'Jonas had ze gestuurd. Hij had gezegd dat hij haar wilde helpen met haar verdriet.'

'Wat werd er gezegd?'

'Ik heb niet geluisterd. Ik wilde niet luisteren. Ik wilde alleen dat ze weggingen. Na een tijdje gingen ze weg.'

'Wie waren dat?'

'Een jonge man en een jonge vrouw, zei ik toch. Ik had ze nog nooit eerder gezien.'

'Zou u een van hen herkennen?' vroeg Aneta Djanali, terwijl ze een foto uit haar portefeuille haalde.

Kerstin Berg keek naar de foto, keek op: 'Wie is dat?'

'Herkent u hem?' vroeg Djanali.

Kerstin Berg keek weer naar het portret. Een jonge man.

'Hij was het,' zei ze, 'hij is hier geweest.'

Aneta Djanali kreeg de foto terug. Lukas Bartow. Onlangs genomen. Toen hij nog leefde. God had hem niet geholpen. God had hem vernietigd. Je kon beter met de goden in Burkina Faso te maken hebben. Ze zag de buitenwijken van de hoofdstad voor haar geestesoog. De zon door het stof. De mooie muren van de huizen. Een van de goden hield zich uitsluitend bezig met de beste manier om lekker eten te bereiden. Een andere zorgde voor de landbouw. Een derde voor de bouw van huizen De goden waren een schaduwregering waar de mensen niet op hoefden te stemmen. Iedereen wist dat democratie een lachertje was. Ze gingen naar de goden voor advies. Hier in onze wereld moest je de andere kant op rennen, de zee in, het bos in.

'Hij heet Lukas,' zei ze.

Winter stond op zijn stuk grond aan het strand. Hij was altijd erg gesteld geweest op deze steen in het bijzonder. Ernaast zag hij de achterkant van een hoofd, een schouder, een arm in het zand. Het was een man. Pia Eriksson Fröberg, de forensisch arts, zat op haar knieën naast hem.

'Schotwonden?' vroeg Winter.

'In elk geval niet in het hoofd.'

'Hoe lang geleden?'

'Je weet dat ik dat nog niet precies kan zeggen. Maar in elk geval een paar dagen.'

'Een ongeluk?' zei Winter. Het was wishful thinking, dat wist hij natuurlijk. Ongelukken hoorden bij andere beroepsgroepen.

'Het lijkt op wurging,' zei Pia. 'Maar dat kan ik pas later met zekerheid zeggen.'

Winter deed een paar voorzichtige passen. Misschien was het zinloos, misschien ook niet. De technici bewogen zich binnen de afzetting die overeenkwam met Winters eigen afgezette erfgrens. Misschien was hij daarmee een stap te ver gegaan, maar hij was kwaad geweest. Het had misschien tot iets goeds geleid. Niemand anders dan de moordenaars had het aangedurfd om door de afzetting te gaan, tot aan de steen. Ze hadden het slachtoffer erheen gedragen. Het onderzoek zou uitwijzen of dat inderdaad zo was, maar hij was ervan overtuigd. Dit was geen impulsieve daad. Dit was een boodschap. Een fysieke en concrete boodschap op zijn eigendom. Hij keek naar het lichaam, vanaf de plek waar hij stond, kon hij het gezicht zien. Ik heb dat gezicht eerder gezien. We zijn op zoek geweest naar dat gezicht. Het is verminkt, maar het is nog steeds herkenbaar. Ik kan het mis hebben. Ik heb het niet mis.

'Er ligt een portemonnee onder de arm,' zei Pia.
'Natuurlijk,' zei Winter.
'Wil je die openmaken?'
Hij stak zijn gehandschoende hand uit. Pia overhandigde hem de natte en vieze portemonnee, hij haalde het rijbewijs eruit. De naam.
'Uiteraard,' zei hij tegen zichzelf en tegen iedereen.

Een bewolkte dag, de eerste sinds lange tijd. Winter had iedereen verzameld. Het woord was vrij. Niemand kwam fluitend de vergaderruimte binnen.
'Lukas Bartow,' zei Winter. 'Hij is mogelijk vermoord omdat hij ervandoor ging.'
'Wat wist hij dat zo gevaarlijk was?' vroeg Aneta Djanali.
'De moorden op Jonas en Ylva,' zei Halders. 'Hij wist wie het gedaan heeft.'
'Of gedaan hebben,' zei Djanali.
'Gods Kinderen of hoe ze in godsnaam ook mogen heten,' zei Ringmar.
'Dat weten we niet,' zei Winter.
'Wie kunnen het anders zijn?' zei Ringmar.
'En Dick is verdwenen,' zei Lena Kallender. Ze zag eruit alsof ze ging huilen. 'Hij probeerde hen na te trekken.'
'De politie van Borås heeft nog niets gevonden,' zei Winter.
'Zijn telefoon?' vroeg Kallender.
'Dood,' zei Winter.
'Zijn auto? De gps?'
'Ook dood.'
'Waar zoeken de mensen van Borås?'
'Tussen Gislaved en Borås. Värnamo helpt.'
'Wíj zouden moeten helpen,' zei Kallender. De hele wereld zou moeten helpen, dacht ze. En niet hier moeten zitten zonder iets te doen. Hier gebeurt niets. Alles gebeurt daarbuiten, het gebeurt op dit moment.
Een mobiel ging. Lena schrok op bij het scherpe geluid. Het was die van Winter.

'Ja?'

Hij luisterde, maakte aantekeningen, keek op: 'Er is een getuige.'

'Van wat?' vroeg Halders.

Winter luisterde in zijn telefoon en keek naar de groep: 'Een parkeerplaats.'

27

Winter reed oostwaarts over rijksweg 40 met Halders en Ringmar in de auto. Ooit werd deze weg "de dodenweg" genoemd. Ter hoogte van de Mölnlycke passeerden ze de rotswand waar Sara Brendner tegenaan was gereden. Alles zag er nu normaal uit, de weg en de berg, maar het kon nooit meer normaal worden. Winter had het Sahlgrenska gebeld. Sara was niet teruggevallen in de bodemloze put. Er was hoop. Het voelde goed om nu aan hoop te denken.

'Is het goed dat ik wat muziek opzet?' vroeg Halders.

'Tuurlijk.'

Halders haalde ergens een cd vandaan en stopte die in de stereo van de auto. Winter had de cd-speler behouden in het nieuwe model Mercedes. Hij was een ouderwetse man, iedereen was ouderwets in een moderne auto, en dat was goed zo. Pas wanneer iedereen de oude wereld loslaat, gaan dingen naar de bliksem. Bestudeer de geschiedenis. Niemand verlangde van je dat je er iets van opstak, maar hij probeerde het tenminste. Alles draait om het verleden. Kijk naar deze zaak. Er is geen andere tijd dan de verleden tijd. Het heden is in één seconde voorbij en in de volgende seconde weer *ad aeternum*.

De auto werd gevuld met een dissonant gejank en gebrul van een man met blaasjes op de poliepen op zijn stembanden. Maar de woorden kwamen luid en duidelijk door. Na een minuut kon Winter wel waarderen wat hij hoorde. Coltrane zou het mooi hebben gevonden, in zijn latere periode. Dit was muziek zonder bling. Het was muziek van een heel andere orde.

'Wat is dit in godsnaam?'

'Tom Waits,' zei Halders. 'Heb je nog nooit van hem gehoord?'

'Ik heb gehoord van Michael Bolton,' zei Winter. 'Hij is goed.

Maar dit is een beetje anders. Het is geen popmuziek. Het is meer jazz.'

'Ik heb je net een goudmijn laten horen,' zei Halders.

Winter luisterde. De muziek slingerde en zwaaide als een dronkaard op het dek in een storm. Hij hoorde iets over gevonden worden daar waar de regenboog de grond raakte. Een pot met goud aan de voet van de regenboog. Of een jonge detective. Of allebei. *I'm not afraid* hoorde hij, een hoop die steeds maar weer herhaald werd, het klonk alsof het over hem ging, of over de jonge Dick. Ik wil zijn dood niet op mijn geweten hebben. Mijn man, mijn geweten.

Bij de Burger King vlak voor Borås verlieten ze de snelweg, ze reden verder op weg 27. De regen viel als in de tropen. Die had onnodig lang in de wolken moeten wachten. De ruitenwissers zwiepten op de hoogste snelheid over de voorruit. Winter passeerde vrachtwagens in een muur van zware nattigheid. Ik had een mooie regenjas mee moeten nemen. Grappig dat ik denk dat die mooi moet zijn. Vreemd.

De regen was naar het zuiden getrokken toen hij de parkeerplaats opreed. Er stonden drie auto's op de parkeerplaats, waaronder een politieauto, Winter zag twee technici in beschermende kleding rond een klein gebouwtje verderop op de parkeerplaats lopen. Het toilet. Een echt schijthuis. Daarnet had hij nog heel nodig moeten plassen, maar dat was nu over. Zijn tinnitus was de laatste minuut erger toegenomen. Dat was normaal.

Twee mannen en een vrouw stapten uit een van de auto's en liepen hun tegemoet. Halders en Ringmar stonden naast hem. Halders stopte een zakje snus onder zijn lip. Winter had het één keer geprobeerd, maar nooit meer, hij was er heel erg misselijk van geworden. Aneta gebruikte ook snus.

Een van de mannen knikte. Geen handdrukken.

'Manne Dixon,' zei hij, 'Borås.'

Winter stelde zichzelf en de andere rechercheurs uit Göteborg voor.

De andere inspecteur was Nils Ejesjö uit Värnamo.

De vrouw heette Laila Eriksson en kwam uit Gudarp. Winter had het bord opgemerkt toen hij de rijksweg verliet. Laila was de dag ervoor iets opgevallen toen ze vanuit haar geboortedorp naar de grote weg was gereden.

'Ze heeft ons gebeld,' zei Dixon.

'Vertel,' zei Winter.

'Ik wilde net optrekken na het stopbord en zag twee mensen iets in een auto leggen op de parkeerplaats hier,' zei ze.

'Twee mensen? Mannen of vrouwen?'

'Mannen, denk ik.'

'Wat legden ze in de auto?'

'Ik weet het niet. Het zag er zwaar uit.'

'Hoe kon je dat zien? Dat het zwaar was?'

'Het... zag er zwaar uit.'

'Op welke manier?'

'Het was lang... ze schoven het zo'n beetje op de achterbank.'

'Wat gebeurde er daarna?'

'Ja... een van hen liep van daar naar een andere auto een eindje verderop. En toen reden ze weg.'

'Welke kant op?'

'Weg van mij. Zuidwaarts.' Ze wees naar weg 27, richting Gislaved, Värnamo. De weg liep helemaal door tot aan Karlskrona tot aan de zee.

'Wat voor automerken waren het?'

'De auto... waar ze iets in legden, was een Volvo-stationcar zoals men dat noemt, V70 heet dat geloof ik.'

'En de andere?'

'Geen idee. Maar geen stationcar.'

'Kleur?'

'Donker... misschien zwart of grijs, ik weet het niet.'

'Hebben ze je gezien?'

'Ik... denk het niet.'

'Hoezo?'

'Ik weet het niet. Ze leken me niet te zien. Ik kwam van de afrit.'

'Waarom heb je de politie gebeld?'

'Het was gewoon een gevoel,' zei Laila Eriksson. 'Ik heb er de hele nacht over nagedacht en vanochtend heb ik gebeld.'

Winter reed het centrum van Värnamo in en parkeerde voor het politiebureau. Hij had erg hard gereden. Halders had geen muziek gedraaid. Ringmar had niets gezegd. Ze wisten wat ze moesten doen. Een vermiste agent, vermoord of ontvoerd. Het was een grote zaak.

Peter Wernersson wachtte in de verhoorkamer van het bureau. De klootzak had Dick Forsman ontmoet. Voor Winter was Wernersson de vijand. Dit was persoonlijk geworden. De man deugde niet, zoals iedereen die zich op de verkeerde plaatsen met de verkeerde bedoelingen met God bezighoudt. Een innerlijke slechtheid.

Winter hoorde Ejesjö de gebruikelijke inleidende ondervragingsfrases uitspreken terwijl hij de opnameapparatuur gereedmaakte. Winter bekeek Wernersson nauwkeurig. De man keek recht voor zich uit, naar niets. Hij toonde geen nieuwsgierigheid of verwarring, want hij wist al wat ze zouden gaan vragen.

Ejesjö knikte. Winter boog naar voren. 'Waar is mijn collega?' vroeg hij.

'Wat?'

Wernerssons ogen schoten heen en weer, het betekende niets.

'Mijn collega, inspecteur Dick Forsman. Je hebt hem laatst gezien, bij jou thuis. Herinner je je dat?'

'Ja.'

'Waar is hij verdomme?'

'Wat bedoel je?'

'Dick Forsman is verdwenen. Waar is hij? WAAR IS HIJ?'

Wernersson schrok op. Nils Ejesjö keek ongerust. Hij kende Winter niet, had alleen over hem gehoord, over hem gelezen.

'We weten dat jij en je sekte betrokken zijn bij de verdwijning van een politieagent. Je kunt ons nu vertellen wat je weet of je kunt je mond houden en er zo absoluut van verzekerd zijn dat je nooit meer in vrijheid zult leven.'

'Ik weet n...'

'Nee, nee, nee, probeer nou niet te zeggen dat je niets weet. Ik GARANDEER je dat je voor de rest van je leven in de gevangenis zit als je nu, in de komende paar minuten, zwijgt. Wat ik daarentegen niet kan garanderen, is wat er binnen de muren met je gebeurt. Religieuze sekteleiders zijn niet populair bij gevangenen. Ze staan op hetzelfde niveau als pedofielen en kindermoordenaars.'

Wernersson keek Ejesjö hulpzoekend aan. Ejesjö hield zich stil, hij wilde geen ruzie met Winter, vooral fysiek niet. Zijn enige taak was ervoor te zorgen dat Winter Wernersson niet in elkaar sloeg. Winters collega's waren andere sekteleden aan het ondervragen bij hen thuis. Dat kon ook slecht aflopen, vooral met die met het kaalgeschoren hoofd, die eruitzag als een engel uit de hel.

Halders hield de man bij zijn kraag vast, dat was geen echt geweld, hij wilde gewoon zorgen dat hij tijdens het hele gesprek bleef zitten.

Een appartement in het centrum van de stad met uitzicht op het station. Zoveel had Halders wel gezien toen hij de hal binnenstormde. Daar zat Mattias Strömberg, bijna dertig, een van de gelovigen, volgens Ejesjö. Halders had de deur opengetrapt omdat de man niet snel genoeg had opengedaan toen hij aanbelde. Het slot op de deur was waardeloos, maar Halders had toch een zere kuit. Hij had geen tijd gehad voor een warming-up. Daar werd hij chagrijnig van.

'DE POLITIEMAN OP DE PARKEERPLAATS,' schreeuwde hij zo hard mogelijk in het oor van het Kind van God. 'Waar hebben jullie hem naartoe gebracht?'

Strömberg probeerde zich los te rukken, Halders verstevigde zijn greep op de overhemdkraag, de punten waren lang genoeg, in de jaren zeventig was het nog beter geweest.

'DE POLITIEMAN DE POLITIEMAN DE POLITIEMAN,' schreeuwde hij, 'WAAR IS HIJ WAAR IS HIJ WAAR IS HIJ!?'

Sara

Vandaag kwam oom Gunnar naar me toe in mijn kamer en vroeg of alles goed met me was. Ik zei dat alles goed met me was. Weet je het zeker?' vroeg hij. Ik vond het een vreemde vraag. Ik zei het is vervelend dat jullie ruziemaken wanneer je hier komt. Je moet geen ruziemaken met je broer, vind ik. Ik zei dat als ik broers of zussen had, ik nooit ruzie met ze zou maken. Dat is goed, zei hij. Je moet nooit ruziemaken. Maar waarom maken jullie dan ruzie? Dat hoef je niet te weten, zei hij. Kleine kinderen hoeven niet alles te weten. Ik zei dat ik geen klein kind was. Toen hij wegging, vroeg hij of ik vriendinnen had. Dat was ook zo'n vreemde vraag. Natuurlijk heb ik vriendinnen, en Missan is mijn beste vriendin!

28

Bertil Ringmar had een auto geleend en was ongeveer zes kilometer noordoostwaarts gereden naar een huis aan het Hindsenmeer. Het badstrand Näsudden was vlakbij. Het huis was groot en zag eruit als het woonhuis van een negentiende-eeuwse boerderij. Een hond op het erf hield hem door het hek in de gaten zonder te blaffen. Een getrainde jachthond, Ringmar had daar bewondering voor. Kalm tot de explosie komt.

Een vrouw opende de deur nog voordat hij de buitentrap van het huis had bereikt. Ze zag eruit als een jonge boerin, als je er tenminste nog zo uit kon zien. Hij hield zijn politielegitimatie omhoog. Ze keek ernaar en vervolgens naar hem met dezelfde kalmte als de hond. Ze was niet bang.

'Kunnen we naar binnen gaan?' vroeg Ringmar.

'Mijn kind slaapt.'

'Dan blijven we hierbuiten,' zei Ringmar. 'We zijn op zoek naar een collega die in dit gebied is verdwenen.'

'O.'

'We denken dat we weinig tijd hebben. Ik zal meteen ter zake komen. Het heeft te maken met de geloofsgemeenschap waartoe je behoort. De Kinderen.'

Ze zag er oprecht verbaasd uit. Na al die jaren herkende hij dat. Maar de verbazing kon vele oorzaken hebben. Hoe de politie de overval op Dick al had kunnen linken aan De Kinderen, bijvoorbeeld. Hij haatte die klotenaam. Ze hadden zich op z'n minst Kinderen van God kunnen noemen.

'Wat weet je?' vroeg hij, een open vraag, soms werkt dat.

'Ik weet niets over uw collega.'

'Ik denk dat je liegt. Mijn collega was hier pasgeleden nog in de stad. Stelde vragen over jullie.'

'Over mij? Over wie? Ik heb hem niet gesproken.'

'Ik heb niet gezegd dat het een hij was.'

'Juist ja. Ik nam aan dat...'

'Dick Forsman,' onderbrak Ringmar haar. 'Hij is verdwenen. Wat is er met hem gebeurd? Als je me nu, hier, niet wilt helpen, moet je mee naar het bureau voor verhoor. Je wordt gearresteerd. Voor je kind zal iemand anders moeten zorgen.'

No more mister nice guy. Hij had het geprobeerd.

Toch aarzelde ze. Hoe ver en hoe diep ging dit? Misschien ordende ze haar gedachten? Beteugelde ze haar angst?

Haar naam was Cissi Wendlund. Geen naam die je onmiddellijk met een misdrijf associeerde. Andere namen waren overduidelijk namen van criminelen en psychopaten, het was voldoende om ze zwart-op-wit te zien, een duisternis in de samenstelling van de letters, als een gekrioel van woorden onder stenen. Maar Cissi had een goed mens kunnen zijn die door God was kapotgemaakt.

'Lukas Bartow is vermoord,' zei Ringmar.

Op dat moment begon een kind in het huis te schreeuwen.

Cissi Wendlund draaide haar hoofd heen en weer, alsof ze tussen leven en dood stond en zich niet kon bewegen. Ringmar zag nu de angst in haar ogen. Het had even geduurd.

Winter had tegen Lena Kallender gezegd dat zij het meest geschikt was voor een gesprek met Ulla Brendner. Hij bedoelde een verhoor. Ze draaiden de duimschroeven aan. Het vooronderzoek ging verder zonder 'voor'.

Lena Kallender had het moeilijk gevonden om zich te concentreren, had aan Dick gedacht, eindeloos veel gelezen, gelezen, gelezen. Foto's bekeken. De foto's die waren verstopt en teruggevonden. Daar lagen antwoorden. Er bewoog iets in haar achterhoofd toen ze de gezichten zag, het waren haar nekharen. Alles draaide om angst. Ze voelde een sterke angst voor dit alles, voor deze gezichten die levende mensen waren of waren geweest.

Door de regen stond het huis in Hinsholmen als in een doodskleed. Een slagregen die horizontaal vanaf de zee het land in dreef, *Gothenburg style*. Paraplu's waren een lachertje in Göteborg, er kwam niets uit de lucht vallen.

Ulla Brendner deed open nadat Kallender herhaaldelijk op de deurbel had gedrukt. Ze had een uur geleden gebeld en telefonisch een afspraak gemaakt. Brendner had opgenomen nadat de telefoon ettelijke keren was overgegaan.

De vrouw, die Sara's moeder was, draaide zich om en liep het huis in, door de hal. Kallender volgde haar. Het was donker daarbinnen, alsof het nacht was geworden en niemand de puf had gehad om het licht aan te doen. Door de ramen van de kamer waarin ze nu stonden, was de regen rondom het huis nog duidelijker te zien.

'Waar is hij, de hoofdinspecteur?' vroeg Brendner.

'Hij is niet in de stad.'

'Waarom niet? Heeft het met Sara te maken?'

'Waarom vraagt u dat?'

'Het heeft niets met Sara te maken? Wat is het dan wel?'

'Ik ben hier om over Sara te praten,' zei Kallender.

'Wat valt er nog meer te zeggen?'

'Bijvoorbeeld dat ze een hand lijkt te hebben bewogen.'

Ulla Brendner reageerde niet. Kallender had misschien verwacht dat het gezicht van de vrouw zou opklaren wanneer ze aan de beweging van haar dochter dacht, aan haar terugkeer naar het echte leven, maar alles bleef donker in de kamer.

'Dat is hoopvol,' vervolgde Kallender.

Brendner zei nog steeds niets. Ze heeft in haar leven verschillende trauma's meegemaakt, groter dan die veel anderen mensen in dit land hebben meegemaakt. Ze durft nergens op te hopen. Ik moet het over een andere boeg gooien.

'Welke steun krijgt u van uw zwager?'

'Waarom vraag je dat?'

'Is dat een rare vraag?'

'Hij zit hier ver vandaan,' zei Ulla Brendner.

'Waarom komt hij niet hierheen?'

'Wat zou Gunnar kunnen doen? Wat zou het uitmaken? Wat zou het kunnen veranderen?'

Dat waren meerdere vragen. Het is alsof ze alert wordt, dacht Kallender, betrokken of misschien geïrriteerd. Er is iets.

'Ik dacht aan u. Dat u dan gezelschap had.'

'Ik heb geen gezelschap nodig. Ik heb mij lang zonder gezelschap moeten redden.'

'U had uw dochter.'

'Nu niet meer, wel?'

'Misschien wordt ze gauw wakker. Ze is er nog steeds. Ze is in de buurt.'

De regen sloeg tegen de ramen, recht van opzij, zwaarder dan ooit, het voelde alsof die zou binnendringen, de ramen zou breken, alsof de zondvloed dit huis zou binnenstromen, alles en iedereen zou verdrinken, zowel degene die de vragen stelde als degene die geen antwoord gaf.

'Wanneer was Gunnar voor het laatst in Göteborg?'

'Dat is lang geleden.'

'Twee jaar? Vijf jaar?'

'Zoiets.'

'Hoe was de relatie tussen hem en Sara?'

'Goed.'

'Heeft ze hem ontmoet toen hij thuis was?'

'Hij was hier niet thuis. Hij woont in Spanje.'

'U weet wat ik bedoel.'

'Ze heeft hem ontmoet.'

'Miste ze hem trouwens?'

'Natuurlijk,' zei Ulla Brendner. 'Ze miste hem heel erg.'

'Toch is hij al die jaren daar in Spanje gebleven.'

'Ze kon hem bezoeken. Ik kon hem bezoeken.'

'Hebben jullie dat gedaan?'

'Dat is er niet van gekomen.'

'Waarom niet?'

'Er was te veel... gebeurd,' zei Ulla Brendner. 'Voor hem... voor ons. We zeiden dat we zouden komen maar het kwam er niet van.'

'Dat is moeilijk te geloven.'

'We... konden het niet aan. Na de verkoop van het bedrijf konden we niets meer.'

Mattias Strömberg trilde alsof de rotzak koude rillingen had gekregen. Fredrik Halders probeerde hem te kalmeren door hem op een bank te duwen en zijn armen achterop zijn rug te boeien. Als hij bleef trillen, moest Halders zijn hoofd naar beneden duwen. De man verzette zich. Dat heette geweld tegen een politieman, in dit geval gewelddadig verzet. Halders kon zich nauwelijks verdedigen.

Het was een beetje luidruchtig geworden in Strömbergs appartement, dat uitkeek op het station. Oftewel 'reiscentrum', zoals het in het Nieuw-Zweeds heette. Wat een kutwoord. Halders haatte de meeste Nieuw-Zweedse woorden, bijna net zo erg als de lullige jezusfiguur die op de bank gehurkt zat.

'GEEF ME EEN NAAM!' schreeuwde hij. 'GEEF ME EEN PLAATS!'

Halders trok het hoofd van de man omhoog. De ogen leken alle kanten tegelijk op te kijken, het oogwit rolde als in een eenarmige bandiet.

'GEEF ME EEN PLAATS!'

De lullige jezusfiguur probeerde iets te zeggen.

'Wat? Wat?'

'W-w... wie?'

'Wie? WIE? Een politieman genaamd DICK FORSMAN. Waar is hij? WAAR IS HIJ?'

'Ik we... Ik we...'

'WAT weet je? WAT WEET JE?'

'Ni...ni... niets.'

'Waar is de baas?' vroeg Halders. 'Wie is de leider? WAAR IS HIJ?'

'Leid...'

Halders trok de man van de bank, hield zijn gezicht dicht bij het zijne. Halders rook de geur van angst, een zure zweetlucht.

'Hij... hij is niet hier.'

'Niet hier? Niet hier? Waar is hij?'

'Gö... Göteborg.'

'Hoe heet hij?'

De man mompelde iets wat van alles kon zijn, elke denkbare naam. Zijn ogen draaiden. Sloten zich. Openden zich weer half.

Zijn lichaam werd slap en zwaar in Halders armen, zijn hoofd viel naar voren, naar beneden. Ben ik zo verdomde saai? In slaap vallen midden in ons gesprek?

Van Cissie Wendlund viel geen hulp te verwachten. Het enige wat Ringmar had bereikt, was dat hij haar doodsbang had gemaakt. Als hij zo doorging, zou hij zelf de volgende schone luier om moeten doen. Een man was niet te bekennen. Hij was blijkbaar aan het werk en dat was maar goed ook.

Ze was naar het huilende kind gegaan. Ringmar stond nog steeds buiten op de heuvel. Het huis stond zo hoog dat hij tussen de naald- en loofbomen door het meer kon zien liggen. Een polyester bootje met buitenboordmotor lag een paar honderd meter van de oever verwijderd in het water. Hij kon mensen zien vissen, misschien was dit een meer voor snoekbaars, daar was het groot genoeg voor, snoekbaarsfilet met boter en mierikswortel is lekker, versgevangen vis, in een volgend leven zit ík daar. Zijn mobieltje ging.

'Die kerel van mij weet van niets,' zei Winter. 'Wel namen, maar nog niets specifieks. Geen locatie waar we een inval kunnen doen.'

'Dito hier,' zei Ringmar. 'Heb vooral een onschuldig Kind van God bang gemaakt.'

'Ik heb nog niets van Fredrik gehoord,' zei Winter.

'De kans dat dit slecht afloopt is groot,' zei Ringmar.

'Dat alles slecht afloopt,' zei Winter.

'Ik begrijp deze ontvoering, of hoe het ook heet, niet,' zei Ringmar. 'Waarom Dick? Hij was op weg naar huis. Hij had geen geheimen bij zich.'

'Wat bedoel je?'

'Hij had toch niets gevonden?'

'Ik weet het niet. Hij is nooit thuisgekomen.'

'Dan was hij toch gebleven?' zei Ringmar.

'Ik heb hem bevolen naar huis te komen,' zei Winter.

'Maar toch. Als hij iets had gehad om mee aan de slag te gaan, was hij wel gebleven, toch?'

Winter antwoordde niet.

'Hij durfde niet,' zei Ringmar. 'Hij durfde zich niet tegen je te verzetten.'

Ringmar hoorde geluiden achter zich, draaide zich om, zag Cissi de trap af komen met het kind in haar armen, hij zwaaide vriendelijk, draaide zich weer om, de boot daar bewoog over het wateroppervlak, dat glinsterde als zilver in de zon.

'Dick moet iets van hier hebben meegenomen waar hij niet mee thuis mocht komen,' zei hij. 'Dat kan de enige reden zijn dat ze het risico namen om hem te overvallen.'

'Dan had hij het ons moeten vertellen. Of moeten blijven. Ondanks mijn bevel.'

'Hij wist het zelf niet,' zei Ringmar. 'Hij had het gevonden, maar hij realiseerde het zich niet.'

29

Fredrik Halders probeerde de man weer bij zijn positieven te brengen, maar dat lukte niet zo goed. Hij was van zijn stokje gegaan. Het was onverklaarbaar, Strömberg moest op enig moment zijn hoofd hebben gestoten terwijl dat Halders was ontgaan. Of misschien was het pure schrik. Het menselijk lichaam had het vermogen zich af te sluiten als het kennismaakte met Fredrik Halders. Zijn naam was genoeg. Maar soms werkte het averechts, zoals nu, nu hij niet wist wat hij moest doen. Hij belde Winter, legde de situatie uit, hoorde stemmen op de achtergrond.

'Jezus,' zei Winter.

'Niet echt,' zei Halders.

'Wat heb je gedaan?'

'Niets.'

'Heb je een ambulance gebeld?'

'Nee.'

'Doe dat onmiddellijk!'

'Hoe leg je zoiets uit? Politiegeweld? Gewelddadig verzet?'

'Bel!'

Winter zat met Peter Wernersson in de kamer van Nils Ejesjö op het politiebureau. Wernersson had niets nieuws te melden. De tijd verstreek en vloog voorbij als wilde paarden over de heuvels. Winter had de metafoor ergens gelezen.

'Ben je in Göteborg geweest?' vroeg Winter.

'Wat? Ja...'

'Wat zijn de namen van je contacten daar?'

'Ik heb geen contacten.'

'Je religieuze vrienden.'

'Ik ken daar niemand.'

Winter keek naar Ejesjö. Zijn collega wist het ook niet. Hij had Winter geholpen met "contacten" in deze stad, maar dat was alles. Het was niet genoeg.

'Hoe is dat mogelijk?' zei Winter.

'Wat?'

'Je hebt me wel gehoord. Hoe is het mogelijk dat je buiten deze stad niemand kent van je geloofsgemeenschap?'

'We zijn klein. Ik wist niet dat er meer waren dan hier in de stad.'

'Lukas Bartow.'

'Hem tel ik niet mee,' zei Wernersson.

'Waarom niet?'

'Hij heeft ons verlaten.'

'Wie heeft je dat verteld?'

'Dat weet ik niet meer.'

'Denk na.'

'Misschien wist ik het niet echt,' zei Wernersson. 'Misschien is het gewoon iets wat ik heb gedacht. Waarschijnlijk wilde Lukas er nooit bij horen. Zijn vader wilde het niet.'

Halders ging mee in de ambulance. Strömberg kwam op weg naar het ziekenhuis, dat ver voorbij het spoor lag, weer bij. Värnamo was een grotere stad dan Halders had gedacht. Strömberg keek hem aan. Godzijdank dat de man weer was bijgekomen. Niet nog meer mensen in coma, alsjeblieft. Strömberg sloot zijn ogen weer. Halders had zin om hem eens lichtjes door elkaar te schudden, maar zijn impulsbeheersing sloeg aan, zoals bijna altijd in benarde situaties.

Ze stopten. De man werd door de deuren van de eerste hulp naar binnen gereden. Halders werd gevraagd buiten te wachten. Een politiewagen reed de oprit op. Twee mensen stapten uit, een van hen was in burgerkleding.

'Hoe erg is het?' vroeg hij.

'Valt mee. Hij kwam in de ambulance alweer bij.'

'Maar hij heeft toch dringend medische hulp nodig.'

'Dat zal voor de zekerheid zijn,' zei Halders. 'Jullie hier op het platteland zijn wat voorzichtiger.'

'Ik hoor je berouw,' zei Nils Ejesjö.

'Ben je gelovig?'

'Wil je een pak rammel?'

De geüniformeerde collega die naast hem stond, legde een brede arm over Ejesjö's iets dunnere arm. Hij had z'n arm opgetild, alsof hij Halders bij zich wilde roepen.

'Ze hebben mijn beste vriend ontvoerd,' loog Halders, 'kunnen we dit akkefietje later afhandelen?'

Hij zag de Mercedes van Winter aankomen, glimmend als zilveramalgaam in het zonlicht. Hier kwam de cavalerie om de kleine plattelandsinspecteur te redden.

Winter wenkte hem de auto in. Ringmar zat al op de achterbank. De drie musketiers waren weer samen. Hoorde er niet een vierde te zijn? D'Artagnan? Was hij de vierde? Aneta moest maar de vierde zijn. D'Janali en de drie musketiers. Athos, Porthos, Aramis. Hij herinnerde zich nu alles. De drie hoofdinspecteurs. Een gevaarlijk avontuur.

Hij zat op de achterbank. Winter reed met gierende banden weg naar het zuiden, Åminne, het meer Vidöstern, een van de grootste in Småland, Halders zag door de begroeiing heen het water blinken en schitteren. Winter sloeg een secundaire weg in en reed door tot vlak bij het water. Iets verderop stond een kluitje zomerhuisjes, maar geen voertuigen, geen beweging. Winter zette de motor uit en draaide zich naar Halders toe: 'Hoe is het met die man?'

'Hij overleeft het wel.'

'De vraag is of dat ook voor ons geldt.'

'Ach. Dat gaat niet gebeuren.'

Winter sloot zijn ogen. Zijn vuist wilde iets doen, maar zijn hersenen hielden het tegen.

'De man is te bang,' zei Halders. 'Hij gaat niet verder.'

'Bang voor jou?'

'Nee, nee. Dick. Voor wat er met Dick is gebeurd.'

'Wat is er met Dick gebeurd?'

'Daar heeft hij niets over gezegd. Hij raaskalde maar door over Göteborg.'

Halders keek naar Ringmar. Hij zag er moe uit. Winter zag er moe uit, vermoeider dan Halders hem ooit had gezien. Zelf voelde hij zich half gevloerd. Al deze onwetendheid. De verschrikking. *The horror, oh the horror.*

'We zijn nog geen steek verder gekomen,' vervolgde Winter. 'We hebben niet gevonden wat Dick heeft gevonden.'

'Wat heeft hij dan gevonden?'

Winter keek uit over de baai, alsof daar iets op de bodem moest liggen.

'We krijgen geen zinnige informatie van de mensen hier,' zei hij.

'Waarom niet?' vroeg Halders.

'Omdat ze NIETS WETEN,' zei Winter, met zo'n luide stem dat de woorden door de open autoramen vlogen en een paar eenden aan de waterkant de stuipen op het lijf joegen. Ze streken een paar meter verder neer op het wateroppervlak. Hij was weggereden om een rustig plekje te zoeken om te praten. De rust was voorbij.

'Waarom weten de mensen niets?' vroeg Ringmar.

'Niemand heeft het ze verteld,' zei Winter.

'Maar iemand wel aan Dick,' zei Ringmar.

Winter streek met één hand over zijn gezicht, keek op met rood doorlopen ogen, opende het autoportier en ademde warme lucht in. Het rook vaag naar het vocht dat je naast een beek vindt. Een fijne geur. Hij brengt je onmiddellijk terug naar je jeugd, je kindertijd. Als de kindertijd fijn was.

'Het gaat niet om deze stad,' zei Winter.

Halders keek om zich heen, beïnvloed door de woorden van Winter. Deze stad. Hiervandaan leek het alsof die uit de Vikingtijd stamde. Steen en water en bomen. Een paar kilometer naar het noorden begon de beschaving, maar niet het soort beschaving waarin Halders zich thuis voelde. Nog één zo'n opdracht en hij zou uit pure drang tot zelfbehoud ontslag nemen. In de grote stad gebeurde niets echt gevaarlijks. De gevaarlijke dingen gebeurden hier, of in Tranemo, of op een parkeerplaats tussen de afgronden.

'Gaat het überhaupt wel om de moorden op de jongeren?' zei Ringmar voor zich uit op de achterbank.

Halders draaide zich om.

'Waar heb je het in godsnaam over, Bertil?'

'Wat als het eigenlijk over Sara gaat,' zei Ringmar. 'Dat het al die tijd over Sara is gegaan.'

Halders keek naar Winter. Winter keek naar het water. Twee zwanen waren vanuit het zuiden komen aanvliegen. Ze waren zwart in het schuin invallende tegenlicht. Twee perfecte silhouetten. Een perfect paar, ze zouden elkaar nooit in de steek laten.

'Maar Dick dan?' zei Halders. 'Hij was hier. Hij ondervroeg mensen. Daarna kwam hij in de problemen. Het moet met elkaar te maken hebben!'

'Natuurlijk heeft het met elkaar te maken,' zei Winter, 'maar niet zoals wij gedacht hebben.'

'Wat hebben we dan gedacht?' vroeg Halders. 'Ik weet niet wat we hebben gedacht. Als jullie *the big picture* hebben, nodig ik jullie van harte uit mij dat ook te laten zien.'

'Dat hebben we niet,' zei Winter, 'nog niet.'

Ejesjö organiseerde de zoektocht naar Dick in een uitgebreid gebied rond Värnamo. Ejesjö sprak een vreselijk dialect maar hij was efficiënt.

Winter reed naar huis zonder de namen die een deel hadden moeten uitmaken van het geheel. Die zouden komen, maar niet nu. Hij geloofde in het totaalbeeld, misschien te veel, maar zijn intuïtie had hem nog nooit in de steek gelaten. Die had hem meer dan eens bijna het leven gekost, maar nooit in de steek gelaten. Ergens in het uur van de wolf had hij zich afgevraagd of dit was waar zijn leven op neerkwam: bijna gedood worden. Of gedood worden. Of leven als een bijna-dode. Het was geen romantiek. Het was geen doodswens. Hij was het, precies waar hij nu was, alleen, op weg van niets naar nergens, seconden verwijderd van even diep ademhalen om verder te kunnen. Dat deed hij, toen ze bij de parkeerplaats aankwamen waar Dick was verdwenen. Hij reed de parkeerplaats op. Het afzetlint hing nog rond het wc-hokje, maar de technici uit Borås waren vertrokken. Hij had het volste vertrouwen in hen, hun leidinggevende was een kei.

Ze stapten uit en liepen in de richting van het deerniswekkende gebouwtje. Waarom? Een laatste bijeenkomst voor Dick? Ze liepen om het hokje heen. Dat ging snel.

'Ik haat de term "zoekactie",' zei Halders.

'In verband met wat?' vroeg Ringmar.

'Doe niet zo belachelijk, Bertil.'

'Jij komt met die belachelijke onzinpraat.'

'Jou belachelijk maken?'

'Houd je mond, Fredrik,' zei Winter.

Halders liep weg. Impulsbeheersing. Hij liep naar het nabijgelegen stroompje, maar daar stroomde op dit moment niets. Het meer Tranemosjön. Een oase op de weg door de woestijn. Binnenkort zou hij weer terug zijn bij het echte grote water. Het grote beeld. Van horizon tot horizon. In het binnenland krompen zijn hersenen, dat voelde hij al na één dag.

'We rijden verder,' hoorde hij Winter zeggen. 'We hebben hier niets meer te zoeken.'

Sara was er nog. Winter stond voor haar kamer op de afdeling Neurorevalidatie. Sara had weer tegendruk gegeven met haar hand, zeker nog één keer. Het was geen reflexmatige beweging, dat wilde hij tenminste niet denken, en ook niemand anders hier. Sara's lichaam was gehavend, maar haar hersenen waren niet dood, in tegenstelling tot die van Fredrik bijvoorbeeld.

Ze ademde op eigen kracht. Dat was heel goed. Dat was de toekomst. Hij had vaak nagedacht over wat hij tegen haar zou zeggen als ze wakker werd. Het eerste wat hij zou zeggen. Als ze zou kunnen horen. Als ze misschien weer zou gaan wegzakken in bewusteloosheid.

Of misschien hoorde ze alles, had ze alles gehoord sinds het ongeluk, hij noemde het 'het ongeluk'. Locked-insyndroom. Dat kwam voor. Mensen die na decennia wakker werden, alles hadden gehoord, zich alles herinnerden. Zich nooit hadden kunnen bewegen. Een lichaam als een broos en versnipperd blad. Maar de hersenen waren de hele tijd werkzaam geweest.

De artsen hier konden geen duidelijke antwoorden geven, hoe zouden ze dat ook kunnen? Eigenlijk zou hij al zijn wakkere uren aan Sara's bed moeten doorbrengen en vertellen en vragen en nog eens vertellen. Het leven en het gesprek in haar hersenen gaande houden. Misschien zou het over zevenendertig jaar resultaat opleveren. Dertig plus zevenendertig is zevenenzestig. Bijna zo oud als een man gemiddeld wordt, als een vrouw gemiddeld wordt, tenminste in een armer land. Dit is een rijk land. Er zijn hier geen grenzen aan ons leven. In dit land kunnen we worden wat we willen. Kijk maar naar mij.

Winter strooide wat gewoon zout op een lendenbiefstuk van Gudagott op het Mariaplan, liet hem een kwartier liggen en legde hem in de hete grillpan. Twee minuten aan elke kant. Rook in de keuken. Gemalen zwarte peper over de biefstuk terwijl hij rustte.

Hij at het vlees met een salade van geroosterde paprika's, peterselieboter en een stuk stokbrood van de Franse bakkerij in Majorna. Dronk ijswater en een glas cahors bij de maaltijd. Dronk nog een glas.

In de woonkamer stond de balkondeur al op een kier. De kamer was koel. Hij duwde de deur verder open en stapte naar buiten. De stad doofde de lichten. De trams zouden algauw stoppen met rijden. De nacht komt, koud en heerlijk lang. Een zwerm vogels vloog in formatie door de lucht, zwart tegen grijs. De eigenaardige taal sneed door de lucht: de instructies van de leidende vogel. De formatie daar boven verdunde, verdichtte, verdunde tot die de ruimte in werd gezogen.

Hij ging weer naar binnen, opende de laptop, zocht tussen de bestanden tot Sara's gezicht zichtbaar werd. Het tienjarige meisje keek naar de tafel. Daar was niets, alleen een angstaanjagende microfoon. De stem van Lassander was te horen. Die was veel te luid. Lassander vroeg iets, maar Winter verstond het niet, hij keek naar het meisje. Ze antwoordde iets, maar ook dat hoorde hij niet. Hij keek naar haar bange ogen. Het was niet de verhoorsituatie. Het was wat ze met zich meedroeg. Het zwijgen. Toen en nu. Een geheim dat ze zelf niet begreep. Dat hij, Winter, nóg niet begreep.

Hij pakte het kleine dagboek van een plank, las. Een boekje met harde kaften die zachter waren geworden. De sporen van de tijd waren na al die jaren in de grond bewaard gebleven op het papier. Als jaarringen. De pagina's bevatten niet veel woorden, maar ze vertelden een verhaal dat geschreven was maar niet begrepen. Winter probeerde het te begrijpen, probeerde het te begríjpen, dat was het kruis dat hij droeg. Een zware last voor een rechercheur, te veel gedachten, te veel empathie, fantasie, te veel wegen in de duisternis, en verdomme te weinig licht.

De rook was vanuit de keuken de woonkamer ingedreven en vermengde zich met de rook in het glas met de zestien jaar oude Lagavulin dat voor hem op tafel stond. Rook en de geur van pomerans. De deur naar buiten stond nog steeds open. Hij had het niet koud. Een stem in de kamer, piano, drums:

Ik had eens een droom
Een droom over ons
We zaten op Amundön
We waren ergens in de twintig
En je hield mijn hand vast en fluisterde zacht
Je zult nooit, nooit tevreden zijn
Hoe het ook gaat

Zijn mobieltje op de tafel knipperde. Hij zette het nummer van David Urwitz zachter, het had al op een laag volume gestaan.

'Hoi Angela.'

'Ben je thuis?' vroeg ze.

'Waar zou ik anders zijn?'

'In Värnamo, bijvoorbeeld.'

'Nee, zo lang zijn we niet gebleven. Deze keer niet.'

'Aha. Wat draai je?'

'Hoor je dat?'

'Ik hoor een piano en iemand zingen.'

'Het is een muzikant en songwriter uit Masthugget. Een tip van Fredrik.'

'Dan kan het geen jazz zijn.'

'Het is melancholisch. Dat is ook een soort jazz.'

'Perfect,' zei ze.

'Ja toch. Slapen de meisjes?'

'Al een paar uur. Lilly heeft ook vanavond niet naar je gevraagd.'

'Volgende week,' zei hij. 'Volgende week kom ik.'

'Jaja.'

'Geloof je me niet?'

'Ik weet het niet.'

'Er zijn dingen die ik moet weten en er zijn antwoorden aan de zonnekust.'

'Heb je tijd om ons te zien?'

'Angela...'

'Je moet immers werken.'

'Niet alleen maar, verdomme.'

'Niet vloeken.'

Hij hoorde de woorden van de muziek in de kamer, 'je zult nooit tevreden zijn, hoe het ook gaat'. Hij hoorde haar ademhaling, en misschien nog iets anders, tranen, als je tranen kunt horen.

'Ik trek dit niet meer,' zei ze.

'Ik kom,' zei hij, 'ik kom.'

30

Het terrein was vervuild. De zee die over het strand rolde was zwart. Het zand was zwart. Winter zag zijn kinderen in het zwarte zand spelen en keek weg. Mettertijd zou het zand wel geel worden. Alles zal weer geel worden, want dat doet de tijd.

Hij stond bij de steen waar het lichaam van Lukas Bartow had gelegen, half begraven in het zand. Waarom daar? Waarom híér? Wat was dit voor soort boodschap? Hij had de gestalte opgemerkt die hem had gezien... had geobserveerd. En waarom? Wat betekende dat? Er was een antwoord, dat is er altijd bij een raadsel. Als het om een mysterie gaat, zijn er niet altijd antwoorden. Misschien was dit een combinatie. Nee. Het was een raadsel. Wat is mijn rol daarin? Ben ik een deel van het antwoord?

Hij dacht aan de jonge Dick. Het was onmogelijk om dat niet te doen. Dick Forsman was nu een nationale beroemdheid geworden. Het leek wel of het hele land de zoektocht naar de vermiste rechercheur volgde. Als Dick het had geweten, zou hij trots zijn geweest. Winter glimlachte bijna. Maar de kans was groot dat Dick nergens meer iets van wist.

Halders en Djanali volgden het spoor terug naar Miltons Mekaniska. Het spookbeeld van de gigantische fabriek zweefde boven Högsbo en zou dat altijd doen. Zoals de Twin Towers boven Manhattan, nergens mee te vergelijken.

Ze stonden op de parkeerplaats. Het was een prachtige dag. Het rook lekker naar brood in de omgeving. Ze werden vergezeld door een oudere vrouw. Maja Brugger. Ze was al bijna een generatie met pensioen, maar haar geheugen was nog intact. Ze was de secretarieel medewerker van de directeur geweest. Seth Milton. Hij was er niet meer, overleden nog voordat zijn levenswerk tegen de vlakte ging. Toen Aneta Djanali Maja belde, wilde de oude vrouw een luchtje scheppen. Ze wilde de plek zien waar ze zoveel jaren had gewerkt. Een heel jong meisje aan het begin van haar werkende leven. Ze was de first in, last out. Nu kwam ze daar in een rolstoel. Die was licht en soepel. Djanali hoefde hem nauwelijks te duwen.

'Niet te geloven dat alles weg is,' zei Maja Brugger.

'Het moet een prachtige, statige fabriek zijn geweest,' zei Halders.

'Hij had moeten blijven staan.'

'Oude fabrieksgebouwen zijn vaak mooi,' zei Djanali.

'Hij had een mooie gele kleur,' zei Maja Brugger. 'Het zag eruit als goud als de zon erop scheen. Zo herinner ik het me in elk geval.'

'Past bij de naam,' zei Halders. 'Miltons Mekaniska moet een geel gebouw zijn.'

'Ze hadden het op de monumentenlijst kunnen zetten of hoe dat dan ook heet,' zei Maja Brugger.

'Maar dan hadden we de man in de muur niet gevonden,' zei Halders.

'Stel je voor dat hij hier al die jaren heeft gezeten,' zei Maja Brugger. 'Vlak onder onze neus. Terwijl wij gewoon rondliepen en ons werk deden.'

'Dus de vraag is hoe hij daar beland is,' zei Aneta Djanali.

Maja Brugger keek om zich heen. Alles was bekend voor haar en toch ook weer niet. Net als het leven, alles is vertrouwd en toch ook weer niet. Het leven is een bekend mysterie.

'Het was niet iemand die ik kende,' zei Maja Brugger. 'Ik denk ook niet dat Seth hem kende.'

'Kan iemand anders in het bedrijf Kent Johansson gekend hebben? Street, zoals hij werd genoemd.'

'Niet dat ik weet. Ik heb hem nooit gezien voor zover ik weet.'

'Waren er andere buitenstaanders die Seth geregeld trof?'

'Bedoel je... hier? In de fabriek?'

'Ja, of buiten het werk om?'

'Wat hij buiten het werk om deed, weet ik niet.'

'Maar hier dan?'

'Er waren voortdurend kopers en verkopers.'

Halders knikte. Zwaar verkeer reed over het terrein. Het industrieterrein van Högsbo was altijd al een drukke plek geweest. Maja Brugger was met haar eigen auto gekomen. Als ik vijfennegentig ben, wil ik zelf naar mijn auto lopen. Achter het stuur kruipen. Honderd rijden.

'De gebroeders Brendner,' zei Maja Brugger.

'Wat?'

'De gebroeders Brendner kwamen af en toe langs. Lars en Gunnar. Van Copy. En Lars' vrouw, Ulla.'

'Waarom?' vroeg Halders.

'Ze deden waarschijnlijk zaken samen.'

'Wat voor zaken waren dat?' vroeg Djanali.

'Ik weet het echt niet. Maar ik denk dat ze ook goede vrienden waren.'

'Had Seth Milton kinderen?' vroeg Halders.

Het was alsof Maja Brugger opschrok. Er was iets. 'Waarom vraag je dat?'

'Is dat een rare vraag?'

'Hij had een zoon. En een dochter. Maar die stierf toen ze klein was.'

Lena Kallender parkeerde voor het huis van Sara en Richard in Fredriksdal. Als het al Fredriksdal was, de stadsdeelgrenzen waren heilig voor de Göteborgers. Misschien was het veiliger om Johanneberg te zeggen, dat besloeg een groter gebied.

Het huisje zag er somber uit, maar dat was slechts haar interpretatie van het bouwwerk. Het was een dood ding, en alles erin was dood. De foto's die er hadden gestaan, waren dood, ook al toonden ze leven. Dat leven was begraven. Een bewuste daad. Zat daar een vorm van symboliek in? Nee, die was er niet. Symboliek gaat niet goed samen met onderzoekswerk.

Ze ging het huis binnen. Het rook er naar stof en zon en eenzaamheid. Leegte. Ze bleef roerloos staan in de lichte woonkamer en merkte dat ze huilde.

Ze zag Dick iets stoms zeggen. Ze zag hem lachen om iets stoms dat hij zelf had gezegd. Een verdomde sukkel die van zijn werk hield. Die op de juiste plek in het leven terecht was gekomen. Ze zag hem in gedachten weer in de rivier springen en weer boven komen en als een hondje naar de steiger zwemmen.

Was dit het begin van het einde? Dat mag niet. Dick is ergens. Hij is nog in de wereld, in het leven. Ze moesten het eens wagen. ZE MOESTEN HET EENS WAGEN. Elk moment kan mijn telefoon gaan en hoor ik zijn belachelijke Smålandse dialect.

Ze liep het huis uit, stond op het kleine tuinpad. Vogels zongen. De wind waaide. Zo is het voor ons die leven. Een jongen bleef bij de brievenbus staan. Hij zat op een mountainbikeachtige fiets. Het was bergachtig in deze buurt. Goede keuze. De jongen was misschien tien, elf. Hij had lang blond haar. Ze wist dat sommige jongens van die leeftijd een jongenskapsel weigerden. Misschien had het met meisjes te maken, maar een jongen van tien wil toch niet schattig zijn? Nog niet. Een charmeur genoemd worden was verschrikkelijk, dat was tenminste wat Lena had begrepen toen ze tussen jongens opgroeide. Later, in hun tienerjaren, deden de jongens er alles aan om charmeur genoemd te worden. Ze was er nog nooit eentje tegengekomen. Ze had nog nooit iemand ontmoet met wie ze langere tijd wilde doorbrengen, met wie ze nacht na nacht een bed, of een keuken, of een badkamer wilde delen. Dick verscheen weer in haar gedachten. Ze voelde een traan op haar linkerwang. Veegde hem weg. De jongen zat nog steeds op zijn fiets. Wat deed hij hier?

Ze hadden hier buurtonderzoek gedaan. Het had niets opgeleverd. Sara en Richard waren op zichzelf geweest, zonder vrienden in de buurt. Maar dat kon angst zijn. Trek geen aandacht.

'Hoi,' zei ze tegen de jongen.

'Wie ben jij?'

'Ik ben een politieagent.'

'Je hebt geen uniform.'

'Ik ben een rechercheur. Wij hoeven geen uniform te dragen.'

'Dat klinkt saai. Als je een agent bent, wil je toch een uni-

form? Als je soldaat bent, wil je toch ook een uniform dragen?'
'Hou je van uniformen?'
'Daar houdt iedereen toch van!'
'Dat hangt er waarschijnlijk van af,' zei Lena. 'Hoe heet je?'
'Eskil.'
'Wil je politieagent worden, Eskil?'
'Ik denk het wel. Of militair.'
'Niet brandweerman?'
'Nee. Of misschien.'
'Brandweerman zijn is stoer werk.'
'Ben jij brandweerman geweest?'
'Nee...'
'Hoe weet je dan of het stoer is?'
'Ik heb met brandweerlieden gewerkt. De politie doet dat vaak.'
'Misschien heb ik dat hier gezien,' zei Eskil en hij maakte met zijn hand een gebaar in de richting van het huis. Hij zat nog steeds op de fiets. Misschien nam hij de fiets 's avonds mee naar bed. 'Ik was degene die zag dat er was ingebroken,' vervolgde hij en hij keek Lena aan. 'Ik moest praten met een politieagent in uniform. En later met een zonder uniform.'
'Heb je toen brandweermannen gezien?' vroeg Lena.
'Nee, nee, dat was daarvoor. Toen ze hier nog woonden. Ik fiets hier altijd na schooltijd. Iedereen herkent me. Maar ze zien me niet altijd. Bovendien denk ik niet dat het brandweermannen waren.'
'Wacht even,' zei Lena. 'Dus je hebt hier iemand in uniform gezien terwijl Sara en Richard in het huis waren? Toen ze hier woonden?'
'Het waren er twee. Het was bijna avond, maar het was nog niet donker.'
'Wanneer was dit?'
'Aan het eind van de winter. Of bijna aan het eind van de winter. Misschien maart. Ik weet het niet. Er lag nog wat sneeuw onder een paar bomen in het park, niet veel maar het lag er. Ze kwamen in een gewone auto. Hadden een uniform.'
Doing klonk het in het hoofd van Lena Kallender, *doing doing*,

als een plotselinge duizeligheid. Wie waren dit? Of had Eskil hier een te levendige fantasie? Hij leek in zijn eigen wereld van uniformen en bewaking te leven.

'Zij hebben mij niet gezien, maar ik zag hen wel,' zei Eskil.

'Hoe weet je dat?'

'Zoiets weet je,' zei de meesterspion.

'Zou je een van hen herkennen?'

'Nee het was te ver weg.'

'Wat voor uniformen hadden ze aan?'

'Zwarte, leek het.'

'Droegen ze gevechtsuniformen? Hadden ze wapens?'

'Ik heb geen wapens gezien. Gewone uniformen... zoals politieagenten.'

'Wat hadden ze op hun hoofd?'

'Een alpinopet.'

'Een pet? Wat voor kleur?'

'Dat kon ik niet zien. Daar was het te donker voor.'

'Was het blauw? Was het zwart? Lichter of donkerder?'

'Lichter,' zei Eskil, 'misschien blauw. Ik weet het niet.'

'Waren het mannen of vrouwen?'

'Het waren meneren, denk ik.'

Winter was terug in de werkkamer, niet dat daar zoveel werk gedaan werd. Denkwerk, misschien. Hij was nu aan het denken. Hij had nog steeds niet besloten of hij vooraf contact moest opnemen met Gunnar Brendner in Almuñécar of dat hij maar gewoon op de veranda moest staan met een bos rozen. Ik condoleer hem met vertraging.

'Wat zou jij doen?' vroeg hij aan Ringmar, die aan de andere kant van het bureau zat.

'Het probleem met verrassingen is dat je niet weet of hij in de stad is,' zei Ringmar. 'Hij kan overal zijn. Hij kan hier zijn.'

'Als hij daar al die dertig jaar is geweest, zal hij nu niet meer op reis gaan,' zei Winter.

'Dat was voor de crash,' zei Ringmar.

'En voor Miltons Mekaniska,' zei Winter.

'Bel hem gewoon niet,' zei Ringmar. 'Je moet sowieso naar je zonnekust, toch? Je hebt een huwelijk te redden.'

'Zo erg is het niet.'

'O nee?'

'We gaan immers een huis bouwen?'

'Hoe staat het daar trouwens mee?'

'Uitstekend.'

'Alle vergunningen klaar?' vroeg Ringmar.

'Jazeker.'

'Lieg je ook tegen Angela?'

'Ja... een beetje... maar alleen nu. En alleen hierover.'

'Nu gaat het erom de droom in leven te houden, hè? Ik heb nog nooit gehoord van een droom die in leven kon worden gehouden. Een droom is een droom. Een onderbewuste fantasie. Er is een reden waarom mensen zich zelden hun dromen herinneren.'

'Dit is meer dan een droom. Je zult het zien. Je zult het zien, Bertil!'

'Rustig aan, verdomme.'

'Ik ben rustig. Waarom zou ik niet rustig zijn?'

Winter werd onderbroken door de telefoon op het bureau.

'Ja?'

'Hallo, met de receptie. Er is hier een man die je wil spreken.'

'Wie is het?'

'Zijn naam is Jens Bartow.'

'Stuur hem maar naar boven.'

Winter legde de telefoon neer.

'Wat was dat?' vroeg Ringmar.

'De vader van Lukas Bartow. Hij is onderweg naar boven.'

'Hebben Ejesjö en zijn afdeling niet in Värnamo met die man gesproken?'

'Blijkbaar niet genoeg,' zei Winter, terwijl hij opstond en naar de deur liep. Ringmar stond ook op. Misschien zou er iets gebeuren. De man was niet zonder reden naar Göteborg gekomen.

Winter ontving Bartow voor de lift. Een agent in uniform was met hem meegelopen. Bartow had beneden misschien gewelddadig geleken. Of wanhopig. Hij had zijn kind verloren. Een groter verlies in je leven is er niet. Ik ben geboren om mijn kind te verliezen. Dat soort gedachten. Winter had ze ook weleens gehad. Hij zou naar Spanje gaan om nooit meer alleen te zijn. Zijn gezin zou nooit meer alleen zijn.

'Kom maar mee,' zei Winter.

Ze gingen naar zijn kamer. Ringmar wachtte binnen en begroette hen met een knikje en zijn naam.

'Mijn oprechte deelneming,' zei Winter.

'Hadden jullie niet iets kunnen doen?' vroeg Bartow.

'Ik weet het echt niet.'

'De man die je stuurde leek iets op het spoor te zijn. Klopt dat?'

Winter maakte een gebaar naar de bezoekersstoel, maar Bartow bleef bij de deur staan.

'Hij volgde zijn eigen spoor,' zei Winter.

'Welk spoor was dat?'

'Dat zullen we hem vragen wanneer we hem gevonden hebben.'

'Ja, verdomme.'

'We zullen hem vinden.'

Een beweging in de deuropening. Winter keek op. Lena Kallender kwam binnen.

31

Overal duisternis, bloedsmaak in zijn mond, gesuis in zijn oren. Start en stop.

Ze hadden hem 's nachts naar buiten getild zodat hij kon plassen.

Het leven voelde daarna lichter. Drie seconden van opluchting.

Ze hadden hem een gebouw in getild. Gezoem van stemmen, maar hij hoorde geen woorden. Een schuur. Een lege schuur. Zijn grootvader had een schuur gehad die door de jaren heen steeds leger werd en die klonk als deze. Bijna een echo. Wat hooi en andere droge dingen. Geen dieren. Hij lag op hooi. Een deken. Kap en tape. Armen vastgebonden voor zijn buik, benen vastgebonden.

Toen hij in de auto voor de eerste keer bijkwam, voelde dat als een film over zijn eigen werkelijkheid. Hij zat in die film. Het was geen spel. Ze reden snel. We rijden mijn dood tegemoet. Ik weet niet waarom. Ik wil weten waarom, dat is alles. Waarom waarom.

Winter liet Bartow een lege kamer binnen en gaf hem pen en papier: 'Schrijf alles op wat in je opkomt. En namen. Alles wat je nog niet gezegd hebt. Alles wat niemand heeft gevraagd maar wel had moeten vragen.'

Lena Kallender wachtte samen met Ringmar. Het raam met uitzicht op de Fattighusån stond open. Het rook naar voorzomer. Seringen. Of het was gewoon verbeelding. Het is gemakkelijk om je dingen te verbeelden. Het geheugen is vreemd. Is het bij kinderen anders? Dingen zijn dichterbij. Het is duidelijker, zoals alles voor kinderen. Het is waarachtiger.

Ze vertelde Winter wat de buurjongen Eskil haar had verteld.

Ze had een foto van hem genomen. Hij zag eruit als een spion aan het begin van zijn carrière. De fiets was een goed detail.

'Kinderen kunnen de beste getuigen zijn,' zei Lena.

'Laten we alle keren dat we zijn uitgerukt sinds Nieuwjaar controleren,' zei Ringmar.

'Waren wij het?' zei Kallender.

'Wie zou het anders zijn geweest?' zei Ringmar.

'Eskil had het niet over een surveillancewagen. Dat had hij zich kunnen herinneren.'

'De rechercheurs rijden ook in burgerpolitieauto's,' zei Ringmar. 'Dat zegt niets.'

'We beginnen met de ingekomen meldingen,' zei Winter.

Lena en Bertil hadden de kamer verlaten. Winter had van vader Bartow een lijst met enkele korte vragen gekregen en beloofd erop terug te komen. De man had gezegd dat hij vannacht in de stad bleef. Winter had geknikt en Bartow was vertrokken. Er gebeurde nu veel. De zaak groeide naar buiten en begon naar binnen toe te krimpen. Of misschien was het andersom. De zaken. De zaak. Als het naar binnen toe kromp, was het goed. Uiteindelijk zou er maar één punt zijn om naar te wijzen. Een paar laatste woorden.

Hij zag hoe zijn vingers bijna als in een reflex het bestand van de ondervraging van de kleine Sara openden. Alles had al met al een uur geduurd, het meisje had het telkens maar eventjes aangekund. Ik had het geen minuut volgehouden. Zelfs nu niet, op mijn leeftijd.

Zijn mobiel trilde in de zak van zijn colbert. Hij wilde niet opnemen. Zag dat het Angela was.

'Dag, schat.'

'Sorry dat ik je stoor.'

'Nee, nee.'

'Hier is iemand die met je wil praten. Het moet, zoals ze zei.'

Hij hoorde gepraat op de achtergrond, een stem: 'Hoi, papa!' zei Elsa. De stem van een tienjarige. Die was alleen voor hem. Spontaan.

'Hoi, lieverd!'
'Kom je morgen?'
'Je weet dat ik kom.'
'Mama zegt dat we je van het vliegveld afhalen.'
'Dat wordt leuk. Ik ben er om twee uur als alles goed gaat.'
'Ik weet het. We hebben een geheim cadeautje voor je.'
'O jee.'
'Vraag je je niet af wat het is?'
'Reken maar dat ik me dat afvraag!'
'Ha, ha. Maar ik zeg niets.'
'Dat is goed.'
'Lilly heeft het ingepakt.'
'Dus het is een pakje?'
'Ik zeg niets!'
'Dan zie ik het morgen wel,' zei hij. 'Is Lilly daar?'
'Ze was hier, maar nu is ze weg.'
'Oké. Kan ik nu even met Angela praten?'

Hij noemde Angela nooit 'mama' tegen de kinderen, zij zei nooit 'papa'. Toen ze elkaar nog niet zo lang kenden had ze eens gezegd dat ze nooit zijn moeder zou worden en hij had gezegd dat hij zich vanaf zijn geboorte had gered zonder een moeder zoals moeders hoorden te zijn. 'Dat is precies waar ik bang voor ben,' had ze gezegd. Ze hadden in haar appartement in Kungshöjd gezeten. Het was op een voorzomeravond. Zijn moeder, Siv, was nog springlevend geweest. Twee maanden daarvoor had hij Angela voor het eerst ontmoet. Het uitzicht vanuit de woonkamer was fantastisch, alles was fantastisch. Hij was nog steeds een jonge man en zij was nog jonger. Hij ervoer haar als ouder. Niet zo oud als een moeder. Ze was vanzelfsprekend en mysterieus. Zijn ervaring met vrouwen was beperkt als je seks niet meerekende. Hij was een bange jonge man, of nog net jong. Hij verschool zich achter de buitenkant. Hij had gedacht dat hij toch diepgang had. Zij leek dat ook te denken.

Angela was weer aan de telefoon.

'Ik kan een taxi nemen,' zei hij. 'Het is niet nodig dat jullie rijden.'

'De meisjes willen het zo graag,' zei ze.
'Oké.'
'Nog nieuws?'
'Waarover?'
'Ons huis, natuurlijk.'
'Daar hebben we het wel over wanneer ik er ben.'
'Niets nieuws dus,' zei ze.
Alleen een dood lichaam. Dat zal ik nooit vertellen. Geen zinnig mens wil bouwen op een stuk grond waarop lijken worden gedumpt. Niemand hoeft het te weten.
'Een heleboel dingen,' zei hij. 'Daar hebben we het morgen over.'
'Is er iets speciaals dat je wilt eten? Ik ben de hele dag vrij.'
'Jij beslist,' zei hij.
'Dat is niets voor jou.'
'Haha. *Nos vemos mañana* dan.'
'Je bent al zo lang weg dat ik dacht dat je al je Spaans verleerd was,' zei ze.
'Ik oefen elke avond,' zei hij.
'Met wie?'
'Bertil.'
'Ik dacht dat hij Maleis oefende.'
'Hij denkt dat het Maleis is.'
Winter hoorde de stemmen van de kinderen op de achtergrond.
'De meisjes roepen dat je nu naar het vliegveld moet gaan,' zei Angela.

Ze tilden hem weer op, legden hem in een auto, of een jeep, het klonk als een oude Defender, hij schudde mee, zonder twijfel een onverharde weg, misschien een bosweg, op weg, verder landinwaarts, stoere Uffe dook op in zijn hoofd, was hij de jongste in het land die naar Lundell luisterde, het bos in, er waren geen andere auto's te horen, zouden ook nauwelijks te horen zijn geweest boven de V8-motor van de Defender uit.
Ze waren nu al een hele tijd onderweg. Hij had overal pijn. Het

was nacht of vroeg in de ochtend. De kap liet geen licht door van buiten. Het licht is uit. Is dit de laatste reis? Waarom? Mag ik dat niet weten voordat het afgelopen is? Ik wil het weten.

Aneta Djanali reed alleen naar Hinsholmen. Ze wordt gewoon onnodig bang voor me, had Fredrik gezegd. Is het niet een beetje laat om daar nu mee te komen? had Aneta geantwoord.

Ze parkeerde langs de Långedragsvägen vlak bij de tramhalte. Twee jonge meisjes stapten op tramlijn 11 richting het centrum. Verder leek er niemand in te zitten. Mensen gingen liever de andere kant op, naar Saltholmen en de zuidelijke scherenkust. Het seizoen was bijna begonnen. Het was er nog nooit van gekomen dat zij en Fredrik en de kinderen een overvolle, snikhete tram hadden genomen de hele stad door. Een tram door het zoete leven, zoals Fredrik gezegd zou hebben, en ook gezegd had, herinnerde ze zich nu, maar niet had verteld of hij het zelf had bedacht of van een of ander nummer had gestolen.

Er voeren boten met de wind in de zeilen in de baai. Een paar kinderen voetbalden op het oude rugbyveld. Moeders liepen met kinderwagens over de voetpaden rond het water. Bejaarden zaten rustig op bankjes en keken naar de horizon, als naar het verleden. Alles was zoals het moest zijn. Het leven van begin tot eind. Ze wilde met haar bonuskinderen naar Ouagadougou reizen, misschien deze herfst al. Daar kom ik vandaan. Uit het Östra-ziekenhuis en daarvandaan. In die zin zou je kunnen zeggen dat ik twee keer geboren ben. Iedereen die uit twee culturen komt, kan dat zeggen.

Het gras op Brendners perceel was niet gemaaid. Het krijgt de kans om hoog te groeien in een vroege lente. Misschien zag het erf er altijd al zo uit. Ze zag Ulla Brendner nog niet achter een elektrische grasmaaier lopen of op een moderne machine zitten. Er was niets moderns aan dit huis. Het was dertig jaar geleden bevroren in de tijd. De wereld was onbegrijpelijk ouderwets toen. Het had het jaar 1890 kunnen zijn, op de verbrandingsmotor na. Of was die toen al uitgevonden? Waarschijnlijk wel.

Djanali belde aan, belde nog eens aan, niemand deed open, ze wachtte en liep toen naar links, de gevel van het huis volgend tot die eindigde bij een verweerde muur. Alles wat kon groeien deed zijn best om dit verdoemde huis te verbergen.

In een tuinstoel zat een gestalte met de rug naar Djanali toe.

'Ulla Brendner?' zei Djanali met luide stem.

De gestalte bewoog niet. Djanali zei de naam nog een keer. Geen reactie. Ze is dood. Iedereen in deze zaak is binnenkort dood.

Djanali liep naar de stoel, eromheen.

De oudere vrouw keek haar aan. Het was geen dode blik. Ze leek niet bang.

'Sorry,' zei Djanali. 'Ik heb geroepen.'

Brendner maakte een beweging met haar hand naar een oor: 'Ik heb het niet gehoord.'

'Sorry,' zei Djanali opnieuw.

'Wie ben jij?'

Djanali stelde zich voor.

'Wat willen jullie nu weer?'

'Alleen een paar vragen stellen.'

'Had je niet even kunnen bellen?'

Djanali wilde zich net weer verontschuldigen, belachelijk of niet, maar Brendner stond op: 'Het begint koud te worden.'

'De zon is warm.'

'Hier niet.'

'Er is hier veel schaduw.'

Brendner reageerde niet. Ze begon in de richting van het huis te lopen. Ze had niets meegenomen, tenminste niets wat Djanali kon zien. De stoel was leeg.

'Een momentje,' zei Djanali, die haar volgde. 'Ik heb wat vragen over Seth Milton.'

Brendner bleef staan en draaide zich om naar Djanali.

'Seth Milton,' zei Djanali. 'Jullie buurman op het industrieterrein Högsbo.'

'Wat is er met hem?'

'Hoe goed kende u hem?'

'Wat heeft dat hiermee te maken?'

‘Geef gewoon antwoord op de vraag, alstublieft.’

‘Ik kende hem niet.’

‘Maar jullie zagen elkaar regelmatig.’

‘Wie heeft dat gezegd?’

‘Hebben jullie elkaar ontmoet?’

‘Natuurlijk hebben we elkaar ontmoet. Zijn fabriek stond immers naast dat bedrijf van ons.’

‘Waarom is dat zo natuurlijk?’

‘Wat?’

‘Gingen jullie privé met elkaar om?’

‘Nee.’

‘Waren u en Lars vaak in zijn fabriek?’

‘Bijna nooit. Wat hadden we daar te zoeken?’

Sara

Die grote oude man was vandaag weer hier. Hij en papa en mama stonden bij het hek te praten. Ik hoorde niets. Ze keken omhoog naar mijn raam om te zien of ik daar stond. Ik denk niet dat ze me hebben gezien. Het was alsof ik ze bespiedde, maar dat was niet zo. Misschien een beetje! Het was best spannend. Alsof ze een geheim hadden. Toen ging de oude man weg. Het leek alsof mama huilde. Papa probeerde haar te troosten, zo leek het, maar toen liep ze gewoon weg. Ik hoorde haar binnenkomen. Ik ging naar beneden maar ze zei dat ze moe was en even moest slapen maar het was nog geen avond.

32

Ze waren er dertig jaar geleden allemaal weleens geweest. Hinsholmen, Långedrag. Ringmar in burgerkleding, Halders en Winter in uniform. Binnen een paar jaar zouden ze collega's zijn bij wat toen de afdeling Geweldsdelicten was, de crème de la crème zoals iemand zei, maar geen van hen.

Nu zaten ze in Winters Mercedes, die hij slordig voor Sara's huis in Fredriksdal had geparkeerd. Hij beschouwde het als Sara's huis. Richard was ver op de achtergrond geraakt, was een schaduw geworden in het onderzoek. Het was oneerlijk, maar dat is leven en dood.

'Wanneer vertrekt je vliegtuig?' vroeg Halders.

'Kwart over tien.'

'Vanavond?'

'Morgenochtend.'

'Heb jij even geluk.'

Winter reageerde niet. De reis hield geluk in, natuurlijk. Maar kon ook het tegenovergestelde inhouden.

'We hadden de man kunnen verordonneren hiernaartoe te komen,' zei Halders. 'De oom.'

'Sara is daar geweest,' zei Winter. 'En Jonas. Iets daar heeft de keten in beweging gebracht.'

'Het is een lange keten,' zei Halders.

Hij zag het nu voor zich in zijn hoofd, kronkelend, slingerend, de hele weg van nu tot toen, rammelend hiervandaan naar Långedrag, een huis in Hinsholmen, miljoenen waard, één enkele worp van een kleine bal naar het water.

Het was stil. Geen geluiden vanuit de stad beneden. Rustiger dan in Hinsholmen.

'Het is een sterke herinnering,' zei Ringmar na een pauze.

‘Een van de sterkste uit mijn carrière.’

‘Hoeveel besprak je met Ulla Brendner?’ vroeg Halders.

‘Niets. Lassander deed het woord.’

‘Wat deed jij?’

‘Zo min mogelijk schade aanrichten,’ zei Ringmar. ‘Probeerde me zo weinig mogelijk te bewegen.’

‘Wat deed mevrouw Brendner?’

‘Ze stond daar. Bewegingsloos, als ik het me goed herinner. Dicht bij het lichaam.’

‘Dicht bij het lichaam?’ zei Winter.

‘Tenminste, toen ik binnenkwam.’

‘Had ze de overledene al geïdentificeerd?’ vroeg Winter. ‘Ja. Of ze deed het toen. Sprak met Lassander. Ik stond er een eindje vanaf. Had besloten dat ik de trap op zou gaan.’

‘Waarom?’

‘Het meisje was boven.’

‘Alleen?’ vroeg Halders.

‘Natuurlijk niet. Er waren twee vrouwelijke collega’s bij haar. Een van ons bureau en een van Tredje Långgatan.’

‘Pia Roos,’ zei Winter. ‘Van Tredje Långgatan. Ik sprak naderhand met haar.’

‘Dat was niet het enige wat je met haar deed,’ zei Halders.

‘Mag ik hier om wat waardigheid vragen?’ zei Ringmar.

‘Waarom?’ zei Halders. ‘Daar heb je nog nooit eer...’

‘Ze was er echt ellendig aan toe,’ onderbrak Winter hem. ‘Sara was daar beneden geweest en had het lichaam van haar vader gezien.’

‘Wat gebeurde er daarna?’ vroeg Halders.

‘Haar moeder haalde haar daar weg. Bracht haar terug naar haar kamer.’

‘Wie vertelde dat?’

‘De moeder. Ulla.’

‘Was dat ook de versie van het meisje?’

‘Ja,’ zei Winter. ‘Dat zegt Sara in haar verhoor met Lassander.’

‘Wat was de aanrijdtijd?’

‘De eerste auto was er binnen zeven minuten,’ zei Ringmar.

'De auto van Pia. Daarna kwam er een van bureau Frölunda.'

'Wij waren er als derde,' zei Winter.

'Wij als vierde,' zei Halders. 'Zeven minuten is een verdomd lange tijd.'

'We hebben het gesprek met Ulla Brendner niet op band,' zei Ringmar. 'We weten niet precies wat ze heeft gezegd.'

'Maakt het wat uit?' zei Halders.

'Omdat het zo'n lange aanrijdtijd was,' zei Ringmar.

'Het maakt altijd uit,' zei Winter.

'Sorry daarvoor dan,' zei Halders.

Op dat moment merkte Winter de jongen op de fiets op. Misschien had de jongen daar al langer schuin aan de overkant bij een struik gezeten. Opgegaan in de omgeving. De fiets had camouflagekleuren. Voorzomergroen en nachtzwart.

Winter stak zijn hand op ter begroeting. Ik kom met vreedzame bedoelingen. De jongen maakte geen beweging. Eskil heette hij, herinnerde Winter zich. Hij had verwacht dat Eskil zou komen opdagen als ze verschenen. Ze waren het huis nog niet eens binnengegaan dus de jongen was snel.

Winter draaide het raampje naar beneden. 'Hé,' zei hij met een redelijk luide stem, 'heb je even tijd om te praten?'

'Dat was een vriendelijke uitnodiging voor ondervraging,' zei Halders.

Winter hield zijn politiepenning omhoog, Eskil knikte, stak de weg over. Winter stapte uit.

'Je heet Eskil, niet?'

'Ja...'

'Je hebt Lena eerder ontmoet. De detective. Ze hoort bij ons.'

'Oké.'

'Je hoeft niet bang te zijn. Deze andere twee zijn ook politiemannen. We gaan nog even wat rondkijken in dit huis.'

'Waarom?' vroeg Eskil.

'Je weet maar nooit,' zei Winter.

'Je kunt altijd iets nieuws ontdekken,' zei Eskil.

'Je hebt scherpe ogen,' zei Halders vanaf de voorstoel naast Winter.

‘Wat betekent dat?’
‘Dat je bijna alles in de gaten hebt.’
‘Ik probeer het.’
‘Je hebt gezien dat een paar mensen naar het huis gingen, begrijp ik,’ zei Winter.
‘Het waren er twee.’
‘Ze hadden uniformen aan, zei je tegen Lena?’
‘Ja.’
‘Politie-uniformen?’
‘Het was donker dus ik kon het niet goed zien.’
‘Als we je mensen in uniform laten zien, zou je ze dan herkennen?’
‘De uniformen?’
Goede wedervraag. Winter had de fout gemaakt om te proberen een vraag te vereenvoudigen voor een kind, terwijl hij duidelijk en scherp moet zijn. Kinderen zijn mensen die nog geen domkoppen zijn geworden.
‘Beide graag,’ zei Halders glimlachend.
‘Ik weet het niet,’ zei Eskil. ‘Ze hadden haast om weg te komen.’
‘Wat bedoel je daarmee?’ vroeg Winter.
‘Ze liepen langzaam toen ze kwamen, maar ze renden bijna toen ze weggingen.’
‘Hoe lang waren ze in het huis?’
‘Niet erg lang.’
‘Als je moest schatten?’
‘Een kwartier, misschien.’
‘Waarom een kwartier?’
‘Ik moest schatten. Ik dacht aan het avondeten, toen ik daar op mijn fiets zat, dat weet ik nog, en meestal kost het me ongeveer een kwartier om mijn avondeten te eten.’
Ringmar schoot in de lach op de achterbank.
‘En hoe lang doe je over je middageten?’ vroeg hij.
‘Een kwartier.’

Lena Kallender deed het buurtonderzoek in de studentenhuizen in Sanna. Begraafplaats Västra kyrkogården strekte zich uit over de hellingen beneden en verder de heuvels op in de richting van Svalebo. De dagen vlogen voorbij als wilde koeien over de heuvels. De nieuwe gebouwen breidden zich snel uit, gereed of half gereed, in alle richtingen, behalve in de richting van de grafstenenstad, die was af.

Hier was het begin van het einde, in deze huisjes die nooit gebouwd hadden mogen worden, want als ze nooit gebouwd waren, zou hier nooit een moord zijn gepleegd en was Dick hier nooit gekomen en had hij Lukas Bartow nooit ontmoet en had hij nooit die zinloze achtervolging ingezet, was hij nooit begonnen aan die andere zoektocht, die nog slechter zou aflopen, maar ze weigerde te bedenken hoe slecht.

Misschien eindigde het in majeur. Misschien eindigde het verhaal van Dick in majeur. Misschien stond hij binnenkort onderaan de Sannabacken taco's te verorberen bij de coole nieuwe tent die net de plaats van de snackbar had overgenomen. 'Tacolijk eten' zou hij zeggen wanneer hij begon met eten, om daarna in de auto te stappen en rechtstreeks de verre toekomst in te rijden. Luisterend naar zijn antieke rockmuziek.

De deur voor haar ging open. Een jonge vrouw. Ze zag er moe uit voor het tijdstip van de dag. Van het blokken, of feest gisteren.

'Ja?'

Lena hield haar legitimatie omhoog. Het meisje keek er niet naar.

'Mag ik binnenkomen?'

'Het komt nu een beetje slecht uit.'

Lena zag een beweging binnen. Het kon van alles of iedereen zijn. Het kon iets gevaarlijks zijn. Mocht ze eerder niet begrepen hebben dat het gevaar gewoon overal is en zich onmiddellijk kan aandienen, dan wist ze het nu. Iedereen die ergens aanbelde leefde gevaarlijk.

'Wat past niet goed?'

'Ik... heb bezoek.'

'Ik zal het aan niemand vertellen,' zei Lena.

Het meisje aarzelde. MARINA stond er op een klein koperen

plaatje naast de deur, MARINA SJÖSTEDT. Er zat veel water in die naam. Ze zag eruit alsof ze kon zeilen.

'We kunnen het hier doen of op het bureau,' zei Lena.

'Wat... moet er... gedaan worden? Ik heb al vragen beantwoord. Toen... het gebeurd was.'

De moord op Ylva Berg had plaatsgevonden in het appartement van de buren. Het voelde nu als heel lang geleden, er was sindsdien heel wat water onder de Götaälvbrug door gestroomd. Nu was de brug vervangen door iets slechters, want dat is de manier van doen van de stadsplanologen in Göteborg. Je kunt het vergelijken met het dierenrijk, waar dieren veel goede eigenschappen hebben, maar medeleven en langetermijngeheugen horen daar niet bij, maken geen deel uit van hun natuur: het baasje sterft en na een week is de hond haar vergeten, de beste vriendin gedurende twaalf jaar; het stadsdeel sterft en na twee weken is de politicus het vergeten.

Marina liet haar binnen. Het appartement leek op het appartement waar Lukas had gewoond. De deur naar de slaapkamer was gesloten. Ik laat de slaapkamer voor wat die is. Er zijn grenzen.

'Wat wil je weten?' vroeg Marina.

'Hoe goed kende je Lukas?'

'Daar heb ik al eerder antwoord op gegeven. Ik kende hem helemaal niet.'

'Praatte je met hem?'

'Wanneer?'

'Maakt niet uit.'

'Ik woon hier pas een paar maanden.'

'Ben je hem weleens tegengekomen in die tijd?'

'Ik zei dat ik hem niet kende. Ik heb hem nooit gesproken.'

Lena keek uit het raam. Het appartement waar Lukas woonde lag aan de overkant van de binnenplaats, het raam op dezelfde hoogte als het raam waar zij uit keek. Er was nog geen nieuwe huurder. Hoe lang zou het duren? Wat zou er met zijn spullen gebeuren? Zijn vader was op het politiebureau geweest. Hij was vast hier geweest. Het moest vreselijk zijn geweest. Misschien zou ze dat gevoel ook hebben als... als... nee, nee, nee.

'Heb je hem ooit door het raam gezien?'

'Ik weet het echt niet. Ik herkende hem niet van de foto's.'

'Nee?'

'Nee.'

'Is je verder iets opgevallen? Bijvoorbeeld wie er beneden de portiek in en uit ging?' Lena knikte naar het gebouw aan de overkant. 'Iets wat je aandacht trok?'

'Ik begrijp de vraag niet.'

'Is je ook maar IETS opgevallen?'

Marina keek uit haar raam alsof het de eerste keer was. De portiek beneden. Niet veel te zien. Niets om naar te blijven kijken.

'Ik heb de politieagenten gezien,' zei ze.

Misschien heeft ze mij gezien, dacht Lena Kallender. Dick en mij. Maar we droegen geen uniformen. Ze zag alle andere uniformen voor zich na de moord op Jonas en Ylva. Na Lukas, eerst toen hij vermist was en daarna toen hij dood was.

'Wanneer zag je de politieagenten voor het eerst?' vroeg ze.

'Nou... dat was waarschijnlijk daarvoor.'

'Daarvoor? Wat bedoel je met daarvoor?'

'Voor die... verschrikkelijke moorden.'

'Heb je politieagenten de portiek beneden zien binnengaan voordat de moorden plaatsvonden?'

'Ja.'

'Hoe lang daarvoor?'

'Dat... weet ik niet. Maar toch best lang geleden... een maand misschien. En het was er maar één.'

'Eén wat? Een maand?'

'Eén politieagent.'

Dick lag in het donker. Geen kap nu. Er was geen raam in deze kamer of wat het dan ook was. Een cel. Hij voelde een ruw oppervlak tegen zijn wang, cement. Zijn handen waren achter zijn rug vastgebonden met kabelbinders. Moderne handboeien. Hij had ze zelf vaak genoeg om de polsen van gespuis gedaan.

Hij had een verschrikkelijke dorst. Licht sijpelde door scheuren in de muren. Hij wilde dat het water was. Een beetje water en hij zou kunnen nadenken.

Er was geen geluid te horen. Ze hadden hem hiernaartoe gebracht. Waarom? Ze hadden hem meteen kunnen afmaken. Waarom meerdere verplaatsingen? Hij telde drie verplaatsingen, maar het konden er meer zijn. Misschien was hij gedrogeerd. Misschien maakten de vrouwen in het hotel deel uit van het hele complot. Waar ging het allemaal om? Om Dick Forsman te ontvoeren. Maar hij was niet zo belangrijk. Dit was groter dan hij. Groter dan het leven, dacht hij nu. Het is verdomme mijn leven. Moet dit mijn graf zijn? Ingemetseld zoals die verdomde stakker Street? Het voelde goed om te vloeken, ook al was het alleen in zijn hoofd, het gaf hem een beter gevoel. En verder achterin klonk een woordeloos refrein dat al in zijn hoofd zat sinds hij deze laatste keer was bijgekomen, *eij eij eij, aioe aioe aioe*, of was het *eij eij eij, follow me*, hij had nog niet vaak genoeg naar Ane Bruns griezelige 'Take hold of me' geluisterd om het te weten, maar hij hoorde haar stem, of een van haar stemmen, ze had veel stemmen, *eij eij eij, aioe aioe aioe*, het ging niet weg, het was het enige wat hij nu hoorde, zoals tinnitus, misschien had hij tinnitus, Ringmar had gezegd dat Winter tinnitus had, ik zal Winter ernaar vragen de volgende keer dat ik hem zie, we hebben iets gemeen waar ik naar kan vragen.

33

Het Sahlgrenska-ziekenhuis stond verborgen in zijn schaduw op de berg toen de schemering vanaf de Linnéplatsen omhoogkroop. Het was een stad op zich daar boven. De tempel van de zieken. De slaven werkten voor een slavenloon terwijl de patiënten om hen heen stierven. De bestuurders zaten op veilige afstand en telden hun verdienste. Zij waren met twee keer zoveel als de slaven en het loon was twee keer zo hoog, zelfs voor de laagstbetaalde kantoorbedienden. De beloning die de bazen kregen voor niets was hoger dan het hoogste huis op Guldheden. Het is een zieke wereld. Winter parkeerde vlak voor de hoofdingang, legde de politiepenning achter de voorruit en stapte uit. Een zieke stad, een zieke wereld. Wat zou een revolutie kunnen uitrichten? Het was de moeite waard om die gedachte serieus te nemen.

Sara lag te slapen in haar bed. Winter stond op de gang door het raam naar haar te kijken. Binnen waren een dokter en een verpleegkundige met iets bezig.

Ze kwamen naar buiten. De verpleegkundige ging weg, de dokter bleef. Op zijn naamplaatje stond BORE KLYVARE. Kliever, wat een bloederige naam voor een arts, een heelmeester. Perfect voor een chirurg, maar de man werkte op deze afdeling. Hij was jonger dan Winter, dat waren de meesten. Ik ben niet jong. Ik ben gelukkig, maar niet meer zo jong.

'Hoe gaat het?' vroeg Winter.

'Het is niet hopeloos,' zei Klyvare. 'Er is beweging.'

'Wat betekent dat? Ik ben in zekere zin een verwante. Ik ben betrokken bij Sara's lot. Ik ben er vanaf het begin bij geweest.'

Het was waar. Hij was er vanaf het begin geweest, het allereerste begin dat hierheen leidde, naar een zaal in de tempel van de doodzieken. Hij was er geweest bij de rotswand.

'Maar ik heb jou hier nog niet eerder gezien,' ging Winter verder.

'Ze zetten me in wanneer het iets beter begint te gaan,' zei Klyvare.

'Is dat waar?'

'Ik mag het hopen.'

'Is dat alles wat je kunt zeggen met alle medische kennis van de wereldgeschiedenis achter je?'

'Ja.'

'Dat is voor mij genoeg,' zei Winter. 'Mag ik naar binnen?'

Klyvare maakte een welkomstgebaar in de richting van de kamer, de zaal.

Was het een kamer of een zaal? Het hing niet af van de grootte. Het wordt een ziekenhuiszaal genoemd, maar 'kamer' is een zachter woord, een woord met toekomst. Mensen gaan kamers in en uit. Dat hoort bij het leven.

Sara zag eruit alsof ze droomde, dat deed ze waarschijnlijk ook, heftig of mild zoals iedereen. Winter nam haar rechterpols in zijn hand. Ze was vel over been, zijn hand sloot om haar pols alsof het een vinger was. Al snel zouden het drie vingers zijn, als een fatsoenlijke whisky, dacht hij vanaf de plek waar hij stond, misschien een onfatsoenlijke gedachte maar het ging ook over het leven, over op aarde zijn, het water van het leven en wie kan er zonder. Wanneer dit allemaal voorbij was zou hij Sara op twee vingers trakteren van iets wat ze lekker vond, misschien iets uit de Laaglanden, Glenkinchie of Rosebank, niet zo rokerig, helemaal niet rokerig, zachter, maar misschien was het vrouwonvriendelijk om dat te denken, vrouwen kunnen heus merken drinken als Laphroaig, Lagavulin en Ardbeg, met de smaak van verkoolde spoorbielzen.

'Ik zie je gauw weer, Sara,' zei hij en hij liet haar pols los en liep weg, nam de trap naar beneden, stapte in de auto terwijl een man in uniform iets tegen hem zei, iets over foutparkeren, geklets waar hij nu geen behoefte aan had. Terwijl hij wegreed glom het uniform van de parkeerwachter in het licht van de entree in de achteruitkijkspiegel, als het al een uniform genoemd kon worden, foeilelijk was het.

Bertil Ringmar dacht na. De reis naar Värnamo voelde als een surrealistische ervaring. Ze hadden zich verschrikkelijk opgejaagd gevoeld. Ze waren op zoek geweest naar antwoorden, over die eigenwijze kwast Dick Forsman. Als hij voor altijd verdwenen was, zou dat schandalig zijn. Schandalig. Genoeg voor mij om met vervroegd pensioen te gaan. Achter mijn zoon aan te gaan die me niet wil zien. Vooruitdenken, nooit terug. Maar dat ging nu niet op. We zijn in Småland geweest. Hebben we antwoorden gevonden? Dat weten we nog niet. Dick wist iets wat hij nog niet wist, maar wel zou gaan begrijpen. Iets wat hij tijdens zijn reis te weten was gekomen, maar niet meteen had begrepen. Daarom hadden ze hem meegenomen. Wie waren 'ze'? Spoken in uniform. Nee, dat waren ze niet. Als Dick professioneel genoeg was geweest om al zijn gesprekken tijdens de reis op te nemen, hadden ze het antwoord gehad. Maar er was geen spoor van hem, geen auto, geen bandrecorder, geen pistool. Geen rock-'n-roll.

Er werd op de deur geklopt. Hij deed open. Winter stond buiten in het donker.

'Je moet de buitenlamp aandoen,' zei hij.

'Die is kapot.'

'Vervang hem dan.'

'Vergeten te kopen.'

'Mag ik binnenkomen?'

Ringmar had brood, kaas en worst tevoorschijn gehaald en theegezet. Winter schilde een appel. Het was avond. Morgen zou hij naar het zuiden reizen. Het voelde als een opluchting, maar tegelijkertijd frustrerend. Het onderzoek was als een hydra, er groeiden drie nieuwe koppen aan zodra ze er één afsneden. Iemand beneden in de afgrond lachte een gruwelijke lach in hun richting. Je zou het paranoia kunnen noemen, maar niet in dit geval, hij had genoeg meegemaakt. De realiteit kan op paranoia lijken voor degene die het verschil niet kent. Dat heeft velen de kop gekost.

'Ik heb het briefje van Jens Bartow dat je me gaf gelezen,' zei Ringmar. 'Dat stelt niet veel voor.'

'Nee.'

'Alsof de vragen op waren voordat hij ze begon te stellen,' zei Ringmar.

'Hij wil ze waarschijnlijk mondeling stellen. Ik had toen geen tijd.'

'En nu ga je weg,' zei Ringmar. 'Er is hier geen "ons" meer.'

'Ik ga op zakenreis, ja.'

'Je zei dat Bartow had gezegd dat hij vannacht in de stad zou blijven. Ik wilde hem net bellen toen jij aankwam.'

'Ik blijf niet lang.'

'Blijf zo lang als je wilt. Wat is het plan?'

'Morgenavond Marbella met Angela en de meisjes. Dan rijd ik overmorgen naar Almuñécar.'

'Ben je daar weleens geweest?'

'Heel even maar.'

'En je hebt Brendner niet ingelicht?'

'Nee.'

'Wat als hij er niet is?'

'Hij is er. Hij heeft de plek in geen dertig jaar verlaten, dus waarom zou hij dat nu wel doen.'

'Omdat jij komt.'

'Dat weet hij niet.'

'Hoe weet je dat?'

'Hou nou op, Bertil.' Winter reikte naar de worst, een hete donder die Ringmar bij Gudagott had gekocht. 'Heb je hier geen mes voor?'

'Heb je geen handen?'

Winter brak de worst. Met je vrienden breek je de worst. *Cum farciminis*, degene met wie je de worst deelt. Of het brood, *cum pane*. Het brood kwam van de kleine broodwinkel Cum Pane, ook op het Mariaplan. Toen Winter jong was, bestond het Mariaplan uit modehuis Västgöta Modehus, pizzeria Da Marco, hotdogkraam Korv Kiosk en een viswinkel in verval. Nu leek de plek op een mix van Williamsburg en Berlin Mitte.

'Hans Thule en Jonas Borgman waren immers in Almuñécar,' zei Winter.

'Ik weet het. Is het toeval?'

'Klinkt dat als toeval?'

'Ja en nee.'

'Het is niet de meest voor de hand liggende bestemming aan de Spaanse zuidkust,' zei Winter.

'Niet alles op aarde houdt verband met elkaar,' zei Ringmar.

'Dat heb je mis, Bertil.'

'Ik bedoel in het kleine perspectief,' zei Ringmar.

'Dit is geen klein perspectief. Het is groter dan we denken.'

'We denken verdorie toch nog helemaal niets, professor.'

'We denken totdat we het weten. Zo hebben we toch altijd gewerkt, al die jaren?'

'En binnenkort is het voorbij.'

'Waar heb je het nu weer over?'

'Binnenkort check ik uit.'

'Hou nou op, Bertil.'

'Hou zelf op.'

'Heb je nog meer worst?'

Ringmar liep naar de koelkast en kwam terug met een paar gedroogde worsten, Starke Per, ook van Gudagott.

'Denk je dat hij nog leeft?' zei Ringmar na een tijdje en een half kopje thee.

'Dick? Antwoord: ja.'

'Wat pleit daarvoor?'

'Als hij dood was geweest, hadden ze hem ergens gedumpt waar we hem kunnen vinden.'

'Zoals Lukas Bartow. Waarom niet hetzelfde doen met Dick?'

'Dat hebben ze nog niet besloten.'

'Waarom niet?'

'Ze weten niet zo goed wat wij weten.'

'Hoe komen ze erachter?'

'Misschien weet je het als ik terugkom, Bertil.'

'Het klinkt alsof je naar Antarctica reist zonder satelliettelefoon. We kunnen contact houden, weet je wel.'

Winter schoot in de lach, brak nog wat brood en worst. Ringmar had een schaaltje olijven neergezet. Ook deze worst knakte op de juiste manier toen hij hem brak.

'Ik spreek je waarschijnlijk morgen nog voordat ik vlieg,' zei Winter.

'Misschien spreken we elkaar vannacht,' zei Ringmar en hij stond op. 'Nee, ik ga verdomme nu vader Bartow bellen.'

Ringmar haalde zijn mobieltje uit de keuken.

'Hij neemt niet op,' zei hij nadat de telefoon een aantal keren was overgegaan. 'Geen voicemail.'

'Probeer het nog eens.'

Ook deze keer werd er niet opgenomen.

'Waar overnacht hij?' vroeg Ringmar.

'Weet ik niet.'

'Dat had je moeten vragen.'

'Mea culpa. Maar hij was degene die er het meest aan gelegen was. Ik bedoel, je snapt het wel.'

'Hij heeft nu toegang tot het appartement van zijn zoon, toch?'

'Ja. De technische afdeling is klaar.'

Ringmar keek naar de stille telefoon, naar de tafel, de zwarte tuin buiten, Winter. Het voelde alsof hij een steen in zijn maag had.

'We gaan erheen,' zei hij.

34

Het was rustig tussen de studentenflats op Sannabacken. Studenten zaten op hun kamers te blokken en na te denken over hun toekomst. Alles was een voorbereiding op de toekomst, maar als je daar aangekomen was, was je nog steeds niet tevreden. Dan ging je terugkijken. Dat was ook niet leuk. Waar ben ik geweest, waar ga ik heen en wil ik daarheen? Een leven vol banale clichés. Maar dit was geen cliché. Terugkijken is niet leuk in dit werk. Dit werk is niet leuk. Het is werk voor dwangmatige mensen.

De deur van Lukas Bartows voormalige appartement was gesloten. Winter belde aan en belde nog een keer aan. Het geluid van de bel weerklonk in het appartement, een kort, hard geluid dat door de kleine woning stuiterde.

Er zaten krassen op het slot. Krassen, dacht Winter.

'Je hebt hier geen sleutel nodig,' zei Ringmar en hij trok zijn SIG Sauer.

Winter trok beschermende handschoenen aan en duwde de klink naar beneden. De deur zat niet op slot. Hij duwde hem langzaam open, bleef erachter staan. Ringmar stond aan de andere kant. De adrenaline gierde door zijn lichaam. De kick waar we allemaal naar streven, sporters, politieagenten, criminelen, leraren op de middelbare school.

Er was iemand binnen geweest en weer weggegaan. Het was duidelijk dat de flat was doorzocht. Het zag er rommelig uit, maar het was geen chaos. Er was geen visitekaartje achtergelaten. Was Jens Bartow daar voor de inbraak geweest?

Winter belde de wachtcommandant, kreeg een ondergeschikte aan de lijn die zei: nee, nee Jens Bartow had geen sleutel opgehaald. Misschien was dat ook niet nodig. Waarschijnlijk had hij al een sleutel. Het was de woning van zijn zoon. Dat was logisch.

Waar was vader Bartow nu? Buiten in de avond, een vreemdeling in een vreemde stad. Was iemand anders naar hem op zoek? Naar iets op zoek? Naar hetzelfde als wat Winter zocht?
'Laten we gaan,' zei hij. 'Kijken of ik gelijk heb.'

Winter reed de Per Dubbsgatan weer in, langs het Sahlgrenska. Het voelde alsof het een dag geleden was dat hij daar was geweest, maar het was slechts enkele uren. Alle lichten in alle gebouwen waren aan. De slaven binnen bedienden de lichten zoals ze al het andere bedienden. De civiele bevelhebbers waren allang naar huis, hadden ingelogd bij hun bank om hun geld nog eens te tellen.
De Jubileumkliniek van het Sahlgrenska, een van de grootste kankerklinieken van Zweden, lag aan de straatkant en was zowel vanbinnen als vanbuiten het felst verlicht, als een opgestoken oncologische vinger naar iedereen die dacht dat dit een eindstation was. Winter was er nog nooit binnen geweest, maar het interieur zag er mooi uit door de ramen.
'Wat als ze wakker wordt als jij er niet meer bent,' zei Ringmar toen ze stopten voor een rood verkeerslicht naast de tram- en bushaltes. Op de oversteekplaats liepen vermoeide mensen, de meeste op weg daarvandaan, de meeste vrouwen.
'Dat kun je op twee verschillende manieren opvatten,' zei Winter.
'Ik bedoelde niet wanneer je echt oud bent geworden en dood bent,' zei Ringmar.
'Oké,' zei Winter en hij trok op toen het verkeerslicht op groen sprong. Een vrouw op het trottoir keek hem aan alsof ze hem herkende. Misschien van de televisie, maar als dat zo was, was hij het niet. 'Maar de kans is nog steeds niet groot.'
'Hoe groot?'
'Dat weet niemand.'
Ze reden over Guldheden, passeerden de sportvelden van Mossen, dat steeds kleiner werd nu Chalmers alles in de buurt opslokte. Sloegen af in de richting van Johanneberg. Ze werden bijna aangereden door een bus uit Eklanda toen ze rechts afsloegen de Fridkullagatan op.

'Jezus christus!' riep Ringmar.
'Welkom in Johanneberg,' zei Winter.
'Ga achter die klootzak aan!'
'Vandaag niet,' zei Winter.
Hij volgde toch, maar slechts een klein stukje en reed verder de heuvels op naar Fredriksdal.
De straat voor Sara's huis was stil als altijd, rustig, slecht verlicht. Het huis was donker. Dat betekende niets.
Winter en Ringmar stapten uit de auto, wapen in de hand.
De buitenlamp brandde niet. De deur was op slot.
'Er kan hier toch iemand geweest zijn,' zei Ringmar.
'We beschouwen het nog steeds als een plaats delict,' zei Winter, en hij opende de deur met de reservesleutel, die hij geheel tegen de regels in had laten maken.
In de hal werden ze begroet door licht en duisternis. De avond buiten was helderder dan de duisternis in het huis. De maan droeg haar steentje bij. Ze zagen schoenen en kleren op de vloer.
'Wat krijgen we nou,' zei Ringmar.
Winter zei niets. Hij liep verder door de hal, wist hoe het huis er vanbinnen uitzag, zag de doorgang naar de woonkamer. De panoramaramen gevuld met maanlicht. Een ervan stond open. Hij voelde de wind nu, de avondkou.
Er was daar iemand geweest, net zoals in alle andere kamers. Tafels waren omgegooid, stoelen. Spullen en papieren lagen verspreid over de vloer. Iemand had haast gehad en toch ook weer niet. Het moest tijd hebben gekost.
'De zoektocht is hier voortgezet,' zei Winter.
'Heeft vader Bartow een sleutel van hier?' zei Ringmar. 'Of is hij het niet die hier is geweest?'
Winter antwoordde niet. Hij knipte overal waar dat maar kon de lichten aan en liep door het huis. Ravage in elke kamer, als dat het juiste woord is. Wat zoeken ze? Wat missen we?
Ringmar stond bij de ramen.
'Iemand heeft ingebroken,' zei hij. 'Gemakkelijk en soepeltjes.'
'De vraag is of de inbraak succesvol was,' zei Winter terwijl hij weer om zich heen keek.

‘Waar is vader Bartow nu?’ zei Ringmar.
‘Is hij vader Bartow?’ zei Winter.
‘Wie is hij anders?’ zei Ringmar.
‘De duivel in vermomming,’ zei Winter.
‘In uniform?’
‘Goede vraag, Bertil. Wat denk je, zou de jonge fietsdetective nog wakker zijn? Eskil heet hij, als ik me goed herinner.’

Winter had Eskil om zijn adres gevraagd, je mag niet nalatig zijn. De villa stond een paar honderd meter verderop. Een eenvoudige bungalow van kalkzandsteen, tien miljoen meer waard dan je zou denken.

Binnen brandde licht, dus iemand van het gezin was wakker. Na al die jaren verbaasde Winter zich niet meer over de slaapgewoonten van de mensen. Sommigen gingen om acht uur ’s avonds naar bed. Sommigen gingen nooit naar bed. Hij zat er ergens tussenin, het ging meer richting het laatste.

Een vrouw opende de deur, misschien vijftien jaar jonger dan hij, vijfentwintig jaar jonger dan Bertil.

Winter stelde zichzelf en Ringmar voor. Haar zoon leek op haar, ze zou trots op hem moeten zijn, misschien was ze dat ook wel, hij zou het hem zeggen als hij de kans kreeg.

‘Is Eskil wakker?’ vroeg hij.
‘Wat heeft hij nu weer gedaan?’ vroeg ze.
‘Zijn ogen goed opengehouden, denk ik,’ zei Winter.
‘Wat is er aan de hand? Het is al laat.’
‘Er is nog één dingetje dat ik wil vragen nu we toch in de buurt zijn.’
‘Dit gaat over Sara en Richard, toch?’ vroeg ze.
‘Ja. Kende je ze?’
‘Niet meer dan als buren in dezelfde straat. Het was een vreselijk ongeluk.’
Winter knikte.
‘Maar kom binnen,’ zei ze, ze heette Frida. ‘Het is koud.’
Ze gingen naar binnen, Frida deed de deur achter hen dicht, Winter en Ringmar trokken hun schoenen uit in de gang zoals je

dat doet in Zweden. Nog niet alle vieze gewoonten uit de VS en van het vasteland hebben het schone en nette Zweden bereikt.

Eskil was wakker en alert. Hij had net voor de tweede keer avondeten gehad. Het had een kwartier geduurd.

'Dus jullie zijn er weer,' zei hij.

'We komen altijd terug,' zei Winter. 'Dat hoort bij het werk.'

'Eskil heeft nu besloten dat hij detective wordt,' zei zijn moeder.

'Ik ben detective,' zei hij.

'Dat ben je zeker,' zei Winter. 'Ben je vanavond nog wezen verkennen, Eskil?'

'Betekent dat dat jullie hem een opdracht hebben gegeven?' vroeg Frida.

'Nee, nee,' zei Ringmar.

'Eskil moet naar school, snap je. Hij hoort niet de hele dag rond te fietsen en detective te zijn.'

'Dat doe ik toch ook niet,' zei Eskil.

'School gaat voor,' zei Winter.

'Moet hij op alle andere tijden detective zijn?' zei Frida. 'Hij heeft ook huiswerk.'

'Ik maak mijn huiswerk,' zei Eskil.

'We hebben maar één simpele vraag,' zei Winter terwijl hij Eskil aankeek. 'Heb je vandaag iemand gezien bij het huis van Sara en Richard?'

'Ja.'

'Wanneer was dat?'

Eskil keek op zijn horloge. Het bandje was van donkerbruin leer. Winter had ook zo'n horloge gehad toen hij een jochie was. Hij was er trots op geweest. Het was zijn eerste echte. Het had gevoeld alsof hij zelf mocht beslissen over zijn tijd.

'Rond zeven uur. Dan moet ik naar binnen.' Eskil keek zijn moeder aan alsof ze het onderzoek in de weg had gestaan. Alsof ze schuldig was aan het achterhouden van bewijs.

'Wat zag je?'

'Een oude man.'

'Een oude man? Was hij alleen?'

'Ja.'

‘Kwam hij met de auto?’
‘Ik heb geen auto gezien.’
‘Hoe oud denk je dat hij was?’
‘Net als hij,’ zei Eskil, terwijl hij naar Ringmar knikte. ‘Oud.’
Ringmar zei niets. Winter moest later maar een korte debriefing met Ringmar houden. Therapie.
‘Of zoals ik?’ vroeg Winter.
‘Ja, ongeveer...’
Het gezicht van Ringmar klaarde op. ‘Wat deed hij?’
‘Hij liep gewoon door het hek naar binnen. Daarna heb ik niets meer gezien.’
‘Heb je gewacht terwijl hij binnen was?’
‘Mocht ik niet van mijn moeder,’ zei hij, terwijl hij zijn moeder nog een blik toewierp.
‘Zou je hem herkennen als je hem weer zag?’ vroeg Winter.
‘Misschien...’
‘Hoe was hij gekleed?’
‘Nou... gewoon...’
‘Had hij een uniform?’
‘Nee, geen uniform.’
‘Weet je dat zeker?’
‘Hij had een merk op zijn arm.’
‘Op zijn arm?’
‘Op de jas. Op de mouw.’
‘Wat was het voor merk?’
‘Ik dacht dat ik het herkende.’
‘Waarvan, Eskil?’
‘Ik... weet het niet. Ik kan het me niet herinneren.’
‘Ik denk dat het nu wel genoeg is,’ zei zijn moeder. ‘Het is laat en Eskil is het niet gewend om ondervraagd te worden door de politie.’
‘Dit is geen ondervraging,’ zei Winter.
‘Maar toch.’
‘Dit is heel belangrijk,’ zei Ringmar.
‘Het was geel, herinner ik me,’ zei Eskil. ‘Het leek of er een dier of iets dergelijks op het merk stond.

Sara

Ik was ziek vandaag. Missan lag naast me en troostte me. Papa en mama zeiden dat ze even snel iets moesten doen. Ze zouden maar even weg zijn. Toen ze terugkwamen, huilde mama. Ik was beneden in de voorkamer. Ik vroeg mama waarom ze huilde. Het is niets, zei ze. Soms huilen grote mensen omdat het pijn doet. Waar doet het pijn? vroeg ik, maar ze antwoordde niet. Nu kan ik niet meer schrijven.

35

Dicks bewustzijn kwam en ging, hij dommelde weg, werd wakker, dommelde weg. Hij droomde, maar daar kon hij zich in zijn wakkere momenten niets meer van herinneren. Zijn ogen konden niet wennen aan de duisternis. Ogen horen niet te wennen aan duisternis. Dat soort gedachten had hij. Jonge mannen moeten niet in het donker liggen. Ze moeten in het licht zijn en jonge vrouwen ontmoeten en plezier maken. Op het werk moeten ze ook plezier hebben. Als dit voorbij is, wil ik altijd plezier hebben. Ik wil geen trieste gedachten hebben. Ik zal altijd *forever young, forever yoooooung* zijn, voor altijd jong, degene die leeft is jong, wat is het alternatief, dit is het alternatief, nee dit is erger, als een voorbereiding op de dood, waarom moet ik voorbereid worden op mijn dood, dit soort dingen gebeuren niet in het echte leven, dit gebeurt in gangsterfilms, detectives, verzonnen door een alwetende schrijver, dus als je bestaat, bevrijd me van deze fantasie ik kan er niet meer tegen ik val weer in slaap het doet nergens meer pijn laat me liggen hier ben ik veilig zolang ik alleen ben ben ik vrij waar is iedereen nu waar is Lena is ze op zoek naar mij is er iemand op zoek niemand is op zoek.

Winter kreeg Nils Ejesjö thuis te pakken.

'Wat is er?' vroeg Ejesjö.

'Wanneer heb je Jens Bartow voor het laatst gezien?' vroeg Winter. 'De vader van Lukas.'

'Ik weet wie het is. Gezien... dat is lang geleden.'

'Waarom?'

'Hoezo "waarom"? We zijn gewoon kennissen, als dat al zo is.'

'Ik dacht aan de ondervragingen van de mensen in die religieuze sekte.'

'Jens Bartow maakt toch geen deel uit van die gekkenbende? We hadden geen reden om hem te ondervragen.'

'Hij is op dit moment hier in Göteborg,' zei Winter. 'Ik heb hem gisteren ontmoet.'

'O?'

'Maar nu is hij verdwenen.'

'Er lijkt iets aan de hand te zijn met dat gezin,' zei Ejesjö.

'Uit wie bestaat dat gezin?'

'Jens Bartow is al een paar jaar gescheiden. Zijn vrouw is weggegaan uit de stad. Ik weet niet precies waarheen.'

'Maar de man woont nog steeds op het oude adres?'

'Ja. Ik heb je jonge afgezant erheen gestuurd. Hij is daar geweest en heeft met de man gesproken, dat weet ik.'

'Hij is niet door mij gestuurd, maar dat doet er verder niet toe,' zei Winter. 'Wat ik zou willen, is dat jullie erheen gaan.'

'Naar de Rönnbärsvägen? Waarom?'

'Er is iets wat we moeten controleren. Het moet nu meteen gebeuren. Kunnen jullie dat doen?'

'Waar moeten we naar kijken?'

'Ik weet het zelf ook niet precies. We spreken elkaar straks wel weer. Maar we moeten het huis in. Het voelt verdomd belangrijk. Ga naar binnen, zelfs als niemand de deur opendoet.'

'Dat kunnen we niet doen.'

'Ik heb het net met de officier van justitie geregeld,' loog Winter. 'Ga niet alleen.'

'Oké, oké,' zei Ejesjö en hij verbrak de verbinding.

Winter zat nog met zijn telefoon in zijn hand toen die pingde. Hij scrolde naar de pasfoto van Jens Bartow. Winter had hem net uit het register gehaald. Het was een andere Jens Bartow. Het was niet de man die op het politiebureau was verschenen, met Winter had gesproken, die weg was gegaan om wat vragen op te schrijven, die in rook was opgegaan.

Nils Ejesjö reed in een surveillancewagen naar de Rönnbärsvägen met de zwaailichten en sirenes aan. Wat moet dat moet. Downtown Värnamo flitste voorbij als een wervelwind van neon. Ejesjö dacht aan Winter. Winter is gewend om beslissingen te nemen. Ik ook. En hier beslis ik. Tot nu toe tenminste.

'Verminder vaart verdomme zodat we kunnen afslaan,' zei inspecteur Bosse Wegesson vanaf de achterbank.

'Anders komen we niet eens waar we moeten zijn,' zei zijn collega Tage Jonasson naast hem.

Ze hadden vanavond dienst, de oudsten en meest ervarenen. Nog één jaar tot hun pensioen voor hen beiden. Beste vrienden, al sinds de school voor speciaal onderwijs.

Ze waren er. Ejesjö doofde de lichten en zette de sirenes uit. Ze stapten uit de auto. Het huis was donker. Hij belde aan, maar niemand deed open. Bosse klopte op een raam. Zijn uniform was zwart als de nacht in de weerspiegeling van het glas en de straatlantaarn voor het huis. Tage bonkte op de deur.

'Ik loop om het huis,' zei Bosse.

Ejesjö belde weer aan.

'Zei je niet dat hij in Göteborg is?' zei Tage.

'Dat is niet duidelijk,' zei Ejesjö en hij vroeg zich af wanneer hij de lopers tevoorschijn moest halen. Hij wilde geen nachtelijke inbreker zijn, niet nu hij net een goed eind op weg was naar een succesvolle carrière.

Tage had zijn oude P225 met acht patronen al getrokken. Die ging al veel te lang mee. Jongere politieagenten kregen normaal gesproken een SIG P228 met een magazijn voor dertien patronen, nog jongere modellen van J.P. Sauer & Sohn volgden elkaar snel op door de keiharde concurrentie tussen bedrijven die politieagenten van dienstwapens wilden voorzien, dat ontbrak er nog maar aan, dit ging allemaal door Ejesjö's hoofd toen hij zijn eigen pistool omklemde. Glock had veel pleitbezorgers, maar Ejesjö wilde geen plastic wapen dragen, net zomin als ABBA plastic kleding wilde dragen.

De deur werd vanbinnen van het slot gehaald.

Ejesjö en Tage sprongen één stap achteruit en twee opzij.

De deur ging naar buiten open. Er snoerde iets dicht in Ejesjö's keel. Zijn hand trilde rond de kolf van het pistool.

Bosse verscheen in de deuropening. 'Verdomme, ik schrok me rot!' riep Tage.

'De terrasdeuren aan de achterkant stonden open,' zei Bosse.
'Ben je door het hele huis gelopen?' zei Ejesjö.
'Nou... nee... alleen door de hal vanaf de woonkamer en hiernaartoe. Er lijkt niemand thuis te zijn.'

Wie in godsnaam was die man die zichzelf Jens Bartow noemde? Wat was zijn rol? Was hij gek of gewoon onverschrokken? Waarom, waarom. *Hier ist kein warum*, misschien was dat het. Winter was aan het graven in het zand op een strand tussen eb en vloed. Het was als een illusie. Op een verlaten strand in Normandië was in een zomer heel lang geleden langzaam een auto zichtbaar geworden op een paar honderd meter afstand, waar eerst de zee was en waar de zee ook weer zou zijn. Uiteindelijk stond de auto op het droge, een 2CV. Winter en zijn vriendin waren ernaartoe gelopen en de auto was leeg geweest. Moord noch zelfmoord. Daar had Winter aan gedacht toen ze in de zon over het vochtige zand naar het voertuig liepen. Hij was... vol verwachting geweest. Hij had net zijn eindexamen gehaald aan de particuliere middelbare school in Vasastan, of was dat het jaar daarna? Het was het jaar daarna. Het meisje had in dezelfde klas gezeten. Irene. Waar was ze nu? Was ze nu net zo gelukkig? Ze waren met de trein door Europa gereisd, hadden een tip gekregen en waren een paar weken in Hauteville-sur-Mer gebleven in een klein, goedkoop pension in het stadje achter de duinen. Het weer was de hele tijd fantastisch geweest. Hij was nooit meer terug geweest. Hij had daar niet weg gewild. Er was een kleine bistro tegenover het pension die gegrilde vis, gegrilde zeevruchten, *rouilles* en *moules* en versgebakken brood serveerde op het buitenterras, dat plaats bood aan vier tafels. Dat was alles. Het eten kostte bijna niets. Ze zaten er elke avond tot sluitingstijd. Het was het paradijs. De wijn raakte nooit op. Hij dronk elke avond twee flessen witte wijn en werd met elke fles gelukkiger. Irene dronk lokale cider en wijn. Als ze een beetje dronken was, wilde ze serieus praten. Het restaurant trakteerde op een eenvoudige calvados met een stuk camembert als toetje. De volgende ochtend werd hij zo fris als een hoentje wakker en liepen ze naar de overkant voor het *petit déjeuner:* stokbrood, boter, jam, sinaasappelsap, koffie. En dan *la plage*. En daarna liefde en slapen. En daarna weer de bistro. Hij kon zich de naam nu niet herinneren, maar hij had er foto's van. Wanneer ik terugkom uit Spanje zal ik ze tevoorschijn halen. Misschien kunnen we er deze zomer naartoe rijden. Met de auto vanaf Marbella. Of naar Bordeaux vliegen en een auto huren. Er is zoveel dat we kunnen doen. Toezicht houden op de bouw van het huis. Ons eigen paradijs. Dat het zo verdomd lang moet duren om een bouwvergunning te krijgen. Ik kan niet tegen Angela liegen als ik daar ben.

Was de valse Bartow in Sara's huis geweest? Was hij daar geweest voor Sara's reis naar Spanje? Had hij überhaupt iets met Sara te maken?

Alles had met Sara te maken. Winter keek naar haar verschillende gezichten uit verschillende tijden op zijn computer. Las haar woorden.

Ejesjö vond het lichaam in een van de slaapkamers op de bovenverdieping. De deur was gesloten geweest. Ejesjö's ervaring vertelde hem dat het lichaam daar al relatief lang had gelegen, misschien zelfs een paar weken. Twee schoten in het hoofd. Het zou zijn eigen dienstwapen kunnen zijn geweest, te oordelen naar de grootte van de ingangswonden, maar ze waren begonnen te vervormen, deel geworden van de ontbinding. In de hal rook je het niet zo sterk, niet echt, maar hier wel.

Jens Bartow was dezelfde en toch ook weer niet. Hij zag er niet zo slecht uit als op zijn pasfoto, maar dat doet geen enkel mens, zelfs niet in de dood.

'Er zijn hier na de moord mensen geweest,' zei Tage.

'De rechercheur uit Göteborg bijvoorbeeld,' zei Bosse. 'Heeft hij niets gemerkt?'

'Blijkbaar niet.'

'Met wie heeft hij dan gesproken?'

'Goede vraag. Volgende vraag.'

Nils Ejesjö vroeg om versterking. Dit was groot, groter dan alles tot nu toe in zijn professionele leven. Het was groter dan een kleine groep van religieuze mensen die hun geloof te danken hadden aan hersenspoeling. Het waren ongevaarlijke stakkers, zo goed kende hij zijn mensen in Värnamo wel. Dit ging niet over God. Dit ging over de duivel.

Winter maakte aanstalten om naar bed te gaan. Het was laat, bijna middernacht. Hij had gepakt voor de reis van morgen. In Marbella was het 's middags tweeëndertig graden geweest. In Göteborg was het zestien graden en winderig geweest. De zon concentreerde zich op de Middellandse Zee en vergat alle losers aan de rand van het continent. Dat gebeurde steeds vaker. De zon is oud en moe. Ik ben niet moe. Van slapen zal er vannacht niet veel komen. Ik moet het proberen.

Zijn mobieltje op het nachtkastje ging. Een normaal mens met een normale baan zet het 's avonds uit.

De naam van Lena Kallender verscheen op het scherm.

'Sorry dat ik zo laat bel,' zei ze.

'Wat is er gebeurd?'

'Ik wil naar Småland. Ik heb erover nagedacht. Ik wil naar Dick helpen zoeken.'

'Nu?'

'Ik heb geen rust,' zei ze. 'Ik kan niet slapen. Ik wil nu meteen in de auto stappen en weggaan.'

'Dan ga je toch gewoon,' zei Winter. 'Je kunt me altijd bellen. Ik vertrek morgen naar Spanje. Maar bel gewoon. En rij voorzichtig.'

Lena reed voorzichtig, ook al was ze de enige op rijksweg 40. Al in Bollebygd voelde ze de vermoeidheid opkomen. Ze had al twee dagen niet meer dan een kwartier achter elkaar geslapen, had elk kwartier op de klok gekeken, was elk kwartier opgestaan en had geplast, water gedronken en naar een computerscherm gestaard dat haar niets nieuws vertelde.

In Strängsered sloeg ze af bij een wegrestaurant, ze zette de motor uit, leunde achterover en huilde. Het gebeurde in een fractie van een seconde. Het was een menselijke reactie. Het restaurant was 24 uur per dag open, overal licht, ze stapte uit de auto, strekte zich uit, ademde de lentelucht in, koud maar mild, zoals het leven, het beste leven is koud, maar mild, je kunt ermee leven, ik voel me nu fitter.

Ze liep het benzinestation binnen en kocht een latte en een frambozenjamkoekje.

Buiten morste ze koffie toen ze het deksel eraf trok, brandde haar hand, maar niet al te erg.

Op de weg denderden twee vrachtwagens vlak achter elkaar voorbij, misschien vrienden uit Polen. Ze dronk wat van de koffie en beet in het koekje. Het was droog maar niet oud, misschien een nieuwe manier van bakken. Ze dacht aan taco's, aan Taco-Dick.

36

Nils Ejesjö had gebeld over de dode Jens Bartow. Er loopt hier een moordenaar rond, had Winter gedacht. Ik heb hem waarschijnlijk ontmoet. Wie had dat kunnen denken? Een handige psychopaat kan zelfs mij voor de gek houden. Ik heb nog steeds veel te leren. Ik zou nu niet naar Spanje moeten gaan. Ik moet gaan. Er is meer dan één waarom in dit onderzoek. De onderzoeken.

Hij woelde en draaide in bed, terwijl hij het kussen heen en weer schoof. Uiteindelijk stond hij op en maakte een kop oploskoffie met melk. Koffie was tegen de regels van alle slaapexperts, maar bij hem werkte het meestal wel. Hij werd rustiger. Hij ging terug naar bed, zette het kopje op het nachtkastje en haalde de laptop uit de sluimerstand.

Zijn aantekeningen waren op het eerste gezicht netjes, maar ze beschreven een chaos. *Free flow*, zoals een stuk van de late Coltrane. De lp draaide op de draaitafel in de woonkamer en vulde de hele woning, zacht maar hoorbaar, met 'A Love Supreme', het beste muziekstuk dat ooit iemand had geschreven, inclusief Bach, Beethoven en Bolton.

Coltrane had hem altijd geholpen bij zijn afdalingen naar Hades. Dat waren er vele geweest. Dit was de laatste. Winter keek naar het gezicht van de tienjarige Sara. Als hij kon huilen, zou hij dat nu doen. Hij luisterde naar haar antwoorden tijdens het verhoor met Bengt, maar hij luisterde niet naar haar woorden, hij keek naar haar gezicht, het was ongrijpbaar, alsof het zou kunnen oplossen en het scherm verlaten.

Er was iets wat ze niet wilde zeggen. Niet kon zeggen. Iets wat alles zou veranderen. Hij dronk de koffie op, klapte de laptop dicht en sloot zijn ogen. De woning lag gehuld in duisternis. Coltrane mompelde zijn credo door de muziek heen, *a love supreme, a love supreme, a love supreme.* Het zou een horrorfilm kunnen zijn. Toen hij de jazzclub op het Rudebecks begon, luisterden de meeste jongeren naar gewone popmuziek. Toen hij en Nathan in de herfst van het derde jaar de eerste jazzavond organiseerden, joegen ze meteen tachtig procent van de gasten weg, maar de mooiste meisjes bleven. Het kon aan hem liggen, of aan Nathan, die een succesvolle meisjesversierder was, maar hij wilde geloven dat het aan de muziek lag, aan iets wat anders was, iets wat sophisticated was, pretentieus zeker, maar pretentieus kan tot iets goeds leiden, zoals de meisjes die door de platenbak bladerden, en hij bladerend in de bak ernaast...

Zijn mobieltje ging. Angela.

'Sliep je?'

'Nee.'

'Ik voelde het. De meisjes zijn ziek geworden.'

'Allebei?'

'Ja. Een soort griep. Een virus. Lilly had negenendertig graden koorts een halfuur geleden.'

'O, shit.'

'Zoals het er nu voor staat, kunnen we je niet ophalen in Málaga.'

'Dat is oké.'

'Ik voel mezelf ook een beetje belabberd. Misschien moet je meteen naar Almuñécar rijden. Een auto huren op het vliegveld.'

'Doe ik.'

'Hoe lang denk je dat je nodig hebt?'

Wat moest hij antwoorden? Een kwart van veertien dagen? Het moest snel gaan, maar niet te snel.

'Ik heb wat vragen voor broer Brendner. In het beste geval is een halfuur genoeg.'

'Blijf daar een nachtje, schat. Laat ons hier eerst wat opknappen. Heb je al een hotel uitgezocht voor het geval dat?'

'Casablanca. Ziet er oud en funky uit.'

'Dat past toch perfect bij je.'

'Zeker. Ik ga nu boeken. Ik bel je als ik geland ben.'

Lena Kallender reed Värnamo binnen in het begin van het wolvenuur. De dageraad kroop over de straten en langs de huizen, grijs en chagrijnig.

Ze parkeerde achter het Scandic-hotel en ging naar binnen.

'Ik heb een kamer nodig,' zei ze tegen de jongeman bij de receptie. 'Voor een of meer nachten.'

Hij knikte en tikte op zijn toetsenbord, keek op: 'We hebben op dit moment maar één Junior Suite beschikbaar, maar vanmid...'

'Ik neem hem,' onderbrak ze hem.

De suite was een slaapkamer en 'woonkamer' op de derde verdieping met uitzicht op downtown Värnamo. Ze trok haar schoenen uit, ging op het bed liggen en sloot haar ogen. Ze vroeg zich vluchtig af of dit allemaal wel een goed idee was en viel in slaap.

In haar droom reed ze in een auto in een bos, de weg werd steeds smaller, uiteindelijk was hij er niet meer. Het bos was dicht, het kon dag of nacht zijn. Nu stond ze naast de auto, die een rode tractor was. Dick zat in de cabine. Hij zei iets, maar ze verstond hem niet. Er lagen boomstammen op de weg, het werd een nieuwe weg, een bosweg. Dick zei weer iets, het klonk als 'wie heeft dit in godsnaam verzonnen'.

Bij die woorden schoot ze overeind in het bed, ze keek naar de tegenoverliggende muur, keek op haar horloge, negen uur. Het was echt ochtend, bijna middag.

Ze douchte, deed wat mascara op, ging naar het buffet, nam koffie en een croissant met boter en abrikozenmarmelade. De andere gasten zagen eruit als zakenlieden, met colberts en stropdassen, er waren geen gezinnen. Het was nog te vroeg in het jaar voor een vakantie in Apladalen. Een stukje cultureel erfgoed. Dick was er op schoolreis geweest. Hij had verteld dat hij pap uit de achttiende eeuw had gegeten.

Nils Ejesjö stond buiten voor het politiebureau te wachten. Hij zag er jonger uit dan Lena zich had voorgesteld. Zijn gezicht was regelmatig. Ze wist niet precies met welke vooroordelen ze naar

Värnamo was gereden. Ze was in Växjö geweest, een grotere versie van een kleine stad.

'Welkom,' zei Ejesjö. De vermoeidheid was duidelijk van zijn gezicht af te lezen.

'Dank je wel. Wat gaan we doen?'

'Eerst moet ik je wat vertellen,' zei Ejesjö.

Hij vertelde over de avond en nacht in het huis van de familie Bartow. De moord op de echte Jens Bartow.

'Heb je Erik Winter gebeld?' vroeg ze.

'Ja. We zullen hem op de hoogte blijven houden.'

'Vader en zoon,' zei ze.

Ejesjö knikte. Twee politieauto's draaiden de parkeerplaats op. Eén politieauto reed weg van de parkeerplaats.

'Hoe verloopt de zoektocht naar Dick?' vroeg ze.

'Op dit moment zijn collega's aan het rondkijken in de provincie. Maar we blijven ook hier in de buurt zoeken. We proberen dorpen en boerderijen mee te nemen.'

'Zijn dat er veel?'

'In deze omgeving heel veel,' zei Ejesjö.

'Hij kan toch ook in de stad zijn,' zei ze. 'Vast worden gehouden in de stad?'

Ejesjö knikte. Alles was mogelijk, of eerder, onmogelijk. Het was mogelijk dat haar collega Dick nog in leven was, maar niemand kon bedenken waarom dat zo zou zijn, zeker zijn naaste collega uit Göteborg niet.

'Wat zeggen de leden van die sekte?' vroeg ze.

'Niets meer dan ze al hebben gezegd.'

'Niets dus.'

Ejesjö kreeg een kloppend gevoel in zijn linkerslaap. Dat gebeurde altijd als zijn hartslag steeg.

'Ik geloof dit niet echt,' zei hij. 'Zij zijn het niet.'

'Je bedoelt die Dick hebben meegenomen?'

'Dit is te groot,' zei hij. 'Te gevaarlijk. We moeten het rustig aan doen.'

Achter de parkeerplaats dreunde een vrachtwagen met hout voorbij die verdwaald was op de Europese wegen die tegenwoordig om de stad heen liepen. Hij zag hem omhoogkruipen in de richting van de spoorbrug en de oude bibliotheek. Succes.

'Is dat niet juist het probleem?' zei ze.

'Wat bedoel je?'

'Dat iedereen het zo verrekte rustig aan doet!'

'Wat is het alternatief? Dat we als kippen zonder kop rondrijden?'

Kippen kunnen niet autorijden. Ze stond op het punt om dat te zeggen, maar hield zich in. Het had geen zin.

'We hebben helikopters ingezet,' zei Ejesjö. 'We hebben alles gefotografeerd. We zijn nu foto's aan het bekijken, veel mensen zijn ermee bezig. Niemand doet het hier rustig aan.'

'Ik kan hier niet langer staan en niets doen,' zei Kallender. 'Mijn collega Bertil Ringmar heeft met een vrouw buiten de stad gesproken. Waar woont ze?'

Winter droomde dat hij op een strand stond te wachten tot een klein kind met een parachute zou landen. Het was vroeg in de ochtend, de lucht was nog grijs maar veranderde langzaam in heel licht blauw, een verwassen blauw dat op het punt stond uit te barsten.

Twee parachutes daalden uit de lucht, zijwaarts glijdend met de wind. De ene was leeg, aan de andere hing het kind. Hij kon de armpjes en beentjes hoog in de lucht zien. Het kind droeg een trappelzak. Hij had het kind nog nooit eerder gezien, wist niet hoe het heette, maar hij wist dat het zou komen en hij wachtte, wachtte.

Een roofvogel botste tegen de parachute, of het was een vliegtuig dat in luttele seconden de hemel in was geschoten, of het was een stuk metaal. Hij zag vuur. Vlammen sloegen uit het kind toen het in de richting van een berg viel die net rechts uit de grond was verrezen. Hij kon niets doen daar op het strand, helemaal niets behalve wakker worden.

In zijn plotselinge ontwaken greep hij naar het beddengoed alsof hij hulp zocht. Toen zijn hoofd helder werd, hoorde hij zijn eigen ademhaling. De klok op het nachtkastje gaf kwart over vier aan. Hij kon weer gaan slapen, maar waarom? Wie kon nog slapen met zulke dromen? Dat was geen slaap. Hij stapte uit bed en liep naar de keuken, schonk een glas Pellegrino in en dronk, liet het sterke koolzuur zijn werk doen.

Het was een van de ergste dromen die hij ooit had gehad, en hij had er veel gehad. Hij dronk nog een glas, ging terug naar bed, ging zitten, pakte de laptop, klapte hem open, keek naar het gezicht van een kind. Was zij het?

Lena Kallender reed door de voorzomer. Veel mensen vonden het de beste tijd van het jaar, maar zij was een herfstmens: de wereld werd stiller voor de winter, de avond kwam vroeger en dat was een verademing. Misschien was dat het wel waar alles om draaide: het eeuwige Scandinavische licht trok zich terug en dat gaf mensen rust. Je kon binnenblijven zonder je schuldig te voelen. Alle mensen in Scandinavië hebben last van een slecht geweten. Wanhoop zit direct onder de huid. Daarom is iedereen zo beheerst en stijf. Iedereen weet dat de waanzin elk moment kan losbreken. Sterkedrank helpt, maar slechts tot op zekere hoogte.

Ze had gebeld voordat ze weg was gereden. De vrouw had opgenomen.

'Ik heb al met jullie gesproken.'

'Ik kom er zo aan,' had Kallender gezegd.

Nu draaide ze het erf op. Het zag er overal uit als een idylle, iets om in thuis te komen of nooit meer te verlaten.

Cissi Wendlund kwam haar tegemoet onderaan de veranda. Ze zag er volkomen normaal uit.

'Ik zal meteen ter zake komen,' zei Kallender. 'We zijn op zoek naar een vermiste agent en we hebben het gevoel dat de tijd dringt.'

'Dat is natuurlijk verschrikkelijk. Maar ik zou niet weten hoe ik kan helpen.'

'Ken je iedereen in de gemeente?' vroeg Kallender. Dat was de term die ze had gekozen, 'de gemeente'.

'Eh... nee...'

'Woont iedereen in Värnamo?'

'Ja...'

'Je bent daar niet helemaal zeker van?'

'Värnamo en omgeving mag je wel zeggen.'

Kallender hoorde nu kindergehuil. Het begon zachtjes, maar werd na een paar seconden luider. Dat zulke kleine lichamen zoveel geluid konden produceren. Ze had de optimale leeftijd om kinderen te krijgen, maar daar waren er meer dan één voor nodig. Nou ja, niet echt meer, maar ze wilde een man om het ouderschap mee te delen als het zover zou komen. Dat was nu niet het geval. Misschien was ze er nog niet klaar voor. Misschien zou ze er nooit klaar voor zijn. Cissi Wendlund zag er volwassen uit, jong en volwassen.

'Ze is wakker geworden,' zei de volwassen vrouw.

Kallender zag de kinderwagen nu. Hij stond in de schaduw links van de veranda en leek mee te bewegen met de geluidsgolven. Honderd decibel.

'Hoe heet ze?'

'Astrid.'

'Wat een mooie naam.'

'Dank je. Ik moet...'

'Ja, natuurlijk. Ik wacht hier wel.'

Cissi Wendlund kwam terug met het kind op haar arm. Het meisje keek verdwaasd naar Lena Kallender, misschien wel nieuwsgierig. Wie is deze vreemdeling in mijn leven?

'Woont er iemand van de geloofsgemeenschap in de buurt?'

'Alleen de gebroeders Tornberg wonen deze kant op,' zei ze. 'Hoezo?'

'We moeten met iedereen praten.'

'Ik dacht dat jullie dat al hadden gedaan.'

'Waarom dacht je dat?'

'Dat is wat ze zeggen.'

'Wie?'

'Iedereen in de geloofsgemeenschap, natuurlijk.'

Astrid begon te huilen. Zelfs Lena Kallender begreep dat de baby honger had.

Cissi Wendlund keek op: 'Ik ben eigenlijk geen lid meer van de geloofsgemeenschap,' zei ze.

'Waarom niet?'

'Ik moet naar binnen met Astrid.'

'Waar wonen die broers?'

'Eh... in Nydala. Dat is een paar kilometer verderop op de weg naar Vrigstad. Beneden op de grote weg ga je rechtsaf.'

Kallender nam afscheid en liep terug naar de auto. Verderop achter een hek zag ze een rode tractor in een zwart veld. Hij ploegde rechte voren, de aarde werd ondersteboven gekeerd. Want stof zijt gij en tot stof zult gij wederkeren, de droom over Dick kwam terug, als dit nog steeds een droom was geweest zou ze het veld zijn ingegaan en had ze hem gevraagd waarom hij in godsnaam op een tractor zat terwijl iedereen op aarde naar hem op zoek was.

37

Aan het eind van de dag stopte de auto naast een melkbussenrek halverwege de rijksweg. Er stonden klassieke melkbussen in het rek, maar ze stonden er vast voor de sier. Zo ver terug in de tijd was ze niet gereisd. En de melkproducenten waren nog lang niet klaar voor vandaag. Ze graasden honderd meter verderop, in een veld dat eindeloos leek.

Nils Ejesjö nam op nadat de telefoon twee keer was overgegaan.

'Heb je met de gebroeders Tornberg gesproken?' vroeg Kallender.

'Ja... dat zijn die broers in Nydala. Waarom vraag je dat?'

'Cissi Wendlund noemde ze. Vooral omdat ze in deze contreien wonen, denk ik.'

'De lompenboeren,' zei Ejesjö.

'Wat?'

'Deze sekte wil dus goeddoen door kleding en zo in te zamelen. Waarna ze de hele zooi naar Oost-Europa brengen.'

'Dat wist ik niet.'

'Zo gaat dat. Gaat al een tijdje zo. Een paar jaar, denk ik.'

'Waar in Oost-Europa?'

'Oekraïne. Denk ik. Of misschien is het Moldavië. Misschien allebei.'

'En de gebroeders Tornberg houden zich daarmee bezig?'

'Ja. Ze hebben een oude bus.'

'Hoeveel broers zijn er?'

'Twee. Ik kan me even de namen niet herinneren... Leif... nee, hier moet ik op terugkomen. Wil je erheen? Ik ben er zelf niet geweest, maar anderen wel. Het leverde niets op.'

'Hoe bedoel je?'

'Volgens het rapport wist niemand iets. Zoals gewoonlijk, dus.'

'Zijn er naast die broers nog meer personen in het huishouden?'

'Nee, ze wonen alleen voor zover we weten.'

'Zo ver is het niet. Ik ga een kijkje nemen.'

'Weet je waar het huis is? Nydala is groot.'

'Dat geloof ik graag. Maar blijkbaar ligt de boerderij een stukje achter de oude winkel, dat zegt Cissi Wendlund. Wit woonhuis.'

Nydala was een plaats waar de woningen wijdverspreid over een groot gebied lagen. Het centrum bestond uit de opgedoekte kruidenierswinkel en twee roestige benzinepompen.

Ze parkeerde voor de winkel en volgde een onverharde weg naar het meer, Rusken. Het was een groot meer dat tot voor kort werk aan beroepsvissers bood.

De weg leidde naar een openstaand hek met daarachter het witte woonhuis. Het was groot en aan renovatie toe. De witte verf was grijs, soms zwart. Een tractor stond vijftig meter naar links buiten voor een schuur. Er stonden verschillende bijgebouwen in een soort open vierkant rond het zwart-witte huis, vervallen als ruïnes uit de middeleeuwen. Nydala Kloster werd in 1143 gesticht door Franse cisterciënzer monniken. Ze kon de grijze steen van de abdijkerk zien door het gebladerte aan de andere kant van een zijweg onderaan de oostelijke wal.

Midden op de open plek voor het woonhuis stond een maaidorsmachine langzaamaan weg te roesten, als een herinnering aan een tijd dat het land hier bewerkt werd. Ze zag geen koeien in de velden rond de boerderij, hoorde geen geluiden, zag geen bewegingen. Er waren geen bruikbare voertuigen zichtbaar.

Ze belde aan, maar ze hoorde niets. Ze bonsde en wachtte, maar niemand deed open. De broers waren niet thuis. Dat was het dan. De beroemde bus stond er niet. Die was op weg van of naar Oekraïne of Moldavië. Buurlanden. Moldavië was het armste land van Europa, in een hevige concurrentiestrijd, op de voet gevolgd door het grootste deel van Oekraïne. Een bus met kleding naar de regio rijden leek een nogal loos gebaar, maar wie was zij om daarover te oordelen? Medicijnen en dergelijke waren beter geweest. Misschien gingen die ook mee. Ze zou het vragen wanneer ze de kans kreeg.

Terug bij de auto zag ze een oude Land Rover de parkeerplaats op draaien en stoppen. De bestuurder bleef in de auto zitten, pratend in een telefoon. Nu was hij klaar. Ze liep erheen. Hij opende het portier.

'Pardon,' zei ze, terwijl ze zichzelf voorstelde. 'Woon je hier?'

'Nee, ik woon even buiten Vrigstad,' zei de man. 'Ik reed hier alleen in om een gesprek aan te nemen. Ik heb geen handsfree in deze auto. Je wilt immers niet de wet overtreden, toch?'

Ze glimlachte. Hij was van haar leeftijd, niet helemaal jong, niet oud. Kon van alles zijn, van een landbouwkundige tot een stroper. Hij stelde zich voor als Henning. Blond haar, stoppelbaard van een week, zoals de meeste mannen van een bepaalde leeftijd.

'Wat doe jij hier dan?' vroeg Henning.

Ze legde het uit.

'Ja, ik heb daar iets over gehoord op het nieuws.'

'Goed.'

'Een vermiste politieagent,' zei hij.

'Mijn collega in Göteborg. We werken samen.'

'Dat moet verdomd moeilijk voor je zijn,' zei hij.

'Ja. Als je iets vreemds ziet, meld het dan.'

'Er is hier niets vreemds,' zei hij. 'Of alles is vreemd.'

'Wat doe je voor de kost?'

'Ik run een microbrouwerij.'

'Echt?'

'Tegen alle verwachtingen in. Stel je voor dat ik rechtstreeks vanuit de brouwerij mocht verkopen.'

'Dan zouden mijn collega's hier meer werk krijgen,' zei ze.

'Niemand wordt dronken van mijn producten.'

'Dus je brouwt alcoholvrij bier?'

'Natuurlijk. Er zit geen alcohol in bier, dat is een mythe. Wijn ja, sterkedrank ja. Maar niet in bier.'

'Veel succes met dat zelfbedrog.'

'Kom eens langs. We zitten in Sunnerby, aan de andere kant van Vrigstad, richting Växjö.'

'Ik zie wel. Ken je iemand hier in Nydala?'

'Nee.'

'Er gaat regelmatig een bus van en naar Oost-Europa met kleding en andere spullen. Weet je daar iets van?'

'Nee. Maar ik kan wel rondvragen. En dan moet je naar Sunnerby komen voor de antwoorden.'

Hij glimlachte. Het was natuurlijk een soort versiertruc dat was duidelijk, maar op een leuke manier. Of misschien was hij gelukkig getrouwd en was dit gewoon vriendelijkheid. Nils Ejesjö had gezegd dat de aardigste mensen van Zweden in Vrigstad woonden, de dorpsgemeenschap was blijkbaar als eerste uit de bus gekomen bij een landelijk onderzoek.

'Ik zal je mijn telefoonnummer geven om mee te beginnen,' zei ze, en terwijl ze het herhaalde en hij het intoetste in zijn telefoon, rammelde een bus met getinte ramen voorbij, remde en reed de onverharde weg op naar de boerderij waar ze net vandaan kwam.

Winter stapte uit zijn auto op het parkeerdek bij Landvetter en liep naar het luchthavengebouw. Na zijn laatste bezoek was alles begonnen. Meteen daarna. Het leek jaren geleden, maar het waren nog maar een paar maanden. Hoe zou alles eruitzien wanneer hij weer terug was in Göteborg? Wie zou hij dan zijn?

In het vliegtuig probeerde hij uit te rusten en aan niets te denken, maar dat is onmogelijk voor iemand die kan denken.

Terwijl ze boven Málaga cirkelden en de zee en de bergen aan de andere kant van de stad, dacht hij dat het was als thuiskomen. Maar ook daar zou een einde aan komen, binnen een jaar moest het afgelopen zijn.

Hij haalde de sleutels op bij de balie van het verhuurbedrijf, de auto stond vlak voor de uitgang van de aankomsthal. Normaal gesproken moesten klanten een pendelbus nemen naar de autoverhuur, anderhalve kilometer naar het zuiden, maar hij was geen normale klant. Ze kenden hem. Ze mochten hem.

De hitte die hem tegemoetsloeg toen hij uitstapte was vermengd met uitlaatgassen en lawaai. Zo was het altijd bij aankomst in warme landen. Een digitaal bord onder het viaduct gaf 32,3 graden aan. Het was altijd even overweldigend voor iedereen die uit het noorden kwam. De lucht was altijd verrassend blauw, bespottelijk blauw.

Hij doorkruiste het snelwegennet rond Aeropuerto Málaga-Costa del Sol en reed de N340 op in oostelijke richting. De avondspits was druk.

Hij toetste Angela's telefoonnummer in.

'Ik ben nu onderweg,' zei hij.

'Mooi. Is alles goed gegaan?'

'Tot nu toe wel. Hoe gaat het met jullie?'

'Zozo. De meisjes hebben koorts en ik heb waarschijnlijk ook iets onder de leden. Ze slapen nu allebei en dat is niet normaal.'

'Nee, zeg. Ik bel je wanneer ik in het hotel ben.'

'Wees voorzichtig,' zei ze.

'Ik ben altijd voorzichtig. Maar hier is toch geen gevaar.'

'Waarom zeg je dat?' zei ze.

'Wat?'

'Uitgerekend jij zou moeten weten dat je gevaar niet op voorhand kunt uitsluiten. Nu begin ik me een beetje zorgen te maken.'

'Ik neem geen enkel risico, als je dat bedoelt. Ik ga haar oom bezoeken, dat is alles. Ik hoop dat dat alles is, in elk geval.'

'Zie je. Je weet het niet, Erik.'

'Ik bel je wanneer ik bij het hotel ben,' herhaalde hij. 'Nu rijd ik heel voorzichtig naar Almuñécar.'

Lena Kallender liep over de onverharde weg terug naar het boerenerf, zag de bus draaien en rechts van het huis stoppen, de motor sloeg af. De bus zag er oud uit, eind jaren tachtig misschien, net zo oud als zijzelf. Toen ze zich omdraaide, zag ze dat Henning nog steeds bij zijn oude Defender stond en naar haar keek. Hij stak zijn hand op, alsof hij haar wilde steunen. Had ze steun nodig? Zo ja, dan mocht hij daar nog wel even blijven staan. Het bier mocht in zijn brouwerij doorgisten. Ale was waarschijnlijk sowieso het populairst op dit moment, pale ale. Zelf hield ze niet van bitter. Een glas gewoon helder bier na drie dagen in de woestijnhitte was lekker, maar dat was het dan ook.

Twee mannen waren uit de bus gestapt. Ze stonden nu stil en keken naar haar toen ze dichterbij kwam. Ze waren in elk geval boven de vijftig en gekleed in werkoveralls. Ze kon zien dat het broers waren, ze leken bijna een tweeling, maar de ene was langer en zag er dreigender uit, hoewel geen van beiden gastvrij leek. Misschien was zij wel de eerste persoon in tientallen jaren die over die ellendige weg liep. Het was begonnen te regenen en binnen een paar minuten had een zomerse regenbui de onverharde weg in modder veranderd.

Ze stelde zich voor toen ze bij hen was.

'Zijn jullie de gebroeders Tornberg?' vroeg ze.

'We hebben al bezoek gehad van de politie,' zei de grotere.

'Wat is er nu weer?' zei de kleinere.

'Het kunnen veel bezoeken worden,' zei ze.

'In verband waarmee?'

'Wat wilde de politie de vorige keer?' zei ze.

'Er... er is toch een van jullie verdwenen,' zei de grotere. Hij sprak in een verstaanbaar Smålands dialect. 'Jullie hebben hem duidelijk nog niet gevonden.'

'We blijven zoeken tot we hem vinden,' zei ze.

'Nou, hier is hij niet.'

'Zijn jullie op reis geweest?' vroeg ze en ze knikte naar de bus. Die zag eruit alsof hij door modder, rook en stof had gereden.

'Waarheen zou dat zijn geweest?' zei de kleinere.

'Ik weet het niet, ik vraag het.'

De broers keken elkaar aan en keken haar aan.

'Al een tijdje niet meer,' zei de grotere.

'Waar zijn jullie de laatste keer geweest?'

'Wat is dat voor een vraag?'

'Geef gewoon antwoord, alsjeblieft.'

'We hadden een dienst,' zei hij en zijn broer schoot in de lach. Ze keken elkaar weer aan en ze probeerde hen te zien als hulpverleners met een groot hart, maar dat lukte niet.

Vanuit haar linkerooghoek zag ze iets bewegen. Een razendsnelle beweging. Ze keek in de richting van het woonhuis, waar alles rustig was. Maar iets had bewogen. De ramen waren zwart, de zon brak heel even door de wolken en scheen op de ramen en ze zag weer een beweging in een ervan.

Sara

Vanavond ging mijn vader de tuin in en daarna kwam hij weer binnen en toen ging hij weer naar buiten. Hij deed het een paar keer. Ik stond bovenaan de trap. Hij zag me niet. Toen kwam mama de hal in beneden en deed de deur dicht toen hij naar buiten was gegaan en deed hem daarna weer open. Het was heel vreemd. Ik was van plan ze te vragen wat ze aan het doen waren, maar ik denk niet dat ze dat wilden.

38

De gebroeders Tornberg hadden Lena Kallenders blik naar het huis gevolgd. De zon was weg en het begon weer te regenen. De ramen waren leeg en zwart.

'Is er nog iemand thuis?' vroeg ze. De langste van de mannen schudde zijn hoofd.

'Wie zou dat moeten zijn?' vroeg de kleinere.

Ze keek nog eens naar het huis. Het zag er verlaten uit, als iets uit een horrorfilm. Verlaten en toch niet, vol kwaadaardigheid. Wie binnentreedt, komt nooit meer naar buiten.

'Alleen wij wonen hier,' zei de langste. 'Dat weet iedereen.'

De broers keken nu ongeduldig. Waarom kon dit vrouwmens niet gewoon ophoepelen? Niemand wilde haar hier hebben.

'Heel goed,' zei Lena Kallender. 'Als jullie iets ongewoons zien, willen we dat jullie contact opnemen met de politie.'

'Dat zullen we zeker doen,' zei de oudste.

'Staat er binnenkort weer een nieuwe reis op het programma?' vroeg ze.

'Waarheen zou dat moeten zijn?'

'Naar Oost-Europa. Ik heb gehoord dat jullie daar liefdadigheidswerk doen.'

'Dat klopt. Maar we zijn net terug.'

'Uit Oekraïne?'

'Moldavië.'

'Dat is een lange reis.'

'Het went.'

'Het is een arm land.'

'We doen ons best om hen te helpen,' zei de langste. 'We dienen God.'

Als jij God dient, dien ik Poetin, dacht Lena. Ze knikte en liep weg, voelde hun ogen in haar rug, liep langs de korte muur van de kruidenierswinkel en zag dat Henning er nog steeds was.

'Ik ben uit het zicht gebleven,' zei hij.

'Daar heb je goed aan gedaan.'

'Ben je iets te weten gekomen?'

'Nee. Maar er klopt hier iets niet.'

'Wat ga je doen?'

'Ik weet het niet. Blijven.'

'Hoe lang dan?'

'Tot het donker wordt.'

'Waar ga je dan wachten?'

Dat was een goede vraag. Je kon je nergens schuilhouden, behalve in het klooster. Maar ze zouden haar vanuit het huis zien als ze daarheen reed. Ze vond het belangrijk dat ze haar niet meer zouden zien. Haar intuïtie had haar hierheen geleid en die hield haar hier.

'Rij weg met veel bombarie,' zei Henning. 'En kom terug als het donker is.'

'Waar moet ik naartoe rijden?'

'Mijn huis, natuurlijk. Ga nu, en ik wacht hier nog een kwartier zodat het er niet verdacht uitziet vanuit het huis. Wacht op me op het plein in Vrigstad.'

Winter reed door hoge heuvels vol mangobomen. De boomgaarden begonnen een paar kilometer ten oosten van Málaga en liepen helemaal door tot aan de Costa Tropical: een uniek stukje Europa in het zuidoosten van Spanje. De zee glinsterde rechts van hem, nooit uit het zicht.

Na een uur rijden draaide hij de snelweg af bij de bunker van de guardia civil en vervolgde hij zijn weg over de Avenida Costa del Sol richting het centrum van Almuñécar. De stoffige boulevard met aan weerskanten fastfoodrestaurants, autoverhuurbedrijven, kleine bedrijfjes, vervallen woningen, vermoeide voetgangers, verdwaalde palmbomen; zoals bij elke entree van elke willekeurige Zuid-Europese stad. Het verkeer was zoals gewoonlijk bipolair, een rustig en aangenaam tempo kon plotseling worden afgewisseld met krankzinnige uitbarstingen.

Hij reed over de Rio Seco, die zijn naam eer aandeed: de droge rivier. De rivierbedding was ook in de vroege zomer droog, op een zielig stroompje op de bodem na. De betonnen dijken zagen er grotesk uit door hun omvang, een overdreven bescherming. Wat Almuñécar ook bedreigde, het was in elk geval niet het water uit de bergen. Het water van Andalusië was allang naar de talloze golfbanen geleid die langs de hele zuidkust van Cádiz tot Almería te vinden waren.

Na de brug sloeg hij rechts af de Avenida Europa op en reed verder naar het zuiden, parallel aan de loop van de rivier. De zee lag op slechts een paar honderd meter voor hem en zag er in het helse licht uit als een woestijn van aluminiumfolie.

De buitentemperatuur was bijna dertig graden. Dat moet een record zijn voor mei in Andalusië. Hij had ooit eens meegemaakt dat het zesenveertig duivelse graden was, op een late namiddag in het centrum van Córdoba eind augustus, en wilde dat niet nog eens meemaken. Om elf uur 's avonds was het nog steeds te warm om buiten te zijn. Voor een noorderling die nog nooit zulke hitte had meegemaakt, klonk het misschien fantastisch, maar het was een grote kwelling, alsof de natuur de oorlog had verklaard. Of misschien was het God die in actie kwam. De mens werd veranderd in een bedelaar die zijn leven terugvroeg.

Zijn telefoon ging toen hij een paar straten van de zee verwijderd was. Hij zette de auto stil naast een paleis in glinsterend okerrood, waar die werd beschermd door palm- en papajabomen. Zijn mobiel zat in een houder op het dashboard. Hij zag de naam: 'Hoi Lena.'

'Hallo,' zei ze. 'Ik hoop dat ik niet te erg stoor.'

'Je stoort me nooit.'

'Ben je in Spanje aangekomen?'

'Zit in de auto. Bijna bij het hotel. Waar kan ik je mee helpen?'

'Nou... ik ben in Nydala, buiten Värnamo... ik heb twee broers gesproken die hier wonen, ze horen bij de sekte...'

'Nydala,' zei Winter, 'waar de Denen vreedzame monniken hebben afgeslacht? Het is een kwaadaardige plaats.'

'Zo voelt het,' zei ze. 'Er is iets vreemds aan deze plaats. Aan hen, de broers.'

'Vertel.'

Winter bekeek zijn nieuwe omgeving terwijl hij luisterde. Het zag eruit als een vriendelijke plek. Het gebouw waar hij naast geparkeerd stond, heette Palacete de La Najarra, Sinaasappelpaleis als je een beetje met de medeklinkers rommelde. De kleur van de muren leek op die van sinaasappels in de schemering, die al als een dunne sluier boven de zee hing. Voor zich zag hij mensen en voertuigen heen en weer rijden over de strandweg, silhouetten in vloeibaar glas. Hij had de motor uitgezet en het portier geopend en besefte dat hij hevig zweette.

'Wat wil je gaan doen?' vroeg hij toen ze klaar was met haar verhaal.

'Vanavond een kijkje bij hen nemen. Wanneer het donker is.'

'Hoe wil je dat doen?'

'Kijken of er iemand in of uit het huis gaat. Of dat er iets anders gebeurt in het dorp.'

'Waar ga je zelf staan?'

'Dat... weet ik nog niet. Ergens waar niemand me kan zien.'

'Misschien moet je je verplaatsen. Dat kan gevaarlijk zijn.'

'Dat begrijp ik.'

Winter zette de airconditioning in de auto weer aan. Hij had niet de juiste kleren aan. Slechte voorbereiding, hij zou beter moeten weten na al die jaren. Hij dacht aan Lena Kallender, verborgen in het Smålandse gras in de heldere Scandinavische nacht. Een paar uren beschermende duisternis rond middernacht, meer niet. Maar Lena was niet dom. En meer mensen op de uitkijk zetten rond het huis zou dwaas zijn. Als Lena die mannen verdacht, voelden ze zich al in de gaten gehouden en zouden ze alert zijn, gevaarlijk zelfs. Ze waren waarschijnlijk grotendeels onschuldig, maar Winter kende als niemand anders de kracht van intuïtie. Die had hem naar Almuñécar gebracht.

'Bel Ejesjö in Värnamo en vertel het hem,' zei hij. 'Vraag hem om vanaf middernacht een patrouille bij het dorp beschikbaar te houden. Als hij weigert, zeg dan dat hij mij moet bellen.'

Winter beëindigde het gesprek en startte de auto, sloeg meteen links af de Calle Bikini op en parkeerde op Plaza San Cristóbal. Het hotel lag aan de overkant van het plein, klein en gebouwd in Moorse stijl, grote balkons met uitzicht op het plein, de kleur van een bleke rosé. Hotel Casablanca, een klassieker in dit deel van de wereld.

Hij checkte in bij een receptie die eruitzag als een met tegels bekleed paleis en nam de rammelende lift naar de eerste verdieping. De kamer was ruim en rook vaag naar Dettol, de Zuid-Europese allesreiniger. De schuifdeuren naar het balkon stonden op een kier voor de ventilatie. Hij liep het balkon op, dat wel een patio vol bloemen leek, zag het kleine plein beneden, de paleizen eromheen, een oud kasteel op een heuvel aan zee. Het strand lag maar honderdvijftig meter daarvandaan. Hij voelde het zout in de wind. Het was een gevoel van thuis, verrassend sterk. Er waren niet veel mensen buiten in deze hitte. Hij nam een snelle douche, kleedde zich om in een linnen hemd, een kaki korte broek en comfortabele schoenen, ging naar het buitenterras van het hotel en bestelde mineraalwater en een *copa de cerveza* en een *tostada* met ansjovis en zwarte olijven. De enige andere gasten waren een echtpaar van middelbare leeftijd dat rosé dronk en eruitzag alsof ze genoten van de hitte. Hij hoorde ze Spaans spreken, misschien kwamen ze uit het noorden en waren ze gevlucht voor het recente lagedrukgebied boven Biskaje. Spanje was een groot land, net zo groot als Zweden.

Playa de San Cristóbal lag direct ten zuiden van het hotel. Het strand was bedekt met zwarte kiezels, niets voor overgevoelige voeten. De strandrestaurants deden hem denken aan Marbella dertig jaar geleden, of andere kuststroken uit het verleden: eenvoudiger menukaart, met de nadruk op zeevruchten en vis, zoals de bundels sardientjes, gegrild op spiesen boven bedden van gloeiende kolen in oude roeibootjes, verspreid over het strand. Hij rook de geur, zag de rook hier en daar opstijgen, weinig gasten op de buitenterrassen naast de strandtenten met hun karakteristieke bouwstijl: Calabre, Viscaya, Pepe, maar binnen zaten meer gasten, beschut tegen wind en zon door glazen wanden aan alle kanten en een lange zinken bar waar nooit iets opraakte.

Hij liep naar het oosten, sloeg een hoek om onder de Cruz del Santo, liep verder langs een ander en groter strand waar de palmbomen in groepjes stonden als oases in een woestijn.

Midden op het strand liep hij de Paseo Puerta del Mar op, hij wandelde een paar honderd meter door naar de brug over de Rio Verde. De groene rivier. Het was net zo'n trieste geul als de Rio Seco, maar de bedding was groener, met meer water op de bodem. Aan de westkant lag een bakstenen muur. Achter de muur stonden witte bungalows en villa's beschut door dichte begroeiing: bougainville die hoger groeide dan de daken, rozenstruiken, bananenbomen, palmen, bomen en struiken waarvan hij de naam niet wist. Maar hij wist wel dat een van deze huizen eigendom was van Gunnar Brendner.

Hij stond er nu voor, met het strand in zijn rug. Het was het tweede huis links van de Rio Verde. De villa lag ver van de straat, hij kon door de begroeiing alleen een deel van een witte muur zien. Er was geen deur of poort, alleen een lage witte stenen muur. Aan de linkerkant was een kleine straat, Ganivet. Die volgde hij twintig meter en daarna sloeg hij rechts af naar de Calle Pablo Neruda, een andere groene steeg. Na vijftien meter langs een hoge stenen muur bleef hij staan bij een portaal met een zware, zwarte houten deur die een meter naar binnen was geplaatst. Links op het stenen oppervlak zat een klein groen metalen bordje: NO 33. Aan de rechterkant een groter geornamenteerd bord: EL ARAVENAL. Hier was het. Hij was er, hij voelde een plotselinge rilling over zijn hoofd, zijn ruggengraat trekken.

Lena Kallender parkeerde op het plein in Vrigstad. Het was maar een kwartiertje rijden vanuit Nydala. Het plein lag aan een brede rivier en ze was net de brug overgestoken. De plek oogde ouderwets, met overal lage, oude gebouwen. Er stond ook een ouderwetse hotdogkraam en opeens had ze een enorme honger. Sinds het ontbijt in het hotel had ze niks meer gegeten.

Nils Ejesjö nam op nadat de telefoon twee keer was overgegaan.

'Er is iets vreemds met die broeders in Nydala,' zei ze.

'Er is iets vreemds met de meeste mensen op het platteland,' zei Ejesjö. 'Welkom bij de christendemocraten.'

'Ik maak geen grapje.'

'Oké.'

Ze vertelde hem over haar plan, als het zo genoemd kon worden. En dat ze met Erik Winter had gesproken.

'Moeten we iedereen die op het platteland woont in de gaten houden?' vroeg Ejesjö.

'Doe wat jullie willen,' antwoordde ze. 'Ik rijd er vanavond naartoe.'

'Waar ben je nu?'

'Vrigstad.'

'Goed dan. We staan rond elf uur bij een afslag voor het dorp,' zei Ejesjö. 'Bel of stuur een bericht als je er bent.'

Ze startte de auto en reed terug over de brug, langs de kerk en parkeerde aan de andere kant van de brug, voor restaurant Vrigstad Värdshus.

Het gerecht van de dag was gehaktballen met uien. De zaal was licht. Er waren weinig gasten. Henning belde terwijl ze aan het eten was.

'Ik ben op het plein. Waar ben jij?'

'Ik moest eten. Lage bloedsuikerspiegel. Zit in het restaurant.'

'Ik kom eraan.'

'Ik he...' was alles wat ze kon zeggen voordat hij ophing.

Een paar minuten later zag ze de Land Rover parkeren. Die zag eruit als een militair voertuig uit de Tweede Wereldoorlog, de Eerste zelfs. Hij sprong eruit. Hij zag er goed uit.

Hij nam ook koffie.

'Ik heb hier een kamer geboekt,' zei ze. 'Ik moet wat slapen.'

'Je had ook bij mij thuis kunnen slapen. Ik ben alleen.'

'Ik ken je niet.'

'Wat wil je weten?'

'Wat is je achternaam?'

'Ga je nu het strafregister raadplegen?'

'Nu wel, aangezien je een tegenvraag stelt.'

'Knutsson,' zei hij. 'Henning Knutsson.'

'Oké.'

'En Hand, als je het echt gaat natrekken, haha. Henning Knutsson Hand is de volledige naam.'

'Hand. Dat klinkt adellijk.'

'Helaas is dat waarschijnlijk ook zo.'

'Hier uit de omgeving?'

'In zekere zin. Onze voorvader Knut sneuvelde in de strijd tegen de Denen bij Axtorna in 1565. Hij was een cavaleriecommandant in Småland.'

'Het spijt me te horen dat hij gesneuveld is. Ik heb een beetje een probleem met Denen.'

'Waarom?'

'Lang verhaal.'

'Als veldmaarschalk had Knut tenminste nog tijd om de Deense steden Falkenberg en Varberg af te branden in de maanden voordat hij stierf.'

'Dat is een mooie erfenis. Is iedereen in de familie soldaat geworden?'

'Zo goed als. Ik niet.'

'Heb je altijd al bier gebrouwen?'

'Ik ben afgestudeerd arts, maar verder was het niet echt een succes.'

'Waarom niet?'

'Te veel lijden. Ik vind het moeilijk om te zien dat mensen zich beroerd voelen.'

'Dan moet je mijn baan eens proberen.'

'Ik maak liever mensen gelukkig.'

'Wie wil dat nou niet?' zei ze en ze voelde zich helemaal zwaar worden van vermoeidheid. Ze wilde meteen naar bed, slapen zonder dromen. 'Ik heb je mobiele nummer nu,' zei ze en ze stond op. 'Ik bel je over een paar uur.'

Ze sliep onrustig, terwijl er kinderen speelden in het zwembad buiten voor de kamer, die zich achter het hoofdgebouw bevond. Ze had er bijna spijt van dat ze niet met Henning naar zijn boerderij was gegaan. Ze had gedroomd, iemand had in de droom iets geroepen in hard en agressief Deens. Lena was geen Denenknuffelaar. Ze had een Deens vriendje gehad die voetballer was geweest en bovendien totaal onbetrouwbaar. Ze hield er niet van om te generaliseren, maar hij was zo achterbaks als wat en zijn vrienden ook. Het klooster van Nydala stond wereldwijd bekend om de schandelijke gebeurtenis die begin februari 1521 plaatsvond: de Deense koning Christiaan II, 'Christiaan Tiran', in Denemarken bekend als 'Christiaan de Goede', wat alles zegt over de Denen, dit monster en zijn gevolg baanden zich een weg door Zweden na het bloedbad van Stockholm en bereikten Nydala na een mars over bevroren meren en door bossen. Daarvoor waren de moordenaars in Vadstena gestopt en hadden twee mannen gestenigd die ze niet vertrouwden na de herovering van Zweden door Denemarken. In Jönköping stopte de bende voor nog meer executies en onthoofdde de broers Lindorm en Peder Ribbing voor verzet tegen de kroon. Toen de groep moe en hongerig Nydala bereikte, vertelde een medereiziger dat de cisterciënzer monniken in het klooster kwaad hadden gesproken over koning Christian en ook voedsel hadden verstopt in het bos. Als straf werden de abt en vijf van zijn monniken verdronken in ijswakken in het meer Rusken. Lena had dit allemaal online gelezen.

Ze ging rechtop in bed zitten. De stemmen uit het zwembad leken wel Deens. Er zijn mensen die beweren dat de Denen de wreedste en meest valse mensen op aarde zijn. Hun smörrebröd is een cynische imitatie van de eerlijke Zweedse *smörgås*, hun aquavit is pure diefstal van Zweedse brandewijn, om nog maar te zwijgen van de Deense *pølser* die honderden jaren na de Zweedse worst werd gemaakt. De rode kleur in de *pølser* symboliseert het Zweedse bloed dat vergoten werd tijdens Deense executies op Zweeds grondgebied. Achter de zorgvuldig opgebouwde façade van het Deense *hygge* schuilt het kwaad. Het is buitenlanders verboden om onroerend goed te kopen in Denemarken, tenzij ze zich laten registreren in het land, uniek in de wereld, vanwege de angst van de Denen voor wat uiteindelijk ontdekt zou worden onder de vette grond. Het enige wat het land produceert is salmonella.

Lena stond op. Hoe lang heb ik geslapen? Buiten was het licht zachter geworden. Haar dienstwapen lag op het nachtkastje. Het zag er heel klein uit, alsof je er niet ver mee kwam tegen het kwaad. Zou ze dat vanavond aan den lijve ondervinden? Ze had tot nu toe haar eigen slechte voorgevoelens gevolgd, nu kon ze zich niet meer terugtrekken. Dat was een militaire term. Het was de eerste keer dat ze dat bedacht. Dat beloofde niet veel goeds.

39

Winter belde aan, hoorde de bel binnen, wachtte. Hij belde nog een keer. *Story of my life*. Bij vreemden aanbellen, op hun deur kloppen, zoals hij nu deed, bonzen. Hij deed het nog een keer, maar niemand deed open. Of Gunnar Brendner was binnen en hield zich stil, of hij was de stad in. Winter was ervan overtuigd dat hij echt in de stad was. Zulke vergissingen maak ik niet, niet meer.

Hij liep terug naar het centrum langs de Paseo Puerta del Mar. Het was na het heetste uur van de dag, het uur van de duivel, *la hora del diablo*, wanneer verstandige mensen binnenbleven en de luiken sloten en alleen dolle honden en Scandinaviërs zich buiten waagden. Hij zag geen honden maar er lagen mensen onder parasols op het strand, twee kinderen renden naar het water, het leek alsof ze gekleed waren in volledig bedekkende kleding tegen de zon, verstandige ouders, zoals hij en Angela. Lilly noch Elsa werd blootgesteld aan het duivelse licht wanneer het op zijn ergst was.

Nu sloeg hij rechts af en wandelde door smalle straatjes, beschut tegen de zon. Winkels en bodega's waren open, maar niets roerde zich daarbuiten of daarbinnen. In een hoekje sliepen twee honden, in elkaar verstrengeld als een pasverloofd stel. Voor Optica Figueroa stond een vrouw door een zonnebril naar de hemel te kijken. Als ze die niet had gedragen, was ze binnen een paar minuten blind geworden. Bij de Bodega de Vinos ernaast hing een krijtbord met de tekst HAY VERMUT ARTESANO, de prijs daalde drastisch als je twee liter of meer kocht. Toen hij langs een kleine *carnicería* liep, voelde hij de koelte van de winkel door de open deur, de zoete geur van rauw vlees.

Op Plaza de los Higuitos ging hij onder een parasol zitten bij een tapasbar en bestelde *una caña* en een flesje mineraalwater. Hij had geen honger, zijn lichaam schreeuwde om vocht, het geruis in zijn oren nam toe.

Aan het tafeltje naast hem zaten drie mensen, twee mannen en een vrouw. De man die het dichtst bij hem zat draaide zich naar hem toe toen hij zijn bestelling kreeg. De man kon van zijn eigen leeftijd zijn, behoorlijk verbrand, gekleed in een overhemd en korte broek.

'Ben je Zweeds?' vroeg hij in het Zweeds.

Winter knikte en nam een slok bier. Dat was alles wat hij nu wilde, niet praten.

'Je ziet er Zweeds uit. Woon je hier?'

'Nee.'

'Nee, ik herkende je niet. We herkennen elkaar hier anders meestal wel.' De man glimlachte van oor tot oor. Winter besefte dat de man een beetje aangeschoten was. Hij herkende het type na twee volle jaren in Marbella en de vele jaren daarvoor aan de Costa del Sol. 'Dit is een prachtige plek.' De man reikte hem een krant aan die hij van een stapel op zijn tafel had gepakt. 'We hebben zelfs onze eigen krant. Alsjeblieft!' Winter nam hem aan. De man gebaarde naar zijn gezelschap. 'We hebben hier een klein feestje.'

Winter dronk in één teug het flesje water half leeg, zette het neer en leegde het kleine bierglas.

De vrouw aan de aangrenzende tafel riep luid: 'ZIJN ER ZWEDEN HIER?' Ze zwaaide naar de gasten die aan de tafeltjes op het pleintje zaten. 'WE VIEREN HIER DE VERJAARDAG VAN EEN VRIIIIEND! NU GAAN WE ZINGEN!'

Winter zag dat ook zij aangeschoten was, nog meer dan de man. Het dialect was walgelijk Stockholms. Ze was zo mager als een skelet, gerimpeld en bruin als een rozijn, haar ogen bleek.

'LANG ZAL HIJ LEVEN, LANG ZAL HIJ LEVEN, LANG ZAL HIJ LEVEN IN DE GORIA, IN DE GLORIAAAA, IN DE GLORIAAAA. HIEPERDEPIEP HOERA,' zong ze luid en vals over het plein. Winter merkte tot zijn verbazing dat enkele Zweedse gekken aan nabijgelegen tafels meezongen. Hij was in een slechte droom beland.

De man aan het buurtafeltje draaide zich weer naar hem toe. Hij knikte naar de derde persoon aan tafel, een dikke en kaalhoofdige man met een donkere bril en een merkwaardige glimlach.

'We vieren vandaag Francisco's verjaardag,' zei de buurman, 'hij komt hiervandaan. Hij is een goeie vent, hij houdt van Franco! En het is dezelfde voornaam!' De man lachte en stak zijn duim omhoog.

'Krijg de klere, idioot,' zei Winter en hij stond op, legde vijf euro op tafel en vertrok.

Lena Kallender reed weer door Vrigstad, passeerde het plein, vervolgde haar weg in zuidelijke richting naar Växjö en sloeg na een paar kilometer rechts af. Sunnerby bestond uit een paar boerderijen aan een meer. Ze reed langs het bord HULTÉNS EKOGRÖNSAKER en zag rechts een indrukwekkende kas. Henning Hand, de edelman uit Riddarhuset, had de locatie van de brouwerijhoeve beschreven en ze parkeerde ervoor. Het dorp was op het eerste gezicht een idylle. Misschien was het net zo onbetrouwbaar als het water in het meer achter de schuren. Of misschien is dit de toekomst. Mijn toekomst. Haha. De zon begon achter het bos ten westen van het water te zakken. De duisternis steeg op uit de grond en vervaagde langzaam de kleuren, maar nog niet helemaal.

Henning kwam naar buiten toen ze uit de auto stapte. Hij droeg een lichtblauw linnen overhemd, een gebreide grijze trui en een spijkerbroek. Een fotomodel. Hij kon homo zijn, hij was mooi genoeg, maar als dat zo was, was ze haar radar voor de diepste geheimen van mensen kwijt.

'Heb je wat kunnen slapen?' vroeg hij.

'Jazeker,' loog ze.

Hij keek haar aan, doorzag de leugen en zei niets.

Ze keek om zich heen.

'Dus hier gebeurt het allemaal?'

'Wil je het zien?' Hij knikte naar een gebouw rechts van haar. 'De brouwerij. Of zoals mijn compagnon het noemt: het laboratorium. Hij is chemicus.'

'En jij zorgt ervoor dat mensen niet doodgaan aan het brouwsel,' zei ze.

'Haha, juist.'

Ze gingen het laboratorium binnen. Het zag eruit zoals ze zich een brouwerij had voorgesteld, of een distilleerderij, vaten en leidingen van messing en staal, een bureau met computers, een geur van hop dacht ze, gist, het rook niet lekker maar ook niet slecht.

'Waar is de gekke chemicus?' vroeg ze.

'Mats is in Göteborg om Sunnerby-bier te verkopen aan restauranthouders,' zei Henning. 'We moeten een beetje van alles doen in deze bedrijfstak.'

'Hoe gaat het?'

'Het begint te lopen, we zijn binnenkort in het hele land te koop en we zijn in gesprek met de staatsslijter.'

'Alcoholvrij, toch.'

'Zo goed als,' zei hij. 'Wat dacht je van vanavond? Als je het uitstelt, kan ik je op een glas trakteren.'

Lena Kallender keek op haar horloge, keek op: 'Nee bedankt. Hoe kan ik dat nu uitstellen? Over een uur rij ik die kant op.'

'Ik ga met je mee.'

'Beslist niet.'

'Het kan gevaarlijk zijn.'

'Juist daarom moet je niet meekomen. Dat is volstrekt verboden en onprofessioneel. Trouwens, ik heb back-up.'

'Hoe ga je het aanpakken, als ik vragen mag? Je verstoppen in het hoge gras?'

'Ik heb geen hoog gras gezien.'

'Precies. Je zult je toevlucht moeten nemen tot grote keien en gebouwen. Ik ga mee. Ik blijf op de achtergrond. Je zult me niet opmerken. Zie me als een begeleidende hospik.'

'Waarom wil je dit doen?' vroeg ze.

'Omdat ik om je geef,' antwoordde hij.

Lena had een paar kilometer gereden, op de Värnamovägen in de richting van Nydala, toen voor haar een hert de weg overstak, gevangen in het licht van de koplampen. De auto stuiterde toen ze remde, er was geen gevaar geweest, maar ze voelde haar hart in haar keel kloppen. Haar hersenen registreerden alles. Ze was klaar voor wat er ging komen.

De weg was leeg en het bos donker. Ze zag geen koplampen van auto's in de achteruitkijkspiegel en ze wilde er ook geen zien. Ze wilde niet weten of Henning haar volgde, ze wilde er niet aan denken.

Vlak voor het dorp was een afslag naar links, die was haar al eerder opgevallen. Op de borden stond SANDVIK en SVENSBYGD. Ze volgde de weg een paar honderd meter, terwijl ze met stadslicht reed. Het dorp lag aan de rechterkant en het silhouet van de kloosterkerk tekende zich duidelijk af tegen de lucht en het meer. Bij een splitsing sloeg ze rechts af, ze reed met gedoofde lichten tot ze na honderd meter het klooster bereikte. Links ervan stond een groot gebouw, dat eruitzag als een oude school. De dorpen en kleine steden in Zweden stonden vol met verlaten scholen.

Ze reed naar een grote boom op een grasveld en zette in de schaduw de motor van de auto uit.

Haar mobiel op de stoel naast haar knipperde. Lena las: *We zijn in positie./Ejesjö*

Het voelde goed, veilig zelfs. Ze stapte uit de auto en sloot het portier voorzichtig. Het was heel stil rondom haar toen ze begon te lopen, alsof alles zijn adem inhield, mensen en flora en fauna. De wind hing geruisloos boven de velden. Nu stond ze bij een schuur die zich ver naar het westen uitstrekte in de richting van het huis van de gebroeders Tornberg. De schuur was een merkwaardige oude constructie, gebouwd aan de overkant van de weg die langs het klooster liep en links van haar verder ging. Het gebouw deed denken aan de voetgangersbrug die van de veerboot helemaal tot aan de kust in Fredrikshavn gelopen had, de constructie die bekendstond als de Valutaslang toen de Deense kroon zwakker was dan de Zweedse en het de moeite waard was om er met enorme koelboxen naartoe te reizen om vlees, spek en worst te kopen. Lena had dat nooit gedaan, het was voor haar tijd, maar voor consumenten in West-Zweden waren het *glory days* geweest. De Valutaslang leidde rechtstreeks naar de spekwinkel Brugsen.

Ze liep langs de schuur. Er kwam licht door de ramen van het huis van de Tornbergs. Ze was nog honderd meter verwijderd. Ze kon rechts beneden voorbij de hoofdweg de oude kruideniers-winkel zien liggen, die een paar keer verlicht werd door passerende auto's.

Een zwakke lamp boven de deur verlichtte een deel van het erf. De oude machines zagen eruit als silhouetten van prehistorische monsters die waren gaan slapen.

Ze was nu dichterbij. Er kwam een man uit het huis, hij stond onder de lamp. Het was geen van de broers. Hij draaide zijn hoofd heen en weer als een wild dier, alsof hij iets rook. Ze stond tegen de muur gedrukt, in de schaduw van de nacht. De man draaide zich naar de deuropening en zei iets. Ze hoorde de woorden niet. Lena herkende hem niet, maar hij kwam haar bekend voor. Ze voelde het sterk, als een rauwe adem. Op een van zijn mouwen zag ze een geel merkteken.

Vier vrouwen stapten naar buiten, de een na de ander. De man wees plotseling in haar richting.

40

Winter volgde de Calle Antigua zuidwaarts, kwam bij de botanische tuin en liep naar binnen. Er waren honderd verschillende tinten groen, bijna net zoveel als in een Zweeds kerkdorp. Waarom dacht hij zo? Zijn wereld was het kustlandschap, rotsen en zand en zee, van zijn kindertijd tot nu, in dit park, in een stad waarnaar hij nooit terug zou keren. Die was bloedheet, maar voelde koud en donker aan in de naderende schemering. Zweedse kerkdorpen waren vast mild en lieflijk; in zijn volgende reïncarnatie zou hij er een bezoeken.

De foyer van Hotel Casablanca was koel. Een Spaans echtpaar van middelbare leeftijd stond op het punt in te checken. Toen ze klaar waren, vroeg hij of hij een fles gekoelde witte wijn op de kamer kon krijgen. Hun beste lokale merk.

Boven in zijn kamer trok hij zijn overhemd uit en waste zijn gezicht en oksels. Nog een douche zou erg overdreven zijn.

Hij liep het balkon op, ging in een gemakkelijke rotanstoel bij het smeedijzeren tafeltje zitten en keek uit over het plein, met ver weg in het westen de zee die schitterde in de zon. Een geur van gegrilde vis bereikte hem, vaag, en verdween weer. Genoeg om hem te doen beseffen dat hij iets moest eten. Hij belde naar de receptie en vroeg of het hotel-restaurant *adobo* en *pimientos del piquillo* had en of ze van allebei een portie en wat vers brood met de wijn mee naar boven konden brengen.

Er liepen mensen rond op het plein en in de kleine straatjes. Een nieuw leven na de siësta. Hij hoorde gelach. Het voelde als leven. De hitte was nog steeds duidelijk aanwezig, maar er begon een briesje te waaien vanaf de zee. Winter draaide zijn gezicht ernaar toe en sloot zijn ogen. Over een paar uur zou hij teruggaan naar het huis bij de groene dode rivier. Daar zou het dan donkerder zijn, nog steeds warm maar donkerder.

Achter hem klonk de bel. Hij stond op, liep de kamer door en opende de deur. Een jong meisje droeg een dienblad met zijn eten en de wijn. Hij vroeg haar het dienblad op tafel te zetten en gaf haar een briefje van vijf euro, ze liep met een glimlach naar buiten.

De adobo was heet, vers gefrituurd, hij proefde de pittige smaak van gemarineerde heek met kruiden gepaneerd in *masa*. Hij sneed een stuk brood open, legde er een paar stukjes vis met wat paprikasalade in en nam een hap. Het was lekker, het smaakte elke keer even goed als het eersteklas spul was. Hij dronk van de wijn, die bevatte genoeg zwavel en zon om lokaal te zijn.

Hij belde Angela.

'Het lijkt hier wel een ziekenboeg,' zei ze.

'Och nee.'

'Als ik zelf geen arts was geweest, hadden we in onze ongerustheid en onwetendheid de huisarts moeten bellen.'

'Niets ernstigs, hoop ik?'

'Ik hoest de hele tijd,' zei ze en ze begon prompt te hoesten. 'Het is iets wat lang kan duren,' zei ze toen ze weer op adem gekomen was. 'Virus van dit moment, zoveel weet deze dokter wel. Maar het kan ook een bacteriële infectie zijn.'

'Geen antibioticum dus?'

'Nu nog niet in elk geval. Dat kan morgen veranderen.'

'Wat zijn de kinderen aan het doen?'

'Ze slapen. Ik heb ze wat brandy gegeven.'

'*That's my girl.*'

'Hoe gaat het met jou?' vroeg ze.

'De man was niet thuis. Ik ga er over een paar uur heen.'

'Misschien is hij gevlucht.'

'Waarom zou hij dat doen?'

'Omdat jij eraan komt.'

'Hij weet niet dat ik kom.'

'Als er iets niet klopt, dan weet hij dat,' zei ze.

'Waarom zou er iets niet kloppen?'

'Wat had jij daar anders te zoeken,' zei ze.

'Je hebt gelijk. Er klopt iets helemaal niet.' Hij nam een hap van de adobo, kauwde, dronk van de wijn. 'Ik heb de verhoren van het meisje, Sara, verschillende keren bekeken. Ik heb ze keer op keer afgespeeld. Er klopt iets niet. Ik weet niet wat het is. Maar ik weet dat er iets is.'

'Iets wat met de oom in Spanje te maken heeft?' vroeg ze.

'Ja. Of ik weet het niet. Daarom ben ik hier. Ik ga weer achter de computer zitten als we uitgepraat zijn.'

'Is hij gevaarlijk?'

'Gunnar Brendner? Ik denk het niet. Er zit iets vreemds rond deze oude zaak, maar hij vormt geen gevaar,' zei hij en hij beet een stuk brood af en kauwde discreet.

'Ben je aan het eten?' vroeg ze.

'Een klein hapje op het balkon,' zei hij. 'Adobo en paprikasalade.'

'Ik had gepland dat we nu bij Bar California zouden zitten,' zei ze. 'Ik had met Nolio gesproken. Iets bijzonders. De terugkeer van papa Winter. De infectie heeft een streep door de rekening gehaald.'

'Bedoelde Elsa dat met die verrassing?'

'Ja, en nee. De meisjes hebben hun eigen verrassing.'

'Morgen,' zei hij.

'Waarschijnlijk zijn we dan nog niet op de been,' zei ze. 'Je zult het wat langer moeten rekken in Almuñécar.'

'Niet nog een dag hier,' zei hij. 'Dit is geen plek voor mij. De falangisten hebben weer voet aan de grond gekregen. Vanavond ga ik met die man praten, hopelijk.'

'Wees voorzichtig.'

'Je weet dat ik dat ben,' zei hij.

De telefoon voelde koud aan in zijn hand. De bries vanaf zee was in kracht toegenomen en wervelde rond het balkon. Een paar bladeren stegen op in een spiraal. Hij had geen honger meer. De fles wijn was nog vrijwel onaangeroerd. Hij stond op en liep de kamer in, pakte zijn laptop, liep terug naar het balkon, ging zitten, opende de laptop, zag Sara's gezicht als kind en zocht de film met haar woorden, haar korte antwoorden.

Lena Kallender zag nog meer vrouwen uit het huis komen. Ze telde er zeven in totaal. Ze liepen twintig meter langs de muur van de schuur en verdwenen. De man volgde hen.

Nu hoorde ze geluiden van binnenuit, aan de andere kant van de muur. Ze waren dichtbij. Voorzichtig liep ze terug naar waar ze vandaan was gekomen. De kloostergebouwen vormden puntige reliëfs tegen de hemel. Het was alsof ze vijfhonderd jaar terug in de tijd was. Het was een spookachtig gevoel. Alle zielen die hier ooit hadden geleefd waren opgestaan en liepen rond in dit middernachtelijk uur, de verdronkenen, de drenkelingen, de goeden en de slechten. Ze stond nu langs de weg met de brug naar de stal boven zich, de voetstappen waren duidelijk, alsof er wezens in de lucht liepen. Het meer schitterde in het maanlicht.

De vrouwen en hun begeleider, of wat hij in godsnaam ook maar was, ontvoerder, rover, moordenaar, waren nu uit de schuur gekomen en liepen rechts aan de andere kant van de weg, niemand zei een woord, dat zou ze gehoord hebben, ze liepen achter elkaar aan, de man liep voorop, de maan scheen op zijn hoofd, hij draaide zich om alsof hij haar gehoord had, zijn gezicht leek op dat van een wolf, een wild dier.

Dick Forsman besefte dat hij nog leefde toen de pijn in zijn elleboog zo erg, zo hevig was geworden dat hij er wakker van werd. Hij had op zijn arm geslapen, vastgebonden, met tape over zijn mond, plakkerig en koud over zijn hele onderlichaam omdat hij in zijn broek had gepist, dat noodgedwongen moest doen, meerdere keren zelfs. Hierna zou hij nooit meer pissen. Ze konden zeggen wat ze wilden daar in de vrijheid, maar hij was niet van plan dat te doen. Hij wilde nooit meer aan die geur herinnerd worden. Er was ook een andere bron van stank, hij wilde er niet aan denken, hij wilde niet denken, nooit meer denken. Hij wilde sterven. Vlak voordat hij in slaap viel was hij tot die conclusie gekomen. We gaan allemaal dood. Ik zal de komende vijftig jaar van mijn leven missen, maar wat maakt het uit. Veel mensen lijden hun hele leven pijn. Daarna is het toch voorbij alles eindigt die shit blijft me bespaard Jimi Hendrix Janis Joplin Jim Morrison Brian Jones Kurt Cobain Club 27 het werd ze bespaard ik ben gewoon een beetje ouder dus ik pas erin het is de enige club waar ik bij wil horen Jezus past er ook in leef snel sterf jong sneller dan dit kan het niet waar komt dat lawaai vandaan boven daar lopen verdomme mensen rond.

Lena Kallender volgde het eigenaardige gezelschap in de verte. Ze zag het grote gebouw waar ze geparkeerd had als een herenhuis oprijzen tegen de lucht. Haar auto stond verborgen onder de bomen aan de linkerkant. Ze kon hem niet zien, ook al wist ze dat hij er stond, dus de wolf die daar vooropliep kon hem zeer zeker niet zien.

Ze verplaatste zich en ging naast de auto staan, dat was de beste plek. De vrouwen liepen in de richting van het huis, tussen twee bijgebouwen door, de man was gestopt voor het hoofdgebouw, de rij bleef staan, het lijkt *The Handmaid's Tale* wel, ze had onlangs het vierde seizoen gekeken, "gruwelijk" is een understatement, het is een show die live in de toekomst is gefilmd, wanneer alle hoop verloren is, vooral voor vrouwen, voor mensen zoals ik, zoals de vrouwen daarginds. Waar ben ik in hemelsnaam in terechtgekomen? Ik ben bang.

Haar mobieltje trilde in haar borstzak. Ze haalde het tevoorschijn, draaide zich om en verborg het licht van het schermpje onder haar hand.

Wat gebeurt er? Moeten we in beweging komen? We zijn nu bij de kruidenierswinkel.

Ze schreef: *Wacht.*

Ze draaide zich om. De groep was weg. Ze waren naar binnen gegaan. Ze schreef: *Achter het klooster is een groot gebouw. Ik ga bij de weg staan. Rijd langzaam zonder licht. Er is een groep naar binnen gegaan. Erg verdacht.*

Ejesjö antwoordde: *Dat is de oude school. Doe niets. We komen eraan.*

Ze hoorde een discreet kuchje achter de auto. Ze sprong op en greep naar het pistool.

Een fluistering: 'Ik ben het maar, Henning. Ik dacht dat je misschien dorst had.'

Winter liep in oostelijke richting over de Paseo Puerta del Mar, langs Cervecería Salitre Playa, *especialidad en pescados y mariscos*, het buitenterras zat vol mensen nu de zon laag stond en de hitte was afgenomen: oudere stellen, gezinnen met kinderen, jongeren, af en toe een eenzame persoon aan een eenzaam tafeltje.

Er brandde een lamp in de tuin van Gunnar Brendner. De bougainville leek daardoor zwart.

Hij liep langs de muur naar de Calle Pablo Neruda en belde aan.

Na lange tijd ging de deur open.

Hij herkende de man in het koude licht van de lamp onder de deur.

'*Sí?*'

'Hallo, ik ben hoofdinspecteur Erik Winter uit Göteborg.'

'Wie?'

'We hebben elkaar aan de telefoon gesproken.'

'Je hebt hier niets te zeggen,' zei Brendner. 'Dit is Spaanse bodem.'

'Je bent Zweeds staatsburger. Laat me nu maar binnen.'

Brendner opende de deur, draaide zich om en liep terug over een geplaveide binnenplaats naar het huis dat tien meter verder op het terrein lag. Er waren overal bloemen en in het schijnsel van de lamp leken ze allemaal zwart. De zon was nu helemaal in zee gezakt.

Eenmaal binnen wees Brendner naar een bank. De kamer was koel, niets aan de muren of op de stenen vloer, het was alsof hier de afgelopen dertig jaar niemand had gewoond. Winter dacht aan zijn huis in Marbella. Een en al licht en kleur en menselijke warmte.

'Wil je iets drinken?' vroeg Brendner. 'Ik heb alles.'

'Misschien een biertje,' zei Winter en hij ging op de bank zitten.

'Brandy?'

'Nee, dank je.'

Brendner liep de kamer uit. Winter hoorde hem rommelen in de keuken. Hij kwam terug met een fles bier en een glas sterkedrank. Winter had zijn adem geroken. De man had gedronken, maar leek niet dronken. Hij ging zitten in een *sillón* die er comfortabel uitzag; Winter had net zo'n fauteuil in zijn Spaanse huis.

'Wat wil je?' vroeg Brendner.

'Antwoord op een aantal vragen.'

'Ik heb niets meer te zeggen. We hebben elkaar aan de telefoon gesproken. Ik begrijp niet waarom je hierheen bent gereisd.'

'Waarom is Sara hier geweest?'

'Wat?'

'Je hebt de vraag gehoord. Ze kwam hierheen en toen ze thuiskwam reed ze tegen een rotswand.'

'Ik weet niet waarom ze kwam. Ik was verrast. Het was bijna zoals jij nu hier opduikt.'

'Ze was hier nog nooit geweest. Na dertig jaar kwam ze hier. Waarom?'

'Geen idee.'

'Ze was iets te weten gekomen,' zei Winter. 'Daarom kwam ze hiernaartoe. Wat was ze te weten gekomen?'

'Hoe moet ik dat weten?'

Winter voelde de vochtige lucht naar binnen stromen door de patiodeur die openstond naar de zee aan de andere kant van de muur die het erf omheinde. Hij hoorde de branding.

'Waar hebben jullie het over gehad?' vroeg Winter.

Brendner antwoordde niet. Hij dronk zijn glas leeg, stond op en liep met het glas naar de keuken, kwam terug met meer drank. Winter had het bier niet opgedronken. Hij voelde zich helder, schoon, helemaal geestelijk voorbereid, alle andere rotzooi was weg, het was hier, het was nu, het was waar hij naar op weg was sinds hij dertig miljoen jaar geleden achter Sara aan was gereden vanaf Landvetter.

'Ze... wilde weten wat er was gebeurd,' zei Brendner.

Het leek alsof hij dertig jaar ouder was geworden terwijl Winter daar op de bank zat. Iets had hem ingehaald.

'Wat waar was gebeurd? Wanneer?' vroeg Winter.

'Toen haar vader... vermoord werd.'

'Wat heb je haar verteld?' vroeg Winter.

'Wat ik wist. En ik wist niets. Hij lag daar gewoon.'

'Je broer? Hij lag daar gewoon?'

'Ja.'

'Wat deed je toen?'

'Nou... wat moest ik doen? Het meisje beschermen. Jij was er niet bij. Het was vreselijk.'

'Ik was erbij,' zei Winter.

'Wat?'

'Ik stond buiten. Een jonge politieagent in uniform. Ik was erbij.'

'O, mijn god. Was jij erbij?'

'Wat gebeurde er daarna?' vroeg Winter.

'Wanneer daarna?'

'Wat zei ze? Toen je haar probeerde te beschermen? Ze moet iets gezegd hebben.'

'Ik kan me er niets van herinneren. Het was chaos.'

'Wat deed je die avond in de villa?'

Brendner schrok op, alsof Winter hem met het nog volle bierflesje in de zij had gepord.

'Nu begrijp ik niet...'

'Waarom was je daar net op die avond dat je broer werd neergeschoten?'

'Ik... was daar vaak.'

'Waarom precies die avond?'

'Het... was zoals elke andere avond.'

Brendner had zijn glas weer leeggedronken. De man leek nog steeds niet dronken.

'Die vraag komt niet van mij,' zei Winter.

'Nee?'

'Maar van Sara. Sara vraagt het.'

Sara

Ik kan vandaag niets schrijven. Ik wil nooit meer iets in dit stomme dagboek schrijven.

41

Op de benedenverdieping van het schoolgebouw gingen lampen aan, het licht was zwak en scheen amper door de ramen. Lena kon binnen schaduwen ontwaren die over de muren gleden.

'Wat doe jij hier verdomme?' Ze had zich naar Henning omgedraaid. Hij had haar als een professional beslopen. Ze fluisterde, siste zelfs. 'Je hoort hier niet te zijn.'

'Je moet op je taalgebruik letten,' fluisterde hij terug. 'Je wist dat ik je zou volgen.'

Niet tot hier, wilde ze antwoorden, maar er klonk een geluid van iets wat achter Henning bewoog. Lena trok haar pistool. Het metaal was ijskoud, of misschien was het haar hand. In het maanlicht werden een gezicht en een zwarte pet zichtbaar, ze herkende Nils Ejesjö.

Uit de begroeiing kwamen nog drie politieagenten tevoorschijn, allemaal in het zwart gekleed. Ze zag dat twee van hen automatische wapens droegen. Met de politie in Värnamo viel niet te spotten.

Ejesjö keek naar Henning.

'Wie ben jij en wat doe je hier?' vroeg hij met een lage, dreigende stem.

'Dat komt later wel.' Lena Kallender knikte in de richting van de school. Het zwakke licht brandde nog steeds. 'Ze zijn daar. Een man en minstens zeven vrouwen.'

'En de broers Tornberg?'

'Ik weet het niet. Ze kunnen daarbinnen zijn, maar ze kunnen ook heel goed thuis zijn.'

'Dat maakt wel heel veel uit nu,' zei Ejesjö, terwijl hij zich tot een van de andere agenten wendde. 'Laten we eens kijken of er een zijingang is, Martin.' Tegen Lena Kallender zei hij: 'Wat is het plan?'

Er was geen plan. Lena had de gebeurtenissen geobserveerd. Nu was het tijd om te handelen. De troepen waren verzameld. Het arrestatieteam uit Jönköping stond ook paraat. Ejesjö kon het via de radio oproepen. Het was een onwerkelijke situatie. Ze wist dat het om leven of dood ging vanavond. Nu konden Hennings kwaliteiten als hospik misschien van pas komen. Ze keek naar hem. Voor zijn voeten stond een tas met een kruis erop. Als het overdag was geweest, was het kruis rood geweest, maar nu was het zwart. Hij had alles meegenomen wat nodig was voor een veldhospitaal, het was niet slechts loos gepraat geweest. Ejesjö keek ook naar de tas, maar zei niets. Verklaringen moesten later komen. Als ze dan nog belangrijk waren.

'De aanval is de beste verdediging,' zei Ejesjö.

'Niemand mag gewond raken,' zei ze.

'Geen onschuldigen in elk geval,' zei Ejesjö.

Het leek alsof een van de politieagenten met een automatisch wapen glimlachte, een snelle spiertrekking in het gezicht.

Lena keek weer naar de school. Binnen flakkerde het zwakke licht heen en weer. Wat waren ze in godsnaam aan het doen? De schaduwen raakten het plafond.

'Ik denk dat ze daar hun bedden opmaken,' zei Ejesjö, die haar blik gevolgd had. 'Het is waarschijnlijk een slaapzaal voor vrouwen die vanuit Moldavië hierheen zijn gesmokkeld. Je hoeft geen raketgeleerde te zijn om dat te begrijpen.'

'Had je die vermoedens al eerder?' vroeg ze.

'Nee. Maar nu wel.'

'We moeten ervan uitgaan dat de broers daarbinnen zijn,' zei ze. 'Dat betekent drie mannen. Ze kunnen gewapend zijn.'

'Mensenhandelaren zijn altijd gewapend,' zei Ejesjö. 'Ontvoerders ook. Moordenaars ook.'

Dicks gezicht flitste door haar hoofd. Hij had iets specifieks geweten, dat hadden die klootzakken in elk geval gedacht. Achter de school glinsterde het grote meer, dat zich kilometers uitstrekte naar het zuiden, het leek wel een zilveren hemel. Lag Dick daarin? Ze deed haar best om de gedachte te verdringen.

Hennings gezicht was bleek en dat kwam niet alleen door de

schaduw van de maan. Dit is geen middernachtelijke picknick op het platteland. Ik weet niet wat hij ervan had verwacht. Nu is hij hospik geworden.

Ze wendde zich tot Ejesjö: 'Wat stel je voor?'

Gunnar Brendner zweette in de kale kamer, die koeler werd naarmate de avond vorderde. Winter had geen rondleiding door het huis gekregen. Als de andere kamers er net zo uitzagen, leek het op een huis dat iemand binnenkort zou verlaten.

'Ga je verhuizen?' vroeg hij.

'Wat? Nee...'

'Hoe lang woon je hier al?'

'Ik denk dat je dat wel weet. Jullie lijken alles te weten.'

'Dan zou ik hier niet zijn.'

Brendner knikte naar de bierfles van Winter.

'Wil je er nog een?'

'Ik heb deze nog niet op.'

Hij had niets gedronken. Misschien later, een klein biertje wanneer hij hier weg was gegaan, met of zonder antwoorden. Ik ben hier om *antwoorden* te krijgen. Ik heb niet de juiste vragen gesteld. Wat is je plan? Laat me je plan zien, Erik.

'Het was een plotselinge reis voor jou hierheen,' zei Winter.

'Is dat een vraag?'

'Waarom ging je bijna onmiddellijk na de moord weg?'

'Het... kwam gewoon zo uit.'

'Waarom?'

'Wat moet ik daarop zeggen? Ik was wanhopig. Het bedrijf stelde niet veel meer voor. Ik wilde weg. Dat is geen misdrijf.'

'Je bent nooit meer terug geweest in Zweden. Dertig jaar is erg lang.'

Brendner antwoordde niet. Het was geen vraag.

'Wie was het?' vroeg Winter.

'Wat?'

'Wie heeft je broer Lars doodgeschoten? Je moet je vermoedens hebben gehad.'

'Nee.'

'Helemaal geen?'

'Als ik ze al had herinner ik ze me niet meer.'

'Maar je moet over het motief hebben nagedacht.'

Brendner zei niets. Hij hield zijn lege brandyglas in zijn hand en keek op: 'Zijn we hier klaar?'

'Wat kan het motief zijn geweest?' vroeg Winter.

'Ik heb absoluut geen idee. Jullie bij de politie ook niet. Anders was de moord opgelost.'

'We zijn de zaak nu aan het oplossen.'

'Niet hier,' zei Brendner. 'Hier los je geen moordzaken op.'

Hij stond op, als teken voor Winter om ook op te staan. Winter was welopgevoed, maar nu even niet.

'Ga zitten, VERDOMME.'

Nils Ejesjö stond bij een van de hoge ramen. Hij klom op een krukje dat ze hadden meegenomen. Slim. Lena Kallender kon hem vanaf de zijkant door het raam naar binnen zien gluren.

Hij stapte er weer vanaf en liep terug naar de anderen, die stonden te wachten.

'Zeven opgemaakte bedden, zeven vrouwen,' zei hij. 'Geen mannen.'

'Wat doen de vrouwen?'

'Ze zitten op hun bed en zien er verloren uit,' zei Ejesjö. 'Ze zien er allemaal erg jong uit.'

'Wat een monsters zijn er toch in de wereld,' zei Lena.

'Ben je verbaasd?'

Lena had geen tijd om deze retorische vraag te beantwoorden, omdat collega Martin terugkwam door de bomen en struiken. Hij was in een wijde cirkel om het huis heen gelopen: 'Aan de andere lange kant van het huis is een gesloten stalen deur,' zei hij. 'Bijna aan het einde.'

'Moeilijk te forceren?' vroeg Ejesjö.

'We breken hem in een paar seconden open.'

Ejesjö keek Lena aan: 'Wat zeg jij ervan? Martin en Niclas gaan via de stalen deur naar binnen. Misschien leidt die gewoon naar de kelder, dat weten we niet. In dat geval moeten jullie als de wiedeweerga naar de voorkant komen. Jij en ik, Lena, gaan door de grote deur naar binnen.' Hij keek Martin aan. 'Je hebt het toch gecontroleerd? Zit die op slot?'

'Nee.'

'En Sharin gaat via het slaapkamerraam naar binnen,' zei Ejesjö en hij knikte naar een van de in het zwart geklede agenten die helemaal rechts stonden, naast Henning. 'Zij is de fitste van onze politiemensen uit Värnamo. En wij hebben allemaal een verdomd goede fysieke conditie.'

'En waar ga ik naar binnen?' vroeg Henning.

Iedereen keek hem aan.

'Jij gaat naar binnen na het gevecht,' zei Ejesjö. 'Dat is wat hospiks doen.'

'Oké.'

Lena zag hem knikken. Hij accepteerde zijn lot zonder iets te zeggen over de bloedige gevechten van zijn bloedige voorouders. Zo'n type was hij niet. Dit was het meest gewelddadige scenario waar ze zelf ooit mee te maken had gehad. Wanneer alles voorbij was, zou ze een fles bier van Henning drinken. Dat heette hoop. Maar misschien zou hij eerder een fles infuusvloeistof vasthouden.

'Iedereen klaar?' zei Ejesjö. 'We gaan over vijf minuten naar binnen.'

Ze zag Martin en Niclas weer in het bos verdwijnen. Sharin liep stilletjes naar het raam waar het krukje nog stond. Lena, Ejesjö en Henning liepen langs de rand van het grasveld en zochten dekking bij een grote poort, het was vijftien meter naar de ingang van de school, een dubbele deur onder zwak licht, door de ruiten in de deur zag ze een paar traptreden. De gang daarachter leek in duisternis te zijn gehuld. Waar waren die klootzakken? Zaten ze te wachten? Waarom was het zo stil? Misschien was het alleen in haar hoofd stil. Ejesjö hield een automatisch wapen vast. Zij hield haar pistool vast. Henning hield zijn uit de kluiten gewassen EHBO-tas vast.

Achter de deur werd een gestalte zichtbaar, die snel de trap af was gekomen.

De deur ging open. Het was de man die Lena eerder had gezien. Ze zag zijn gezicht duidelijk. Ze herkende hem. Ze had hem heel even in Winters kamer gezien.

'De anderen gaan nu naar binnen,' fluisterde Ejesjö. Hij stond op en deed een stap naar voren met zijn geweer in de aanslag: 'POLITIE! HANDEN OMHOOG! POLITIE!'

'Ik ben er zo snel mogelijk naartoe gegaan,' zei Brendner. 'Het meisje had steun nodig. Troost. Haar moeder hielp niet veel. Ik ben een tijdje bij Sara in de kamer gebleven... daarna. Tot Ulla het aankon.'

'Wat gebeurde er daarna?' vroeg Winter.

'Ja... na de ondervraging door de politie en zo ben ik naar huis gegaan.'

'Wilde je niet blijven? Voor Ulla en Sara?'

'Ulla wilde dat niet. En Sara sliep. Ik weet niet of ze haar een kalmerend middel hebben gegeven.'

'Wat gebeurde er de volgende dag?'

'Ik heb gebeld, maar Ulla wilde alleen zijn. Met Sara. En er was zoveel...'

'Zoveel wat?'

'Alles... het was allemaal zoveel.'

'En dus kocht je een ticket hierheen?'

'Ja... na een paar dagen. Ik werd nergens van... verdacht.'

Winter had het rapport van het vooronderzoek gelezen. Tien dagen na de moord op zijn broer had Gunnar Brendner toestemming gekregen om naar Málaga te reizen. Interpol was er de hele tijd bij betrokken geweest. Hij had niet kunnen vluchten als hij dat had gewild.

Brendner stond op. Winter hoorde nu de cicaden. De avondmuziek van de warme landen. Winter wist dat het geluid werd voortgebracht door de cicademannetjes daarbuiten, die hun buikspieren aanspanden, waarbij het membraan op hun vleugels het hele insect in een versterker veranderde. Dit alles om de dames aan te trekken. Het geluid kon een kilometer ver reizen, honderdtwintig decibel. Het mannetje dat het geluid veroorzaakte werd alleen maar niet doof omdat hij zijn gehoorzenuw aan en uit kon zetten. Zo kan de natuur werken, maar niet voor mensen. Er is geen aan en uit. Tenminste, dat was er voor hem nooit geweest. Misschien bestond het wel voor Gunnar Brendner, maar Winter dacht van niet. De man zag eruit alsof zijn leven de afgelopen dertig jaar een constant lijden was geweest, begeleid door tromgeroffel. Hij zag eruit alsof hij op het randje van de dood balanceerde.

42

De man in de deuropening wierp zich op de grond en iemand achter hem opende het vuur. Lena Kallender hoorde een kogel langs haar hoofd fluiten, voelde hem. Het schieten ging door.

'Oké, daar gaan we,' zei Ejesjö en hij richtte het vuur op de deur.

Het schieten bij de deur stopte.

Lena zag dat er niemand meer in de deuropening stond. De man lag er nog steeds voor. Ze hoorde hem iets roepen. Ze hoorde niet wat het was. Nu schreeuwde hij.

'Hij is gewond,' zei Henning.

Ejesjö deed een paar stappen naar voren en vuurde op de deur hoog boven de ervoor liggende man. Er werd niet teruggeschoten. Hij richtte het wapen op de man op de grond.

'Oké, hospik,' zei hij.

Henning sprong naar voren. Hij was nu in oorlog en trad in de bloedige voetsporen van Knut Håkansson Hand. Lena rende achter hem aan. Ze kon het bloed op het been van de man zien, zo zwart als al het andere in het nachtlicht. Henning werkte snel, trok een stuwband aan, begon met het aanleggen van een drukverband.

'Deze man heeft snel zorg nodig,' zei hij.

Lena belde. Er moesten ambulances komen. Het leek wel een belegering. Ze hadden een leger nodig.

Vijftien minuten, langer duurt het niet vanaf Värnamo,' zei Ejesjö. Hij keek Lena aan: 'Ik ga naar binnen. Ik moet weten wat er aan de hand is, het is zo akelig stil. Jij blijft hier voor het geval ze langs deze weg proberen weg te komen.'

Ze hielpen Henning om de gewonde man achter de poort in veiligheid te trekken. Henning gaf hem een injectie, een pijnstiller wellicht. Ze zag dat de man half bewusteloos was. Onder de brede riem stak een pistool. Ze pakte het pistool en legde het achter zich op de grond. Het voelde aan als een Glock. Henning trok het verband recht, plukte wat. Ejesjö rende half bukkend naar de school. Verdween door de deuren.

Toen hoorden ze binnen schoten.

'Au au au,' schreeuwde Henning.

'Het is vier tegen twee daar,' zei ze. Zodra ze de woorden had uitgesproken, besefte ze hoe dom ze klonken, een gedachteloze domheid.

'Het kunnen er meer dan twee zijn,' zei Henning.

'Ik weet het, ik weet het.'

'Wees voorbereid als ze deze kant op komen,' zei hij.

'Ik ben voorbereid.'

Het schieten was gestopt. De akelige stilte waar Ejesjö het over had gehad, was teruggekeerd, twee keer zo stil.

'Zal ik naar binnen gaan?' vroeg Henning.

'Ze laten wel van zich horen.'

Ze wachtten. De stilte duurde en duurde, eeuwig zo leek het.

'Wat is er aan de hand?' zei Henning, vooral tegen zichzelf. 'Het waren meerdere schoten, dat betekent waarschijnlijk meerdere gewonden.'

Het kraakte op de communicatieradio.

'Ja, hallo, hallo?'

'Kan Henning weg bij de gewonde? Hij is hier nodig,' zei Ejesjö.

En net op dat moment hoorde ze de gezegende sirenes van ambulances, voorrangsvoertuigen, alles wat op wielen reed en het goede diende in de strijd tegen het kwade. Ze droegen wapens, maar voor het goede. Vanuit het zuidwesten kwamen sirenes en zwaailichten met hoge snelheid aanrijden.

Winter liep naar het westen. Het geluid van de branding van de zee. Een eenzaam licht op zee. Het begon laat te worden. Dat betekende dat het tijd werd om in een restaurant een voorgerecht te bestellen, als je geen toerist was. De toeristen hadden het toneel verlaten ten gunste van de lokale bewoners.

Hij sloeg af naar het centrum, over de Plaza Madrid, op de

Avenida Andalucía, kwam aan bij een klein plein, Plaza Antonio Gala, kreeg enorme honger toen hij het terras van Mesón Gala zag, er waren nog een paar vrije tafels, onder een prachtige palmboom, naast beschutting gevend groen.

Hij ging zitten, bestelde een glas witte wijn en een flesje mineraalwater. Hij kreeg het menu, dit was een goed restaurant, dat kon je alleen al zien aan de menukaart, zowel aan de inhoud als aan het ontwerp. Hij bestelde *berenjenas fritas a la miel*, *queso manchego* en *kokotxas de bacalao* als tapas met wat brood, daarna *cochinillo confitado a baja temperatura* als hoofdgerecht en een kleine *tocino de cielo* als dessert. Hij vroeg om nog een glas wijn.

Alle tafels waren nu bezet. Hij was de enige die alleen was, zat met zijn rug naar een mooie bakstenen muur. Het was bijna middernacht, maar het was nog steeds vijfentwintig graden. Allemachtig. Hij had het erg warm, maar ook koud. Het was een vreemde ontmoeting geweest met Gunnar Brendner, bijna als een gesprek met een dode. Die gedachte had hij de hele weg vanaf het huis aan de Calle Pablo Neruda met zich meegedragen. De ontmoeting was niet gelopen zoals verwacht. Hij wist niet wat hij had verwacht. Of wat hij nu verwachtte. Was het zinloos dat hij hierheen was gekomen? Was dit een cold case die niemand kon oplossen? Waren er alleen maar slachtoffers en verliezers? Natuurlijk waren die er. Maar er waren ook antwoorden, daarom was hij hier verdomme. Hij zocht nog steeds, het antwoord lag onder zijn neus, hij had het gelezen, hij had het gezien, hij had het gehoord, op de een of andere manier wist hij het al. Ik ben Erik Winter. Ik moet het zien, ik heb het gezien, ik moet het oplossen, met of zonder mijn gebruikelijke grootheidswaanzin.

Zijn tapas kwamen op een keurig dienblad op tafel. Een heel brood, grote en flinterdunne plakken aubergine, gesneden op een mandoline waarschijnlijk, een paar seconden gefrituurd, een beetje honing erover, de kaas was zacht en op kamertemperatuur, uit Marantona, en de kabeljauwwangetjes subliem in hun zoutheid. Hij kon geen genoeg krijgen van *bacalao*, maar het was een smaak die tijd nodig had.

De ober vroeg of hij nog een glas wijn wilde, hij zei nee. Hij moest zijn hoofd koel houden vannacht.

Zijn mobieltje ging. Angela.

'Ik dacht dat je al sliep,' zei hij.

'Moet steeds hoesten,' zei ze hoestend. 'Heb je de broer al gesproken?'

'Vanavond. Het is laat geworden. Zit nu te eten.'

'Het is bijna twaalf uur,' zei ze.

'Ik zei dat het laat is geworden.'

'Ben je alleen?'

'Gunnar Brendner is niet iemand die je uitnodigt voor een etentje.'

'Was het het waard? Het bezoek?'

'Misschien komt er nog een.'

'Wat bedoel je?'

'Hij liegt.'

'Dat is niets nieuws voor jou. Iedereen liegt, heb je gezegd.'

De ober kwam terug met een dienblad en keek vragend naar de resten van zijn tapas. Hij knikte, de ober haalde het kleine beetje dat nog over was weg.

'Er is iets verdomd belangrijks. Iets wat hij vanavond zei. Of iets wat ik heb gezien. Of gehoord. Het heeft allemaal met elkaar te maken.'

'Wat ben je van plan?'

'Eten en naar mijn kamer om na te denken. De ondervragingen van het meisje, Sara, nog een keer bekijken.'

'Hoe vaak heb je die ondertussen al gezien?'

Hij antwoordde niet. Zijn laptop zat in zijn schoudertas. Hij hoefde niet terug naar zijn kamer. Dit was een goede plek om te werken. Aan verschillende tafels zaten mensen met laptops. Zo ver was het met de moderne samenleving gekomen.

'Hoe gaat het met jullie?' vroeg hij.

'Niet goed. Misschien is het beter als je nog een dag wegblijft.'

'Als het niet langer duurt,' zei hij.

'Waarom zeg je dat?'

Hij wist het niet. Er kon van alles gebeuren. Een Spaanse commissaris Mierda kon opduiken en vragen wat hij daar deed. Brendner kon telefoontjes hebben gepleegd. Hij was geen toerist.

'Hier komt het hoofdgerecht,' zei hij terwijl het eten op een kolossaal bord voor hem werd neergezet.

'Wat is het?'

'Langzaam gegaard speenvarken. Ziet er fantastisch uit.'

'Het heeft waarschijnlijk langer in de oven gestaan dan dat het heeft geleefd,' zei ze. 'Het is grotesk.'

'Maar het is lekker. En dit is Spanje. Ze denken hier anders over dierenwelzijn.'

'Is het nog steeds jouw en mijn Spanje?'

'Wat bedoel je?'

'Je weet wat ik bedoel.'

'Het is van ons,' zei hij. 'Wat er ook gebeurt.'

Ze hoestte weer, een echt rochelende hoest.

'Bel me wanneer je terug bent in het hotel,' zei ze.

'Waarom dat?'

'Omdat ik dat wil.'

'Je hoeft je geen zorgen te maken.'

'Ik maak me wel zorgen,' zei ze. 'Jij zou je ook zorgen moeten maken.'

Dat was zo, maar dat wilde hij Angela niet vertellen. Hij wilde eerst eten en daarna zijn laptop uit zijn tas halen. De ober kwam langs. Hij bestelde nog een glas wijn, het laatste van de avond.

Lena rende de trap op, een brede gang door, zag de deuropening aan het einde, iemand lag op de grond, geen politieagent. Ze herkende een van de broers, de kleinere, hij keek haar aan, ze wist nog steeds niet hoe hij heette, er stroomde bloed uit zijn arm. Hij drukte er een handdoek tegenaan.

'Deze broer hier werd geschampt door een kogel,' zei Ejesjö, die ernaast stond. 'Niet zo erg.'

'Henning komt wanneer de ambulances er zijn,' zei ze, 'ik heb ze gehoord.'

Ejesjö knikte naar de ruimte erachter. Ze ging naar binnen. Het was een oud schoollokaal. Het schoolbord besloeg de hele korte muur. Ze werd dertig jaar teruggezet in de tijd.

De grotere broer lag op de grond, met handen en voeten vastgebonden. Hij keek haar aan, maar zei niets.

'Deze broer probeerde naar de kelder te gaan,' zei Ejesjö. 'Via de stalen deur. Hij werd opgewacht door Martin en Niclas. Er kwam niet veel geweld aan te pas.'

'Niet meer?'

'Nee. Nou, de vrouwen dan.' Hij wees naar de gang. 'Sharin en Niclas zijn nu bij hen. Ze zijn natuurlijk overstuur, maar oké.'

Ze zijn niet oké, dacht ze, die vrouwen zullen misschien nooit meer oké zijn. Maar ze zijn gered. Dat is tenminste iets.

'Wat is er in de kelder?' vroeg ze.

'We hebben nog geen tijd gehad om daar beneden alle hoekjes en gaatjes te doorzoeken.'

'Dan doen we dat nu,' zei ze.

Het begon vrolijker en luidruchtiger te worden aan de tafeltjes ook al was het nacht geworden. Of juist daarom. Misschien was het een van de tweehonderdvierenveertig feestdagen van het land. Winter annuleerde zijn karamelpudding, betaalde en vertrok.

Het plein voor het hotel was rustig, alleen de zee was te horen. Hier hadden Jonas Borgman en Hans Thule dus gelogeerd. Winter had bij de receptie naar hen gevraagd, maar niemand kon iets met zekerheid zeggen. Was het toeval dat ze naar de stad waren gekomen waar Gunnar Brendner woonde? Brendner zou nooit iets zeggen. Hij moest het gewoon aan Sara vragen.

In zijn kamer opende hij de balkondeur en startte de laptop, zocht de bestanden op met Lassanders ondervragingen van het kind Sara, opende het eerste en begon met kijken, opnieuw.

Lassander probeerde te vragen wat er voor, tijdens en na de moord gebeurd was.

Sara hield haar ogen op de tafel gericht. Ze zag er klein uit, ze zag er elke keer dat hij de opname bestudeerde kleiner uit.

Gunnar Brendner had gezegd dat hij voor het meisje had gezorgd nadat het was gebeurd. Alles was chaos geweest. Hij had Sara naar haar kamer gebracht.

'Dus je oom heeft voor je gezorgd?' hoorde hij Lassander vragen.

Het was alsof het meisje de vraag niet hoorde. Lassander herhaalde hem.

Winter keek naar het meisje, zoals hij al vaker had gedaan, precies daar, op dat moment van de ondervraging. Hij was daar elke keer blijven steken, elke keer, maar hij wist niet waarom.

'Papa...' zei Sara.

'Ja... het is verschrikkelijk. Ik weet dat dit moeilijk voor je is, Sara.'

Ze keek op, een paar seconden maar.

'Zijn jullie meteen naar boven naar je kamer gegaan?'

Ze knikte.

'Heeft je oom je gedragen?' vroeg Lassander.

Ze keek hem aan. En nu weer: 'Papa...'

Winter zat opeens stokstijf achter de computer. *Dit is het*, hier is het. Sara praat in dit verhoor niet met verdriet en ontsteltenis over haar vader. Dat is wat Lassander dacht, wat ik heb gedacht, wat we allemaal hebben gedacht. Het is vanzelfsprekend. Het past in het verhaal. Maar het past niet. Als ik Brendner vanavond niet had ontmoet, had ik het niet begrepen. *Lars* Brendner. De dode broer. De dode vader. Hij had Sara na de moord geholpen. Dat is wat ze zich herinnert ondanks de schok. Dat is wat ze probeert te zeggen. Gunnar Brendner werd neergeschoten, maar geïdentificeerd als Lars Brendner. Zo zou het gebeurd kunnen zijn, dat was niet vreemd: Lars' legitimatiebewijs in een zak op het lichaam van Gunnar, rijbewijs of wat dan ook, de broers leken erg op elkaar en waren bijna even oud. De forensisch onderzoeker ter plaatse vroeg aan de vrouw, Ulla, 'Is dit uw man, Lars Brendner?', ze antwoordde 'Dat is hij', de politie trok hem na in de databank en constateerde: Lars kwam niet voor in het strafregister. De arts stelde vast dat de man dood was en de overlijdensakte werd naar de belastingdienst gestuurd. *That's it.* De man was in de borst geschoten, dus identificatie kon ter plekke plaatsvinden. De sleutelfiguur was Ulla Brendner. Zij bevestigde dat haar man dood was. Niemand had een reden om dat in twijfel te trekken. Gunnar werd begraven als Lars.

Winter opende de bestanden met foto's van Lars en Gunnar Brendner. Het waren er niet veel. De Gunnar die hij vanavond had ontmoet zou Lars kunnen zijn. Winter werd onzeker, plotseling kwam de twijfel, als een krachtige wind vanaf zee. Had hij het mis? Nee, dat had hij niet. Maar er moeten meer foto's zijn.

Hij belde het mobiele nummer van Ringmar. Bertil nam op, hij klonk slaperig.

'Kun je naar Ulla Brendner gaan?' zei Winter.

'Wat? Nu?'

'Ja.'

Winter vertelde over zijn vermoedens.

'Het zou kunnen,' zei Bertil. 'Maar de grote vraag is waarom.'

'Het maakt ons niet uit waarom. Daar komen we wel achter. Ik wil alleen dat je haar om foto's vraagt. Zeg haar dat er een noodgeval is. Zeg niets over een verwisseling, nog niet.'

'Nee, nee. Ik ga nu.'

Ejesjö en Lena liepen via de binnentrap naar de kelder. Het deed denken aan een horrorfilm die zich afspeelt in een mysterieus huis. Vroeg of laat moest er een onschuldig iemand die trap af. Aan het plafond brandde een naakt peertje. Alles was perfect.

Ze zag de stalen deur. Hij stond open naar de nacht. De contouren van het bos buiten doorsneden de lucht, als een gekartelde lijn aan de horizon.

De kelder liep door naar links, een smalle gang. Ejesjö scheen met zijn felle zaklamp. Rechts de stenen muur, links drie deuren. Geen ramen.

Ze liepen een paar passen. De eerste deur was afgesloten met een oud en groot slot. Ze liepen door naar de volgende, die niet op slot was. Ze stonden aan weerszijden van de deur, Lena schopte hem open, Ejesjö scheen naar binnen. Leeg. De ruimte was verlaten, een hokje van steen en beton.

Hetzelfde met de volgende ruimte.

Nu stonden ze weer voor de gesloten deur.

Het was stil binnen. Ze hoorden geluiden van boven, snelle stappen en toen stemmen. De versterking was gearriveerd, het arrestatieteam, het ambulancepersoneel, dokters om Henning bij te staan.

Lena pakte haar pistool en keek naar Ejesjö. Hij knikte. Ze richtte de loop op het slot en loste twee schoten. Het slot en een deel van de deur spatten in stukken uit elkaar. Ejesjö schopte de brokstukken weg en scheen met zijn lamp in het hok.

Tegen de achtermuur lag een lichaam, het gezicht gedeeltelijk afgewend. Lena voelde haar hart hoog in haar keel kloppen. Dat was geen mythe. Haar hart stuiterde op en neer in haar lichaam.

De persoon in het felle licht was vastgebonden met touw en brede plastic tape. De mond was afgeplakt, zag ze.

Nu bewoog het hoofd.

Winter verliet het hotel, liep langs de kust naar het huis van Brendner, binnen brandde geen licht. Hij liep de steeg in, om het huis heen naar de deur, belde aan en hoorde het geluid van de bel binnen door de nacht galmen. Niemand deed open. Hij belde opnieuw aan, wachtte, liep terug naar de voorkant van het huis, klom over het lage bakstenen muurtje aan de straatkant, tilde de bougainville en daarna bananenbladeren op, zag de grote glazen deuren en de donkere woonkamer daarachter. Daar had hij een paar uur geleden gezeten. De deuren stonden open, net als toen. Binnen was alles donker. Hij kwam dichterbij. Achter hem bulderde de zee, luider dan ooit. Toen besefte hij dat het zijn tinnitus was, die het uitschreeuwde in zijn hoofd terwijl zijn bloeddruk tot het maximum steeg. Zijn hoofd had een rustig en kalm leven nodig. Dat was dit niet.

'Ik ben het maar: Winter,' zei hij zo kalm mogelijk in de kamer. 'Ik heb nog één vraag.'

Er kwam geen reactie. Geen schot hagel. De stilte was hetzelfde door het geruis in zijn hersenen. De stilte van de dood, nee, nee, nee, dacht Winter, nee, nee, nee, nee. Hij stapte de kamer binnen. Brendners lichaam hing aan een balk boven de deuropening naar de gang. Winter rende ernaartoe en tilde de man bij zijn benen op. Het lichaam was zwaar. Door het optillen trok de strop nog strakker om de nek van de man. Winter liet los, ging naar de keuken, deed het licht aan, pakte een mes van een magneetstrip boven het fornuis en pakte een stoel, liep terug, zette de stoel weer neer, ging erop staan en sneed de merkwaardig dunne strop door. Het lichaam viel met een akelige plof op de grond. Winter voelde aan Brendners hals naar een hartslag, maar er was geen leven meer. Hij legde hem op zijn rug en probeerde hem weer tot leven te wekken. Het was zinloos. Brendner was al uren dood. Hij heeft zich waarschijnlijk kort nadat ik hier ben geweest verhangen. Hij wist dat het voorbij was. Dertig jaar eenzaamheid. Waarvoor? Winter stond op en zocht naar een afscheidsbrief. Die zou alles kunnen verklaren. Als er een brief was, lag hij in deze kamer, in het zicht, Lars Brendner wist dat Winter terug zou komen. Maar er was geen brief.

Midden in dit alles ging zijn mobieltje.

'Ja?'

'Met Bertil. Ik ben net het huis binnengegaan. Niemand deed open.'

'Waar hangt ze?'

'Wat? Hoe wist...'

'Ze hangt in de meisjeskamer,' onderbrak Winter hem. 'Of hing. Is ze dood?'

'Heel erg dood,' zei Ringmar.

'Hij heeft gebeld,' zei Winter. 'Nadat ik hier ben geweest, heeft hij haar gebeld.'

Ringmar zei niets.

'Ik heb dit veroorzaakt,' zei Winter. Maar hij wist dat de Brendners uiteindelijk hun schuld hadden betaald. Die schuld was er altijd geweest. Je kunt je nooit ontdoen van je verleden.

'Doe het nu heel erg rustig aan, Erik. Hoe voel je je?'

'Perfect, Bertil. Ik heb twee vliegen in één klap geslagen.'

'Waar ben je nu?'

'In het huis van Brendner. Ik heb hem losgesneden. Hij ligt hier. We zullen geen problemen krijgen met de identificatie van de personen. We hoeven het graf niet te openen.'

'Ga even zitten, Erik.'
'Ik hoef niet te zitten.'
'Heb je onze Spaanse collega's gebeld?'
'Nog niet.'
'Je moet het nu doen.'
'Ja, dat weet ik. Als ik hem niet had losgesneden, had ik misschien kunnen vluchten. Had ik misschien het vliegveld nog gehaald.'
'Je moet met ze praten. De achtergrond uitleggen. Je kent de taal. Als het een goede collega is, zit je morgenvroeg op de vlucht naar huis.'
'Ze zullen zich afvragen wat ik hier in godsnaam deed. Hoofdinspecteur of niet. Juist als hoofdinspecteur.'
'Je hebt een paar vragen gesteld. Dat is alles. Misschien willen ze dat je later terugkomt, maar dat is geen probleem. Nu moet je zo snel mogelijk naar huis. We hebben hier werk te doen.'

Ze reden weg met Dick. De lichten cirkelden langs de hemel boven Nydala, als een regenboog uit balans. Ze wist niet of hij haar had herkend. Zijn ogen waren ergens anders geweest, nog steeds in de hel. De andere gewonden gingen dezelfde kant op. De vrouwen gingen dezelfde kant op. Iedereen ging dezelfde kant op. Alleen zij en een paar anderen waren achtergebleven. Ze zat in een schoolbankje in een lokaal boven. Dat heet een levensles, zegt men. Wat heb ik hiervan geleerd? Ik kan niet meer nadenken.
Ejesjö's communicatieradio kraakte. Ze hoorde woorden, maar had geen energie meer om te luisteren.
Ze zag dat hij naar haar keek en iets zei.
'Wat is er?' vroeg ze.
Het team in het huis van Tornberg zegt dat ze twee politie-uniformen hebben gevonden,' zei hij. 'Klinkt dat bekend?'
'Ja,' antwoordde ze.
'De man die we in zijn been hebben geschoten heet Björn Milton,' zei Ejesjö. 'Zegt je dat iets?'
Milton, Milton. Die naam heb ik eerder gehoord. Miltons Mekaniska.

'Ja, Milton,' zei ze, 'die naam zegt me iets.'

Ze kon zich niet bewegen. Het was geen fysiek probleem. Ze sloot haar ogen en zag het gezicht van Dick. Ze wilde alles uitzetten.

Iemand tilde haar op.

'Kom,' zei Henning, 'jij slaapt vannacht bij mij thuis.'

Ejesjö opende zijn mond en wilde iets zeggen maar viel stil.

43

Winter probeerde een beetje te slapen in het vliegtuig. Het werd een kwartiertje, de eerste slaap van de hele nacht en het was inmiddels vroeg in de ochtend.

Hij had de Spaanse politie gealarmeerd vanuit het huis van Lars Brendner en was doorverbonden met het hoofd van de binnendienst, had geprobeerd in het kort uit te leggen wie hij was en waarom hij daar was en wat er was gebeurd. Hij wilde graag een commissaris met beslissingsbevoegdheid spreken, ja, het liefst nu, vanavond, hij had een zaak op te lossen en die moest onmiddellijk en ter plekke in Zweden worden opgelost.

'Waar heb je Spaans geleerd?' vroeg de collega aan de telefoon. Winter vertelde het hem.

'Marbella? Hoe kun je daar wonen? Er is in die stad geen man met *cojones* die zijn naam waard is. *Conjo*!'

'Je hebt helemaal gelijk,' zei Winter.

'Oké, oké, ik stuur Fuentes.'

Miguel Fuentes was met zijn gebruikelijke team gekomen. Winter herkende iedereen. Fuentes was een paar jaar jonger dan Winter, nog een beetje slaperig, nuchter. Hij had de tijd gehad om een wit overhemd aan te trekken met een witte stropdas. Een gentleman. Zijn haar was zwart. Hij had een snor. Alles klopte aan hem.

Winter vertelde zijn verhaal terwijl er voor het lichaam werd gezorgd.

Fuentes knikte, toverde een sigaret tevoorschijn en wees naar de tuin.

'Je had contact met ons moeten opnemen,' zei hij buiten, terwijl hij de sigaret opstak.

'Het waren maar een paar vragen,' zei Winter.

Fuentes rookte en keek naar hem. De rook dreef in de richting van de zee.

'Ik ben niet boos,' zei Fuentes. 'Ik zou boos kunnen zijn, maar dat ben ik niet. Ga naar huis en we houden contact.'

'Nu? Mag ik nu weg?'

'Wil je dat soms niet?'

Fuentes regelde een plaats voor Winter op de eerste vlucht 's ochtends naar Göteborg. Iemand anders moest wachten tot de volgende vlucht. Lena Kallender belde updates door terwijl hij in een politieauto van Almuñécar naar Málaga zat. Hij belde Angela. Ik ben over een paar dagen terug, zei hij, voor altijd.

Het vliegtuig daalde boven Landvetter.

Hij liep vanaf de aankomsthal naar het parkeerdek en reed weg in zijn Mercedes. Voor de tweede keer in deze zaak. Hij reed langs de rotswand. Het begon en eindigde hier, maar niet echt.

Lena Kallender belde opnieuw toen hij Kallebäck passeerde.

'Björn Milton kan verhoord worden,' zei ze. 'Ik rijd meteen naar het Sahlgrenska.'

De man zat rechtop in bed toen Winter de eenpersoonskamer binnenkwam. Bij hun eerdere ontmoeting had hij Jens Bartow geheten. Niemand had het gecontroleerd. Ze hadden het gewoon voor waar aangenomen.

Winter vroeg en Milton antwoordde. Er waren niet veel woorden nodig. Miltons handel dreigde ontmaskerd te worden door de jonge sekteleden, die begonnen te vermoeden dat er iets anders stak achter de façade van goedheid en God. Het was een goede façade geweest, niet eens een façade, Björn Milton geloofde in God en hij hielp anderen om te geloven, om goed te doen, om dingen in te zamelen voor het armste land van Europa.

Lulkoek.

'Is het begonnen met liefdadigheid of met mensenhandel?' vroeg Winter.

'Wat?'

'De busreisjes. Je weet wat ik bedoel. Er zijn meer bussen, vermoed ik.'

'Het begon met God,' zei Milton.

'Laten we God hierbuiten houden,' zei Winter. 'Ik wil geen woord meer over God horen.'

Milton zei niets. Hij hield zijn ogen gericht op zijn gewonde been. Nils Ejesjö kon goed schieten. Een inferieure schutter zou zijn hoofd hebben geraakt.

'Hoe ben je op het idee gekomen om vrouwen te gaan smokkelen?' vroeg Winter.

'Dat was ik niet,' zei Milton en hij keek op.

'Wie was het dan?'

'Mijn vader. Het is een oud idee.'

'Dat jij hebt overgenomen?'

'Ja.' Milton keek Winter aan. 'Ik kan het net zo goed vertellen zoals het is. Of was. Het is toch allemaal voorbij, nietwaar?'

Lars en Ulla Brendner hadden hun bedrijf in stilte overgedaan aan Seth Milton, Björns vader. Alles zo zwart als maar kon. Gunnar Brendner wist niets totdat hij alles scheen te weten. Iemand had geroddeld, maar Björn wist niet wie het was. Gunnar Brendner stond op het punt er een puinhoop van te maken, alles te onthullen.

'Wat bedoel je met "alles"?' vroeg Winter.

'De deals achter zijn rug om. Het "grote verraad" zoals Gunnar het noemde. Je moet weten dat de Brendners ijskoud waren.'

'Waren ze ook betrokken bij vrouwenhandel?'

'Natuurlijk.'

'Wist Gunnar Brendner ervan?'

'Ja.'

'Ik geloof je niet,' zei Winter.

'Geloof wat je wilt. Maar mijn vader rekende af met Gunnar toen hij moeilijk begon te doen. Hij huurde een huurmoordenaar in en daarna regelde hij een tweede huurmoordenaar om met de eerste af te rekenen. Dat was ik. De eerste hebben ze ingemetseld in de kelder, ik weet dat je dat weet. De hele zaak lijkt misschien wat omslachtig, maar mijn vader wilde het zo. En het werkte, nietwaar?'

'Tot nu,' zei Winter. 'Waren jullie het die me in de gaten hielden?'

'Ja, ik hield je in de gaten, en soms een van de broers Tornberg, of iemand anders. We waren waarschijnlijk een beetje klunzig. Misschien wilden we je bang maken, maar het was stom.'

'Ik weet het niet,' zei Winter. 'Het was in elk geval verwarrend.'

'We hielden Sara ook in de gaten, haar moeder begon zich zorgen te maken. Sara begon vragen te stellen.'

'Waarom begon ze dat te doen?'

'Dat weet ik niet. Dat moet je haar vragen.'

'Dat zal ik doen.'

'Als je kunt,' zei Milton.

'Daar zorg ik wel voor.'

'Toen ze zelfmoord probeerde te plegen en de politie er weer bij betrokken raakte, werd het nog zorgwekkender. We deden ons voor als politieagenten om naar belastend bewijs te zoeken, zoals bij Sara thuis. We wisten immers niet wat zij wist. Ik dacht dat we goed waren in iemand anders zijn. Alles draait om iemand anders zijn.'

'Zoals toen je deed alsof je Jens Bartow was?'

'Ik dacht dat die rechercheur van jou erachter was gekomen hoe de vork in de steel zat, wie ik echt was, nadat hij me had ontmoet. Als het niet anders was gelopen had hij het waarschijnlijk wel uitgevogeld. Hij leek niet dom.'

'Wat waren jullie van plan met hem te doen?' vroeg Winter.

'Ik weet het eerlijk gezegd niet,' zei Milton. 'We hebben erover gepraat. Hij was tenslotte een politieagent. We waren van plan hem vast te houden terwijl ik naar Göteborg ging. Maar het was allemaal uit de hand gelopen. Dus het meer was een optie, of hem gewoon laten verhongeren. En daarna het meer.'

Winter reed naar huis en sliep. Hij werd gewekt door een telefoontje van het Sahlgrenska, een dokter wiens naam hij niet verstond.

'Ze is wakker geworden.'

'Eh...' Winter was nog halverwege zijn zware slaap.

'Sara Brendner,' zei de arts, 'ze is ontwaakt uit haar bewusteloosheid.'

Het was middag, Winter had zes uur geslapen voor het telefoontje van de arts. Hij voelde zich beter. De zon scheen fel toen hij de Per Dubbsgatan opreed.

Sara is vrij, dacht hij. Ze is eindelijk vrij.

Een man in een witte jas kwam op hem af toen hij de afdeling op liep. Hij stelde zich voor. Winter verstond de naam nog steeds niet.

'Ze slaapt nu,' zei de dokter.

'Slaapt ze? Ze is net wakker geworden.'

Het is een natuurlijke slaap. Noodzakelijke slaap. Ze heeft het nodig.'

'Wanneer wordt ze weer wakker?'

'We weten het niet. We willen haar niet opjagen.'

'Nee, nee. Mag ik even naar binnen?'

De arts knikte. Winter liep de kamer binnen. Sara lag alleen, zoals al die tijd. Haar gezicht was anders. Winter legde haar dagboek op het nachtkastje, bleef een tijdje zitten, dacht na over alles en niets, stond op en liep weg. Hij zou morgen terugkomen.

Het was een stralende morgen toen Winter door de stad reed. Hij dacht aan Sara's man, Richard. Wat was er tussen hen gebeurd? Alles was gemakkelijker geweest als Sara alleen in de auto van Landvetter naar Göteborg had gezeten.

Winter parkeerde en liep de ingang van het Sahlgrenska binnen. Hij had zijn zonnebril op. Zo was het licht beter. Sara zat achterovergeleund tegen de kussens in bed toen hij de kamer binnenkwam. Een paar dagen eerder was ze dood geweest voor de wereld. Hij zette zijn zonnebril af. Het licht was fel.

De jaloezieën waren open, het raam stond op een kier, de voorzomer hing in de kamer. Er stond een vaas met verse bloemen op haar tafel.

Hij pakte een stoel en ging bij het bed zitten.

'Wie bent u?' vroeg ze.

‘Ik ben degene die aan je heeft gedacht,’ zei hij.

‘Ik herken u,’ zei ze. Haar ogen gingen dicht en weer open.

‘Ik zat aan de andere kant van het middenpad op de vlucht uit Málaga,’ zei hij.

‘Ik herinner me u,’ zei ze. ‘Daarna herinner ik me niet veel meer...’

‘Ik ben zo blij dat we met elkaar kunnen praten,’ zei hij.

Ze reageerde niet. Er was geen kracht in haar lichaam. Hij zag dat ze weer in slaap viel.

Mijn dank gaat uit naar Elisabeth Watson Straarup, Helena Ljungstrom, Rita Lejtzén-Edwardson, Torbjörn Åhgren, Per Planhammar, Ulf Dageby, David Urwitz en Göran Wiberg.